秦尼巴克

叶舟 著

读者出版传媒股份有限公司
敦煌文艺出版社

图书在版编目（CIP）数据

秦尼巴克 / 叶舟著. -- 兰州 ：敦煌文艺出版社，
2017. 2（2022.1重印）
ISBN 978-7-5468-1506-0

Ⅰ．①秦… Ⅱ．①叶… Ⅲ．①中篇小说-小说集-中国-当代 Ⅳ．①I247.5

中国版本图书馆CIP数据核字（2016）第317244号

秦尼巴克

陇原当代文学典藏·中短篇小说卷

叶舟 著

出 版 人：马建东
责任编辑：杨继军
助理编辑：张 桐
封面设计：马吉庆

敦煌文艺出版社出版、发行
地址：（730030）兰州市城关区读者大道568号
邮箱：dunhuangwenyi1958@163.com
0931-8152351（编辑部）
0931-8773112 0931-8120135（发行部）

三河市嵩川印刷有限公司印刷
开本 880 毫米×1230 毫米 1/32 印张 12 插页 6 字数 322 千
2019 年 1 月第 1 版 2022 年 1 月第 2 次印刷
印数：2 001~4000 册

ISBN 978-7-5468-1506-0
定价：58.00 元

目 录

陇原当代文学典藏·一直很安静

1898年喀什噶尔大事记　　001

秦尼巴克　　045

苏东坡和他的朋友们　　124

蓝色的敦煌　　133

我的帐篷里有平安　　140

狂野的河　　154

1919年以来的沉默　　250

雄鸡一唱　　254

兄弟我　　317

汝今能持否　　353

1898年喀什噶尔大事记

星期三的晚会

藏于大英图书馆印度事务档案部的一本小牛皮装订的官方日志里，很意外地记载了一则有关英国驻新疆南方的喀什噶尔领事馆的生活趣闻，领事马嘎特尼先生在1898年7月13日的手写体报告中，除了叙述一段俄国人也和英国一样在当地赈灾施粥的消息外，他接着以一种极其自负和骄傲的语气写道：

"秦尼巴克（CHINA PARK，即英国领事馆）在星期三的傍晚举办了一场钢琴晚会，来自当地中国政府的官员和喀什噶尔的乞丐与巴依们免费参加了这一活动，但看来中国人并不喜欢这种乐器。他们说笑吵闹，有些人还嗑瓜子或放屁，总之像一场节日期间热闹的巴扎，大家仿佛来赶庙会和集市。当然，他们没有听出来钢琴被洪水淹过的那种嘈杂和沉闷，他们怎么会听出来呢？中国人热衷于零食和家长里短，而一架钢琴的到来在他们的眼中，还不如一场对通奸犯在广场上执行的公开死刑，至少在乱石砸向犯人的时候，他们还能屏声静气或激动地欢呼一些的。他们是一些毫无音乐素养的人。上帝，这难道就是异教徒的麻木？"

具有一半中国血统的英国领事马嘎特尼先生丝毫没有脸红的迹象，在那本小牛皮的官方日志中，他尽情赞美着那一架粗糙的钢琴，以一个撒克逊人的典型口吻大肆挞伐。他这样做的目的，不仅仅是为了讨好……

事实上，当那架钢琴抵达喀什噶尔的时候，一场短暂的和平才刚刚降临。

和平像中亚细亚地带两场暴风雪中猝然喘息的新娘，让人不知所措。此前，自1890年开始，肇始于喀什噶尔北部的寒热病席卷了新疆南方的大部分地区，干旱也不期而至。在喀什噶尔历任按办大臣的记载中，这是73年来最严重的一次自然灾祸。

在一望无际的夏季白色棉花田中，饥饿的鹰隼们俯冲而下，大口大口地吞食着棉桃和倒毙的各种动物与人的尸体。夏季白色的棉花田中，那些鲜血斑斑的棉花在日光中发出惨烈的嚎叫。饥饿持续着，据一本民间流传的说唱图画本《南方伽蓝记》记载，这时，这一地区出现了菜人市场，一个皮肤姣好的女孩的价钱是7个钱，而一块松软香甜的白面大馕的价钱才是5个钱。因为当地的土著居民们顽固地相信，女孩的肌肉组织可以保证他们度过最痛苦的一个阶段。况且，女孩的肌肉组织散发出一股奶香，令人垂涎。

可这些并没有构成理由。

事实上，真正的和平是喀什噶尔地方当局对地处帕米尔高原崇山峻岭中的土匪武装取得决定性的胜利之后才来到的。这股土匪是主要由阿富汗人、鞑靼人和克什米尔破落家族的子弟们组成的乌合之众。他们频频化装成土著居民进入喀什噶尔旧城，劫掠妇女、牲畜和粮食，并往水井里投放毒药。这些像风和沙尘暴一样来去无踪的土匪，让喀什噶尔和新疆南方的广大地区，持续陷入到了动荡和惶恐不安之中。按办大臣潘效苏紧急招募兵丁，前往克孜尔苏河对岸设防，但土匪们采取了零散的游击战术，甚至有一队巡逻的哨兵被砍下了胳膊和头颅，点了天灯。按办大臣在无奈之际，只好求救于俄国驻喀什噶尔总领事尼古拉·彼得罗夫斯基。这个号称喀什噶尔"新察合台汗"的人，随即出动了自己手下的43名凶悍的哥萨克士兵，前往帕米尔北侧剿匪。虽然他们并没有俘虏一个土匪，可和平仍旧像一头蒜那样，姗姗来迟地发芽开放了。

就在这个空隙，一架从英国伦敦运来的钢琴，到达了喀什噶尔的英国领事馆。

这架钢琴横渡过海峡，然后被装运上了俄国的列车，一直颠簸了17天才到达奥什小镇。马嘎特尼先生立刻派出的几个吉尔吉斯的驮夫接上钢琴后，辗转翻过了海拔13000英尺的铁列克达坂，从天山山脉中运抵喀什噶尔。

可怜的钢琴在运输途中受够了罪，它被分解成几块装在几只用锌条捆扎的箱子里，到达喀什噶尔的秦尼巴克时，锌条都掉光了。更加要命的是驼队驮着它们涉过山涧时，河水灌进了包装箱，水在钢琴内晃来晃去，使钢琴发出一种沙沙沙的声响。领事夫人凯瑟琳打开钢琴后，发现琴键都已经泡得发胀了，金属部件和琴弦上有一层厚厚的绿锈。对修理工作一无所知的凯瑟琳夫人，居然将钢琴拆成了一片又一片的小部件，等主要部件都干了以后，清理掉上面的锈，然后又小心翼翼地重新组装到了一起。

这是一种冒险的经历，这个刚刚嫁给领事先生的伦敦女子，在域外千里之遥，获得了一件足以安慰自己寂寞的乐器。她没有理由不高兴，她还亲吻了几遍这架格拉姆钢琴公司生产的新产品。

凯瑟琳第一次坐在钢琴前，就给中国籍的秘书和他的妻子，弹奏了一首英国乡村的民歌《雾中的玫瑰》。在她写于1898年农

历六月的一则日记中——由London Ernest Benn1931年出版——她这样描述自己当时的窘境：

"我马上为他们弹了一首曲子，他们看到钢琴的音槌在琴弦上蹦跳地飞舞着，喜形于色，高兴极了。我丈夫又让我唱一首歌，我放开喉咙唱了，这首歌唱出了我的最好水平，心里感到十分得意，因为我已看出我的歌声给他们留下了多么美好的印象。我唱歌时，他们一直目不转睛地看着我，听得出了神，似乎陶醉在我的歌声里。然而，我的歌一唱完。他们却一下子笑了起来，笑得前仰后合。是我的歌声太滑稽了，让他们感到可笑呢，还是这就是中国人表示他们喜欢什么东西的方式呢？不管怎样，我们所能顺应这种场面的方式，只能是和他们一起发笑，于是我们也开怀大笑。但是，对我的那点虚荣心而言，这可真是一个很大的打击。听过中国音乐后，我的结论是，对中国来说，我的歌是非常令他们感到可笑的，就我而言，他们的歌也是一样……"

为了安慰自己的新嫁娘，马嘎特尼先生专门选择了一个松散的星期三的傍晚，在秦尼巴克的花园中举办了一场音乐晚会，让他的妻子凯瑟琳隆重登场。他另有一个秘密的念头，要将自己从万里之遥接来的新娘，介绍给喀什噶尔的社交圈。可正如他的那本小牛皮的官方日志中所描述的那样，整个晚会是失败的。

他没有理由不在文字中蔑视一番毫无音乐素养的中国人。

可是，有一个人是他在官方日志中再三避而不提的。英国领事马嘎特尼先生仍然记得，那个人穿着一件白色的裕祥，满脸红光灿烂，一直蜷缩在花园的一隅里闭目倾听。那个人在晚会结束的时候，走到了凯瑟琳的身边，以一种隐秘的口吻说：

"夫人，您的钢琴的第三个键上面，有一种锈迹斑斑的噪音啊，这是一个不该发生的错误。太遗憾了。"

说完，这个穿白色袷袢的人，就神秘地汇入到了散场的人流之中。马嘎特尼听见了妻子的喊叫。他帮她拼命寻找那个神秘莫测的人，可他们迅速失望了。

那个人就是以后名声大噪的伊斯拉姆·阿洪。只有他在这一场音乐晚会上，听见了天籁和神圣的提示。或者，准确地讲，他在那种漂浮不定的音乐中，一下子就明白了西方世界的可笑和他们无比的虚荣心。

传教士亨德里克

喀什噶尔最不可思议的人，当数荷兰的传教士亨德里克了。

有一度，这个神秘的人物被称作喀什噶尔当地的"活报纸"。就连按办大臣也不知道他是哪一年来到这里的。更为奇怪的是，这个传教士全凭施舍在喀什噶尔度过了大半辈子，他一天到晚的全部工作就是私自酿酒，或者对着空旷的四壁布道。可1898年7月13日这一天傍晚，这个懒散古怪的人居然应邀来到了秦尼巴克，欣赏了一场并不严谨和专业的音乐晚会。这个传教士从凯瑟琳的弹奏中，听见了来自耶稣基督的美妙声音：

"一片上帝的土地上，飘荡着天国的歌声……"

散场后，他吻别了凯瑟琳，本来他还想尽情赞美一番领事夫人的演奏水平，可他迅即打消了这个不合时宜的念头。那一刻，他从这个美貌女人的脸上，读出了一种茫然和恍惚的内容。于是他悄悄出门了。从秦尼巴克的院墙外走过，亨德里克兜头披紧了一件毛色皆无、质地粗糙的大氅，口里念诵着上帝的英

名，默然疾行。

秦尼巴克的外墙一侧，麇集了几乎全部的喀什噶尔旧城的乞丐们。他们蜷缩在石阶上，在黑暗中眨巴着明晃晃的眼睛，像天上漏下来的一堆星星似的，有的乞丐嘴里叼着类似于大麻的劣质纳斯，而另外的一些则升着几堆柴火，烧烤起了洋芋和甜菜。这些沉默的穷鬼认识传教士亨德里克，因为这个奇异的外国人常常给他们做一些布施。黑暗中，有人起身给传教士致意，可亨德里克并没有在意。在晴朗的星期三的深夜，从郊外的克孜尔苏河上吹来一阵阵风，风中饱含着一股巧克力的味道。在干旱的夏夜，水的气息一波三折频递而来，让传教士感到了一种欣慰和陶醉。

这个荷兰人走到了克孜尔苏河边，嘴里停止了赞美上帝的功课。

这时，亨德里克看见一个穿着白色袷袢的人正在河边伫立。那个人面色红润，一派灿烂的神情。天幕上渗透而下的是微微的蓝光，一星月牙倒映在河面上，葱茏的树木在对岸的一线上隐隐绰绰。那个白色装束的人，此刻正对着水面喃喃而语。传教士忍不住向前，试探地询问说：

"您，是在等待大神的降临么？因为只有旷野上才有大神啊。"

那个白色装束的人叫伊斯拉姆·阿洪。他听见了身后的问话，转过身子，以一种很敷衍的口气回答说："不，我什么也没有干，我仅仅是对夜晚感兴趣而已。尊敬的先生，我对您所说的大神，没有丝毫的兴趣啊。"

亨德里克顿时索然起来，他将下了头上的帽兜，看着这个奇异的陌生人。然而，他的好奇心并没有得到相应的报答，那个白色的人和他恍惚的身影，在克孜尔苏河畔像一个丢失了灵魂的鬼魅似的，略带寒凉的河风吹来，好像穿透了他的肉体，让他趔趄不已。克孜尔苏河面上冲下来一堆堆洪水裹挟的上游里的牲畜和屋梁，漆黑的河面上仿佛发出了一阵阵惊讶的喊叫，空旷无比的视野里好像真的有一尊大神存在。

传教士看见了这个虚幻的人紊乱的内心，不失时机地对伊斯拉姆·阿洪说："您是一个丢失了灵魂的人，这是一个可怕的现实。也许，我可以帮上您的忙的。"

说完，他从自己的大氅中，摸出了一本颜色乌旧的书，不用问，这是一本用小牛皮装订而成的《圣经》。他递给了伊斯拉姆·阿洪。

孰料，这个白色装束的人突然跪倒在了亨德里克的面前，不停地用嘴唇狂吻着传教士的脚和一双肮脏的靴子。亨德里克愣怔了一番，用手温柔地抚摸着他的额头，亲切地说：

"孩子，我和您，还有这个世界都是迷途的羔羊啊，可我们是幸福的，因为我们至少还拥有上帝，上帝不会抛弃我们的。"在河风中，他的眼窝里挂着一颗热烈的泪。伊斯拉姆·阿洪的吻，让这个孤独的异乡人周身战栗，这是他在喀什噶尔从未遇见过的事。他想扶起这个白色装束的人，他喉头哽咽地说：

"我在喀什噶尔38年了，您是我收留的第一个信仰者，其他的人以为我不过是一个精神病而已，我的祈祷在他们的眼中是一种胡言乱语。我要感谢您，孩子。您成全了我一生的夙愿，这是上帝给我的一份光荣和赞美啊。"

伊斯拉姆·阿洪站了起来，拍了拍身上的灰尘，俯下身，接过了那本乌旧的小牛皮的《圣经》。在黯淡的星光下，那本书散发出一层幽雅的光泽。伊斯拉姆·阿洪举在头顶，以一种敬仰的方式膜拜了一番，忽然嘿嘿嘿地笑了。他对亨德里克说：

"尊敬的先生，在钢琴演奏的傍晚，我就在人群中发现了您。我知道您一定会到河边来的，而我站在这里仅仅是为了等待您的到来。我得衷心谢谢您的馈赠。我是一个异教徒，我对您和您的大神没有丝毫的兴趣，我感兴趣的只是您怀里的这本书，这本小牛皮的经卷是我朝思暮想要得到的东西，瞧，现在它就在我的手里了。"

传教士尴尬地问：

"您说什么呢？您刚才说了对上帝不利的话？"

"是的，我对您和您的上帝的热爱，并不比这本书强多少，我获得这本书的惟一原因是——我是一个天才的伪造者和卓越的赝品大师，我从这本书里能获得无限的灵感和秘密的快乐，它将帮助我制造出一本足以让西方世界沸腾不已的经卷，而这不算欺骗，它只能算是一种想象的模仿和嘲弄，哦，我对你们这些人的宗教充满了蔑视。对了，请记住，我的名字叫伊斯拉姆·阿洪。"

伊斯拉姆·阿洪快乐地说道。

说完，他白色的影子像一叶枯枝在宽广的水面上顺势而下，消逝无迹。

传教士亨德里克绝望地打量着四周，除了几只发光的蝙蝠在不远处飞翔外，满耳中只有隐约的天空的呼吸声。

传教士举起了双手，对着浩瀚的夜空诵念道：

"天上的父啊，愿人们尊您的名为圣，愿您的国降临，愿您的旨意行在地上如同行在天上，我们日用的饮食，今日赐给我们……"

一个军人的幻想

在喀什噶尔城中的艾提尕尔清真寺广场前的一条虱子巴扎后，深藏着一座名闻遐迩的旧客栈。鲍尔中尉此刻就躺在客栈二楼的一个房间内，他已经被疾病包围了整整半个月，可当这个炎热的夏天到来后，身上的沉疴居然渐渐地好了起来。

他握紧了拳头，砸在雪白的墙上，竟然一点儿也不感到吃力。这使他有了无比的欣慰，他有时候将自己随身携带的英国陆军军服穿戴在身上，腰间佩挂着玛瑙和珊瑚石装饰的短剑，威风凛凛地在狭窄的房间内铿锵而行。他用这样的方式来安慰自己，他没有别的办法，他知道自己身上的病，还没有彻底痊愈。

鲍尔中尉是闻名西方世界的探险家，英国陆军的一个神圣的骄傲。可他在1898年的春天，染上了一种令人望而生畏的疾病。这种疾病的名字叫梅毒大疮，这让他在以后的生涯中一直难以启齿，作为一种深刻的耻辱和罪恶来承担。

他所著的有关自己在中亚细亚的冒险经历和军事活动的著作《土耳其斯坦旅行记》，由英国企鹅出版公司出版于第二次世界大战前。在这本引人入胜的著作中，他对1898年的描写显得笔力不逮，讳莫如深。他以一种轻描淡写的口吻，将这一年的过程一笔带过。他这样说道：

"……1898年的喀什噶尔，最让人难以忘怀的是窗外一棵沙枣树上栖息的一对戴胜鸟。它们常常在我寄身的一个房间外喳喳鸣叫，给了我寂寞的身心和孤独的探险生活以无限的乐趣。对了，我必须得说到那一年夏天的某个傍晚，在英国驻喀什噶

尔的领事馆，举办了一场别开生面的钢琴晚会，我的女仆人萨黛特一个人偷偷摸摸地去看了，她没有告诉我。当然，那一年的夏天，我也不大适合去欣赏来自伦敦的什么乐器……"

鲍尔中尉的的确确病了。

他根本不知道自己是从哪个女人的身上，沾染上了这一身可怕的脏病的。在春天里，他不分白昼和黑夜地做着噩梦。在梦中的自己，浑身上下流淌着恶臭般的脓液，好像被一条贪婪的巨蛇紧紧地缠在了中央，不得脱身似的。

他也不知道究竟是第一场热风使然，还是那个有着邪恶手段的土著巫医的功德，反正鲍尔中尉的梅毒大疮居然渐渐地消退了，他心里有一种痛苦的快感。他从内心深处，感激这个中亚细亚干旱的夏天，以及那个有着鬼祟笑容的土著巫医。

那个巫医的名字叫伊斯拉姆·阿洪，他之所以会给这个英国的陆军军官治病，是因为他有罪案负身。伊斯拉姆·阿洪曾经假扮成英国领事马嘎特尼先生的委托人，在柯尔柯孜人居住的山里疯狂地敲诈勒索。原来，在天山以南的崇山峻岭中，隐匿了很多从印度的克什米尔地区贩卖来的人口，这些不幸的异乡人一般都成了当地的贵族巴依们的仆人和奴隶，而伊斯拉姆·阿洪的敲诈勒索就是针对那些贵族巴依们的。

在1898年的新疆南北，贩卖人口和走私奴隶是不被允许的，那些贵族巴依们为了解脱自己的罪孽，便纷纷给英国领事的委托人大肆行贿。伊斯拉姆·阿洪的敲诈勒索，引起了鲍尔中尉建立在中亚细亚地带上的庞大的情报网的觉察。在一次秘密的追捕中，伊斯拉姆·阿洪很轻易地落网了，他对自己的罪行供认不讳。

伊斯拉姆·阿洪面对英国陆军中尉惭愧地低下了头，但这个

狡诈的人，从鲍尔先生的脸上看见了可怕的疾病来临前的征兆，他猛然感觉到自己有救了。他问鲍尔先生，是不是最近感觉到下身瘙痒不堪，阴囊处是不是有一片恐怖的红斑？他还以一种不容置疑的口气问这位情报官员，是不是在不久前沾染了一个风尘中的女子？

鲍尔中尉闻听后，一时间心中骇然。他解开了伊斯拉姆·阿洪手上的木枷和镣铐，一边潸然，一边惊讶地问：

"先生，您是怎么知道这一切的？"

在漫长的春天和患病的季节中，鲍尔中尉和伊斯拉姆·阿洪建立起了亲密的私人友情，两个人俨然是一对莫逆之交。伊斯拉姆·阿洪在开始的那些日子里，几乎每天都要拿着自己的一套工具，到客栈里为这位英国情报官员疗治一番。他总是有一套奇异的手法，让鲍尔中尉舒服无比。比如，他会将一些新疆沙漠地区生长的旱地植物榨出绿色的汁液，轻轻地抹在患者的伤口处。又比如，他会将一些奇形怪状的小爬行动物捉来，在酷烈的阳光下焙干，碾成细碎的粉末，敷在患者的伤口上。再比如，他发明了一套木制的铲刮工具，能将患者的脓斑毫不犹豫地消灭，而患者居然没有一点儿痛苦的表情。

在他施展这种奇妙且梦幻的巫术的过程中，鲍尔中尉为了消除两个人的寂寞，就会渲染地讲解自己在中亚细亚各个国家的土地上探险与奔波的事迹。他的这种夸夸其谈，让伊斯拉姆·阿洪听得目瞪口呆，满脸洋溢着羡慕和嫉妒的神采。伊斯拉姆·阿洪逐渐明白了，眼前的这个人并不是一般的外国人，不是一个随意来观光的英国军人，他其实是一个让人钦佩不已的大人物啊。

伊斯拉姆·阿洪还记得鲍尔中尉讲的有关他自己如何让整个

西方世界大吃一惊的故事。伊斯拉姆·阿洪有时候回忆起这个平淡的故事时，恨不得一刀宰了这个红皮肤褐色头发的家伙。因为这个故事太简单了，简单到了让人无法相信的地步。

听多了，伊斯拉姆·阿洪便说：

"先生，你们那里真是一个可笑的地方，其实那些东西根本就不值钱啊，我们的丹丹乌力克和塔克拉玛干的沙漠中，到处是这样的书，我们一般用它来升火或者擦屁股。"

"不。那不是一本普通的书，那是著名的《鲍尔古本》啊。"鲍尔中尉纠正道。

这个英国军人的话信不诬也。事实上，在鲍尔中尉讲述这个简单而奇特的故事时，伊斯拉姆·阿洪了然于心，他只不过是在佯装不知而已。鲍尔中尉的功勋就是建立在这一本只有区区几十个页码的桦皮书籍上的。1911年，已经荣誉缠身的这位英国少将在受封为汉密尔顿爵士后，应邀在牛津大学和剑桥大学发表了演讲。可此时的他，已经不是那个在中亚细亚的颠簸风尘中漫游浪迹的年轻人了，一种腐朽和夸饰的虚荣心篡改了他的内心，他以一种傲慢和夸张的口气，叙述了那本古文书的发现经历，但众所周知，他的那次演讲遭到了《泰晤士报》连篇累牍的攻击与揭发。

然而，这个顽固的退役将军始终没有刊登自己的致歉声明。

一种类似于传奇的说法，一直流传在喀什噶尔，这种说法私下里得到了按办大臣潘效苏的首肯。鲍尔中尉第一次进入喀什噶尔时，已经在中亚地带的各个国家里狼奔豕突了好多个年头。那时候的他，还是一个寂寂无名的情报人员，长年的奔波和旺盛的情欲，让他备受折磨。在天山南道的一次周游中，他偶尔听骆驼客和脚户哥们私下里议论说，喀什噶尔的女子是世界上最美的女人，就连中国的皇帝也被喀什噶尔一个并不出众的女子征服了。一种偏执的向往，使鲍尔先生顿时热血沸腾。

于是，他策马进入了喀什噶尔，在一个黄昏时分，瞻仰了传说中的香妃墓。

那时候，在新疆南方的广袤地区，在众多民族和不同种族的人群中间，英国人、印度人和俄国人的到来仍然是一件引人瞩目的事情。其中一个隐秘的原因，是由于他们身上奇异的香水气味和兜里的金钱在作怪。这些喜好嫖风打浪的异乡人，常常用指甲尖弹一点儿随身携带的香水，就会让任何一个带有浓烈狐臭气息的美貌女子，刹那间变得芳香四溢，爱情扑怀。继而，他们就可以征服一大片长袖善舞的中亚女人。可鲍尔中尉没有使用这样的手段，他仅仅用一枚剔牙器，就俘虏了一个名叫萨黛特的女人。

因为那个女人有一口极其灿烂洁白的牙齿，她像展示珠宝一般地对任何人都充满了莫名其妙的傻笑。鲍尔中尉就是迎接着她的傻笑，走上前去的。

他经常在傍晚的时候，骑马穿过艾提尕尔广场前的那个虱子巴扎，从贩卖旧货的嘈杂人群中，来到寡妇萨黛特的家中。他对这个有着绿色睫毛的女人欢爱有加，但他没办法对付萨黛特家门前的那只巨型大獒。于是，在每次打算到达那个女人家时，他都会在羊肉巴扎上割上几公斤的肥肉，献给这个看护是非的朋友。

那只大獒可能是为了报答这种恩赐，突然从虱子巴扎上叼回来了一本古文书。

鲍尔中尉在性欲得到舒缓后，抽着一根纳斯，翻看了那本古文书。出于职业军人的天然敏感，他迅速将这本书以十万火

急的速度，紧急寄往了新德里的英国中亚细亚研究事务部。不出他的意料，一个名叫霍恩勒的德国裔的英国东方学家，成功地辨识和解读出了那本仅仅56页的桦皮文书，确定它就是天山以南游牧于塔克拉玛干沙漠边缘的一个业已消逝的少数民族的文字。

此后，这本书被隆重地命名为《鲍尔古本》。

在喀什噶尔一个美丽寡妇的床上纵情不已的鲍尔先生，则是在三个月后才得知这一喜讯的。那时候，他已经蜚声于整个西方世界了。

伴随荣誉而来的是他沾染了一身的梅毒大疮。春天的那一季，他总是喜忧参半。

可现在是夏天了，他的心情如同喀什噶尔干旱土地上的阳光一样放晴，疾病也从他的身上逐渐撤离，他开始专心品尝那本古文书所带来的成功和自以为是了。当然，他对伊斯拉姆·阿洪的感激也堆积如山了。

他想，他应该卸下这个让人铭记的包袱。

一场秘密的谈话

这年夏天，在喀什噶尔一个粉红色的傍晚，伊斯拉姆·阿洪突然造访了俄国的总领事尼古拉·彼得罗夫斯基。有几个在克孜尔苏河边洗衣服的东干女人，看见了那个穿白色袷袢、面色红润的人和总领事先生在俄属墓园内散步的情景。在她们的心中，能和彼得罗夫斯基搭上半截话的人是蒙受了神的恩典啊。

伊斯拉姆·阿洪说：

"尊敬的先生，对英国人的鄙视是我从娘胎里带来的，我可能是克什米尔一个破落贵族的后裔，而我的母亲和姐姐先前确实被英国的军人奸污过。那时候，他们的军队试图穿过喜马拉雅山，进入寒冷的青藏高原。"

"确实如此，您继承了克什米尔人的狡诈和欺骗的品质，但我感谢您的是，您居然在很多年的时间内，一直没对我坏过心眼。说吧，我知道您对英国人又有了一个新把戏，我乐意听到您的高见，可我不会帮助您的。"

北极熊般威武的总领事先生，一下子给伊斯拉姆·阿洪兜头泼了一盆凉水。

对于英国人的那种天然的仇恨，改变了伊斯拉姆·阿洪的内心方向，使他迅速靠拢了同样让他厌倦和鄙视的俄国人，但他的后一种倾向始终没有流露出来，因为他需要彼得罗夫斯基的支持与笼罩。在1898年的喀什噶尔，俄国驻新疆南方的总领事彼得罗夫斯基被当地人称作"新察合台汗"，而声名显赫的斯文·赫定尊敬地将这位俄国的前国会议员称为"喀什噶尔最有权势的人"。在海拔4500英尺的帕米尔高原一侧，他统领了俄国人的所有事务。在他的领事馆里，驻扎着两名军官率领的由45名强悍的哥萨克人组成的精兵，这使他能一言九鼎，畅行无碍。

但是，在喀什噶尔的外交社交圈中，彼得罗夫斯基与英国领事马嘎特尼先生的不睦是众所周知的事情。按办大臣潘效苏对他的秘书和手下的随从们讲过，整整两年，他们两个人连一次招呼都没有打过，更别说什么握手了。在给迪化（今乌鲁木齐）的道台上报的紧急材料中，他以一种幸灾乐祸的口气说：

"……当然喽，他们闹得越僵越好。这样的话，我们说话的分量就会倍增，我们为什么不这样挑拨离间呢？"

或许就是这一个原因吧，所以1898年7月13日的那一场钢琴

晚会，照例没有邀请俄国人。

伊斯拉姆·阿洪的提议，遭到了彼得罗夫斯基小小的嘲笑和挖苦。他很苦涩地笑了一下，做出一副毕恭毕敬的样子。在俄国总领事馆靠近克孜尔苏河一带，有一大片修葺得整齐划一的墓地，青色的方尖碑在夏天的夕光中，折射出惺忪的色彩，绿油油的青草从碎石子的路缝中吐露出生机。夕阳西下，几只透明般的蝙蝠在倾斜地飞行，远处矗立的喀什噶尔旧城沐浴在一片金箔般的光芒中。伊斯拉姆·阿洪脚下跟随着彼得罗夫斯基，讷讷地支吾着。

忽然，彼氏拍了拍他的肩膀，很友好地说道：

"您何不重操旧业，干么现在就放弃您的那种骗人的勾当呀？您是知道的，在英国人的面前，一个好的伪造者胜过100个巫医的所得。您已经骗过几次那些愚蠢的英国人了，您的罪孽一旦被他们知道，您是逃脱不了干系的。一朝为贼，必定终身是贼啊。"

伊斯拉姆·阿洪没料到眼前的这个俄国鬼子，居然给自己支了这么一招，登时惊诧得目瞪口呆，一脸惶惑地盯着彼氏。

他嗫嚅地问：

"您的意思是，您的意思是让我再嘲弄一番英国人和他们的狂妄自大？"

彼得罗夫斯基很愉快地点了点头。

他以一种不容置疑的语气说："伊斯拉姆·阿洪，我尊敬的朋友。您的命运不是做一个到处招摇撞骗的巫医啊，您的命运是一个罕见的天才和卓越的伪造大师，有多少赝品和经典等着您去制造与篡改，有多少西方世界的博物馆、图书馆和私人收藏家等着您去欺骗，有多少桶黄金等着您去逐一收获。当然了，我知道您对金钱是不太在意的，我这样说话不是对您的一种鄙视，恰恰相反，我对您的下一部作品充满了神往。因为，我们都是同一种人——我们不仅对英国人满怀蔑视，而且全身心荡漾的是一种玩笑和游戏的心态，我们追逐的只是刺激和快乐本身。"

"啊是，尊敬的领事先生，您是我的一个可靠的知音啊。我忽然发现了我的那一套把戏所包含的可贵品质。您是知道的，我，伊斯拉姆·阿洪是一个目不识丁的人，我连我自己的母语（乌尔都语）都是一窍不通的，是您现在赋予了我一种神圣的感情啊。"

伊斯拉姆·阿洪由衷地感激道。

"那么，您可以告诉我您的那些伪造的细节了吧?"

伊斯拉姆·阿洪不经意地点了点头，接续说："在中亚细亚的新疆，这种伪造的手段并不是一个什么了不起的秘密。同时，喀什噶尔的木版印刷水平在整个中亚细亚是最高的，我只不过稍加改变而已。我一般先用桑皮纸和莎草纸，这样的纸张有一种柔软的弹性和水一样的光滑。在这样的纸张上印刷那些古怪的文字，会使人联想到遥远的古代，而且这种纸的价钱又相当便宜。我还会用柞树的汁来浸泡这些纸张，让它们沾染上一种发黄的古旧色，好像在冰冷的墓地里深埋了无数个春秋。对了，纸张上还必须有被虫子啮咬的痕迹。待这些做旧的纸张晾干后，我就会进入下一道工序。接下来，我会在一张张樱桃木的印版上，雕刻上那些令人费解的文字，我一般是照猫画虎，随心所欲。"

"怎么讲?"

伊斯拉姆·阿洪又说："比如，我会按照斯文·赫定先生那一年给我的一张发黄的《瑞典日报》来伪造。我故意将那些陌生的字母的方向颠倒，我还会故意丢三落四，将一些笔划增加或减少。呵呵，我喜欢这种暗无天日的伪造工作，在錾子和凿刀行进的过程中，一卷卷刨花飞快地在眼前舞蹈，我十分爱戴它们的这种歌唱与呻吟。也只有它们，才目睹了我这样一个天才和一本卓越赝品的完美经历。"

"可是，我可要拒绝您对俄语的篡改呀。您那样的话，我就没有立锥之地了。"

"您这是什么意思，尊敬的总领事先生？"

伊斯拉姆·阿洪谦虚地求教。

"哦，我们都是靠各自的母语安身立命的人啊。离开了它，我们就一无所是了，就像一个失去母亲的孤儿。"

"正是如此！出于我们的友谊，我发誓从没篡改过一个俄语的字母。我篡改最多的是英国人的语言，我将他们的字母拆解得乱七八糟的。而后，我把那些面目全非的英语雕刻在樱桃木的印版上，接着再印刷在做旧的桑皮纸上。呵呵，那些面目狰狞的文字让纸张散发出一种可笑的光泽。我还会将它们放进烟道里熏染，再会用一堆锯末的文火来熏烤，让它们有一种莫名其妙的古代色泽。"

"没错儿，您就是一个天才。"

"呵呵，剩下的工作就简单多了。我会用小牛皮来装订它的封面，在每一层书页上撒满沙子，仿佛它刚刚从丹丹乌力克或者塔克拉玛干沙漠里被挖掘出来那样。我会给他们——那些蹩脚的英国人，编造一个个奇妙的发现经历。我娓娓道来，诲人不倦，那些英国人就会轻而易举地上了当，然后煞有介事地在他们的国家里大肆渲染。先生，我获得的首先是一种踏实和无

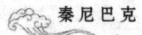

尽的快感，其次才是一些少量的金钱。我知道，我的一生可能就全托付给伪造的快乐了，我对此并不后悔。"

"您的眼光和手段太毒了，我的朋友。"

"过奖了，先生。"

"如今，在喀什噶尔，就连小孩子都知道，英国人发了疯似的到处在寻找什么新发现的古代的文书，自从那个可耻的英国军人发现了什么《鲍尔古本》以来，这就是一个庞大的需求市场。而您，趁机抓住了这个机会，我为您的智慧感到骄傲，您让撒克逊人上了一个大大的当啊。"

彼得罗夫斯基哈哈哈地大笑起来。

伊斯拉姆·阿洪在这种真诚的赞美中，突然陷入了落寞和孤寂。他的表情很痛苦，唯唯诺诺地回答说：

"……可，可这种生活带给我的，是无限的寂寞、冰冷与悲哀，只有少量的快乐让我能喜悦。说真的，现在我的舌头已经品不出那种奶油味儿的快乐了。"

"我不明白，您说的是什么意思？难道，您的戏弄和嘲讽让您于心不忍了？"

伊斯拉姆·阿洪连忙摆手，纠正说：

"尊敬的先生，您误解我的意思了。我是说，我在自己寂寞的伪造生活中，发现了一点儿与众不同的滋味，我愿意说给您听。"

"哦，在下愿洗耳恭听。"

"是的，在伪造的最初的黄昏，室内不应该点灯的，因为在那一刻，孤独是一团完整的空气。离开伪造时的那种孤独，作品就不会诞生，或者它将支离破碎，毫无生气，不知如何发展下去。我越来越明白，伪造书的人和他周围的人之间，始终要有所分离。这是一种孤独，是伪造者的孤独，是作品的孤独。我听见过一个萨满教的巫师说，伪造，除此之外什么也别做。伪造，那是我生命中惟一存在的事，它让我的生命充满了乐趣。我那样做了，始终没有停止过伪造的工作。"

"您这样讲，完全是对我的信赖。谢谢您。"

伊斯拉姆·阿洪又说："一本打开的书，就是一个漫漫的长夜，我不知道为什么刚才说的话会让我流出眼泪。是的，尽管绝望，可还是要伪造，啊，不，带着绝望的心情去伪造。那是一种怎样的绝望啊，我竟然说不出它的名字。

"真的，与尚未伪造完的书在一起，那就是还处于人类的最初的睡眠之中，而伪造从来就没有任何的参照，或者它便是……它仍像初生的婴儿，未经开化。每一本伪造而成的书都有一个无法绕过去的困难的阶段，它应该做出决定，把这种错误留在书内，使自己成为一本真正的书，不说谎的书。流泪，人也应该流一些眼泪的。其实人们都在伪造，人们身上带着未知的事务，那就是伪装和伪造，能做到的就是这样，要么是它，要么什么也没有。

"说到底，人们的身上具有一种伪装和伪造的狂热，一种疯狂的伪造癖与伪装癖，但人们并未因此而发疯，情况正好相反。伪造，就是未知的世界。在伪造之前，人们并不知道要伪造什么，而头脑却非常清楚。一部伪造而成的作品，就像风一样，它毫无遮掩，就是墨水，就是作品。

"它进入了生活。除了生活，没有任何其他的东西可以令人记忆啊……"

"哦，您的话让我大开眼界。我为您而感动，亲爱的朋友。"

彼得罗夫斯基以一种诧异的眼光，看着伊斯拉姆·阿洪。

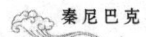

他被震惊了。原先，他以为这个克什米尔的后裔，不过是一个心术不正但手段高明的伪造者和赝品大师。可现在，他亲耳聆听了这个家伙的一番高论，不由得心里泛滥出一股钦佩的大潮。他对伊斯拉姆·阿洪说：

"朋友，您是一个真正的大师和卓越的天才，您还是一个书籍领域的医生与哲学家，我真的不明白，您会发展成怎样的一个人啊！"

伊斯拉姆·阿洪从怀里掏出了一本小牛皮的《圣经》，递给了俄国的总领事，以一种不乏幽默的口气说道：

"先生，我想篡改这一本举世闻名的经卷。我想专为英国人制造一本真正的伪经。您不会责备我吧！"

风姿绰约的凯瑟琳

"这个夏天真是太可笑了，我怎么也不会想到，自己会在这个鬼地方度过这个夏天的。要不是我在伦敦的那个大雾天遇到马嘎特尼，我就不会来这里的。上帝，难道这就是对我的一种惩罚么？"

凯瑟琳感慨地说道。

"哦，可上帝没有这样说过呀。"

传教士及时阻止了这种可怕的妄议。

"那上帝他老人家是怎么说的？"

"我一定是昏迷了，在那一刻我一定是昏迷了，我没有听见上帝他老人家是怎么告诉我的。可我知道，上帝的惩罚是不会对准像您这样的淑女的，我发誓。"

凯瑟琳翻了翻白眼。

她一手拿着半块西瓜咀嚼，一手正在驱赶着中亚细亚地带上特有的硕大的蚊子和苍蝇，嘴里一直不停地诅咒着酷热的天气，控诉着干旱中毛骨悚然的恐怖感受。

传教士亨德里克坐在一面乌黑的廊檐下，闭目赞颂着上帝的英明。他赤红的脸上有一种愤怒的表情，因为这个漂亮的英国领事夫人，在言语之间冒犯了上帝的名字，这是她不可原谅的错误。但传教士并没有表现出过激的情绪，相反，这个美丽的伦敦郊外的女子，让他有一种比较亲近的好感。至少，她还是一个笃信上帝的人，这在广袤无垠的中亚细亚地带，肯定是一种类似于贞洁的美德。

况且，凯瑟琳的到来，是为了零星地照顾他的饮食起居的。

远嫁他乡的凯瑟琳在喀什噶尔这座城市里没有一个朋友，这不免让她生出很多的寂寞。领事先生马嘎特尼常常抛下自己美丽的夫人，去天山深处柯尔柯孜人的营地里打猎，每隔十天半月，他就会捎回来一大批的野生动物的尸体，让秦尼巴克的院子里散发出一股血腥和动物皮毛的臊腥气。虽然凯瑟琳屡屡反对，可马嘎特尼却乐此不疲，热衷于这种杀戮的乐趣。在他出门远行的时候，凯瑟琳就会辗转反侧，为了安慰自己的寂寞，她常常入厨，在花样翻新的饮食烹调中寻求兴奋。

在1898年夏天的这个午后，她带着亲手制作的胡萝卜馅的烤饼，送到了传教士的院子里，可这个古怪的老家伙起初并不领情。亨德里克对凯瑟琳说：

"我一天只吃一顿，否则，上帝会归罪于我的。"

凯瑟琳吃着传教士给她切的西瓜，百无聊赖地数落着自己丈夫的种种缺点。

前天夜里，凯瑟琳这样对传教士说，就在前天夜里，一个从新德里发来的外交邮包抵达了秦尼巴克，领事先生手捧着一本最新出版的《孟加拉亚洲学会会刊》增刊上的《中亚古物收集丛刊》看了半宿。那时候，凯瑟琳一直迷迷糊糊地睡着，到天亮的时候，马嘎特尼突然叫醒了她，急切地对她说，自己要到塔克拉玛干沙漠的东侧一带，去寻找一本传说中的经卷。凯瑟琳在睡梦之中没有询问那本经卷的名字，况且，那时候她正好有一些低烧的朕兆，整个身子骨疼如刀绞。等她在黎明苏醒时，一个东干的女仆人说，领事先生早就出发了。

当然，这种不辞而别伤透了凯瑟琳的心。她对传教士诉说这一切时，让人感到这是一种控诉和批判。

凯瑟琳说："我真不明白，难道我千里迢迢到喀什噶尔来，就连一本书也比不上？我本来可以在伦敦的郊外种花骑马，和父母与姐妹们待在一块儿的。可现在，我成了一个地道的异乡人了。我的心都伤透了。"

"唉，您的伤心不利于您的美丽啊。"

"可我始终也不明白，他去寻找一本什么样的破书？那一片沙漠是恐怖的领地，是魔鬼撒旦主宰的花园，他这不是去送命吗？那样的话，我该怎么办呀？现在，我的寂寞无人问津，我的内心荒凉透顶了。"

凯瑟琳哭诉着说。

"夫人，马嘎特尼和我——一个破落肮脏的传教士，我们在荒蛮的中亚细亚的土地上干了半辈子，我们所有的努力和期待，就是为了这本书的到来。现在，我终于明白了，这个夏天是一个可以改变世界的季节，因为那本书终于来到了。无论如何，我们盼来了这个让人激动不已的经卷。美丽的夫人，也许，我可以给您讲一个故事的。"

凯瑟琳吃惊地看着传教士满目的灿烂神情，说：

"您要为我讲一个故事？"

传教士亨德里克在阳光飞驰的院子里，在一架绿意盎然的葡萄藤下，为凯瑟琳讲了一则风靡西方世界的有关"祭司王约翰"的传说。这个一身沧桑的荷兰人，忽然使用了一种遥远莫测的神秘口气和古怪的英语，絮絮然地说：

对于脚下的这一片中亚细亚的土地和更为广阔的东方而言，我们这些人的目光是如此无知和盲目，几千年了，我们的视线也没有变得更加遥远和敏锐一些。同样，对十字军东征时代的欧洲人来说，亚洲肯定也是一片巨大的未知的土地，是一张充斥了想象与传说的地图。普雷斯特·约翰的传说，就记录了欧洲人各色各样的想象。

据说，约翰是一个信奉基督教的国王，居住在东方的某个地区。他不仅异常富有，而且指挥着一支强大的军队，这支军队将去援助在圣地与撒拉逊人作战而被围的基督教徒。

"普雷斯特"意思是"祭司"，人们相信约翰既是祭司又是帝王。他最早出现在德国主教奥托的一本著作中。

奥托写道，1145年，他遇到了一个叙利亚的主教，这个人向他讲述了一位名叫约翰的国王的全部情况，说他信仰基督教，住在比波斯还远的地方。根据奥托的记载，约翰曾打算去耶路撒冷与基督教十字军东征的队伍并肩作战，但是他无法让队伍渡河。所以，在河边盘桓了几年之后，他"被迫回到了故乡"。尽管约翰在渡河这件事上所表现出的缺乏机智可能令人失望，但是一想到在遥远的撒拉逊人的土地上的某一个地方，还有一支潜在的同盟军——这个同盟军可能很快就会在后方给穆斯林军队以沉重的打击——欧洲人就心情振奋，充满了幻想。

但是直到1165年，约翰才被再度提及。据称，当时约翰本人的一封亲笔信开始在欧洲的各个宫廷和城市之间流传，信大约有10页长，大都是关于约翰的显位、财富和虔诚的自夸之词。

约翰声称有72个国王及其王国处于他的统治之下。

事实上，他确实远不同于一般意义上的统治者，甚至他的厨师和男仆都由国王来充当。他的王国里有通天塔，不老泉，一条散布着宝石的河流，一群高超的骑手，一块属于女战士的土地和其他稀奇古怪的事。但是，他的王国并不滋生酒鬼、骗子、盗贼或者无赖。约翰拥有成堆的黄金珠宝，他的宫殿前立着一面魔镜，从镜中可以观察到他统治的所有区域。他是一位强有力的战争领袖，一个公正而强硬的统治者，也是世界上最伟大的君主——当然，他也比其他的任何基督教徒都更为恭顺。

所有这些，都强烈地吸引着西方。

约翰的信被用12种或更多的欧洲语言翻译了出来，数以百计的复制稿在人们手上传递。1177年，教皇亚历山大三世给约翰回了一封信，回信的复制品被保存下来了，但是信封上面没有地址。因为甚至教皇也不得不承认，他也不知道到哪儿才能找到这位神秘、强大、信仰基督教的君王。

由于缺乏事实根据，当时的地图绘制者们便加以猜测。最初，大部分人认为约翰的王国在印度某地，这可能是把传教士圣·托马斯混淆进来了，他后来死在了印度。此后，人们又认为约翰的王国位于中亚细亚某个未标明的中心位置上，例如喀什噶尔与和阗，这种猜测是基于这些地区存在着亚美尼亚和聂斯托里的基督教组织。到了14世纪，大部分欧洲学者已放弃了该王国在亚洲的猜想，而是乐观地将约翰置于阿比西尼亚和埃塞俄比亚等非洲王国，这些王国确实是被基督教徒所统治。到16

世纪末时，约翰的王国甚至出现在某些荷兰人和德国人绘制的南部或东部非洲的地图上。

为了表达欧洲人和基督教世界对约翰王国的渴望与神往之情，1182年，又是教皇亚历山大三世，给约翰国王赠送了一本摩洛哥小牛皮装订而成的《圣经》。同样，因为不知道约翰的地址，教皇陛下就托付给了一队驶往中亚细亚的骆驼客，并叮嘱他们务必亲手送到约翰国王本人的手中。

可那本无比珍贵的《圣经》从此就消失了，也可能那些骆驼客早被风沙吞没了。但人们相信，那本书肯定还会再次出现的。

1165年的信究竟出自何人之手，学者们对此从无定论，而且像美洲的伊尔多拉多这个传说中的黄金城市一样，约翰的王国也从未被人发现。像伊尔多拉多一样，它是一个幻想，是一个吸引着许多探险家和冒险者的迷人幻想。15和16世纪，葡萄牙人绕过非洲到达印度乃至更远的地方，葡萄牙人做出这一航海的壮举，部分原因是当时的人们仍普遍相信，一个强大而雄厚的基督教国家——普雷斯特·约翰的王国——正在东方的某个地方，等待着人们去发现。

美丽漂亮的凯瑟琳瞪大了眼睛，以一种极其耐心的神情问传教士。她说：

"那您一直相信那本小牛皮的《圣经》会在喀什噶尔出现吗？"

传教士亨德里克忽然很颓丧地说：

"我已经等了30多年了，可我还会等下去的。我一生的事业，就是为了等待这本书的到来。现在，我已经听见它的脚步声了。"

伊斯拉姆·阿洪的爱情

　　在漫长的伪造工作之余，伊斯拉姆·阿洪总要溜出他在喀什噶尔艾提尕尔小广场后的那间破旧的小土屋，到饮食巴扎上摇尾乞怜一番。他这样做的目的，并不是要填饱自己的肚子，相反，他对饮食的兴趣一向很淡薄，总是胡乱打发了自己。他之所以这样，是由于饮食巴扎上有一个卖烧烤的吉尔吉斯的女人。

　　那个浑身散发出羊肉膻腥和浓郁狐臭气的女人叫阿娜尔。她有着中亚地区一个只有3000人的少数民族极为特殊的长相和笑容。那种笑类似于一种沉默寡言的抗议，用伊斯拉姆·阿洪的说法就是：

　　"那种笑只有在梦里才能得到，因为它没有任何声音。"

　　1898年夏天一个雨后的黄昏，伊斯拉姆·阿洪溜出了他的那间小土屋。在每一次离开时，他总要将自己收拾得干干净净，一袭白色的袷袢在喀什噶尔尘土弥漫的街道上显得与众不同。他讨厌工作时留在自己身上的那种琐屑和味道，他的模样仿佛一个生活富裕的巴依老爷。事实上也的确如此，在此前的那些日子里，伊斯拉姆·阿洪凭借伪造各种各样的古代文书，为自己积攒了一大笔的金钱，所以在一些他认为满意的场合，他总是出手阔绰。如果说，他以前的伪造工作是为了追逐金钱的话，那么现在，在这个制造一部即将轰动整个西方世界的"伪经"的夏天，他仅仅是出于愤怒，以及让人莫名其妙的简单的信仰。

　　在那个雨后的黄昏，他坐在阿娜尔的烧烤摊前，看着这个麻利的女人熟练地翻烤着一大堆羊肉。不知道为什么，这几天伊斯拉姆·阿洪总是对阿娜尔的手艺赞不绝口。她烤出的羊肉很

轻易地让人上了瘾，但那里面并没有撒上在中亚细亚地带上随处可见的罂粟花粉。

伊斯拉姆·阿洪要了十串羊腰子、十串羊蹄筋、半个羊尾巴油和一只烂酥的羊头肉，他今天的胃口让阿娜尔也很吃惊。在阿娜尔翻烤的过程中，伊斯拉姆·阿洪不停地啜饮着一种高原特有的苦伏茶，扭头看着巴扎街道上几处明亮的水洼。

黄昏下的夕光，在水洼上反射出一层金箔般的光芒，晃动的光线仿佛一张奇异的图画。伊斯拉姆·阿洪受到了灵感的呼唤，他从阿娜尔的烧烤炉前拾起了一块木炭，拿起一张擦嘴用的马粪纸，很随意地勾画了起来。瞬间，阿娜尔的一幅头像就跃然纸上。

他用这一张人物速写，将阿娜尔顺利地勾引到了自己的床上。

喀什噶尔的饮食巴扎，一般要持续到次日凌晨才结束，可阿娜尔的烧烤摊子很早就关门大吉了。这一方面是由于阿娜尔的羊肉过于抢手而供不应求，另一方面，伊斯拉姆·阿洪对她的那种疯狂的追逐，始终让阿娜尔魂不守舍。一俟到了尾声，阿娜尔就将洗涮的收尾工作交给了佣人，自己则匆忙地整理一番，一头扎进了伊斯拉姆·阿洪的那间小土屋。

往往是在这时候，伊斯拉姆·阿洪才干完自己一天的工作，静候阿娜尔来幽会。他从来就没打算让阿娜尔知道自己是干什么的，所以，他总是很仔细地把所有用于伪造的工具和书籍归整在一个秘密的暗道里。他有时候觉得这种工作好像是一个特务才会从事的，为此，他很有些骄傲和暗自鼓舞的情绪。

他们疯狂地幽会，每每以各自无限的高潮而水落石出。

在急促的喘息与呻吟渐次平静后，他们又会在一豆油灯的光线下，相互打量对方。伊斯拉姆·阿洪对阿娜尔的躯体充满了一种宗教般的爱戴，他在幽暗中伸出毛糙的双手，抚摸着那一方领地上的山山水水。他以无比敬仰的心情，摩挲着那一片仿佛柔软丝绸下波动的水流、暗道和礁石。他喜欢阿娜尔在自己的抚摸下，发出的一片片水花四溅的声音。在昏暗中，他有时候觉得自己慢慢变成了河流上随波逐流的一叶轻浮的小舟。那一刻，两岸的山峦里，偶尔会传出或近或远的稀奇动物的鸣叫。

然而，这些都不能满足伊斯拉姆·阿洪的好奇心。

在一次次跌宕起伏的肉欲的放纵后，他很麻利地起身，从一只乌旧的木屉里，拿出一支笔和一碗事先准备好的颜料。在一个个灯花闪射的漫长暗夜里，他将狼毫的粗笔，吮满了各种各色的颜料，在微微发烫、柔软似波的阿娜尔的皮肤上，开始尽情地涂抹起来。他会画下他所知的所有动物的形状，他会画出一些奇形怪状的各种字母，他还会画下淫亵的器官与饱含讽刺的抽搐场面。

在那支湿润性感的狼毫的轻抚下，阿娜尔快乐地呻吟和扭动，像一条春天里开始苏醒与歌唱的透明的白蛇。那一刻，她浑身铺满了图画，轻盈活泼的皮肤，仿佛一架在深夜中缓缓走来的巨大屏风。

起先，阿娜尔并不知道这个红脸膛的人究竟要干什么，她甚至有些惶惑地质问伊斯拉姆·阿洪，说这到底是什么意思？伊斯拉姆·阿洪拿了一把从俄国的奥什小镇买来的水果糖，剥开了一粒，塞进阿娜尔的口中，极尽谄媚地对她说，我要给你世界上最甜的甜蜜啊。阿娜尔吮吸着那一粒近似发霉的水果糖，舌根里品尝着这个陌生的男人带给她的幸福，眼睁睁地看着他手拿狼毫，在自己光滑如丝的皮肤上尽情涂抹。

所以，阿娜尔的这种反抗并没有持续多长时间，她的内心开始渐渐地倾向于伊斯拉姆·阿洪的这种恶作剧了。此后，她将自己裸露的身子完全交给了这个古怪的男人，还尽量去配合他的想象与创作。

后来，她几乎彻底爱上了这种游戏。

有时候，在伊斯拉姆·阿洪抱紧她，一个劲儿地求欢时，她也会让他先在自己浑身上下画满图案，于幽暗的灯光下，慢慢欣赏完自己奇形怪状的裸体后，才会允许伊斯拉姆·阿洪的插入。她越来越像一个优秀的鉴赏家，给伊斯拉姆·阿洪出各种各样的主意，比如哪一笔的笔划粗了或细了，比如在她的乳房间所描绘的那只兔子的耳朵比例不一，等等。对于这些显而易见的错误，伊斯拉姆·阿洪总是很虚心地接受了。

而后，他喜欢伸出那根散发出浓郁羊肉膻腥的舌头，慢慢地放在阿娜尔的皮肤上，舔去那些粗心和错误的笔划，然后再吮笔上色。

在这种舔舐的过程中，他发疯一般地爱上了阿娜尔的这张皮肤。他知道它的温度，他知道它的颗粒的分布状况，他知道它的柔软程度，他甚至知道它在怎样的爱抚下会变成怎样不同的色彩。他最喜欢她在高潮中整个身体的皮肤呈现出来的那一派粉红的色泽，那就像一块被胭脂染过的丝绸，在自己的怀里燃烧，然后成为一堆灰烬。

阿娜尔常常会说：

"我如果像这么美丽的样子，我就是死去，也会心甘情愿的。我会是喀什噶尔最美丽的女人了，爸爸。"

而伊斯拉姆·阿洪在这种高潮到来的前夕，会很快乐地对阿娜尔讲："我就是死在你这一棵石榴树下，我也会变成一堆很好的肥料，一直把你养活的。你是我的一只黑色的蝴蝶，你也是我的一只母狐狸，你还是我的一个克孜尔苏河上的洗衣盆，你也是我的一只萨拉莫尔的锡茶炊，妈妈。"

"爸爸。"

"阿娜尔，我的尕肉肉，我的妈妈。"

"哦，你把我装进你的口袋里吧，我要和你心贴心啊。"

"你也把我全装进去吧，我是你的一只乖顺的牧羊狗啊。我的尕肉肉。"

他们畸形的甜言蜜语，一直会延续到黎明到来的那一刻，往往在阿娜尔开始新的一天的烧烤叫卖前，他们精疲力竭的喘息才会终止。那时候，伊斯拉姆·阿洪会用自己已经麻痹的舌头，为阿娜尔舔干净身上所有的图画。他的嘴巴常常在黎明前的那一刻变得乌黑不堪，像一匹在漆黑的夜晚里驮运煤炭的毛驴，一直朝着阿娜尔嘿嘿嘿地发笑。

白昼一如既往地飞驰而来，伊斯拉姆·阿洪抖擞精神开始了一天的伪造工作，渐渐地，他变得魂不守舍了起来。在夏天的正午，他会因为思念阿娜尔写坏三张樱桃木的印版，他会把报纸上的外国人的字母原封不动地雕刻出来，他常常会被自己吓一跳的。一想到这一本伪经将是自己毕生的天才和智慧集中体现的杰作，如此罕见的经卷将是自己这一生玩笑的总结，他的头上便开始冒汗了。

他不由得憎恨起了阿娜尔这个飘荡着浓重狐臭味儿的吉尔吉斯女人了。他觉得，这个女人现在摇身一变，竟成了一块绊脚石。

出乎自己和阿娜尔的意料，在一个阳光明媚的午后，伊斯拉姆·阿洪走出了自己的那间小土屋。他跑到了饮食巴扎上，以

一副哀苦的神情告诉阿娜尔说，自己是万分地想念她啊，请求她跟他回家。阿娜尔丢下了一大群客人，顺从地尾随着伊斯拉姆·阿洪，来到了他的那间在大白天也昏暗无比的小土屋。

他们如法炮制地进行着肉体的欢娱，没一丝懈怠。

这一天，伊斯拉姆·阿洪在她透明的肌肤上，画出了一只鲜红的骷髅。在那两个空洞的眼眶中，喷射出的是缭绕的火焰和吐出毒汁的蟒蛇，在阿娜尔的扭动下，那只头颅和凶恶的爬行动物仿佛活了一般，在她的肌肤和身体上喧嚣不已。她的呻吟和嘶喊来得猛烈汹涌，她求他快快地插入，嘴里不停地喊叫着爸爸。伊斯拉姆·阿洪受到了鼓舞，他在一阵阵的刺激下，突然一下子就想明白了，他知道自己该干点什么了。

伊斯拉姆·阿洪拿起一把明亮的錾子，像画笔一样钉进了阿娜尔的脑后。

一本书的诞生

"我发誓，她一直还活着，我能摸到她的体温和皮肤的发抖，我一直将她揣在了怀里，我一点儿都没有离开她。您摸摸吧，她活着啊。"

彼得罗夫斯基问：

"您说的是谁？难道是这一本书吗？您怎么这样慌张？"

"不，我说的是阿娜尔，一个饮食巴扎上的风流女人。"

彼得罗夫斯基又问：

"她在哪里？"

"哦，她就活在这一本书里，我根本没有杀害她，我让她永远活在了这一本书里了。我发誓，这一切都是真的。"

俄国总领事彼得罗夫斯基先生很诧异地盯住眼前的这个克什米尔人的后裔，他不明白伊斯拉姆·阿洪到底怎么了。在俄国驻喀什噶尔总领事馆的窗外，几棵高大的沙枣树上不停地掉下拇指大小的红透的果实，砸在地面上，发出了很沉闷的声音。银灰色的树叶在秋风中变得枯黄一片，像无数鹅黄的羽毛逶迤落地。从遥远的天山北侧吹来的秋风，一直叩击着客栈的门环，让天空中飞行的褐色鸟群一惊一悚，仿佛一杆猎枪在吼叫。

伊斯拉姆·阿洪从怀里掏出了一本味道奇异但表面光洁的书卷，递到了彼得罗夫斯基的手中，然后浑身一软，栽进了一把红木的椅子内，脸上的虚汗汩汩流淌。

他虚弱地对这个外国人说：

"我发誓，她一定还活着，活着。"

彼得罗夫斯基的手指摩挲着这一本毫无特点的书卷，很随意地翻看着。可当他翻开第一面陈旧的书页时，他突然一下子骇然失色了，脚步趔趄地奔到了伊斯拉姆·阿洪的跟前，伸手摸了摸他的头顶。

伊斯拉姆·阿洪却没有一丝响应的动作。他歪在椅子上，很冷淡地望着俄国的总领事先生，他的汗一波紧似一波，好像克孜尔苏河上那些在秋天里泛滥的洪水。他觉得这是一个充满了奇迹和怪异的秋天，天空中一定有一只太阳释放而出的巨兽，一直虎视眈眈地捕捉着地上的万物。

俄国的总领事手指不停地蘸着嘴里的唾液，飞速地翻阅着那本发旧的书卷。他结结巴巴地问眼前的伪造者，说：

"您真的说到就做到了，这是一本举世罕见的赝品和伟大的恶作剧啊，您真的在一个夏天就制作出了这么一本伪经，我对您的才华和坚定佩服得五体投地呀。"

"这一本书出来了，可我眼看就要死了。"

"嗯，上帝都会嫉妒你的。"

"所以嘛，我想我没道理不死啊。"

彼得罗夫斯基哈哈哈地发笑，对伪造者说："您的天才就在于偷工减料呀。您瞧，您知道您干了什么事么？您拆碎了这些字母，让它们像一个个无家可归的孩子，您让这些字母一个个颠倒黑白，不明方向，迷失在了这一本不知所云的书里。您瞧您究竟干了什么好事呀？您将英国人和他们的语言大大地挖苦嘲弄了一番呀。"

伊斯拉姆·阿洪缓了一口气，有些骄傲地说：

"哦，那根本不算什么，我不过是将B丢弃了一笔，让它成了一个站错方向的3。我不过是把那个大写的A懒洋洋地少写了一横，结果它就成了一个两脚朝天的V字。可这些都算不了什么，我的天才在于我真正制造出了一本罕见的人皮书卷啊，我用的是饮食巴扎上一个风流无比的女人的皮肤。"

"人皮经卷？您是说用人皮装订而成的伪经？"

伊斯拉姆·阿洪不很情愿地回答说：

"我只不过剥下了她胸脯上两乳之间的皮肤，在她的皮肤一片彤红的时刻，我保留了她的那份美丽，而后用石灰粉和擀杖将她的皮肤硝制成了一张柔软透明的书页。瞧，整个夏天，我都将她一直揣在我的心窝上。她的体温还在，她的那份红晕从来就没有丧失，我发誓，我是喜欢她的。"

"您真是一个传说中的奇迹之人啊，我尊敬的朋友。您根本不知道，您在不经意的时候创造了怎样的一个圣物。"

"哦，您是说，我是一个杀人犯么？我不是，我仅仅是将她保存在了一本书卷中了。"伊斯拉姆·阿洪以一种坦诚的口气道来。

忽然，俄国的总领事彼得罗夫斯基先生的神情变得幽暗了起来。他坐在了伊斯拉姆·阿洪的身边，把手搭在后者的肩膀上，仿佛回忆起什么似的说：

"那么，让我来给您讲讲关于西方世界里盛行的有关人皮经卷的故事和传说吧，您会为您的这些行为感到骄傲和自豪的。哦，我在巴黎和彼得堡求学的时候，恰巧研究过有关这一方面的知识，我乐意为您讲述这些早已变成了灰烬的轶闻趣事……"

这一刻，伊斯拉姆·阿洪没想到这个粗俗的俄国总领事，居然会说起这么细致的事情，但更没有想到，他会如此轻易地接受这一本人皮书卷的存在。他听见后者以一种遥远和恍惚的声音，提及了自己闻所未闻的种种故事。这些故事仿佛一粒粒种子，撒在他空旷与干旱的内心空间，让它们萌芽开花，结出一些似是而非的奇异花朵，并且在弥漫周身的寂寞与恐怖下摇曳多姿，吐露芬芳。

这些故事如下：最早涉及人皮制革的参考资料，是玛尔玛雅斯的传说，他不自量力地向阿波罗挑战作音乐比赛，失败之后，便如约忍受活生生的剥皮处分。有人说，他的皮被制成了水泡或足球，又有人相信是制成了皮瓶。柏拉图的对话中记载了斯特斯普斯所说——他们可以活剥了我的皮，只要我的皮不似玛尔玛雅斯那样被制成了一只水瓶，而是化成了一片茂盛的美德。

另一个是法国大革命时代的工业界的传说，说是贵族的尸体怎样被送到了茂顿的一间硝皮厂，他们的皮被制成了皮革，用作书籍装帧及其他的用途。这些故事中最使人不能忘记的一个，乃是关于某一个法国人有一条皮短裤，系用他的犯偷窃罪而被处死刑的侍女的皮制成。这位杰出的道德家从不厌倦地指

责他的侍女，而每当发表一篇洋洋大论之后，他便十分满意地拍着自己的臀部，叽咕道：

"但是她仍在这儿。这家伙，她仍在这儿啊。"

1684年，罗伯·芬里尔男爵，这位忠诚的伦敦郡长，捐给鲍特莱图书馆"一张硝制过的人皮，以及一副骷髅，一具风干的黑人儿童的尸体"。这证实人皮确是有人硝制，制成皮革之后，那就无须怎样的才智便知道如何去扩大它的用途了。同时，恰如律师们所说，既然书籍与人类和他们的行为等等有密切的关系，我认为将这种皮革用在书籍方面，可说是一种虽然很可怕但又合乎逻辑的尝试。这种用途的发展，在法国更受到了经济上的以及临时环境上的鼓励。有一位作家说，在那革命的风暴中，装帧艺术消失了，书籍便用人皮来装订。另一位权威记录说，法国大革命的另一种恐怖产品，乃是这种可怕的玩笑，以人皮来装订书籍。谁都记得《克劳地奥博士》中所引用的卡莱尔的话：

"法国的贵族们嘲笑卢梭的学说，可是他们的皮却用来装订他的著作的第二版。"

用人皮装帧的书籍，公家以及私人的藏书中都有不少的实物可以见到，在巴黎的迦拉伐勒博物馆里，达凡鲍特就曾见过一本1793年的宪法，是用一个革命党人的皮装订的。另一位历史学家说，1895年的伦敦波罗大厦里有一本书，系用玛丽·卡特曼的皮来装订的。彼得罗夫斯基又提到有一位俄国诗人的诗集，用他本人的皮来装帧，这是因为行猎时的意外伤害而割去的，这本诗集的名字是《献给他心上的女士》。法国的梅特内兄弟的日记中也提到："有一位英国古董家，用了人屁股上的皮来装帧他的书籍。"

法国的天文学著作家弗拉马列昂，有一次曾向一位肩膀美丽的漂亮的伯爵夫人称赞了她的皮肤的可爱。当她死时，她便吩咐死后可将她肩膀上及背上的皮制成皮革，送给弗拉马列昂，作为他对于它的最近所有者的赞美的纪念。后来，这位天文学家便用它的一部分，装订了他最有名的一部著作《天与地》。另一个记载，叙述了1894年巴黎医学院的一名军官，将一个被处死的暗杀犯康比的皮，装订了他的死后尸体的解剖报告文件，而另外一位文学青年设法获得了同一具尸体上的皮，嵌饰了一册装帧豪华的维吉尔田园诗集的译本。

彼得罗夫斯基说，在1891年，有一位医生委托萨姆多夫，用一块女人的皮来装订一本荷尔拜因的《死的跳舞》，这块人皮我见过，系由沙弗斯贝里街的斯威丁多硝制，为这本书包书面和烫字的工人至今仍活着。书脊两端的丝制顶带，也用人发来替代。这本书现在下落不明，但相信大概在美国。

许多爱好书籍装帧的好事者都十分怪癖，只有别人一般无法获得的东西，才足以使他们见了高兴。如果大家时髦用小牛皮或摩洛哥皮来装订书面，他们便去搜求海豹或者鲨鱼皮。他们用大蟒蛇皮和眼镜蛇皮，去对付羊皮和猪皮的流行，他们之中有少数人渴望至少能有一本是用人皮装帧的，他们放肆地将这东西捧得高出一切之上。这种趣味对于一个有怪癖的肠胃是不值一提的，但是对于有一些人，那些从反常的意念和古怪异国的经验上感到满足的人，则可以提供一种奇特的甚至是亵渎神圣的喜悦。

伊凡·布洛哈博士说，这是属于性欲变态的拜物狂。他举例说，女性的乳房，对于男性是一种自然的生理学上的崇拜对象，但是除开这种正常的爱好之外，另有一种值得注意的乳房崇拜狂存在，他们使用割离人体的乳房作书籍装帧之用。他引用巍特克斯基的著作，说有些患爱书狂和色情狂的人，他们使用自妇人乳房部分取下的皮来装订书籍，使得乳头在封面上形成一个特殊的隆起部分。有些人怀疑有这样的书存在，他们将这类故事当作钓鱼家的轶闻、水手们的大话或者老妇人的琐谈一样付之一笑。

彼得罗夫斯基突然嘿嘿嘿地大笑，朗声而道：

"不，它绝不是什么胡说八道呀。瞧，我的手里就有一本这样的人皮经卷，看看封面上这两个褐色的乳尖，我就能知道它是一个风流娘儿们饱满性感的乳房上的纪念啊。这是一个奇迹的出现。"

伊斯拉姆·阿洪很虚弱地一笑，说：

"这不过是一次未遂的爱情和亲密的谋杀。"

彼得罗夫斯基忽然停止了他的笑声，以一种试探的口气问：

"亲爱的朋友，可我忍不住想请教您一下。您的这本不知所云的书，究竟要说些什么呢？"

"我发誓，我在这本乱七八糟的书里一定表达了什么，可现在我还不知道。我相信一定会有人看出来的，他们一定会相信我说了一些什么。您是知道的，尊敬的总领事先生，我是一个目不识丁的人，我能做到的只有这些。我以十分虔诚的心情，等待着你们对这本书的美好的评价。"

伊斯拉姆·阿洪说道。

"哈，您真是一个暧昧的喀什噶尔人啊。"

彼氏衷心地赞美道。

奇迹的再现

秋天是整个中亚细亚地带上最美的季节，肥硕的牛羊漂满了每一个山谷，而山谷两侧的坡上，浓密的野生植物们将成吨的果实码在了两岸，秋风吹过，经过发酵的果实便散发出稠密的酒香气息，源远流长。有时候，人们会看到天空中飞行的鸟儿会一头栽在地上，沉睡不醒。而当黎明时分，树叶上溅落的露水惊醒它们时，它们会发现自己原来蜷缩在一只腐烂的苹果上，烂醉了一夜。

这样的季节，在野外的散步使鲍尔中尉的沉疴已荡然无存了，他的心情也弥漫着酒香似的。他原本打算越过帕米尔高原，返回新德里转道回国的，可那片高原地带上的河流正处于雨季，他就被滞留在喀什噶尔了。况且，他还有一桩未了的心愿，他还没有见到伊斯拉姆·阿洪这个恩人哪。

就在他于这个一望无际的秋天里，念叨着伊斯拉姆·阿洪的名字时，这个红脸庞的克什米尔后裔居然主动找上门来了。鲍尔中尉在激动万分地拥抱他时，想到了一句中国古老的俗语：说曹操，曹操就到了。

"我敢打赌，先生，您的病彻底好了，连一点儿根也没有留下啊。"

鲍尔中尉赠送给伊斯拉姆·阿洪一只镶嵌了宝石的煤油打火机。他为伊斯拉姆·阿洪演示了一番，"啪"的一声燃亮，举到了这个巫医的面前。鲍尔中尉嘿嘿嘿地一笑，对着巫医说道：

"喏，我的生命之火现在明亮无比，这一切全都亏了您啊。您是我在这个荒凉广阔的地域里结下的一个朋友。我希望您能

记得我啊。"

"可是先生，您的病好了呀，我的病却日复一日地深重了。我差一点儿就见不到您了。无论如何，您都是我在寂寞时渴望的一个朋友。我没有什么要送给您的，您看您赠送给我这么贵重的礼物，我两手空空，除了满腹的感激外，我什么也没有。"

鲍尔中尉连忙说："不，我需要的是您能记得我，这个夏天的鲍尔，一名英国陆军中尉。我渴望的只是您的友谊。"

伊斯拉姆·阿洪被鲍尔中尉的一番话感动了，他哆嗦着从怀里掏出了一本白色的土棉布包裹，递给了眼前的这个英国人。在鲍尔中尉打开那个包裹的时候，伊斯拉姆·阿洪饶有兴致地玩弄着那只煤油打火机，"啪，啪啪，"火光不时地映射在两个人的脸上。鲍尔先生迅速打开了那个包裹，他异常吃惊地发现包裹里面是一本小皮革的经卷。他用手指蘸了一下唾沫，小心翼翼地翻动着那些粘连在一起的书页。他的手有些发抖。在他翻阅的时候，书页中的细沙像一股股弱小的水，流淌了下来。

鲍尔中尉以一种间谍般的眼光，一下确定了手中的这一本书并非俗物，它肯定有着不同寻常的来历和秘密的命运。鲍尔先生抚摸着书卷柔软的皮制封面，仔细推敲着里面神秘的文字，他有些吃惊，可更多的是一种兴奋笼罩之下的战栗。他压抑住情绪，结结巴巴地问伊斯拉姆·阿洪说：

"我的朋友，这难道是您送给我的礼物么？"

伊斯拉姆·阿洪很轻松地点了点头，说："先生，我没有别的可以送您。您知道的，我仅仅是一个靠自己可怜的医术闯荡江湖的人，我没有什么贵重的财产。这本书是我在和阗的一户人家救治时，主人为了感激我的恩德送给我的。先生，您也知道，我是一个目不识丁的粗人，这本书于我的生活无补啊，我

拿着它是没有任何用处的。我想，我必须将它送给识货的人，希望您能喜欢它的微薄与粗陋。"

"不，我尊敬的朋友。"

鲍尔中尉伸手阻止住了伊斯拉姆·阿洪的话，又说："您知道么？这根本不是一本普通的书籍，我的朋友。您瞧瞧，这上面的木刻图画记载的是神圣的基督耶稣在伯利恒出生和长大成人的故事。你瞧瞧，这后面的木刻图画，记载的是神圣的基督耶稣在山上传教的事迹。我发誓，这是一本罕见的《圣经》，它居然出现在了遥远的异教徒们生活的中亚细亚地带。我的朋友，我必须给您说明这一切的。即使在伦敦和巴黎，我都没有听说过这么一本精致的《圣经》。在整个欧洲，它都会是一件稀罕的珍贵文物啊。这些神秘的文字，一定记载了一个秘密的传教之路。我想请求您告诉我，这本奇迹般的《圣经》是从哪里得到的？"

伊斯拉姆·阿洪不以为然地说：

"哼，我差一点儿就烧了它，我对它没有任何的好感。不过，我听和阗的那家主人说，他有一次在塔克拉玛干的沙漠南边放牧，碰巧遇见了一片胡杨林。羊在那片干枯的绿洲中吃草，这个人就爬到了一棵树上去睡觉。奇迹的是，他的脑袋后面有一个树洞，他很好奇地随手一掏，就从里面掏出了这个白色的包裹。开始时，他还以为是哪个巴依老爷存下的银两，可马上他就失望了，因为包裹里面是这样一本书。他拿回家后，想用这本书来升火，他的瞎眼的妈妈似乎闻见了这本书的味道，就阻止了他。那个瞎眼的妈妈便将这本书存放在了自己的枕头里面了……哦，尊敬的先生，正如您知道的，我给那个瞎眼的妇人治好了病，她第一次看见日光的时候，还以为日光不过是一

把撒满了金屑的大扇子呢。"

"我发誓，这本神圣的《圣经》一定会轰动整个欧洲的。我必须赶快赶到新德里去，将这本书交给霍恩勒博士和亚洲地理学会，我想他们一定会破译出这里面所讲述的一切故事。亲爱的朋友，我会督促他们以您的名字来命名这一本奇迹之书的，您会被邀请到伦敦和巴黎去演讲，您会周游整个西方世界的。您不知道您现在是一个举世瞩目的人物了，您会被写入史册，将流芳百世的。"

鲍尔中尉由衷地夸赞道。

孰料，伊斯拉姆·阿洪很轻蔑地摆了摆手，以一种很潦草的口气说："这根本不算什么，在丹丹乌力克，到处都是这些一点儿不值钱的玩艺儿。也许，它能卖一个好价钱，因为它的封面是用人皮制作的，好像是一个年轻女子的皮肤，因为我梦见过她。"

鲍尔中尉恍惚了片刻，用手捏住了封面上的那两颗乳尖。

他俯身，吻了一下伊斯拉姆·阿洪的脸颊，满腹欢欣地告了别。

一个月后，这一本由克什米尔后裔伊斯拉姆·阿洪伪造的《圣经》，首次披露于《孟加拉亚洲地理学会会刊》1898年第四卷上。在这本杂志的头条位置上，著名的东方学家、19世纪末的亚洲西域古文字首席研究家和发言人霍恩勒博士，以一种极其权威的语气宣布说：

"……可以相信，于1185年由教皇亚历山大三世赠送给祭司王约翰的那本摩洛哥小牛皮装订的《圣经》，已经在中亚细亚名城喀什噶尔被人发现，发现者是曾经因桦皮古文书而享誉的女王陛下的陆军中尉鲍尔。据初步考证，这本神圣的经书上文字的错乱与残损令人吃惊，但书中所附录的大量木刻图画，与现在欧洲的各个教堂中的宗教图画如出一辙。这是一次奇迹的再现，据鲍尔中尉介绍，这本书是由一个名叫伊斯拉姆·阿洪的喀什噶尔的牧羊人，在沙漠深处的一棵胡杨树的树洞里发现的……我相信，在广袤的塔克拉玛干的沙漠中，一定还有更多的奇迹存在。只不过，我们欧洲人的自以为是，让我们遮蔽了一双去发现和夺取的眼睛。

"目前，在新德里的英国皇家生物研究所的米勒博士初步认定，这本举世罕见的经卷是用人体的皮肤装帧的，但因为此地技术手段的落后，还需在伦敦做最后的鉴定。

"无论如何，在中亚细亚的这次发现，将使英国在这一地区的探险达到领先水平，这是俄国人所望尘莫及的。不出意外的话，这一地区的冲突将会加剧。"

在大量的溢美之辞后，有一幅鲍尔中尉画的铅笔素描。一个穿着修长白色裕祥的克什米尔男子，正玩弄着手中的一只煤油打火机。毫无疑问，这个人就是天才的伪造者和卓越的赝品大师伊斯拉姆·阿洪。

鲍尔中尉通过外交邮件，寄了一本学会会刊给伊斯拉姆·阿洪，但他不知道这个喀什噶尔朋友的地址。于是，他只好托付给秦尼巴克领事馆的马嘎特尼先生，让他务必妥善地转交给收信人。

三个月后，远在伦敦的鲍尔中尉，收到了已经磨损得不像样子的邮件，上面有英国领事马嘎特尼先生一段潦草的注解。这位年轻的外交官以一种不容置疑的态度，告诉英国陆军中尉：

"在喀什噶尔，查无此人。"

斯坦因的到来

在同一期的《孟加拉亚洲地理学会会刊》的卷末，发表了一则动态性的消息。报道说，著名的中亚探险家斯坦因已于1898年11月13日进入了喀什噶尔，而有关此行的目的和专题却语焉不详。

众所周知的是，斯坦因将于这一年的最后一天，揭开有关伊斯拉姆·阿洪大量伪造古代文书的事实。但斯坦因爵士在自己的探险日记中，却将这一伟大的事件归入了1899年，这一年是他的母亲50大寿的年份，他显然想以此作为纪念。

秦尼巴克
（CHINA PARK）

尾声：欧洲的猜测

《泰晤士报》消息【记者 托尼·布莱尔发自哈萨克斯坦】据可靠人士透露，一件足以引起外交史上严重纠纷的恶性抢劫案，近日发生在哈萨克斯坦北部的少数民族聚居区内，大英帝国驻喀什噶尔领事馆发往伦敦外交部的重要邮件，被一股据信是得到莫斯科支持的土匪武装劫持，并已藏匿于崇山峻岭之中。大英帝国外交部已紧急照会莫斯科，敦促其尽快解决此事，追回被劫持的邮件。

记者从莫斯科方面了解到的未经证实的消息说，已经有300至330名哥萨克士兵组成的队伍开赴该地区，该部队的首脑人物是一名当地部落领袖的儿子，曾被莫斯科授予陆军少尉军衔。

据透露，这伙武装土匪抢劫的外交邮件内，有一本据信是7世纪以前的中亚细亚各国历朝奉为至宝的古代经卷。经当地专家初步考证，确信此经卷系采用业已消失的中亚地带某个少数民族的文字印制而成，其所述内容可能包含了古代先民对天文、地理、军事、死亡、灵歌和某些奇异现象的笼统理解，但没有人能准确地破译出其中的真实用意，就连那些破译此物的当地土著专家也在这一过程中神秘死亡，喀什噶尔城内的流言蜚语更加证明了此经卷的神圣不可侵犯。据目睹过这本稀世之宝的

人士说，这一本经卷系用人皮装帧而成，书籍封面呈淡黄色，触之柔软如绸。

这一本人皮经卷是大英帝国驻喀什噶尔领事馆率先获得的，据来自喀什噶尔的人士说，英国领事马嘎特尼先生的夫人凯瑟琳·波尔兰德在获得这本人皮经卷的过程中意外负伤，导致他们头生子的流产。

领事夫人将于近日取道回国，女王陛下已下诏授予她爵士爵位。

记者将以最快的速度赶往喀什噶尔，调查此次严重的外交纠纷和那本古代经卷的最后下落。记者搭乘的海轮预计将需45天才能抵达目的地，同船有英国内阁派遣的事故调查组成员，他们的气色显然很好。

（1898年12月8日电）

《印度报业托拉斯》消息【记者 伊德里克·拉什迪发自克什米尔】位于中亚细亚腹地的喀什噶尔和哈萨克斯坦地区，在这个干旱的夏天成了一块冒险家和野心家们角逐的热土。一本据传是产生于5世纪以前的中亚细亚某个神秘部落的人皮经卷，已经在伦敦的各个著名的拍卖行被缺席拍卖，市值200,000英镑。

但有关这本人皮经卷的下落和归属问题成了一个世界性的悬念。

据传首获这本人皮经卷的，是英国驻喀什噶尔领事马嘎特尼先生的夫人凯瑟琳·波尔兰德，但在他们居住的名为"秦尼巴克"的领事官邸中，这本人皮经卷曾离奇地"失踪"了数日。更为离奇古怪的是，一位长期游荡于喀什噶尔的波兰亡命徒伊格纳提耶夫，在中亚细亚这个动荡的年份里突然投靠于英国领事馆，他受到了优待，享有了外交豁免权。据信，伊格纳提耶夫乃俄罗斯情报部门的秘密特工，他的叛逃是对俄罗斯在中亚细亚庞大谍报网的重大打击，这也是本世纪以来最为重要的叛逃事件。然而更令人震惊的是伊格纳提耶夫在叛逃事件发生后却神秘失踪，俄国驻喀什噶尔总领事彼得罗夫斯基已否认他们插手此事。最近几日，这位俄罗斯在中亚细亚的最高代表通过莫斯科的报纸，一再否认伊格纳提耶夫系他们雇佣的谍报人员。已先期到达喀什噶尔的以英国陆军中尉鲍尔先生为首的突击队，已经开始了在这一地区的行动。

这本具有独特传奇色彩的人皮经卷，后来被装进了英国驻喀什噶尔的外交邮包中，分两路欲运往伦敦。一路邮包意欲穿过慕士塔格峰，由克什米尔辗转至新德里或加尔格答，乘坐"爱沙尼亚公主"号豪华邮轮回到伦敦；而另外一组邮包则挺身犯险，被发往从阿拉木图开出的俄国列车上。而正是这后一组邮包，在哈萨克斯坦北部遭到了被劫持的命运。据情报人员分析，这两路邮包中有一组是当初作为防范措施而使用的，肯定有一本极其仿真的人皮经卷赝品在其中起到了"障眼"的作用。但现在不清楚那本真正的经卷究竟在哪一路邮包中？现在是否安妥？

在伦敦和巴黎，热心的书籍收藏家们已经开始了全方位的搜索。

有幸目睹了这一本传奇经卷的人士说，这是一本有关地下秘密宝藏的指示图集。在风靡中亚细亚的民间传说中，有一个古老的部落曾经将大批的黄金珠宝藏匿于阿富汗北部的山区，在长达三个世纪的寻宝中，有无数的探险家葬身于此而一无所获。这本人皮经卷有望揭开这一谜底。

据透露，凯瑟琳夫人将于明年初在牛津大学就该书的发现经过举行专题演讲。

记者在克什米尔一个乌尔都语向导的带领下，将于明日翻越慕士塔格冰大坂，估计不日抵达喀什噶尔。愿上帝保佑。

（1898年12月11日电）

《圣彼得堡快报》消息【记者 格罗斯·布尔加科夫发自奥什车站】一本确信是被英国驻中亚细亚喀什噶尔领事馆劫掠的古老文书——人皮经卷，在秘密运往伦敦的途中，于10月下旬时在哈萨克斯坦境内的北部山区遭到了劫持。劫持这本人皮经卷的一个少数民族部落的头领发誓，要用鲜血和生命保护这本祖传的部落圣物。

英国外交部已经照会俄国政府，要求派出精锐的突击队员抢回这本人皮经卷，但被俄国驻喀什噶尔总领事彼得罗夫斯基予以拒绝。总领事先生还就波兰的杀人犯伊格纳提耶夫谎称自己为俄国情报人员，荒谬地指控本国的中亚细亚外交政策一事提出严重抗议，并要求英国领事馆归还杀人凶手，以对他在十年前杀害一名俄国东正教牧师的行为提起诉讼。

据来自喀什噶尔当地中国政府的消息，该地区从未发现过任何少数民族的古代文书，但他们并没有排除当地庞大的伪造集团为此上演了这一幕恶作剧的可能性。这有可能是英国政府关于中亚细亚政策变化的一个滑稽的信号。

引起这一场冲突的波兰杀人犯伊格纳提耶夫，目前可能藏匿于英国领事馆内，据被该外交机构辞退的当地仆人讲，此人和英国领事夫人凯瑟琳·波尔兰德关系暧昧。现在，没有理由能够排除这一劫持事件是一个极其阴险和充满野心的预谋，众所

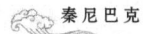

周知，在广袤干旱的中亚细亚地带，英国人的无理取闹常常不得人心。

记者将前往喀什噶尔，进一步追踪报道这一世界性的丑闻。

（1898年12月4日电）

《莫斯科生意人报》消息【记者 鲍里斯·利亚钦发自伊犁以西】气极败坏的英国东方学家霍恩勒博士，在中亚名城喀什噶尔通过一家热爱英镑的当地土著报纸发表声明说：哈萨克斯坦北部的一股武装土匪对一本据称是公元6世纪的人皮文书的劫持，乃是对全人类的犯罪和对上帝英名的玷污。

据消息灵通人士透露，那本由人皮装帧的古代文书被霍恩勒博士确定为一本上帝的语录集。它的出现将会修改此前不同民族对《圣经》的诠释与争吵，梵蒂冈和大英博物馆已经为该文书的到来准备的盛大的欢迎仪式毫无疑问要无限延期了，没有人能想象那本书会怎样修改欧洲人的宗教习俗和理念。

据曾接近英国驻喀什噶尔领事马嘎特尼的柯尔柯孜猎人们说，此人是一个容易想入非非的外交官，他身上一半的中国血统和长年驻扎在中亚细亚的经历，并不能保证他的行为的准确性，谁也无法预料在他的眼中出现的是一本古代的文书，还是一只雪线以上的蓝马鸡？领事夫人凯瑟琳在这一高海拔地区所患的高山病也无法保证她的发现具有实际意义。

目前尚不清楚这一本所谓的古代文书的确切流向，但据记者对长年奔走于天山大坂的众多吉尔吉斯驮夫的调查，近一年中他们未曾接手过英国驻喀什噶尔通往奥什车站的外交邮件，而以往这些令人头痛的运输活儿肯定是由他们承担的。

俄国外交部已就英国政府的照会发表了措辞严厉的声明，

此前尘嚣甚上的有关东正教大牧首欲通过秘密途径，向哈萨克斯坦北部山区一个部落土匪武装购买那本古代文书的谣言不攻自破。莫斯科的大多数民众相信，这一外交事件也许是一场精心策划的阴谋，不能排除这是某个基督教组织的又一次纵火行为。

显然，俄罗斯在中亚细亚地区的利益受到了前所未有的挑衅。据莫斯科军界人士透露的消息，所有俄罗斯士兵和军官已取消休假。现在，炎热的印度次大陆上冷雨纷飞，俄罗斯士兵在印度洋的海水中将会洗刷他们的靴子。记者已雇佣了一支骆驼队紧急赶往喀什噶尔，继续报道该事件的最新进展。

（1898年12月23日电）

回放：农历六月十四日

鲍尔中尉再次策马进入喀什噶尔旧城时，不禁为这个中亚名城的富庶所吃惊。在城中的主要建筑物艾提尕尔清真大寺广场附近，一个夜晚的饮食巴扎还没有结束。鲍尔中尉到达喀什噶尔的时间是1898年中国的农历六月十四，这使他在翻越喀什噶尔以南的慕士塔格峰冰大坂时，一路上都有月光引领。月光打在那些终年积雪的冰山上，反射下照彻内心的光芒，一些在透明漂泊的月光里盲目飞翔的鹰可能错误地以为闯入了白昼，它们的鸣叫凄婉悠长。但是，在饮食巴扎的街道上，月光荡然无存。

每一个被白色粗布苫盖的饮食桌案旁，摊主都点燃着一支石油制成的灯，蓬勃的火苗肆虐着，不仅产生了灼人的光亮，而且喷吐出浓重的烟柱。这些用来照明的石油来自阿富汗或哈萨克斯坦地区，价钱极其低廉。如果用一只公鹅交换，就能得到整整一年的光明，而那只公鹅微小的肝脏，在莫斯科会成为一个贵族家庭餐桌上最为丰盛的一道菜肴。在喀什噶尔的饮食巴扎上，各种各样的叫卖声此起彼伏，这让每一个初来乍到者分不清究竟是什么语言？因为在这里，汉语、维吾尔语、哈萨克语、英语，甚至极为罕见的波斯语、印度语以及乌尔都语都会畅行无阻的。

鲍尔中尉下马坐在了一个摊位的条凳上，一个机灵的小巴郎子跑过来将他炭红色的坐骑拉到后面喂料去了。鲍尔中尉要了一根羊肋排、一疙瘩羊尾巴油、三个羊腰子和一小碟灌肠，吩咐摊主烧烤起来。

在燃烧的狭长形的木炭火上，一块块肥肉被穿在红柳扦子上翻来覆去地烤。当盐粒、孜然和胡椒粉撒在上面时，羊油滴落在火舌上，周围顿时散发出一股诱人的香味儿。夜里浪游的乞丐们在不远处瞪大眼睛，他们常常遭到鞭子的呵斥。

鲍尔中尉把一串羊肉递到嘴边时，压低声音问摊主，说："萨尔萨班的情况如何？有没有他的消息？我在问你哪！"摊主惶恐地看了看四周，街道上的各个摊位人烟稠密，其中夹杂着衣饰豪华的巴依老爷们和三三两两的外国人，根本没有人注意他这个方向的。他给鲍尔中尉撕开了一瓶葡萄酒的泥封，递给对方，说："老爷，我已经有五天没有见过萨尔萨班了，不知他到哪里鬼混去了。"

鲍尔中尉的嘴里可能嚼到了一块羊筋，他拼命咬着，腮帮子鼓得很高。过会儿，他喝了一口葡萄酒，囫囵咽了下去，盯住摊主的眼睛问道："我托你们打听的那本书有没有消息？我是专门来取回那本书的。我知道，维阿，你有一双喀什噶尔最

灵巧的耳朵。"摊主受宠若惊地说:"老爷,我从来就没有听说过一本什么人皮书籍啊。""还是我自己亲自找吧,不过你要张开你的那双驴耳朵,你们的鼻子一定要尖才成啊。"鲍尔中尉微笑着对摊主说道,随后,他从腰际里掏出了一枚闪闪发光的金币交给摊主。不知这是对他的消息的赏赐,还是这一堆食品的价钱。

在沸腾的饮食巴扎上,一直有一双眼睛盯着鲍尔中尉。这个藏在角落里的人十分明白在不远处的摊位上大口咀嚼的鲍尔其人了,他甚至闭上眼睛就能历数出这个享誉中亚细亚和整个欧洲的军人的传奇故事和盖世的功勋。此刻,他尾随鲍尔中尉进入喀什噶尔,可他不想打草惊蛇,他同样也有足够的耐心和对眼前这个职业军人的嫉妒。

这来源于他的主人。

鲍尔中尉是英国驻印度殖民军的情报官员,他从二十几岁起就一直闯荡在中亚细亚的崇山峻岭和戈壁大漠上。起初,他以打猎和冒险为名搜集情报,但这样走南奔北的闯荡并未使他获取功名。在寂寂无名的折磨之下,他一度产生了放弃的念头。比如在1888年的一个星期内,鲍尔中尉就给驻印度的总部发回了三封加急的信函,他谎称自己已经患上了高山反应症和鼻血症,要求将自己调回总部或者英国本土。他的自私的想法被上级及时洞察了,于是一纸调令将其召回到了新德里。

这是这位官员命运转折的开始。在那个夏天,鲍尔中尉在归途中并不知道命运女神对自己的垂青。他此后被晋升为英国陆军少将,并受封为汉密尔顿爵士的所有荣誉都和那个夏天的一纸调令息息相关。他死于第二次世界大战前夕。在鲍尔中尉建立功勋荣誉缠身后的那些闲暇岁月里,他除了在印度次大陆上旅游观光、饱尝美色、饕餮咖喱饮食外，便专注于一本通俗读物的写作。他将自己在中亚细亚的游历和艳遇写成了名为《土耳其斯坦旅行记》的薄薄的小册子。这本书由英国知名的蓝色幻想出版社于1927年出版发行，发行数字仅为312册。其中的一本，被汉密尔顿爵士装订成了摩洛哥羊皮并烫金，作为这个贵族之家的传家之物。鲍尔中尉之所以如此看重自己的这一本通俗读物，可能缘于他在年轻时候的经历和命运女神对他的赐予。这是他纪念的方式之一。

1889年，就在鲍尔中尉回到新德里总部后，他接受了一件十分棘手的任务。当时，英国最为著名的中亚探险家达格列什，在途经帕米尔高原东侧的一个山坳时，被一个从叶尔羌（即今叶城）来的阿富汗人给谋杀了。这件谋杀案震惊了整个英伦诸岛，在英国广大的海外殖民区也引起了长久的喧嚣，英国当局要求限期破案的电报像雪片一般地飞往新德里的总部。发生在中亚细亚的谋杀案使新德里的这个海外机构极为被动，他们大量消耗着纳税人的钱，却又保护不了英国公民的人身安全，所以新德里的长官说："我们是被一桩谋杀案给出卖的。"在这种前途未卜的状况下，缉拿凶手的任务便理所当然地落在了鲍尔中尉的身上。

在广袤干旱的中亚地带，要在那些苍莽的雪山和戈壁褶皱里找到凶手近于天方夜谭，可急欲建功立业的鲍尔中尉并不以为然，他愉快地接受了这个天使般的工作。他以组织狩猎为幌子，以狩猎队为基本的侦破力量，在无边无际的中亚地带构成了一个庞大的地下情报网。他将自己的探员撒向了阿富汗、中国和俄领的中亚诸国，触角遍及海角天涯。在部署完这些纷繁复杂的工作后，鲍尔中尉一枪一骑独自闯入到了古老的丝绸之

路，在一个又一个绿洲间寻找案犯。当一个个虚假的线索破灭后，鲍尔中尉来到了塔克拉玛干沙漠之侧的和阗。

在滞留和阗的日子里，鲍尔中尉很偶然地得知在附近的沙漠中发现了一座古城，有一个牧羊人从那儿捡回了一本书。在神经紧张疲惫的破案过程中，鲍尔中尉居然被这个传闻感染了，他通过自己的金币要来了那本书仔细观看。

那是一册由木板夹起来的桦皮书，一共有51页，上面书写着一些神秘的婆罗米文（梵文），他连一个字母也看不懂，但是冥冥之中的一个声音告诉他，这是一件足以改变他一生命运的圣器。于是，鲍尔中尉毫不犹豫地掏出了30多个金币买下了这本书。以后，他甚至都要忘记了这本书的存在，仍然一门心思地在丝绸之路上寻找凶手的下落。

一年之后，他无功而返，仅仅携带着惟一的收获——一本破旧的桦皮书籍——回到了新德里的总部。他将书籍交给了加尔各答的亚洲学会去识读和辨认。

很快，德国裔的英国东方学家霍恩勒博士考证出此书是公元5世纪时写的手稿，这本包含了医药与巫术的著作被认为是中亚细亚地区中最古老的书籍。后来，它以发现者的名字来命名——被称为《鲍尔古本》。这个年轻的情报官员一夜间名扬天下，他的发现和所说的奇特经历轰动了英伦三岛。

自此以后，鲍尔中尉将中亚细亚看成了自己的"荣誉之地"，他渴望获得更多更古老的出土书籍，好在自己本已灿烂夺目的花冠上增添新鲜的枝条与花朵，当然，他也并没有忘记那个凶手。作为英国职业军人，他同样以将凶手缉拿归案当作崇高的荣誉，但这已经成了他的一种副业了。

鲍尔中尉吃完了那些油腻腻的羊肉后，掏出一张草纸擦拭完嘴角，仿佛很不经意地问那个满脸炭黑的摊主，说："如果你能打听到那本人皮书籍的下落，剩下的事情就是我一人的了。不瞒你说，我会给你几千天罡的，你会丢弃你的这个小买卖，娶上一个哈萨克的美人的。我等着你呀。"

摊主俯身过来，嘴递到鲍尔中尉的耳边，压低声音道："可是，老爷，我打听到那家伙可能就藏在俄国的总领事馆或他们的教堂里，有一个到克孜尔苏河边洗衣服的东干女人曾经在半个月前看见过那个家伙。我还听说那个阿富汗人的腰里别着一把枪，他也许已经嗅到了一些动静啊。"

"可这并不重要啊，维阿。我现在需要的是那本人皮的书籍，而不是那个阿富汗人，这个家伙在我的眼中已经是一个死人了，我随时都可以毙了他的。我来喀什噶尔并非是和他算账的。"鲍尔中尉的脸上好像闪过一丝难以觉察的失望。他机警地回望了一下饮食巴扎的四周，没发现什么异常，就在他转身时，那个机灵的小巴郎子牵过来了一匹炭红色的坐骑。

鲍尔中尉离开了艾提尕尔清真大寺的广场，但他并没有前往英国领事馆。

回放：月光照耀喀什噶尔

沸腾的夜宴在午夜时分已逐渐归于尾声，只有月光徒然照耀着新疆南方的这一座中亚名城喀什噶尔。在土质疏松的城墙上，斑驳的月光好像来自一千零一夜故事中的某一章。成群的夜鸟上下飞舞，它们灰头土脸的皮毛因为月光的浸染变成了锦衣夜行的士兵。在喀什噶尔的城墙内外，一片片蛙声嘹亮悠长，树叶在夏夜的风中飒飒作响，空气中弥漫着一股奶茶的余香和

羊肉的膻腥，经久不息。来自波兰的亡命徒伊格纳提耶夫在吻别秦尼巴克的女主人凯瑟琳时，从她的身上同样嗅到了这种醉人的气息。

这个波兰的亡命徒对凯瑟琳谄笑道："谢谢您的盛情款待，尊敬的夫人。您煮的奶茶真是太好喝了，它让我回忆起自己年轻时候在故乡时母亲的手艺，一晃很多年过去了，我都没有回过波兰，这真让人伤感。"年轻美貌的英国少妇显得有些疲倦，用一方手帕擦拭着额头，倦怠地回答道："那么如果有空，就请常来走走吧，我会给你煮另外一种味道的奶茶。"她抬起手，驱走了一只硕大的蚊子。

这个一身晚宴装打扮的亡命徒感觉到了凯瑟琳的客套和不耐烦，于是他再次靠拢了领事夫人，在她的耳缝边说："凯瑟琳，你真是一个会演戏的小婊子啊，你忘了我们在一起的那个晚上吗？今天整个晚上，你都在操练一些外交辞令，我对你的一本正经感到厌倦，你不是这样的人呀，你看看我是谁？我是伊格纳提耶夫，是你口口声声崇拜的革命者啊。"领事夫人似乎没有从漫长的欢宴中摆脱出来，她急切地对眼前这个满嘴酒气的波兰亡命徒哀求道："求求您，伊格纳提耶夫，求您快点儿离开吧，我丈夫马上就要出来送客了，我不想让他看见您和我在一起，外面已经有关于我和您的传闻了，我不想让马嘎特尼被人指着脊梁骨骂啊。"伊格纳提耶夫不以为然地道："凯瑟琳，亲爱的夫人，我发誓我对你的爱是一个革命者全身心的爱，我不想隐瞒它。"

凯瑟琳伤感地捂住了脑门儿，喃喃地哀叹说："上帝，我这是怎么了。"

伊格纳提耶夫看出了这个英国领事夫人的疲倦与心事，正欲转身离开时，突然从秦尼巴克的门楼那儿传来一阵阵鞭炮的轰鸣声。一辆挂有黑色丝绒花纹布帘的骡车蹚起了烟尘，停在离他不远的地方，这是秦尼巴克的主人为所有的嘉宾准备的交通工具。鞭炮声大作，在月夜下腾起一团团烟雾，飞逝的火光散射得很远。在中亚名城喀什噶尔的秦尼巴克——这个大英帝国的领事馆，每当举办一个盛大的宴会时，无论来宾到来还是离开，都会有一阵鞭炮作为迎送的礼节。

清冷的爆炸熄灭以后，四周又陷入了寂静的沉默之中。

月光照耀喀什噶尔的这座旧城和天空中一面懒散飘扬的"米"字旗。伊格纳提耶夫在钻进骡车时，对凯瑟琳说："噢，我差点儿给忘了，尊敬的领事夫人。我的一个朋友明天要到俄国的奥什小镇上去，能为您顺便捎点儿什么吗？这样吧，我送您一只俄国的紫铜大茶炊萨莫瓦尔，这有助于您煮茶的技艺闻名四方的。您说呢，亲爱的夫人？"

凯瑟琳还未及开口，就看见那辆骡车一溜烟儿驶远了，她蓦然感到自己的嗓眼里一阵发酸，好像有什么东西要呕吐出来似的。她的空洞的脚步声在月光下很响，这是她离开自己的祖国，到这个荒凉遥远的中亚城市度过的第二个年头。

夜风吹来了远处克孜尔苏河的气息，风中好像也带着巧克力的那种味道。她突然呕吐了，一股酸水噎在舌根下。她靠着一堵石头的残壁，大口大口地呕吐起来，嘴里嘟哝道："哦，上帝，我怀孕了？"

在克孜尔苏的河对面，一只红色的灯笼在低低地飞翔着，仿佛月亮里掉下来的一盆炭火。不用问，那是波兰的亡命徒伊格纳提耶夫乘坐的骡车在拼命的奔跑，而那只高挂于车顶上的灯笼，在暗夜中犹如一只飞行的红色蝙蝠。在秦尼巴克的围墙

上，飞溅而下的是如水的歌声。凯瑟琳一听就知道那些男人准保已经烂醉如泥了，他们扯开嗓子在嚎叫般地讴歌上帝的英明与赐予：

"啊，在一片陌生的土地上唱着天国的赞歌……"

凯瑟琳大口吞咽着月夜下的喀什噶尔的空气，手里的那一方巾帕沾染了一星半点儿呕吐的秽物，捏在掌心里有一种发粘的难受感。在秦尼巴克围墙之外的土台上，常有一些乞丐与残疾人露宿，甚至还有一些满脸脏乌的孩子在月光下堆起柴火烤土豆或者甜菜根。看见那些深藏于黑暗之中的肮脏的生活情景，凯瑟琳的内心就会泛滥起一种浓郁的怀乡情绪。

几年前，这个土生土长的英国少女嫁给了马嘎特尼先生，从那时候开始，她的命运就发生了不可逆料的转移。她的丈夫有一个中国名字：马继业，而这仅仅缘于他的母亲是一个中国人而已。凯瑟琳的这个中国婆婆出生于一个名门望族，在席卷中国南方的太平天国运动带来的社会大迁移中，她以十几岁的年龄嫁给了马嘎特尼的父亲———一个长期活跃在中国南方的传教士。凯瑟琳对婆婆的模糊记忆来自于丈夫的语焉不详，马嘎特尼先生在自己的一生中很少提及中国母亲的任何细节。马嘎特尼先生于1890年来到了新疆南方的喀什噶尔，他最初的身份是"英国驻克什米尔公使的中国事务特别助理"。在大英帝国和北极熊一般的俄国争夺中亚细亚势力范围的斗争中，就是这个年轻的英国外交官，独自一人支撑起了广袤的中亚细亚上空惟一的一面"米"字旗。

凯瑟琳和年轻的外交官就住在秦尼巴克中，这个经历数年精心建造而显得气势恢宏的外交官邸，在汉语中的意思是：中国花园。

凯瑟琳在喀什噶尔的月光下逐渐恢复了过来，她的脑海中萦绕着自己已经怀孕的可怕念头。她明白，要是自己怀孕的话，那将意味着什么。因为在此之前，马嘎特尼先生和喀什噶尔仅有的几个外国人一直在柯尔柯孜人的山里打猎，持续时间长达七个月。这就是说，她自己一直和这个年轻的外交官没有同过房，那么怀孕的理由只有一个，即在那个粗鲁的波兰亡命徒伊格纳提耶夫灌醉自己后非礼了自己，而自己居然轻而易举地投降了。一想到自己可能被那个家伙强暴过的景象，凯瑟琳的眼泪不由自主地淌了下来。她提起脚下的裙裾，埋头往秦尼巴克的大门口跑去。

这时候，秦尼巴克的塔楼上响起了枪声，一盏油纸的灯笼升上了黄泥的瓦檐。凯瑟琳明白，枪声意味着有重要的信使到达了秦尼巴克，说不定还会有女王陛下的诏书。

资料：人皮经卷（1）

日本画家藤田嗣治为了采风，于多年前在南美洲的厄瓜多尔旅行。在茂密的丛林里他迷了路，但是一种神示的奇迹一直指引着他。他居然在遍布了鳄鱼和凶猛蟒蛇的丛林里游荡了两个月，最后获救于一个密林中的原始部落。

他的突然光临使这个封闭的村庄愕然了许久，而更让这个原始部落震惊的是他的一双手，他竟然能在一分钟的时间内，在一张纸莎草上画出一个妇女或孩子的头像。

藤田以此博得了部落酋长儿子的爱戴，他在那个丛林村庄里住了一年有余。

一年以后，当藤田准备离开丛林，返回日本时，他和酋长

儿子已经难舍难分了。那是一个阴雨连绵的季节，在饕餮了一番主要有蟒蛇和鳄鱼肉的告别宴会后，藤田和部落酋长的儿子紧紧拥抱，并互赠礼物。出乎藤田的想象，酋长的儿子竟然送给他的是一本罕见的人皮经卷。

酋长的儿子解释说，这是一个误入原始部落的白人留下的。

这个白人在摸到村庄边缘的时候就奄奄一息了，他将这本人皮的经卷交给了酋长，他在咽气的时候告诉酋长说，这是一部有关基督教的《圣经》。藤田在回到日本后放弃了自己的画笔，而是倾尽一生的时光来破译这本《圣经》的全部内容。

他这样描写这本令人恐惧的书籍："……在未亲见到时，我总以为用了人皮装帧的书籍一定让人感到心情恶劣，但当他递给我时，我就忘记了恐怖拿来放在掌上。大概是因为熟皮的关系，触手很柔软，到底不是猪皮或羊皮所能比得上的。皮色带黄，但总觉得是白皑皑的，不知道到底是人身上哪一部分的皮，皮下还粘连了一些肌肉……书的内容是古西班牙文的宗教书，书扉上印明是1611年出版，显然是三百年前的了，可是外装的人皮似乎是后来才加上去的。不过，这张做书面的皮到底是白人的还是其他什么人的，不得而知。总之，我得见此珍贵之物使我晚年的生活充满了乐趣与遐想。"

藤田在晚年的生活中一直试图破译出这部古西班牙文的《圣经》，事实上他的确破译出了一部分内容。但在他洋洋得意地在报刊中提前泄露了自己的奇遇和打算后，日本记者们便像苍蝇一样地包围了他，有关他的一举一动，常常是报刊上的必有栏目和内容。就在这时，藤田先生收到了一封梵蒂冈约翰·保罗二世的亲笔抗议信，所以他在生前从未公开过这部书的内容。保罗二世的信斥责这本他本人根本没见过的人皮经卷为"邪念丛生，荒诞不经，充斥了异端邪说"。

神圣罗马教皇的话也许是对的，洵不虚言。因为这本人皮书籍可能出自一个精神病患者的口，或者来自一个满脑子末世思想的巫术者手中。

众所周知，该书的行文风格与居高临下的宣喻情调，拙劣地模仿了《新约》的某种特点。它就是在这一点上露出了破绽，所以说这本书的人皮封面的包装并没有能掩盖它的粗鄙。然而让人吃惊的是在关于此书本身的未来命运上，它达到了惊人的效果。在第一页，它就预言了自己遭受"火刑"的可怖情景。

藤田嗣治死后，他的家人将这部人皮装帧的《圣经》无偿捐献给了日本秋田的博物馆，但在1982年的一场神秘大火中，它化成了一堆灰烬。

回放：来自印度的消息

发表于1898年《孟加拉亚洲学会会刊》增刊《中亚古物收集丛刊》上的23个页面的文章，混杂在一堆散发出霉烂气息的信件中，于月夜下抵达了秦尼巴克。在墨绿色的邮包上，还能嗅到喜马拉雅山南侧印度次大陆上雨季的腐朽味道。

马嘎特尼翻检着信件和包裹，不停地在胸前划着十字，喃喃而语道："女王伟大。"他显然喝得有些过量了，舌头变得肥大臃肿了起来，凌乱的字母在嘴唇里四溅不止。马嘎特尼漂亮的夫人刚刚指挥着厨役和佣人们收拾完了宴会的狼藉，她在卧室的浴间冲了凉，然后兴冲冲地跑过来，撕开了一封家信。

她的母亲在一张粉红色的信笺上，用蘸水笔流利地对女儿写道：

"现在，在伦敦流行的是一种装饰了白鹭修长羽毛的小耳帽子，就连女王陛下在礼拜日的祷告上也戴着这样的帽子。亲爱的女儿，我会给你寄去一顶这样的帽子，不是现在，因为这种流行的时尚弥漫以后，整个大不列颠土地上的白鹭已经至为罕见了，人们从美国西部印第安人的沼泽中猎杀这种候鸟，然后源源不断地输入到伦敦。整个市场上的羽毛价钱看涨，一根羽毛居然和一头小牛犊的价钱一样了……"

凯瑟琳一下子将信笺捂在脸上，愉快地哭了起来。

腼腆的邮驿伺立在一边，为眼前这个外国人的多情所感染。他有些手足无措，不知是等待着赏赐，还是准备叙述一下一路上的艰辛。马嘎特尼看完了那些公函后，看见邮驿还在，赶忙递给他一根纳斯——一种当地人抽的大麻，他自己也点燃了一根。在一阵沁人心脾的烟雾飘散后，腼腆的邮驿异常清醒地对马嘎特尼说："尊敬的先生，我在翻越慕士塔格大坂时，看见了新德里来的鲍尔中尉。"

年轻的外交官马嘎特尼先生不知是陶醉在酒精还是大麻的快乐之中，他对邮驿的这种汇报根本不以为然，而且斥之为荒诞不经。他说："这是不可能的，那个志满意得的中尉此刻正在新德里的阳台上抽着雪茄，观看印度的肚皮舞，和一堆身穿纱丽的恒河小美人儿调情作乐哪。我们在前方卖命，可那个小可怜儿就靠一本从什么鬼城里出土的书轻易地获取了巨大的名声，这无论如何都是一件令人耻辱的丑闻。"

腼腆的邮驿不屈不挠地说："我说的是真的，我看见了鲍尔中尉骑马走进了喀什噶尔的旧城，在艾提尕尔清真寺附近转悠哪。"马嘎特尼先生粗暴地打断了他的话，说："凡是女王陛下的臣民，一旦来到喀什噶尔，就一定会来秦尼巴克领事馆报到的，要是鲍尔中尉来的话，新德里的总部怎么可能不通知我呢？"邮驿嗫嚅地说："要是他另有所图呢？"马嘎特尼瞅了一眼邮驿，似乎是责怪他的话太多了。他以一种很不屑的口吻反问道："难道他是来追捕那个阿富汗人的？这已经是他撒谎的惯常手法了，可那个杀人犯在哪儿？就连他也没见过人家的一根汗毛啊。"

"不，先生。我能看出来，他的身上连一点儿仇恨也没有。我敢打赌，先生，鲍尔中尉的身上有一个极大的秘密，但是除了仇恨外。"邮驿以一副蛮有把握的口气坚定地说。

话还未说完，他看见领事先生的眼睛已经困倦地合拢了。

漂亮美丽的领事夫人愉快地读完了家书后，径直走进了自己宽大舒适的卧室。在邮驿离开了秦尼巴克，到街上的车马店住宿后，马嘎特尼先生居然在自己舒适的躺椅上睡着了。凯瑟琳泄气地搀扶着马嘎特尼回到了卧室，安顿他睡在了床上。她有些遭遇冷遇后的落寞感，于是在一盏矿石灯下来回踱步，不住地叹息和惆怅。

凯瑟琳正准备翻开日记书写时，忽然听见马嘎特尼在床上大叫了一声，说："上帝，我怎么这么糊涂，我差一点儿就错过了一个历史性的机遇。波尔兰德，亲爱的，你快点儿把那些新德里的邮件拿给我，我们要翻身了，我们再也不会待在喀什噶尔了，女王陛下会召见我们，给我们封官加爵的。"

凯瑟琳听见丈夫在喊自己的乳名，赶忙慌张地提着睡裙，将那一卷散发出热带雨季气息的邮件递给了在床上躺着的年轻外交官。凯瑟琳不明白发生了什么事儿，她把床头的灯拨亮，偎在了丈夫的身边，轻轻喘息。她问马嘎特尼，说："究竟发生了什么事儿，你做了一场噩梦吗？"

年轻的外交官并没有理睬她，而是将一卷1898年的《孟加拉亚洲学会会刊》的增刊《中亚古物收集丛刊》打开。在第3页，马嘎特尼找到了自己需要的那篇文章，这是19世纪末的亚洲西域古文字首席研究家和发言人霍恩勒博士写于克什米尔谷地的考察报告。这位博士在论文中大胆推测说：

"此前，从中亚细亚尤其是东土耳其斯坦流行来的传闻可能并非是空穴来风，据称已经有人亲眼目睹了这样的实物。根据已有的资料，几乎可以肯定地说，在中亚细亚诸国，更可能是在喀什噶尔附近，一定有一本甚至更多的传说中的人皮经卷存在。它们是古代中亚王国的君主在祭祀或战争时的神圣的法器，具有令人难以相信的神秘力量。然而这种传说中的经卷如大海中的沙粒，至今还在中亚细亚的风中，本人还没有见过它们的真相……但我笃信它的存在和神秘的体温在远方等待着我们的发现……"

放下邮件，年轻的外交官兴奋地对凯瑟琳说："瞧，可能就是霍恩勒博士说的这本人皮经卷，是一张人皮装订起来的。我发誓，我听说过这本书，就在不久以前，在一个虱子巴扎上，我听说了它。"

马嘎特尼先生将自己漂亮美丽的妻子一把拽倒在床上，然后脱下自己的那一身外套，露出毛茸茸的胸脯，压在了她的身上。他热切地剥了她的裙子，干燥的嘴唇上下摸索着，亲吻着。在急促的运动中，马嘎特尼先生絮絮叨叨地对妻子说："波尔兰德，知道么，我听说过那本人皮经卷，我真的听说过它。也许，我们还可以轻而易举地得到它。现在，我相信了那个邮驿的话，鲍尔中尉肯定到了喀什噶尔了，他就是冲着那本书来的。"

凯瑟琳一手捂住腹部，另一只手掐灭了灯。

凯瑟琳感觉自己浑身的皮肤渐渐变成了一种虾红色。在她柔软缠绵的呻吟中，她并没有听清年轻外交官的话。在马嘎特尼先生一次次的冲锋下，她逐渐地到达了高潮的巅峰。她甚至听见自己肚子里的那个幼小的孩子的喊叫了。

凯瑟琳的脑海里出现了幻觉，她已经分辩不清到底是自己的丈夫在亲热自己，还是那个嘻皮笑脸的波兰亡命徒在摧残自己。她很久没有这种感觉了，自从年轻的外交官去了柯尔柯孜人的山上打猎开始。

这时，凯瑟琳听见丈夫也到达了高潮。他一直在絮絮叨叨地说：

"波尔兰德，我真的听说过那本人皮的经卷，就像你浑身的皮肤这么柔软光滑的经卷。那个杂种肯定是来喀什噶尔寻找这本人皮经卷的。"

回放：新察合台汗

"你真听清楚他们的谈话了吗？"

彼得罗夫斯基又一次追问道。

那个在饮食巴扎上混生活的小巴郎子嘴里嚼着几颗葡萄干，并没有理睬俄国总领事的询问。他一边尽情地咀嚼，一边逗引着脚下的那只哈巴狗。彼得罗夫斯基起身，从一只抽屉里抓出一大把花花绿绿的糖果，装在了小巴郎子的口袋里，接着又问了一句。满脸稚气的小巴郎子说："听清楚了，他们在找一本书。"彼得罗夫斯基赶忙抓住他的胳膊，问：

"什么书？"

"一本人皮的书，我听见他们在谈一本什么人皮的书哪。"

俄国的总领事站直了身子，仿佛一瞬间兴趣索然起来，目光呆滞地看着那个孩子在院子里玩狗。他的肃静可能让小巴郎子感觉到了什么，这个稚气的孩子收住脚，走到彼得罗夫斯基的目前，结巴地说：

"我还听说了，他要和维阿找那个阿富汗人。维阿说那个阿富汗人就藏在你们这儿，有个东干的女人看见过他的。"

"后来呢？"

总领事先生迫不及待地问小巴郎子。

这个孩子从口袋里掏出一把葡萄干塞进了嘴里，含糊地说："可英国人并没有夸奖维阿，只说要给维阿几千块天罡的钱，要他找到那本人皮的书。"

在那个被一把糖果雇佣的小间谍离开后，彼得罗夫斯基陷入了沉思。在阳光炽烈的喀什噶尔俄国总领事馆的宽大庭院内，他坐在一架繁华的葡萄藤下，内心思忖着那个英国中尉悄然来到喀什噶尔的真正目的。

但是，他始终百思不得其解。

彼得罗夫斯基从来就没有打算放弃过喀什噶尔这个美丽的中亚之城，这不仅仅因为他是俄国驻喀什噶尔的总领事，拥有45名哥萨克的精兵。在1890年，大名鼎鼎的瑞典探险家斯文·赫定初次进入喀什噶尔时，就敏锐地发现彼氏乃"喀什噶尔最有权势的人"，而当地的居民则称之为"新察合台汗"。这种称谓好像在圣彼得堡的宫廷里，突然有人赞美你为"彼得大帝"那样尊贵一般。

庭院四角的塔楼上，哥萨克士兵正在擦拭长枪，哼一首酸腐的谣曲。

彼得罗夫斯基起身，在繁华的葡萄藤下来回踱步。这时，他想起了一句中国的古老谚语："不入虎穴，焉得虎子。"这时，他将喝剩的残茶泼在葡萄藤架下，蓦然产生了一个要去造访英国领事馆的念头。他被自己的这个念头吓了一跳。他对庭院大门口的哨兵喊叫说：

"备轿。"

俄国总领事的出访，引起了这个喀什噶尔豪华庭院中的一阵忙乱。装饰夸张的轿乘从库房里抬了出来，一队哥萨克士兵已经换上了簇新的礼服，明亮的铜号在阳光下反射着光斑，一只只开道的小牛皮鼓在热浪中嘎嘎作响。彼得罗夫斯基的心中，正酝酿着怎样写一个大红的拜帖，究竟该用怎样的措辞才能掩盖访问的真实目的。

他忽然有了一种深刻的矛盾感。

他这么想，这可能导致外交上的重大失败啊。

因为，在喀什噶尔的外交社交圈中，彼得罗夫斯基和马嘎特尼的不睦是众所周知的。在这个小小的探险家的乐园中，彼氏和马氏分别代表着两个利益不同的庞大帝国。整整有两年的时间，彼得罗夫斯基和马嘎特尼甚至没有说过一句话。在一些中国官员举办的宴会上，他们两人也视同陌路，没有一次握过对方的手。这样的举动，让那些中国官员感到很尴尬，他们只能说一些天下大同、四海之内皆兄弟的话来打圆场罢了。

"这可能会导致外交上的重大失败，最起码也会是被动啊。"彼氏提醒自己说。

一念至此，彼得罗夫斯基的五脏六腑就泛滥出一种彻底的沮丧。他朝庭院中的哥萨克士兵们摆摆手，黯淡地说："算了，你们还是去唱歌吧。"

迅即,他又转念喊叫说:

"快叫伊斯拉姆·阿洪,我在墓区等他。"

流经喀什噶尔的克孜尔苏河发源于帕米尔高原,在蜿蜒穿过这个中亚细亚的名城时,带来了一片葱郁的绿洲。在河流两岸,一些维吾尔和哈萨克的孩子们站在河边的树上扎猛子,一些东干女人总是抱着从城里接来的脏衣服,昼夜不停地搓洗,据说一件衣服上可以赚到一个天罡钱。有时候,克孜尔苏河里会冲上来一些蓝色的宝石和金戒指,运气好的话,假如剖开一条大鱼的肚子,还会看见一只锡制的净瓶,上面镌刻着一些神秘的花饰。

在克孜尔苏河绕过俄国总领事馆的身后时,有一大片开阔地,这是俄国人的公墓,里面掩埋着一些俄国人的尸体和他们的亲人。他们的名字被刀斧凿刻在一方方尖顶的墓碑上。在这一畦畦整齐划一的墓地上,青草从地里茁壮地生长,给死亡的地界带来了一种生机和欲望。几棵稀疏的吉格达尔(沙枣)树柏水汽笼罩,一片氤氲。环绕在这一片墓园上的除了云雀、燕子、红腹灰雀和鹰外,最美丽的鸟当数金莺(GOLD ENORIOIE)和戴胜鸟(HOOPOES)。

在这个海拔4500英尺的中亚名城,俄属的这一片墓区是一处名胜,但没有人能被允许到这里来玩耍或散步,就连伊斯拉姆·阿洪也是头一遭进入这片墓区。

伊斯拉姆·阿洪穿着一件夏天的袷袢,弯腰向彼得罗夫斯基先生致意。彼氏并没有急切地回应,而是沿着一方方墓地散起步来。伊斯拉姆·阿洪跟随在他的屁股后面,不明白这个令人畏惧的新察合台汗召见自己的目的。走了一会儿,彼得罗夫斯基忽然扭头对伊斯拉姆·阿洪说:

"你肯定是克什米尔人的后裔。因为你的诡计和狡诈，与克什米尔人如出一辙。"

伊斯拉姆·阿洪脸上的笑容顿时像冰封一般地挂在了那儿，脚下的步伐进退失据，一层细密的汗珠敷在了额头。彼得罗夫斯基觉得到了恰当之处，便很随意地拍拍伊斯拉姆·阿洪的肩膀，对他很神秘地说：

"你可能还不知道吧，你马上就会大祸临头的。"

伊斯拉姆·阿洪的腰一下子弯到了地上，诚惶诚恐地说："尊敬的先生，我干过的那些丑事瞒不过您的眼睛，我真的该死啊，可我发个毒誓，我从来没有过伤害您的念头，打死我也不敢。如果我有过的话，就让哥萨克的兄弟们剁了我的双脚。伊斯拉姆·阿洪需要的是总领事先生的庇护，我愿意为您效犬马之劳的。"

"可我已经接到了按办大人潘效苏的帖子，让我将你缉拿归案。这下，你是怎么也逃脱不了了。你的罪孽已经够大了，你冒充英国的那个黄毛小子马嘎特尼在和阗的代理人，并用这个身份敲诈勒索山里的流民，英国人也不会放过你的。"彼得罗夫斯基威严地说。

伊斯拉姆·阿洪惊恐而道："那都是以前的事儿，尊敬的先生。现在的我仅仅是一个游走江湖的蒙古郎中而已，我假装巫医，骗一些小钱罢了。"

彼得罗夫斯基终于开口了。

他说："你，伊斯拉姆·阿洪，一个伟大的天才和卓越的伪造者。这几年来，你在你的那个家庭小作坊里伪造了一大批让人眼花缭乱的所谓古代文书，你成功地欺骗了英国和法国以及整个西方世界的中亚学者们，让他们皓首穷经，一辈子耗费在

那些伪造的书籍中，并让他们自以为是、洋洋得意，动辄以专家自居。你的弥天大谎可谓是天衣无缝，你为你的那些伪造品编织了无数动听的神话。你说什么？你诡称你在卡尔库尔玛扎偶然发现了一个有十几公里长的巨大的古墓葬区，你说你的那一组手稿是从一口破旧的棺材里找到的。最神奇的是你自称曾在卡拉扬塔格这个地方见到了一个骷髅，并在骷髅身下找到了整整一袋子的古文书。你居然还谎称，你曾在天山深处的一个牧民家放羊时，在克奇克（意思是：小）达坂的一棵空心古树的树洞里无意地一掏，就掏出了那个风靡西方的所谓著名的古写本《弥勒会见记》。你随便编造的什么文字，让欧洲的那些专家和学者们，误以为是业已消失的某个中亚细亚民族的历史。你靠这些伪造的东西获取了大量的金钱，那个什么狗屁的霍恩勒还频繁地驳斥对你的手艺与产品有所怀疑的人。你的家里，已经成了一个名符其实的西域古文书工厂，你的产品使喀什噶尔的外国人引以自豪，如获至宝……嗬，我对你佩服得五体投地，伊斯拉姆·阿洪。"

伊斯拉姆·阿洪突然双膝一软，跪在了那里，脸上和额际处的汗液不停地淌下来。他汗颜似的诡辩说："我，我不过是适应了这个巨大的市场，为了养家糊口，我好不容易才找到这个生财之路，请总领事先生不要嘲笑我。"

"哦，那你的意思是羊肉巴扎上的那些肉是刀子杀的，而不是人杀的？"彼氏和蔼地问道。他的手做出一个匕首攮入的姿势，戳在了伊斯拉姆·阿洪的软肋处。伊斯拉姆·阿洪浑身一缩，谄笑道：

"正是的，先生。一个愿打，一个愿挨嘛。"

彼得罗夫斯基扶起了伊斯拉姆·阿洪，两个人肩并肩地散步

在墓区里。克孜尔苏河面上吹来了一阵阵巧克力味道的风，树叶摇动着，一切都使人心旷神怡。

此刻，彼得罗夫斯基异常亲密地搂着伊斯拉姆·阿洪的肩膀，信步而行。彼氏说："可是伊斯拉姆·阿洪，你知道我为什么没有上你的当么？我怎么始终没让俄国的专家学者们那么智慧的大脑，去浪费在你的那些伪造品中？呵呵，不是我聪明，也不是我有先见之明，因为我一直在监视你，我丝毫也不隐瞒这一点。我坦率地说，你只是我的一枚棋子，是我准备扔向英国人和法国人脸上的一泡新鲜大粪，是我打算羞辱那些殖民主义者的一颗小小的子弹。哦，伊斯拉姆·阿洪，我准备在你将整个欧洲的学者们欺骗玩弄到顶点时，再公布你的伪造内幕，好让我美美地嘲弄一番这帮小杂种。"

"那么，您打算赦免我的罪孽么，尊敬的总领事先生？"
伊斯拉姆·阿洪诚惶诚恐地问。

彼得罗夫斯基充满快意地说："不，我的全部乐趣与期待就是嘲弄和羞辱他们，除此，我对你没有任何期待。我和你是两种人，不是吗？"这时，伊斯拉姆·阿洪不解地问：

"那您需要我做点儿什么吧？"

"哦，我需要你早就放出风来的那件东西，你四处吹嘘的那一件不可思议的古董。因为这件古董，你让欧洲的那些收藏家们蠢蠢欲动，让他们痴人说梦，玩弄自己。呀，这下你该明白了吧，我需要你给我找到一本人皮的经卷。我个人并不在乎你是从塔克拉玛干还是从丹丹乌力克沙漠中找到的，我也并不在意是你伪造的，还是你自己身上的皮肤装订的。总之，我急切地需要一本人皮经卷。我的出价是给你一切自由，否则，按办大人的那一套刑具你是听说过的，我可以给你所有的豁免权。"

"尊敬的总领事先生，我十分荣幸地接受您的提议，可您知道，累死一匹骆驼的往往是最后一根麦草啊。"

伊斯拉姆·阿洪愉快地说。

回放：客栈的下午

在炎热的喀什噶尔的街道上走过，几乎没有人敢抬头朝那个客栈望上一眼。因为天空中肆虐的日头抛掷下成吨燃烧的炭火，那种仿佛冰一般的炽烈，可以在一瞬间刺盲人的眼睛。

那是一座只有腰缠万贯的喀什噶尔的巴依们和外国人光顾的客栈。

在窗口的一扇来自中国南方的竹帘后，波兰的亡命徒伊格纳提耶夫正在尽情地吸食着纳斯，这种劣质的大麻带给他的幻觉，让他如堕云雾之中。伊格纳提耶夫是这家客栈的常客了，他的身影如鬼魅般经常闪现在客栈的大院里，来去无踪。让这家客栈的老板不安的是，他长年包租的那间客房的租金，则是由喀什噶尔的新察合台汗——彼得罗夫斯基支付的，这就足以说明这个红头发的波兰亡命徒的秘密了。

透过那扇竹帘，伊格纳提耶夫看见偌大的客栈庭院里起风了。

风打在一棵浓密的胡杨树上，一些仿佛金箔似的叶片儿透迤落地，夹杂着几根不知名的鸟类的羽毛。空气中含着沙土味儿，好像是从丹丹乌力克沙漠一带吹来的尘暴。这个波兰的亡命徒知道，一旦鼻子里闻到这种沙土气息，那么用不了一会儿，整个喀什噶尔就会被一团鸦群般的沙尘暴所笼罩，遮天蔽日，恍如日全食突然来临一般。伊格纳提耶夫此刻很担心凯瑟琳是

否会如约而来，她已经迟到了有一刻钟了。

约摸在三小时之前，凯瑟琳的一个贴身侍从匆匆找到了伊格纳提耶夫，告诉他凯瑟琳要马上见他。

就在这种期待的瞭望中，伊格纳提耶夫的后背，突然被一双绵软的手给抱紧了。

他不用吭气，仅凭自己的嗅觉便知道是凯瑟琳来了。

她的身上有一股伦敦大雾中湿冷的香水味道。他的鼻翼嗡动着，听见凯瑟琳在轻轻抽泣。伊格纳提耶夫转过身来，用双臂紧紧地拥抱住了凯瑟琳，低下头拼命寻找着她的嘴唇。凯瑟琳忽然推开了他，退后几步，睁大泪眼婆娑的眸子，吃惊地喊叫道：

"不，不不不。我再也不会上你的当了。你让我背叛了我的丈夫，你趁我喝醉以后就污辱了我，你让我怀上了你的孩子，一个无辜的孩子。现在，请你告诉我，我到底应该怎么办才是？"

此刻，波兰的亡命徒恍然觉得眼前的话是一种真实的存在，他忽然不知道该如何应对才好。思忖了片刻，他蓦地单腿跪在地上，拉住凯瑟琳的手，像一只被驯服了的好斗的公鸡那样蔫了下来。他沉默地吻了一阵儿，抬起头说：

"亲爱的，也许我们可以离开这里，马不停蹄地私奔到阿富汗或者里海附近。我爱你，我需要你，不，你现在已经怀孕了，要翻越帕米尔或中亚那些土匪出没的地带你肯定是受不了的。不过，我可以将你藏在俄国的总领事馆里去，一直等你生下这个孩子后，我们再离开也不迟的。"

凯瑟琳说："不，你这是要让我背叛我的丈夫，可我真的很爱他，我离不开他的。"伊格纳提耶夫忐忑地说："可你现在

不是已经背叛了吗？还需要宽恕吗？"凯瑟琳颓丧地一耸肩，凄凉地说：

"上帝知道吧。"

也许是凯瑟琳的咆哮和泄气惹恼了波兰的亡命徒，他猛地站了起来，一把将凯瑟琳掀翻在床上，继而剥光了她身上的衣服。他不顾凯瑟琳的反对，狂吻了她的全身，然后努力进入了她的身体。

在他漫长的运动过程中，凯瑟琳僵硬地躺着，睁大了眼睛，好像已经陷入到了深深的疲惫和倦怠中。波兰的亡命徒在快要射精的一刹那，抬头望了望那一片来自中国南方的竹帘。他很惊讶地发现，在竹帘的背后，从丹丹乌力克一带吹来的沙尘暴，已经完全笼罩住了喀什噶尔这个中亚小城的上空，天空黯淡，日月无光，乱鸟惊飞。他有些绝望地喷涌了出去，而后侧身躺在了凯瑟琳的身边。

凯瑟琳语气冷漠地问：

"您身上的那一片刺青是干什么的？"

他在每一次的高潮后，都会有一阵儿深刻嗜睡的欲望。他嘟哝着，伸手搂住了凯瑟琳的脖颈，很诚实地给她说："这是我和沙皇的妹妹在无数次的做爱后，她在我的肚皮上刻画下来的，可我真不知道这是什么图案。我曾经让一些牧师和萨满教的巫师们看过，可始终没有人能读懂……"

"这是一张藏宝图吧，要么就是一张人皮书卷的封面？"

波兰的亡命徒一脸倦容地说：

"也许吧！"

凯瑟琳结结巴巴地说："可现在，我们该怎么办呀？我的夏天的时装眼看就穿不成了，上帝呀，我不想让喀什噶尔所有

的人嘲笑我的丈夫，我不想让我的丈夫和您决斗，可我又有什么办法呢？"

这时，伊格纳提耶夫起身，说："我认识一个郎中，伊斯拉姆·阿洪，我想只有他能帮助我们，只有他能用一把小刀帮你取出这个孩子的。只是。"

"只是什么？"

"哦，有一点点儿疼而已。"

凯瑟琳吃惊良久，长长舒出一口气后，愣怔地问："让我流产？那我丈夫从楼兰的旧城里回来后怎么办？他会看到我的肚子又瘪了，他还会以为自己的孩子不幸夭亡了哪。我丈夫到楼兰去找一本书了，他会很快回来的。哼，他不过是去找一本人皮的经卷，可就狠心抛下了我一人，去了塔克拉玛干和罗布泊那里的楼兰。"

"人皮经卷？"

伊格纳提耶夫从床上跳将起来，迷惘地问道。

资料：人皮经卷（2）

曾经盛行于整个西方世界的有关人皮书卷的时尚，到后来便显出了凋零和颓败，这多半是由于达尔文主义的兴起和宗教的滔滔不绝。在欧洲的一些隐秘的图书馆或贵族家庭的书房内，一本有人皮装帧的书籍不仅可以成为传世的家藏，亦是各种各样的宴会与宫廷中舌辩和炫耀无尽的话题。

现在，谁都记得《克劳地奥斯博士》一书中引用的卡莱尔的话："法国贵族们嘲笑卢梭的学说，可是他们的皮却被用来装订他的著作的第二版。"

伟大的俄罗斯诗人普希金在一首类似于四行体的诗作中写道："如今，没有人能觉察到死亡的舞蹈 / 在持续而来的体温中 / 我写下俄罗斯盛大的冬天 / 以及你细碎的脚步与灿烂的笑容。"这是普希金生命中一段最隐秘的岁月。

那个冬天，在莫斯科的一次贵族宫廷舞会上，这位"俄罗斯诗歌的太阳"的光芒被一位伯爵夫人给湮没了。那时候，普希金还无法料想到事隔多年以后，他会在一次决斗中身负重伤，也没有预见到自己会被莫斯科与彼得堡的一伙鄙俗的贵族男人集体出卖。显而易见，那些男人常常守不住他们自己的后院，他们的夫人和女儿们往往在壁炉的火光中，面色红润地朗诵着普希金的诗篇。她们的大胆和放肆，激怒了被伏特加酒引燃性欲的丈夫或情人们的妒火。

普希金为那个伯爵夫人的美貌所吸引。他毫不犹豫地走上前去，亲吻了她的手背，称赞她的容貌和时装，夸奖她是"全俄罗斯最美丽的天鹅"。

伯爵夫人受宠若惊，她为诗人毫不吝啬的赞美深深陶醉了。

头发蜷曲、面如刀凿斧刻般英俊潇洒的诗人在一首抒情的华尔兹舞曲中，邀请伯爵夫人双双步入舞池。她的丈夫是一个退役的将军，在剿灭高加索匪帮的战斗中不幸负伤，后来又被锯掉了一条腿。她有多长时间没有参加过这种盛大的舞会，就连她自己也说不清楚。她好像一直在等待着这个时机，而这个期待居然是梦幻中的普希金。在缓慢悠长的旋转中，伯爵夫人感到自己的心脏，终于在天空中像鲜花般盛开了。

一曲终了，普希金揽着她的腰肢，来到了星光绚烂的花园里。

他们啜饮着透明的酒杯里来自法国尼斯的窖藏葡萄酒。在

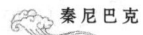

寒冷的冬天，普希金智慧的头颅深埋进了伯爵夫人的双乳之间，得到了一个短暂的休憩。

此后，每当一个阴郁的天气来临时，伯爵夫人的影子就会穿越莫斯科的大街，匆匆地钻进那个残疾的将军在郊外的别墅，而那套别墅恰好是沙皇陛下奖赏给在前线受伤的将军的。她在壁火热烈的卧室里迎候普希金的到来，然后双双颠鸾倒凤，共沐爱河。这一段隐秘的生活岁月给了普希金无限的灵感，他常常在爱意流泻一空后奋笔疾书，而陪伴他的是一双酥软的玉手和熊熊燃烧的火光。

他在那个冬天里，尽情描绘了俄罗斯的广袤大地与身边这位最美丽的天鹅。

很快，他们的私情就成了整个莫斯科家喻户晓的新闻，街头巷尾的谈话无限渲染着他们离奇的邂逅和秘密的幽会。在莫斯科社交圈与风月场上浪迹的女人们，对伯爵夫人充满了咬牙切齿的嫉恨与诽谤，她们始终也不明白一个民族的伟大诗人怎么能拜倒在一个有夫之妇的石榴裙下。这件事儿也很快就传到了那个残疾的将军的耳中，他运用了自己的影响，在沙皇陛下的内政头子的支持下使用了军队。于是，一队精干的士兵以迅雷不及掩耳之势包围了那个郊外的别墅。

他们从此囚禁了那个面色红润、期盼普希金到来的可怜的伯爵夫人。

在漫长而单调的囚禁生活中，被称为"俄罗斯最美丽的天鹅"的伯爵夫人，犹如一只逐渐干瘪和枯萎的苹果般丧失了光泽与心灵的营养。她试图通过阅读诗人的诗歌篇章来打发寂寞，可别墅内所有的书籍都被抄没了。她费尽心机，为诗人写下一封封流布了眼泪与思念的书信，可这些信件不出一小时就会辗

转送到那个残疾将军的手中。伯爵夫人甚至不知道，就在她空白的怅惘中，普希金在一次决斗后夭亡了。

她的等待，终于变成了一场没有尽头的疾病。

这个神圣的女人最后郁郁寡欢，死在了一个晴朗的秋天的午后。她在临死时出现了幻觉，她看见了普希金在天空中飞旋的灵魂。她留下了令人震惊和不安的遗嘱。伯爵夫人在咽气时坚定地说：

"请用我胸脯上的皮肤，来装订普希金诗歌的封面。"

她的深情大义和死不改悔，并没有惹恼自己残疾的丈夫。正好相反，那个曾经见过无数死亡的将军在最后的关头，突然幡然醒悟了。

他以隆重的仪礼埋葬了自己的妻子，并遵照她的遗言，取下了她双乳之间的一块皮肤。用这块皮肤装帧而成的一本收录了普希金13首诗歌作品的书籍，此后成了这个赫赫有名的将军晚年岁月中惟一的慰藉。

是的，在莫斯科广大辽阔的冬季，他常常闭上双眼，仔细摩挲着这本散发出馨香的人皮诗卷，抚今追昔，热泪无限。

回放：沙尘暴突然来临

鲍尔中尉在一场持续数天的沙尘暴来临之前，到达了喀什噶尔的这个客栈。

客栈的老板对这个陌生的外国人在漫天的沙尘暴中抵达这里迷惑不解，但鲍尔中尉很快给他留下了美好的印象。他亲自将英国中尉带到了房间内，并给他点燃了一根纳斯，双手敬给了客人。

"哦，有个名叫萨尔萨班的人可能会来找我，只要他一到，请你马上叫醒我。"鲍尔中尉吩咐道。他还顺手给了那个长有一撇浓密胡须的老板一个可以划火的煤油打火机。诚惶诚恐的老板结巴地问："您说的是那个'活报纸'萨尔萨班吗？""正是，那个全喀什噶尔无人不知、无人不晓的萨尔萨班呀。"鲍尔中尉吐了一口嘴里的沙子和蓝色纳斯的烟雾，陷入疲倦之中。孰料，那个老板说：

"他在昨天死了，那个萨尔萨班死了。"

鲍尔中尉闻听之后，骇然失色，一骨碌跳了起来，冲到老板的面前问：

"死了？那个萨尔萨班怎么会死了？怎么会突然死了呢？"

老板回答说：

"他夜里被人用绳子吊死在了广场上，现在尸体还挂着哪。"

"不瞒你说，我是他的一个朋友，我还打算从他那里收购几千张羔皮呢。现在呀，我的这件买卖看来要泡汤了。我听说萨尔萨班在喀什噶尔的人缘不错呀，会是谁谋杀他呢？"说完，鲍尔中尉又递给老板一包印度产的鼻烟。一撇胡须的老板唯唯诺诺地说：

"街上的人传说，是那个波兰的亡命徒干的。"

"就是那个号称革命者的杀人犯吗？"

"嗯，他这几天的行动十分诡秘。通常，他在这个季节里都是去柯尔柯孜人的山里打猎或者避暑的，可现在，他一步都没离开过喀什噶尔，而是在客栈的房间内频频幽会英国领事马嘎特尼的妻子凯瑟琳。这家伙神经兮兮的，我从来对他没有好感，我相信街上的人们说的话。那个刽子手现在就在你隔壁的房间内，如果没有意外的话，呵呵，那个漂亮的领事夫人也在那里。"

他打发走了这个快嘴的老板，便站在窗户后面，目不斜视地盯住了一个方向。

长期的职业习惯使他现在精神抖擞，浑身充满了临战前的兴奋与骄傲。他有一种很清晰的预感，觉得一个重要的时刻即将来临，而这个时刻多半和自己长久以来苦苦追寻的那本传说中的"人皮经卷"有关。

鲍尔中尉忽然矮下了身子，伸手从自己粘满泥浆和草汁的行囊里，抽出来了一封牛皮纸的信件。他斜睨了一眼窗外的黑雾，手指摸出了厚厚的一摞信瓤，展开在自己的眼前。

这封信是他离开印度时，由霍恩勒博士亲手交给他的。

他记得，博士先生在交给自己的那一瞬间，嘴角诡秘地一撇，并俯身告诉他一定在到达喀什噶尔的时候再打开看。在横穿慕士塔格峰的坎坷路途中，他一直惦记着这封在马背上颠簸不已的私人信件，他不明白霍恩勒博士葫芦里卖的是什么药，但是毫无疑问，一位盛名一时的东方学专家和中亚细亚地理学的首席发言人绝不会矫情和做作的，他一定是有极其机密的话要传递给自己的，为此他深信不疑。果然，这一刻鲍尔中尉看见在粗糙的纸张上，霍恩勒博士用蘸水笔潦草地写道：

"……这件事几乎完全肯定是存在的。

"对十字军东征时代的欧洲人来说，亚洲是一片巨大的未知的土地，是一张充斥着想象与传说的地图。普雷斯特·约翰的传说就记录了欧洲人各种各样的想象。

"据传，普雷斯特·约翰是一个信奉基督教的国王，居住在东方的某个地区。他不仅异常富有，而且还指挥着一支强大的军队，这支军队将去援助在圣地与撒拉逊人作战被围的基督教徒。

"'普雷斯特'意为'祭司',人们相信约翰既是祭司,又是帝王。他最早是在德国主教奥托的著作中被提及。奥托写道,1145年他遇到了一位叙利亚主教,这个人向他讲述了一位名叫约翰的国王的全部情况。他信仰基督教,住在比波斯还远的地方。根据奥托的记载,约翰曾打算去耶路撒冷与基督教十字军的队伍并肩作战,但是他无法让队伍渡过底格里斯河。所以,在河边盘桓了几年之后,他'被迫回到了故乡'。尽管普雷斯特·约翰在渡河这件事上所表现的缺乏机智可能令人失望,但是一想到在遥远的撒拉逊人的土地上的某个地方,还有一支潜在的同盟军——这个同盟者,可能很快就会在后方给穆斯林军队以重创——欧洲人就心情振奋。但是直到1165年,普雷斯特·约翰才再度被人提及,据称当时约翰本人的一封亲笔信开始在欧洲各个宫廷和城市之间流传。

"信有大约10页长,大都是关于普雷斯特·约翰的显位、财富和虔诚的自夸之词。

"约翰声称有72个国王及其王国处于他的统治之下。事实上,他确实远不同于一般意义上的统治者,甚至他的厨师和男仆都由国王来充当。他的王国里有通天塔、不老泉、一条散布着宝石的河流、一群高超的骑手、一块属于女战士的土地和其他许多稀奇古怪的事。但是,他的王国并未滋生酒鬼、骗子或无赖。约翰拥有成堆的黄金珠宝,他的宫殿的前边立着一面魔镜,从镜中可以观察到他统治的所有区域。他是一位强有力的战争领袖、一个公正而强硬的统治者,也是世界上最伟大的君王——当然,他也比其他的任何一位基督教徒都更为恭顺。

"所有这些都强烈地吸引着西方。约翰的信被用12种或者更多的欧洲语言翻译了出来,数以百计的信的复制稿在人们手上

传递。1177年，教皇亚历山大三世给约翰回了一封，回信的复制品被保存了下来，但是没有一封上面有地址，因为甚至连教皇也不得不承认，他也不知道到哪儿才能找到这位神秘、强大、信仰基督教的君王。

"由于缺乏事实根据，当时的地图绘制者们便加以猜测。最初，大部分人们认为约翰的王国在印度某地，这可能是把传教士圣·托马斯混淆进来了，他后来死在印度。此后，人们又认为约翰的王国位于中亚细亚某个未标明的中心位置上，例如喀什噶尔或和阗，这种猜测是基于这些地区存在着亚美尼亚和聂斯托里的基督教组织。到了14世纪，大部分欧洲学者已放弃了该王国在亚洲的猜想，而是乐观地将约翰的王国置于阿比西尼亚和埃塞俄比亚等非洲王国，这些王国确实是被基督教徒所统治。到了16世纪，约翰的王国甚至出现在某些荷兰人和德国人绘制的南部或东部非洲的地图上。

"为了表达整个欧洲人和基督教世界对约翰王国的渴望与神往之情，1182年，又是教皇亚历山大三世给约翰国王赠送了一本摩洛哥小牛皮装订而成的《圣经》。同样，因为不知道约翰的地址，教皇陛下就托付给了一队驶往中亚细亚的骆驼客，并叮嘱他们务必亲手送到约翰国王本人的手中。

"可那本无比珍贵的《圣经》从此就消失了，也可能那些骆驼客也被风沙吞没了，但人们相信，那本书还会再次重现的。有关教皇亚历山大三世赠送小牛皮《圣经》的消息不胫而走，就在这个时候，整个欧洲都在风传着一个同样重要的信息。据说，约翰国王回赠给亚历山大三世陛下的礼物是一本用人皮装帧的经卷，有人赌咒发誓说，他自己亲眼看见过，还信誓旦旦地保证它正在前往欧洲的路途中。众所周知，那本神秘之书一

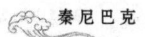

直未在欧洲的任何一个角落里现身。

"尊敬的中尉先生,而您正是这样的一位骑士。

"凭着您天才的眼光,和您无与伦比的运气,您将会发现这个美妙的国度以及那本传说中的人皮经卷的……"

鲍尔中尉慢慢阖上了那封信,目光恍惚不已。突然,他看见沙尘排山倒海,仿佛一堵巨大高耸的墙,从天空中砸了下来。

在离鲍尔中尉几英尺之遥的房间内,美丽的凯瑟琳夫人正在用一盆清水清洗自己的屁股。这个略显温馨的房间,在她的丈夫一次次离家出游或公干时,多次弥补了她远离祖国的那种精神上的寂寞。同时,也使她一次次地背叛家庭,纵情于声色之中。

她是一个毫无经验的女人,在充满异域特色的中亚细亚,她轻易地就被那个波兰的亡命徒的传奇所征服,大胆地将自己的肉体打开,迎接了和她的信仰相悖的偷情与堕落。伊格纳提耶夫兴奋得像一个新郎。他眯起眼,瞅着英国领事夫人白嫩光洁的臀部,一次次熄灭下心中的冲动与欲望。伊格纳提耶夫知道,这次他勾引的是大英帝国驻喀什噶尔领事的夫人,如果稍有不慎,即使是俄国的总领事彼得罗夫斯基也保不了自己。这个亡命徒还清楚,他并不能像干凯瑟琳那样去公然操英国政府的屁股。他一直掌握着这个分寸,他也想抹平这其中的危险性。

漫天的沙尘暴已经肆虐了数天,他们两人在这个客栈里也已经待了数天。在浑浑噩噩而又充满期待的焦灼中,他们还不负时光地频频做爱。他们一直在等待着伊斯拉姆·阿洪的到来,据说这个巫医的手段在喀什噶尔是一流的。

沙尘暴吹动着客栈的门框劈剥作响,就在伊斯拉姆·阿洪闪进客栈庭院的一瞬间,鲍尔中尉看见了他那副伪造者的面目。

伊斯拉姆·阿洪的怀里鼓鼓囊囊的。他溜进了伊格纳提耶夫的房间。

不一会儿，鲍尔中尉就听见了凯瑟琳痛苦的呻吟，以及伊格纳提耶夫的大声安慰。

鲍尔中尉并没有见过领事夫人凯瑟琳，可有关她的事迹一直风靡于新德里和加尔各答，并且在伦敦与巴黎也成为知识界和报纸津津乐道的话题。一个弱小的、此前从未出过远门的英国女子，居然随夫一起在万里之外的中亚细亚看守着英国人的领地，这让很多人都读得如痴如醉，仿佛她亦是《圣经》里那个去取圣杯的骑士。可眼前的这个事实，也不由得让鲍尔中尉吃了一惊。

他努力培养自己的这种信心和耐力，从无懈怠。

毕竟，他是一个训练有素的情报官员，在宗教芜杂、派系林立、民族众多、自然地理千差万别的中亚细亚，他之所以在无数次的谍报工作中屡屡全身而退，可能就依赖于他的这种豺狼一般的嗅觉与警醒。

他决定要活捉那个伊斯拉姆·阿洪。因为，伊斯拉姆·阿洪是他的一个秘密的耻辱。

伊斯拉姆·阿洪曾在鲍尔中尉获得那本桦皮古文书并饮誉整个欧洲之后，通过一个很曲折的渠道，以30个金币的价钱卖给了他一本伪造的古代文书。

那时，中亚地带庞大的古文书市场刚刚形成，大批的探险家和观光客纷至沓来，均欲搜掠各种各样的古文本。可此时，伟大的天才和卓越的伪造者伊斯拉姆·阿洪的手艺还处于学徒阶段，他将自己刚刚伪造的第一本古文书试探性地卖给鲍尔中尉，就是为了检验一下自己造假的能力。

伊斯拉姆·阿洪根本没有想到，大名鼎鼎的英国陆军中尉居然毫不犹豫地买了下来。这无形中助长了他的信心和虚荣，于是他一发而不可收地投入到了大规模的伪造活动中去了。直到前不久，清朝政府喀什噶尔的按办大臣潘效苏放出要严厉查缴这种非法行为的风时，他才暂时偃旗息鼓了。

不错，那本书起初被命名为"阿洪文书"。而在一个偶然的机会，鲍尔中尉打听到伊斯拉姆·阿洪事实上是一个巫医出身时，遂产生了怀疑。他试着将自己的唾沫啐在那本古文书上，用指头一擦，那些看来古朴拙笨的文字竟然被轻轻拭去了。

由此，他的自尊心被彻底损害了。

他记下了伊斯拉姆·阿洪这个名字。可那天深夜，他将那本伪造的文书放在火上点燃了，他又以极快的速度给在新德里的霍恩勒博士写了信。他告诉博士说，您一再催促的那本古文书不幸在克拉里斡山谷里被洪水冲走了。此刻，令鲍尔中尉吃惊的是，在眼前这个漫天沙尘的午后，伊斯拉姆·阿洪居然出现在了客栈里。

他不知道时隔多年以后，伊斯拉姆·阿洪又重操旧业，拿起了手术刀在四处招摇撞骗。

在几英尺之遥的房间内发生的情景，是鲍尔中尉永远也不知道的。那种撕心的痛苦和低劣的医术所带来的痛苦嚎叫，此后一直萦绕在他的耳际。伊斯拉姆·阿洪在做完堕胎手术以后，领取了伊格纳提耶夫赏给他的一把天罡钱，准备趁着弥漫的沙尘慌张离去。他内心有些恐惧，因为在喀什噶尔，执行堕胎是一条很重的死罪。

凯瑟琳躺在一把摇椅上，她赤裸着身子，不停地抽搐着。

在椅子下面，一个木盆内的清水已经被鲜血染得发红。那

些丝丝缕缕的血迹使房间内飘荡着一股呕吐般的血腥气息。伊格纳提耶夫看见凯瑟琳疼痛的样子，就给她点燃了一根纳斯，喂到了她的嘴边。凯瑟琳深吸了几口，像忽然间有了一种神奇的力量似的，眼底里有了光晕。她对伊斯拉姆·阿洪说：

"请让我看看我的孩子，他毕竟是我身上掉下来的一块肉啊。"

刚刚收拾停当的伊斯拉姆·阿洪左右为难起来。他看看伊格纳提耶夫，后者给他使了一个眼色。他遂打开了包裹，将一个粉嫩的死婴送到了凯瑟琳的眼前。

那个白色的土布包裹上血迹斑斑，腐臭陈旧的血迹已经使它成为了一匹裹尸布。凯瑟琳的眼眶内溢满了泪水，她伸手抱过那个死婴，在他沉默的额头上吻了几遍，嘴里呼唤着上帝的英名，乞求上帝的宽恕和怜悯。突然，凯瑟琳猛地扔下了那个孩子，着魔似的跳了起来。她嘶哑着嗓子，嚎叫般地说：

"不，不不不。他长得像马嘎特尼，他就是马嘎特尼的孩子呀，上帝。"

伊斯拉姆·阿洪很莫名地望了一眼伊格纳提耶夫，不解地问：

"她疯了吗?"

凯瑟琳跳起脚来，在那个散发出腐臭血腥的房间内跑来跑去，像是躲避着一个看不见的精灵似的。她一会儿拥进伊格纳提耶夫的怀里，一会儿又用窗户上的竹帘蒙住了自己的脸，一会儿又趔趄地走近那个死婴的跟前，打开包裹翻看。她的声调似乎在一瞬间变了，尖厉的嘶叫割裂着空气。

凯瑟琳喊着说：

"瞧瞧，他的眼睛和鼻子，他一定是马嘎特尼的孩子。我发昏了，我上了你们的当，我杀了我的孩子，我是一个杀人犯啊，上帝。"

伊格纳提耶夫看见凯瑟琳变得神经质起来，冲上前去，一把将她抱在了怀里，不住地安慰她，劝解她。他给伊斯拉姆·阿洪递了一个眼色，示意将那个包裹赶快拿走。伊斯拉姆·阿洪拾起那个包裹，开了门，溜进了喀什噶尔沙尘吹拂的漫天雾霭中。

在下楼梯的时候，伊斯拉姆·阿洪自言自语地说：

"哼，美死你了。你还以为这是你的孩子呀，不，这是木黑拉尔巴依老爷和一个小婊子生的，生下来就死了，我不过是装进自己的包裹里了。你还以为是你们的杂种呀。你们的杂种还在木盆里呢，他不过是一泡臭水而已，连这个也不懂，简直白痴。"

他的话被风沙吹散了，没有人听见。

可他的行踪恰巧被鲍尔中尉盯了个正着。一只豺狼出了门，悄悄跟上了他。

回放：鲜花怒放的秦尼巴克

持续数天的沙尘暴逶迤逝去了，喀什噶尔的天空中陡然放晴。

秦尼巴克，这个中国花园庭院内的植物们憋足了劲儿似的，灼灼闪亮、色彩绚烂。在秦尼巴克的围墙两侧，一架布满生机的葡萄藤绿意盎然，可是那些正在发育中的紫色葡萄像是得了一种病，显得闷闷不乐。往年，这些给葡萄串儿喷药水的活儿都是女主人凯瑟琳干的，而现在她也得了病，仆人们的脸上都有一种抽搐般的笑容，谁也不愿意去打扰她。

到中午时，女主人还和领事先生没有起床，仆人们连走路都蹑手蹑脚的。

马嘎特尼先生是凌晨时分回来的。

当时，秦尼巴克塔楼上的士兵在睡意正酣时，听见有马匹的跑动声。在克孜尔苏河吹来的风中，那些气喘吁吁的跑马打着嘹亮的响鼻，让人误以为是大黑山里的劫匪。士兵朝天开了一枪，就听见领事先生气急败坏地喊了一声：

"Shut up———"

谁也不肯相信，马嘎特尼先生狼狈地带着几个仆人和向导，从塔克拉玛干里回来了。他浑身的衣服被楼兰旧城里的沙尘暴撕得破绽百出，脸上和额头上缠裹着一圈纱布，说起话来，好像嘴里含了一口粗大的沙粒，含糊不清。让人更吃惊的是马嘎特尼先生躺在一副胡杨藤条绷紧的担架上，嘴里骂骂咧咧的，全然没有了一点儿绅士的风度。

漆黑的大门訇然打开，几个仆人抬着担架簌簌而入。

中午的时候，他们愉快地打扫完了偌大的庭院，每个人的脸上都似乎挂满了知情者的那种神秘莫测的表情。喀什噶尔的一个藏族医生被邀请到了秦尼巴克，仆人们将马嘎特尼先生架到院子里，藏族医生用一块类似于锅底油泥的膏药贴在了他的头上。他猛地一下轻松了，哈哈哈地笑了起来，大声说：

"上帝，我又活过来了。波尔兰德，我是不是还在秦尼巴克这个美丽花香的人世间呀？"

凯瑟琳蹒跚着步子，从卧房里走了出来。她的身体看起来很虚弱，手撑在腰间，走几步就要站住喘一下气。她身上是一件低胸的裙子，硕大的乳房半掩着，白皙的乳沟让院子里来来往往的仆人们惊魂不定。凯瑟琳走到年轻外交官的身边，艰难地偎坐在了他的一边，吻了一下他受伤的额头，说：

"亲爱的，我们不是在秦尼巴克的庭院中嘛，我们还活着啊。"

他们夫妇二人在众目睽睽之下，热烈地拥抱在了一起。

他吮吸着她的舌头。她喃喃地请求他轻一点儿，再轻一点儿。一番放肆而缠绵的交流后，凯瑟琳对年轻的外交官说：

"也许，你在楼兰旧城的经历可以上《泰晤士报》的头版。亲爱的，请你给我讲讲你在塔克拉玛干沙漠中的那些奇遇吧。"

马嘎特尼先生搂住妻子的腰肢，连连说：

"不，不，波尔兰德，你应该先给我讲讲你在沙尘暴中的历险。我丢下你，差一点儿让你吃尽了苦头。亲爱的，你现在感觉怎么样？我去寻找那本人们传说中的人皮经卷，可我两手空空地回来了，那个虱子巴扎上传说的所谓人皮经卷一定存在，只不过我运气不佳，遇见了中亚细亚百年不遇的特大沙尘暴，无功而返罢了，但我相信我还有机会的。下一次，我一定会找到那本人皮经卷的。波尔兰德，先说说你在那条干渠里遇到沙暴的情景吧，我快要急疯了，宝贝儿。"

凯瑟琳看看四周，仆人们和那个藏族医生都知趣地出门放风去了。她手里捻着裙子上的一个花纹装饰，煞有其事地对年轻的外交官说：

"我真的是太想你了，乔治，我没办法不想你，可你非要去塔克拉玛干和楼兰。在你的心目中，我波尔兰德甚至都比不上一本书籍似的。哦，我一个人待着无聊又寂寞，我就出门去干渠那儿散步了。你真的不知道干渠那儿有多么美妙，雪山上融化的雪水湍急奔涌，渠沟里的青蛙沸腾鸣叫，干渠两侧的堤岸上绿树成荫，杨柳飞扬。我就那样一直思念着你，信步而走，不知不觉地走出了喀什噶尔的旧城。

"当时吧，先是一阵风吹来，风像一片片柳叶刀，削下来漫天的树叶，紧接着就是沙尘暴来临了。整个天空都黑了，泛出一层橘红色的光亮。我看见在郊外的草地上吃青的羊群被大风吹送到了天上。我吓坏了，我措手不及就那样愚蠢地站在原地。我真傻，我当时就有那么一种古怪的念头，我不知道怎么了。

"……等我醒来时，我看见身体周围全是羊群，它们的尸体填满了那条干渠，我就趴在一群羊的尸体上。我知道我受了伤，我动弹不了了，我的阴道里流着血，我的两腿麻木不堪，我还以为我会死掉的。可就在这个时候，伊格纳提耶夫——那个波兰的革命者和亡命徒策马经过了那道干渠。他看见了我的狼狈，便下马将我抱回到了秦尼巴克，我想我又活过来了。感谢上帝。

"哦，上帝真好，上帝眷顾了我。"

马嘎特尼先生像爱戴一只宠物似的，赶忙把凯瑟琳搂在了怀里，抚摸着她的全身。在动作之中，他头部的伤口带来的疼挛，让他不住地呲牙咧嘴。年轻的外交官以一种不容置疑的语气对妻子说：

"波尔兰德，等我找到那本传说中的人皮经卷，我们今年就可以离开这个鬼地方了。我们移居到肯特郡的乡下，买一个牧场，我要让你生一大堆的孩子，我还要请你给我做最好吃的草莓酱，过一个快乐的圣诞节。"

凯瑟琳噘起嘴，赌气地说：

"难道，我还比不上一本什么书籍吗？"

"No，波尔兰德，你有所不知，那可不是一本普通的书籍，那是一本用人的皮肤装订而成的经卷。我只听说过它，我还没有见过它啊，可我明白那是古代的某个中亚民族和他们的国家最为宝贵的财富，那是一个无与伦比、价值连城的瑰宝，它会带给我们举世无双的荣誉和无限的风光与地位。我能够想象出来，女王陛下会因为我的发现给我加官晋爵。你想想看，那个杂种鲍尔只发现了一本桦皮的书籍，他就可以周游世界，卖弄学问，我心里当然有一种不平和嫉妒。波尔兰德，可现在我将发现的是用人皮做成的经书呀，我的光芒会使他黯淡无味的。这一次，我绝不会失去这个机会的。"

凯瑟琳忽然说：

"我想我可能有些不太舒服，我需要休息一会儿。"

年轻的外交官并没有理睬妻子的要求，而是体贴入微地说：

"不，波尔兰德，我想中亚细亚的阳光对你有好处的，你肯定是失血过多了，你脸上的表情没有丝毫的血色，阳光会使你痊愈的。"

"哦，这么亮，我有点儿难为情。"

"亲爱的，你的美貌甚至让日光也惭愧了。"

年轻的外交官赞美道。

就在他们缠绵悱恻、难舍难分之际，一个突如其来者闯进了院子里面。

秦尼巴克的庭院中，一个陌生的声音好像是马嘎特尼的回声似的，很骄傲地重复说："是的，阳光会使你痊愈的。"一道长长的身影斜掠过来，一个腔调追着马嘎特尼的尾音又说："不错，这的确是个好主意。"

年轻的外交官和他美丽的妻子一起抬头，看见了伊格纳提耶夫。

这个波兰亡命徒的突然造访，让英国领事马嘎特尼先生和他的夫人感到很突兀。马嘎特尼艰难地抬了抬身子，算是致意

和欢迎。而凯瑟琳赶忙起身，整理自己身上的裙装，脸上蓦地一红，矮了矮身子，用英国的传统礼节表示了欢迎。在阳光明媚、弧形的天空一览无余的秦尼巴克的庭院中，一身古怪戎装打扮的伊格纳提耶夫的怀里，竟然抱着一只极其夸张的紫铜色的萨莫瓦尔。他欣喜若狂地对凯瑟琳说：

"夫人，我说过我要送给你一只俄国的大茶炊的，这是我的手下从俄国的小镇奥什背回来的，瞧，一只地道的俄国制造的萨莫瓦尔。我想，它会有助于你煮奶茶的技艺日渐精进的，不成敬意呀。"

马嘎特尼先生扶住身边的一根葡萄藤的支架，慢慢地站了起来。

他的眼眶里充溢了泪水，嗓音莫名地哽咽起来。他说："亲爱的伊格纳提耶夫先生，我很惭愧，我以前对你有过一些偏见和误解，我还和一些人私下里对你的身份与来历产生过种种的怀疑和诽谤，我真的该死。你在沙尘暴中不顾自己的安危，救了波尔兰德的性命，我真不知该如何感谢你才是啊。"

凯瑟琳很拘谨地拖出来一把椅子，讪然地说：

"请不必客气，先生。"

波兰的亡命徒被英国领事的这番话搞得莫名其妙。他愣怔地看了一眼凯瑟琳，又看看马嘎特尼，茫然的目光扫视了一圈秦尼巴克庭院中的风景与花园，但他很快就从主人们的脸上读到了诚挚与热忱的内容，他觉得那是一种真实的表白。随即，他开朗地说：

"尊敬的领事先生，我是来向你道歉和请求宽恕的，可你们对我如此宽容，我恨不得找个老鼠洞，一头栽进去算了。"

"哦，我和波尔兰德有什么资格，去宽恕像你这样一个传奇英雄呢?"

马嘎特尼不解。

伊格纳提耶夫黯然地诉说道:"你们刚才的话,是我伊格纳提耶夫一生中受到的最灿烂的赞美,可我的心里很忙乱。我怎么能安享你们如此的美誉呢?我仅仅是一个前革命者和杀人犯,我曾经用一把刀宰了一个俄国的牧师,后来就不停地亡命天涯,最终来到了喀什噶尔这个中亚细亚的城市。我壮志万丈,雄心难熄,可我现在却成了一个被人给豢养的走狗和仆人了。我给彼得罗夫斯基当刺客,我在中亚细亚一带周游,专门剪灭那些和俄国人做对的土匪与悍民,一步步地沦落到了这样的地步。可我一点儿也不甘心啊,领事先生,我是真心向你忏悔来的。"

"上帝会原谅你的,你是迫不得已嘛。"

"在上帝的眼里,我真是一个该下地狱的家伙。我刚刚杀的那个人就是你们英国的情报员萨尔萨班,是彼得罗夫斯基让我干掉他的。你要理解我的苦衷,我不能不干,我是他养的一只鹰犬。"

"不,尊敬的先生。我以英国外交官的身份向你保证,我们大英帝国在中亚细亚没有什么企图,更没有建立什么情报网,当然也就没有一个什么叫萨尔萨班的情报员了。"年轻的领事辩解道。

这一瞬,年轻的外交官仿佛忽然看见了一个历史的机遇。

这个千载难逢的机遇,正在向自己敞开一条光明的道路,从这条蜿蜒而至的路上,一个人将会策马走来,辅助自己的事业和秘密无限的野心。毫无疑问,这个人就是眼前的伊格纳提耶夫。所以,他很坦诚地说:

"尊敬的伊格纳提耶夫，也许我们会有一个重要的合作。这个美妙的合作之后，也许我会向英国政府申请，批准你加入英国国籍，让你成为女王陛下的臣民。因为，我正在寻找一本失踪的人皮经卷，我想也许你可以帮助我获得它的，不是吗？"

波兰的亡命徒被这个不期而至的建议给弄懵了。

他不解地说："人皮经卷？就是鲍尔中尉来喀什噶尔寻找的那本书籍？我听彼得罗夫斯基说过，你们英国的鲍尔中尉就是来找这个东西的，据我所知尼古拉也在找，可我对此没有一点儿兴趣。"

马嘎特尼沮丧地说：

"不，那可不是一本普通的书。"

"可我不准备拿一本人皮的书籍，当作我献给大英帝国的见面礼。我是一个亡命徒，我不懂得你们政治家的那一套，我相信的是暴力。"

伊格纳提耶夫铿锵地说道。

他的话，让英国领事的目光虚空了很久，舌下渗出一层苦涩的汁液。

回放：新察合台汗的告密

彼得罗夫斯基一直在等待波兰的亡命徒伊格纳提耶夫，可是一个晚上过去了，那厮居然没有露面。凌晨时分，尼古拉又差人在客栈的门楣上挂了一朵花，这是秘密联络的信号之一，意即"十万火急"。到了中午时，彼氏预感到事情可能出现了意外，他的第一个念头就是求助于一根洋火。

他在院子中央架了一个火盆，屈尊地蹲在地上，不停地将手中的一些密封的档案和文件材料扔进了火盆里。火舌拼命地舔舐着那些纸张，释放出一种很阴冷的光芒。在院子的四周，哥萨克士兵们目睹着那盆火焰，这让在阳光下游走的他们感到了格外的灼热。烧了一阵儿，彼得罗夫斯基回到自己的办公室里又翻腾了一会儿，片刻之后，他又抱出来一大摞文件和材料，让它们成为了火焰的殉葬品。

这时，彼得罗夫斯基站在火盆一边，拿起了一个加盖着漆红色戳记的牛皮袋。

他撕开后，抽出里面的一份表格，在阳光下细细阅读。毫无疑问，他之所以在这个午后突然动了销毁一切的念头，就是嗅出了有关波兰的亡命徒伊格纳提耶夫的某些踪迹和不祥的气味。目光如炬，彼得罗夫斯基看见那张表格上，是波兰的亡命徒曾被秘密招募时填写的个人履历——

职务：俄国驻喀什噶尔总领事馆一级秘密谍报人员。

职权：……以英国驻喀什噶尔领事馆为主要目标，兼及当地中国政府的所有外交动向，刺探军事和各国人员的反俄倾向，保护俄属公民的人身安全及财产。直接向彼得罗夫斯基本人负责。

在这个海拔4500英尺的高原城市喀什噶尔，肆虐的火焰发出一种略带黑斑的微暗的光，彼得罗夫斯基伸手将那张表格扔进了火盆。

他收回手，站在院子中间抬头望天，喀什噶尔弧形的天空碧蓝如镜，让人不由得感到在那深邃之处，一定有无限的秘密在隐藏。彼得罗夫斯基怅望了一会儿天空，忽然就恍悟到自己目前最紧迫的任务是什么了。

下午二时左右，彼得罗夫斯基亲自带着三个哥萨克的保镖，

来到了客栈。

他清楚地知道伊格纳提耶夫在这个客栈的房间号码，但他不用问就明白那个波兰的亡命徒此刻不在里面，他要寻找的是来自新德里的鲍尔中尉。

他顺着客栈老板的手指，笃笃笃地登上了通往二楼的木制梯子，锈蚀而略带弹性的木板使他有一种忐忑难安的心情，他对自己的这次拜访并没有十足的把握。在此之前，虽然鲍尔中尉的大名如雷贯耳，可他们始终未曾谋过面。作为英国在整个中亚细亚最成功的情报官员，鲍尔中尉在六月十四日那个月夜里悄无声息地抵达喀什噶尔的消息，曾让彼得罗夫斯基十分骇然。他估计，可能就是因为这个间谍的到来，伊格纳提耶夫的内心才发生了某种突然的倾斜和变化。

彼得罗夫斯基开门见山地说：

"鲍尔先生，我代表俄国驻喀什噶尔总领事馆欢迎您的到来。您是一位著名的人物，我能够见到您并倾听您的教导是我本人的一种荣幸。"

岂料，鲍尔中尉讪讪地说：

"我没有什么要劳驾总领事先生的事情。此番我来到喀什噶尔，如果不算是故地重游的话，那很可能是为了满足自己的虚荣心。"

"哦，不。"

彼得罗夫斯基很粗暴地打断了英国陆军中尉的表白，以一种很夸张的手势衬托自己说："不，尊敬的先生，您的话是一种冠冕堂皇的欺骗和借口，我其实一直在盯着您。当然，您是知道的，这是我的工作，我没法儿不盯住您，从您一到达喀什噶尔的那天晚上，我就明白您所为何来。因为我知道您是来寻访一本古代的人皮经卷的，它的分量将超过以您的名字命名的那本《鲍尔古本》，因为它不是一本普通的书。"

鲍尔中尉的肩膀略微斜了斜，很冷地问：

"您还知道些什么？"

俄国人庞大的身躯立马舒展开来，瘫靠在高耸的椅背上。

他将了一把自己的胡须，以一种很认真的态度对英国人说："不错，我不仅知道您是来寻找这本人皮经卷的，而且我还知道您顺便要追捕一个阿富汗人。这是您一生中惟一的败笔，您想修改这个并不美妙的结局。"

彼得罗夫斯基直入主题。

"总领事先生，您的意思是想要挟我吗？"

鲍尔中尉忽然无趣地说道。

彼得罗夫斯基起身，在房间内踱来踱去，目空一切地说：

"因为我恰好知道那本人皮经卷的下落；我又恰好知道那个阿富汗人的去向，我想成全您的作为，请您理解我的美意。"

"总领事先生，您的意思是那本书仍然在喀什噶尔？"

彼得罗夫斯基非常自负地就坡下驴，说："不仅仅是那本人皮经卷，就连那个阿富汗人也仍然在喀什噶尔这个微弱的小城内躲藏，他们就躲藏在同一具肉体上面，这是我的一个了不起的发现啊。鲍尔先生，我十分欣慰地给您透露吧，那个阿富汗人其实是一个波兰的亡命徒，他叫伊格纳提耶夫，善于伪装，深谙中亚各民族的礼仪服饰，是一个很难对付的杀手。就是他伪装成一个阿富汗人，杀害了贵国的达格列什的，而他的身上就藏着那本人皮经卷的所有秘密。您会豁然开朗的，先生。"

"总领事先生，对您的话我深信不疑，我很感激您的美意和告密，我并不是您手中的一杆毛瑟枪，我只是女王陛下的大英帝国陆军的一名中尉军官。"

鲍尔中尉狡黠地一笑。

资料：人皮经卷（3）

费隆在《制革工业》一书中介绍说：人皮曾经在古代和现代被制成皮革，这是早已被证实的事儿了。它正如其他任何动物的皮革一样，适宜于一切制革过程，但是皮与皮的质地各有不同，有些摸起来坚硬粗糙；有些柔软光滑；有些人皮的厚薄有时候相差一英寸六分之一至一英寸七分之一。硝皮的作用能使薄皮加厚，能使粗糙的皮肤变成坚质的软皮。

在外观上，达凡·鲍物说：它颇似小牛皮，但是很难拔光汗毛。

荷尔布罗克·杰克逊在谈及这种令人毛骨悚然的癖好时说：最早涉及人皮制革的参考资料，是玛尔斯雅斯的传说，他不自量力地向阿波岁挑战，做一场音乐的比赛。失败之后，便如约忍受活生生的剥皮处分。有人说，他的皮被制成了足球，又有人相信他的皮被制成了一只皮瓶。

可是，极其智慧的柏拉图却相信后者的话。他引用斯特斯普斯的话说："他们可以活剥了我的皮，只要我的皮不像玛尔斯雅斯那样制成一只皮瓶，而是化成了一片美德，那样我就心满意足了。"

另一个是法国大革命时代的工业界的传说，是说贵族的尸体怎样被送到茂顿的一间硝皮厂，他们的皮被制成皮革，用作书籍装帧及其他用途。这些故事最使人不能忘记的一个，乃是关于某一个法国人有一副皮短裤，系用他的犯偷窃罪而被判死刑的侍女的皮制成的。这位杰出的道德家从不厌倦地指责他的侍女，每当发表一篇洋洋大论后，他便十分满意地拍着他的臀部，叽咕说：

"瞧，她仍在这儿，这家伙，她仍在这儿呀。"

对这种怪异的癖好与传闻颇有研究的HOLBRUCK JACKSON又阐发了其中的一些奥妙，他的结论让人不寒而栗。因为，很多的书籍装帧好事者都有这种怪癖，只有别人无法获得的东西，才能使他们见了高兴。如果大家时髦地用小牛皮或摩洛哥羊皮装订书面，他们便去搜求海豹皮或鲨鱼皮，他们还用大蟒蛇皮和眼镜蛇皮来对付羊皮和猪皮的流行。牛皮纸的象牙似的洁白可爱，也被染成了各种奇怪的颜色，借以变化它的色调。他们中的少数人，渴望至少能有一本是用人皮来装订的书籍，他们放肆地将这东西捧得高出一切之上。这种趣味对于一个有洁癖的肠胃而言是不值一顾的，但是对于有些人，那些反常的意念和在古怪异趣的经验上感到满足的人，则可以提供一种奇特的甚至是亵渎神圣的喜悦。

现代的心理学研究者们，一般将这种趣味归于变态的拜物狂，而伊凡·布洛哈博士则说这是属于性欲的拜物狂。他举例说，女性的乳房对于男性是一种自然的生理上的崇拜对象，但是除开这种正常的爱好之外，另有一种值得注意的乳房崇拜狂存在，他们使用割离人体的乳房作书籍装帧之用。

研究家魏特·柯斯基的著作说，有些爱书狂和色情狂的人，他们使用自妇人的乳房部分取下来的皮，去装订书籍，这使得乳头在封面上形成一个特殊的隆起部分。

这是一种极其色情的想象。

有些人怀疑有这样装帧的书籍存在，他们将这类故事看作

是钓鱼者的逸闻、水手们的大话以及老妇人的琐碎谈话一样付之一笑。

但这是不真实的。

帕斯卡尝言："我之所以开口说话，是因为在这个时候的沉默就是一种罪恶。"——有无限的历史真相，需要我们认真地拂去灰尘，才能触摸到深处的心跳、寂灭和那一捧热烈的灰烬。比如说，在19世纪末的喀什噶尔发生的这一系列莫名其妙的事件，使欧洲的整个历史、文化和道德价值险些倾覆脱轨。

回放：会见

这一年的《喀什噶尔志》中详述了很多奇异的天象和天灾，似乎其中的每一件都预示着新世纪的尴尬与迟滞。其中，1898年初秋，突然发生在喀什噶尔这片绿洲上的蝗灾就是一例。那一场疯狂肆虐的蝗灾持续了几天几夜，消息迅速传遍了整个中亚细亚。那些在漫长的烟尘道上风尘仆仆的商贾、释子、探险家和游击土匪们人心惶惶。在秋风吹凉的季节，大举咖米的飞蝗令人咂舌，有关这一场蝗灾的起因也众说纷纭。

在喀什噶尔，英国年轻的外交官马嘎特尼先生在伤愈后的病床上，仰头看见鸦群般的飞蝗连绵不断地疾驰而过时，喉咙里嘶叫不已。

这是这位年轻的外交官，第一次遭遇如此恐怖骇人的自然景观。

一个从克孜尔苏河边洗衣服回来的东干妇女哆嗦地说："克孜尔苏河里漂满了斗大的石头，成群的发白石头从上游呼啸而下，十万个十万的蝗虫尸体把河面遮得严严实实，仿佛一河床的蝗娃娃在水里游泳哪，那景象可能是在朝拜什么吧。"

马嘎特尼先生的人道主义感情忽然泛滥而上。

他对秦尼巴克院子中的那些嘻嘻哈哈散布谣言的仆人下了命令。他说："我们需要赈灾，赶快在秦尼巴克的门口搭起粥棚，给那些遭受蝗灾的妇女和孩子们发放软馕和热粥，大地在被蚕食，可上帝和女王会和我们在一起的。"

马嘎特尼专门委托自己的妻子凯瑟琳来指挥这项工作。

从秦尼巴克的后院中伐下来的十几根木头，搭在了院外的空地上，油毡苫盖其上，使它看上去仿佛一个碉堡。仆人中间有一个能工巧匠，他在一眨眼的工夫就盘好了几个灶王炉，上面架起的大锅内，翻腾煮沸着细小的黄米。关于英国领事馆内要赈灾放粥的告示，一瞬间贴满了喀什噶尔城内的主要街道，人们的话题在飞蝗和赈灾放粥之间游离不定。

善良的凯瑟琳还从自己的储藏品中，拿出了一罐白糖，在每一口铁锅中撒上一把。这一罐糖是她从伦敦带回来的，她一直舍不得吃。铁罐的商标上印着"伯明瀚威尔逊糖厂出品"的罗马体字样。

在秋阳被无边无际的飞蝗遮蔽的这天午后，空气中的水分好像被抽干了，干裂的中亚细亚的这个季节让人望而生畏。

心愿已偿的马嘎特尼先生，此刻安详地静卧在翠绿欲滴的那一架葡萄藤下，这才觉得自己的脑袋疼痛不已。他尽量迫使自己不想什么事情，他放心地将赈灾的这种义举交给了凯瑟琳。望着美丽的妻子在秦尼巴克中忙碌的身影，听着她在院子外面用不很地道的喀什噶尔方言喊叫的情形，他的心里既有一份感动，又有一种对凯瑟琳的愧疚。在远离故乡的这个荒凉的城市，凯瑟琳是惟一一位英国女人啊。马嘎特尼的思绪回旋着，忽然

听见凯瑟琳拉了拉自己的手，而后又抚了一下她自己的额际，说：

"乔治，快点儿起来吧，有一个英国人和三个喀什噶尔人说要见你呀。"

年轻的外交官闻听有英国人来了，忽地从凉榻上翻身而起。

然而，他并没有看见什么英国人，在自己的面前站着的是凯瑟琳，而在妻子的身后是四个穿着白色袷袢的当地人。马嘎特尼没出什么声，他甚至以为那四个人是响应赈灾的乞丐什么的，可揉了揉眼睛后，他又发觉他们身上白色袷袢的质地很优秀，就是在喀城，这也只能是那些巴依老爷才能享用的。还没来得及开口，他就听见那四个人里显然是领袖模样的一位哈哈哈地笑了起来，说：

"尊敬的夫人，您是如何知道我是一个英国人的？"

凯瑟琳也很舒展地一笑，指了指那个人脚上穿的皮靴，笑而不答。

那个人让凯瑟琳给弄懵了，丈二和尚摸不着头脑。凯瑟琳略微扶了扶丈夫，而后走到那个人面前说：

"您穿着一双英国式带鞋带的皮靴，先生，这种鞋在伦敦的第五大道上有卖。您现在可以告诉我您是英国人了吧？"

"是的，我是英国驻印度新德里的鲍尔中尉。"

鲍尔中尉首先伸出双臂，和马嘎特尼拥抱致意，接着又很绅士地吻了一下凯瑟琳的面颊。四位来客随英国领事散漫地坐在了葡萄架下。显然，马嘎特尼对鲍尔中尉的到来没有任何的精神准备，可他的伤痛似乎一瞬间就化为虚无了。他告诉凯瑟琳，让她烧一些热水，好请鲍尔中尉和其他的来宾先洗澡，以驱散旅途上的疲惫。

鲍尔中尉拒绝了。他说:

"事实上我早就来了,领事先生,只是我一直不忍叨扰你们,随便住在了喀什噶尔的客栈里。可我现在必须马上离开喀什噶尔,赶回新德里去。"

"不,尊敬的中尉。您是我在这一年当中接待的惟一一位本国人,我和波尔兰德在中亚细亚就是为了给在这一地域上的英国人提供方便的。最起码,您也得在秦尼巴克住上一周左右的时间吧?"

"军务在身,恕不相告,我也是迫不得已啊。"

"这里难道不比客栈?"

"哦,秦尼巴克的美名在整个伦敦都家喻户晓,可是有几个人目睹过它的美景。我算是有幸看见了秦尼巴克内部的景致,领略了它的风采啊。"

鲍尔中尉恳切地说。

这个有着刀削般脸庞的职业军人的一口纯正的伦敦口音,唤起了马嘎特尼的思乡之情,他一再挽留鲍尔中尉在秦尼巴克里小住几天。凯瑟琳已经煮好了一壶咖啡,在燥热的夏天,沸腾的咖啡却能给人带来一丝凉爽的快意。几个人慢慢地饮用着,马嘎特尼试图从鲍尔中尉的言谈中发现一些有关本国的消息,可他很快就失望了。鲍尔中尉一直避口不谈,只是尽情地赞美着喀什噶尔的异域风光。另外的三个当地的土著人对鲍尔中尉恭顺有加,这让一直身处这个城市的英国领事不明所以。

鲍尔中尉似乎看出了他的心思,满不在乎地说:"这是我在喀什噶尔发展的情报人员,都是老资格的特工了。"

瞬时,马嘎特尼吃惊地问:

"先生,您在说什么呀?您说您在我的身边建立了一个庞大

的情报网？就在喀什噶尔？就在秦尼巴克？这太可怕了啊。"

"不，领事先生，我所做的这一切并不是为了监视您。您是一个优秀的外交官，在中亚细亚险恶的地缘环境中，只有您独自一人撑起了大英帝国的旗帜。在这片干旱贫瘠的土地上，您是女王陛下的化身。我在中亚细亚的使命很快就要结束了，我在十年的时间内苦苦建立的这个庞大的情报网也将要烟消云散了。"

马嘎特尼嗫嚅道：

"您千里迢迢而来，就是要亲手摧毁您自己所做的这一切吗？"

鲍尔中尉忽然很严肃地对领事先生说："我是为一本书而来的，我没必要隐瞒您，我是为一本人皮经卷而来。幸不辱使命，现在我可以完毕回国了。"

"您说的就是那一本传说中的神圣之物吗？"

这时，鲍尔中尉的右手伸进了宽大的白色袷袢的长袖，从里面掏出来一卷土布裹紧的包袱，在马嘎特尼的眼前慢慢打开。他的动作很谨慎，也很细微，仿佛那里面是一捧人的心跳和倏忽即逝的光。他边打开，边说：

"就算我找了一个最动听和善解人意的借口吧，领事先生。您是知道的，我是一个不折不扣的殖民主义者，我的手上也有暴行和血迹，但我还是欣赏中国人的那句谚语，盗亦有道。这本人皮的经卷，是我花费了毕生的心血寻找到的一件世界性的奇迹，它是一只远古的游牧民族的传世圣器，像所有的欲望一样，当我经过千辛万苦，把它拿在自己手里时，我却有了一种深刻的失落和萧索。我觉得应该将它归还给它的母族，可我对喀什噶尔城内的那些中国官员充满了鄙视，我害怕他们私自占有，害怕他们将这只圣器弃之如履。恰好，我在离开喀什噶尔的时候，忽然想起领事先生您有着一半中国人的血统，所以，我还是将它馈赠给您。因为在我的眼中，您也是一个中国人。您别觉得不好意思，这就算是我对秦尼巴克的一点小小的供养罢了。"

"不，中尉先生。它属于整个欧洲，属于大不列颠，属于女王陛下啊。"马嘎特尼手捧着那一卷暗哑的经卷，眼泪似乎就要流下来了。他吞吞吐吐地说："我要将它寄给女王陛下，我要献给大英博物馆。我发誓。"

"可它已经是您的了，领事先生。您怎么处置它，是大英帝国驻喀什噶尔领事馆的公务了，和我本人没有丝毫的关系。我很快乐将它送给了您——一个中国人的后裔——您不必为此害臊的。"

鲍尔中尉看着马嘎特尼迷离的眼神，站起身，走出了那一片葡萄藤下的荫凉。

他在秦尼巴克的院子中徘徊，像是一个随心所欲的人在漫无目的地参观。他用余光看见马嘎特尼陶醉在无比的快乐之中，一页一页地翻看着上面那些神秘的文字，十指摩挲着那本人皮书籍的封面。

突然，他转身对马嘎特尼说：

"先生，这是我头一次来秦尼巴克，我可什么都没对您说呀。记住了！"

望着马嘎特尼僵硬地点了点头，鲍尔中尉如释重负地掐下了葡萄藤上的一枝绿芽，含在了唇齿间，目光幽谧，难以读解。

作为一个白人种族主义者和坚定的殖民主义干将，鲍尔中尉毫不犹豫地将那本人皮经卷无偿地赠给了马嘎特尼。在他歪

打正着的军人生涯中，他是以《鲍尔古本》的发现名噪一时的，他本来想以这本人皮经卷来锦上添花的，可当他在客栈的那个沙尘漫天的下午，跟踪并俘获了伊斯拉姆·阿洪后，他就决定捂住真相，并且以此来羞辱这个混血儿出身的杂种外交官。

他厌恶白人以外的一切面孔。他将所有的有色人种称之为：猴子。

他能想象得出，在这个混乱的"发现"背后，一场以马嘎特尼和彼得罗夫斯基为主角的大戏就要上演了，而这出戏的名字很可能叫《自取其辱》或《一出事先被预支的谎言》。如此的话，以他自己的名字命名的那一本古代文书将会更加鹤立鸡群、举世无双的。

他没理由不为自己的一箭双雕而欢欣鼓舞。

在秦尼巴克的院门边散步，到了鲜花怒放的花园处，他俯身嗅着一朵大红罂粟的花蕊，迷人的烂香使人心旷神怡。他微笑着对在一边指挥仆人们放粥赈灾的凯瑟琳说：

"在伦敦种这种花朵是有罪的，可它的确很美丽。谁能想象到这么美丽的花朵，居然是最有毒的，找想这一定不是您亲手种的，夫人。在伦敦的初秋，像您这样的太太们还在忙着避暑和度假呢，她们今年的时尚是穿一种束腰的裙衫啊。"

凯瑟琳无限崇拜地对鲍尔中尉点头，说：

"是的，先生。能在喀什噶尔见到您，真是我的荣幸，在伦敦的娘家时，我就在报纸上阅读过您的事迹，真像做梦一般啊。"

鲍尔中尉很省略地说：

"哦，我只是执行公务而已，顺便我还要追捕一名杀人犯———一个善于伪装的阿富汗人。不过，现在我已经查明了，

那个阿富汗人就是在中亚细亚浪得虚名，成为一场滑稽的传说中的波兰亡命徒伊格纳提耶夫。"

"什么？您说的是那个革命者和杀人犯？"

凯瑟琳失声一问。

"这其实没什么，我一旦查出来他的真实身份，就可以将他拘捕归案了。这个杂种血案重重，就在前不久，他还指使喀什噶尔的那个巫医伊斯拉姆·阿洪违背上帝的旨意，给一些女人做流产手术。"

"哦？"

凯瑟琳一怔。

"亲爱的夫人，您知道他将那些死婴的尸体做什么了吗？他硝成了人皮，用于制作一些所谓的古代的人皮经卷。"

凯瑟琳手中的一只中国青瓷碗"啪"的一声砸在地上，分崩离析的碎瓷片，将碗面上一幅釉彩的山水割裂成一地景象。鲍尔中尉走上前去，弯下腰捡起了一片，拿在手上细细地把玩打量。他不经意地问：

"夫人，您怎么了？是不是身体不舒服？"

凯瑟琳慌张地掩饰住自己的尴尬，忙回答说：

"不，先生，没什么的，我只是感到太热了。真的，这个该死的天气。"

"我刚刚送给马嘎特尼先生一本人皮的经卷，据伪造者伊斯拉姆·阿洪说，那是用几天前伊格纳提耶夫在客栈里交给他的一个死婴的皮肤装帧的。在伦敦的贵族阶层里，收集这种罕见的古文书已经成了一种罪恶的时尚。可这一本不同，它是在中亚细亚各个国家里一直流传的镇国之宝，上面有一些具有预言性质的谶言，但是，无论怎么说，这都是对上帝和人类犯下的一

种不可饶恕的罪恶。瞧，马嘎特尼先生读得多仔细啊，他也许能从那上面发现一些真正的奥秘。可是我，我作为一个职业军人，我的任务就是将伊格纳提耶夫缉拿归案，我似乎已经闻到了他的气味，他好像离秦尼巴克不太远。"

凯瑟琳捂住了脑门，黯然地说：

"不，那只是花朵飘散的毒气。"

鲍尔中尉长吁了一口气，扔下手中的那一片青瓷，摊开双手说：

"尊敬的夫人，我想我们会达成一笔交易的。我需要伊格纳提耶夫肚脐上的那一幅刺青。我有充足的把握，您一定能不费吹灰之力将它搞到手的。"

"中尉，我不知道您在说什么？"

鲍尔中尉看了看秦尼巴克偌大的庭院和天空中徘徊的鸟群，信心十足地说：

"是的，尊敬的夫人，这是一笔残酷的买卖，但我明白您一定能完成。您会满足报复的欲望，而我将获得那张人皮的刺青。"

凯瑟琳蹲在地上，捡拾那些破碎的青瓷片。

她拿在手中，试图将那些恍惚的中国山水画拼贴完整，组成一个真实的图案。——在阳光汹涌的秦尼巴克庭院内，她沮丧地感到自己没有一丝气力。那些破碎的图画，恍如一地景象，在阳光中哑然失语。

回放：伪造者伊斯拉姆·阿洪

一切都仿佛尘埃落定了。

第二天的午后，在喀什噶尔城中灿烂阳光的斜照中，鲍尔中尉换上了一件崭新的白色袷袢，从客栈的后门来到了艾提尕尔广场。

在广场四周呈放射状铺开的各种各样的巴扎上，传来了此起彼伏的吆喝声。他从饮食巴扎的东头走到西头，又来来回回地搜索了半天，也没有发现那个卖羊肉的当地情报员。在饮食巴扎两侧的摊位上，浓烈的膻腥与狐臭气息使干热的空气一触即发似的。鲍尔中尉逡巡了几遍，无奈地坐在了一个卖羊肉粥的摊位上，要了一碗麦芽煮的羊肉粥。他喝了几口，假装很无趣地问：

"隔壁卖烤羊肉的那个小胡子，怎么很长时间不见了？"

卖羊肉粥的摊主停下了手中的活计，用一把修长的马尾巴拂尘，驱赶着空气中的苍蝇。半晌了，他捏住鼻子冲着身后擤了一把鼻涕，嘴里咂摸半天说："您说的是可怜的维阿么？先生，他的尸体昨天刚刚被他的父亲给抬埋了。好端端的一个人，不知怎么让人给割下了脖子。哦，主会收留他的。"

这个多嘴的买卖人，随后就自顾自地哼起了一曲中亚地带的民间小调。鲍尔中尉曾经听过这支曲子，他知道那里面的歌词大意。可他此时此刻又听见这悲怆悠长的曲子时，心里还是蓦地一冷，双肩沉了下来。

天留下了日月，

草留下了根；

人留下了子孙，

主留下一本经。

鲍尔中尉放下了手里的碗。

他感到自己胃里的酸液往上开始泛滥，一种呕吐的欲望攫取住了自己。在漂泊的阳光中，一只绿头的苍蝇义无反顾地杀下来，一头钻进了热乎乎的粥里。他忍住了内心的分裂，付了几个天罡，径直往艾提尕尔广场上走去。他告诫自己说：

现在，必须迅速完成这件事，而后以最快的速度离开喀什噶尔这个是非之地。

他在广场的北侧，打了一辆"骡的"。他钻进了车里，看见车夫摘下了车上的那只红色灯笼，挥舞着手中的鞭杆子。那种红色的灯笼，其实是喀什噶尔出租车的标志。

一出了城，旷野中的热风扑面而来，掀动着车厢两侧那种蓝色的细碎花布。

在骡车疯狂的颠簸中，车夫迷迷糊糊地念唱着一首天山深处的荤调。鲍尔中尉心急如焚，他巴不得立马揪住那个喀什噶尔巫医的脖领子，扇醒他，好让他明白如果他伊斯拉姆·阿洪的手上有些怠慢的话，有一场事关大英帝国和俄国佬的大规模战争，就会在中亚细亚的土地上不可遏止地爆发。

稍稍让他安慰的是，只有他鲍尔中尉一人现在操纵着伊斯拉姆·阿洪这根导火索，也只有他一人，握着这枚烫手的引信和事实的真相。

因为，在那个沙尘漫天的下午，他从喀什噶尔城中的客栈里跟踪伊斯拉姆·阿洪后，他就一直控制着这个人。郊外的旷野上，干焦的地上只有零星的沙棘草和红柳稀疏地随风飘摇，褐色的麻雀像孩子们脚下踢来踢去的花布沙包，沙渍和明晃晃的卵石，让人的眼睛时时燃烧。鲍尔中尉的视野里，又被幻觉中的沙尘给弥漫良久了，他恍惚回到了那个沙尘暴肆虐的下午。

那天下午，他走出了天地间昏黄一片的客栈，尾随伊斯拉姆·阿洪走出了喀什噶尔的旧城，一直来到了郊外的一座山包和红柳掩盖的地窨子。

那个地窨子，就是伊斯拉姆·阿洪伪造古代文书的地下工厂。

那时，看见伊斯拉姆·阿洪埋腰钻进了地窨子，他从腰里掏出枪来，打开了保险栓，伺机藏在了地窨子的入口处。他忐忑不安地脱下了身上的袷袢，将腰间的皮带慢慢勒紧。

在喀什噶尔的郊外，坦荡如砥的沙砾和荒漠上，类似于这样的地窨子在夏天时不是很多，可这种中亚特有的居住式建筑却有着它无可比拟的优点，即冬暖夏凉。因为对于伊斯拉姆·阿洪来说，在这种不为人所注意的郊外搞一个庞大的伪造工厂，一是考虑到保密的程度，另外从伪造技艺上来讲，地窨子的温度和空气与湿度则宜于各种文书的做旧工艺。经过近十年的苦心经营，这家伪造工厂已经形成了一座地下宫殿，从纸莎草的制造到熏染的各个环节，都在中亚各国的印刷行业中属一流。像鼹鼠一样，伊斯拉姆·阿洪是这个黑暗王国中的一位赫赫帝王。

只是由于近年来，各国的探险家和冒险分子对古代文书的欲求到了令人不堪忍受的地步，但以喀什噶尔的按办大臣潘效苏为首的地方官员，也加大了围剿伪造者的力度，伊斯拉姆·阿洪的伪造工作才趋于隐蔽和谨慎。

　　他祭起了以前的大旗，以一个巫医的角色，出现在了城市和乡村。可这种暗含着强烈攫取欲望的等待是煎熬人的，所以伊斯拉姆·阿洪设计出了一幕幕待价而沽的广告效果，他在各种巴扎和病人家庭，以及南来北往的各个客栈里放风，说有一本真正的人皮装订的经卷从丹丹乌力克或塔克拉玛干沙漠里出土了，正在江湖上不同的买卖人那里挨个儿过手。他看着这股风越吹越邪，迅速波及了中亚以外的地方。后来，从欧洲各国携带巨款的收藏家和冒险者也层出不穷了，那本乌有之书的行情日见高涨，而他却并不急于马上伪造，他还在静观着哗哗哗的金钱像流水一般，往那个虚无的洞里流淌不息。

　　但正像俗话说的那样，百密一疏啊。

　　要不是那个该死的俄国总领事彼得罗夫斯基突然索要什么人皮经卷，他完全可以再等待一段幻想中的缺席拍卖。然而，彼氏的要求是他不得不为的事情。那个新察合台汗是个杀人不眨眼的刽子手，他豢养的波兰的亡命徒伊格纳提耶夫的牙齿上，是从来不留什么仁慈的。伊斯拉姆·阿洪一想到这儿，头上就汩汩冒汗。

　　他还不知道，他自己已经被英国的鲍尔中尉盯上了。

　　他钻进地窨子里面最隐蔽的一间储藏室，慌张地脱下了身上的袷袢，搭在鼻子上一嗅，一股呛人的沙土味中夹杂着丝丝缕缕的血腥气。他从腰里取出那把英吉沙匕首，衔在口中。那个散发出奶腥气的包裹被打开了，一个粉嫩的婴儿尸体沉默地僵硬着。这时，伊斯拉姆·阿洪有一些兴奋，也有一些恐惧地用手里的匕首比划着，他不知道该怎样下手才好。

　　他念叨说：

"木黑拉尔老爷，你和那个小婊子生的杂种要被我开膛破肚了！"

突然，他的腰眼上被一个硬物给顶住了。

伊斯拉姆·阿洪闻到了身后这个突如其来者携带而入的一阵沙土气息，那味道竟然也有些呛人。他的脊梁骨先是一紧，而后蓦地放松了下来，仿佛一个期待中的大限已经到来，从此再也没有什么可以让他殚精竭虑的了。

伊斯拉姆·阿洪带着苦涩的幽默说：

"对不起，这一切都被您给看见了，鲍尔中尉。"

鲍尔中尉愣怔了片刻，便索然地将手里的枪收了起来。他扳过伊斯拉姆·阿洪的身子，把脸贴在他的鼻尖上，表情寂寞地说：

"你是怎么知道我来了？"

"哦，如果我没有猜错的话，尊敬的先生，您也是为那本传说中的乌有之书来的。我想我没有猜错吧？呵呵，想不到大名鼎鼎的鲍尔中尉也会上这个当的，那本来就是一场骗局罢了。"伊斯拉姆·阿洪肯定地回答道。

鲍尔中尉追问道：

"是那个俄国佬告诉你的吗？"

"这已经不重要了，先生。重要的是您已经来到了喀什噶尔，和你们英国与欧洲的那些巴依老爷一样，您也是冲着那本传说中的人皮经卷来的。您可能已经猜出来了，那不过是我放出来的一个屁，可还是有那么多的巴依老爷信以为真，所以我不得不把这出戏演下去了，这一切不是我故意的，这全是你们逼我的结果。先生，您现在看见了，我不得不制作出一本你们想象中的人皮经卷了，是吧？"

鲍尔中尉遭到了抢白。

他润了润喉咙，用一种纠正的口气说："你的谎言投其所好，正好给那些人设了一个大大的圈套。在这一点上，你和一个妓女没什么两样。我的话不是讽刺，只不过我及时发现了你的惊天秘密。"

伊斯拉姆·阿洪退后一步，向鲍尔中尉深深地鞠了一躬。

他脸颊上的肉一跳，处乱不惊地说："这一切都得感激您才是啊，尊敬的先生。我本来是浪迹于喀什噶尔的一个江湖郎中，四处招摇撞骗，访贫问苦，度化钱财，看看我这样一个克什米尔破落贵族家庭的子弟沦落到如此地步，真是造化弄人啊。我一直都在梦想着翻身，我也想过上喀什噶尔那些巴依老爷的日子，可我四体不勤，五谷难分，到头来还是两手空空。先生，要不是您在那个夏天发现了一本什么《鲍尔古本》，要不是您的发现让你们英国和欧洲的那些巴依老爷羡慕不已，要不是他们拿着大笔大笔的金钱到喀什噶尔来收购什么古代的文书，我也就不会灵机一动，发现这一个赚钱的好买卖。我感激您还来不及啊，鲍尔先生。是您在无意中给了我发财的机会，是您老人家点拨了我。否则，我还不是那个靠巫医的幌子四处骗钱的小人物嘛。"

"住嘴！否则，我会把你烤成一只全羊的，你这个骗子。"

伊斯拉姆·阿洪忽然扯开了自己身上白色袷袢的纽襻儿，露出了胸口上的肉，说："我知道您会来杀我的，我欺骗过您，先生，可那一切都是无辜的。我卖给您的那一本粗糙的文书是我学徒时的作品，一说起它，我的脸上就发烧。我现在羞于提起以前那些破烂不堪的粗糙作品，它们好像不是出自我的手里似的。而现在，尊敬的先生，我有一个小小的请求，在您杀了

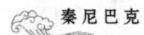

我之前，让我完成一个夙愿吧。您无论如何都要让我用毕生的才华与经验，为您做出一本举世称奇的古代文书。"

"不，是两本。"

这时，鲍尔中尉不假思索地说道。

伊斯拉姆·阿洪惊讶地一愣，结巴道：

"两本？先生，您说什么来着？"

"是的，我需要那样两本伪造的人皮经卷。一本要送给那个中国杂种马嘎特尼，而另外的一本只好送给俄国佬彼得罗夫斯基。我在中亚细亚的土地上，奔波了整整十多个年头，我和他们勾心斗角、水火不容、相互诅咒了那么久，而今我就要回国退役了，在和他们离别的时候，我要送给他们一样珍贵的礼物，来纪念我们在中亚细亚的那些难忘的岁月。这件礼物的名字叫'羞辱'。"

伊斯拉姆·阿洪一拱手，说：

"先生，我完全明白您的意思了，您是要让他们钻进您的这个圈套中，好美美地羞辱他们一番啊。您真是一个充满了嫉妒和仇恨的正人君子。"

"这是我们两人的共同之处。不是吗？"

"那么好吧，先生，我要给您做出举世罕见的人皮经卷了，而现在的第一道工序是要硝制好一张婴儿的人皮。您瞧瞧吧，这个粉嫩的婴儿的皮肤多么柔软光滑，像一捆中国南方来的丝绸啊。您伸手摸摸吧，先生。他好像还在呼吸和睡梦中，他这么听话乖巧。这个粉嫩的婴儿将会完全我的赞美的，感谢上帝。"此时，伊斯拉姆·阿洪快活地说道。

鲍尔中尉沮丧地问道：

"这是那个英国女人的婴儿吗？"

"不，先生。那个领事夫人是个毫无经验的女人，是个沙朗（傻子）。她居然以为这是她肚子里的孩子，真可笑。她的孩子其实还只是一捧血水哟。不瞒您先生，这是木黑拉尔巴依老爷和一个妓女生下的，可这个孩子死了。"

伊斯拉姆·阿洪熟练地使用着刀子，一张婴儿的人皮被完整地剥离了下来。

郊外旷野上的阳光，像从天山上吹拂而来的风一样，带着一种寒彻的光芒。

此时，鲍尔中尉眯眼坐在车上，回忆着那天伊斯拉姆·阿洪的尴尬表情，以及先前在秦尼巴克中马嘎特尼的兴奋之情。他的嗓眼里咳出了一串儿笑声。他对自己说：

"终于将第一本伪造品送给了那个中国杂种，那杂种的老婆居然还以为那是用她的孩子的皮肤装订的，这会激起凯瑟琳的仇恨与愤怒的。毫无疑问，秦尼巴克中将会发生一桩命案，而受害者就是波兰的亡命徒伊格纳提耶夫。这就叫一箭双雕吧。"

旷野中一览无余的干渴，忽然让他有了一种深刻的尿意。

随即，他睁开了眼睛。

回放：陶醉

在离伊斯拉姆·阿洪的地下工厂还有一里地的时候，他叫停了骡车，从口袋里掏出九枚天罡，打发了那个爱唱情歌的车夫。在四野罡风吹荡的郊外，地面上传来了风吹沙石和芨芨草的吼叫声。

从酷热的旷野中钻进潮气四溢的地窖子，鲍尔中尉打了一个激灵，眼前昏暗一片。直到慢慢适应了地窖子内部的光线时，他才走进了伊斯拉姆·阿洪的那个伪造车间。

几个从喀什噶尔调来看守伊斯拉姆·阿洪的当地土著情报人员，看见鲍尔中尉突然到来后便陆续出了门，巡视在地窖口一带，封死了出路。鲍尔中尉很客气地掏出一根纳斯，喂到了伊斯拉姆·阿洪的嘴里，点了火，而后他自己也点了一根。伊斯拉姆·阿洪的手里忙碌着。他苍白的十指，仿佛能从眼前这种伪造的工作中获得巨大的快感似的。他一边吸着大麻，一边信心鼓舞地用当地的一种方言絮絮叨叨。

鲍尔中尉借助昏暗的地窖子里的一豆灯光，魂飞魄散地看见，由那个死婴的皮肤硝制出的一张柔软发白的皮革挂在了头顶上，那上面居然发出一种让人迷醉的馨香。

伊斯拉姆·阿洪拿起了一把剪刀，熟练地裁下来一块人皮，用手揉搓着，递到了鲍尔中尉的眼前，恬不知耻地说：

"快来，您摸摸吧，多好的一张婴儿的皮啊，好像刚刚从一只羔羊的身上取下来的，还有一丝丝的温度。您摸摸吧，先生，它将成为第二本书的封面的，这是那个孩子屁股上的那一块儿。"

鲍尔中尉骇然地说：

"不，你这个魔鬼撒旦，我不想和你一起下地狱。"

燃烧的纳斯散发出一种蓝色的烟雾，这种喀什噶尔本地产的大麻，使伊斯拉姆·阿洪的地下作坊，恍如诡秘难辨的中世纪的监狱，但这一点儿也不影响伊斯拉姆·阿洪这个天才的伪造者的兴趣和陶醉感。他随后开始雕刻一块樱桃木的印版，白色翻卷的刨花和木屑，从一孔刀眼里飞射而出。他自以为是地镌出了一个个让欧洲最负盛名的学者与教授们倾尽一生的精力，去努力考证与研究的字母和文字，并乐此不疲。

伊斯拉姆·阿洪的眼前，挂着一张出版于1892年的《斯德哥尔摩太阳报》，他在樱桃木上照猫画虎地临摹出一颗颗瑞典字母，他狡黠地将那些瑞典字母掐头去尾，故意把那些字母的方向倾斜颠倒，或者拆胳膊卸腿。——就是这种噩梦一般的伪造手段，使诸如霍恩勒博士那样的著名学者，终生迷失于胡言乱语和一种想当然的成功破译当中。

"喂，你是从哪里搞到这张报纸的？"

鲍尔中尉很敬畏地问。

伊斯拉姆·阿洪仿佛在伪造的过程中，得到了持续的快感似的。闻听此话，他便很矜持地对这个英国人说：

"这是我一直保存的礼物。我不知道它是什么报纸，我根本就不识字，我连自己民族的字母都看不懂，我是一个睁眼瞎。可是，这张报纸却是我一直保存的神圣的礼物，是几年前，一个名叫斯文·赫定的瑞典人在喀什噶尔城里送给我的。当时，他要到楼兰去，我送给他一把羊铲镐，他就送给我这张报纸，我喜欢那个小伙子。"

"哦，你真是一个了不起的天才啊，我现在才知道你是什么人了。"

鲍尔中尉感佩地赞美道。

他被伊斯拉姆·阿洪雕刻出来的那些精美的文字惊呆了，虽然他也根本辨认不出来那些字母的内容，可接下来的事情，更让这个英国人触目惊心，没齿难忘了。伊斯拉姆·阿洪犹如一个训练有素的神秘匠人那样，用那块雕刻好的印版，开始印刷一卷古朴的文书了。

在整个中亚细亚诸国中，新疆的木版印刷水平最高，而喀什噶尔又在其中保持着一流的质量。这种古老的印刷工艺开始

于1886年，只是到了伊斯拉姆·阿洪的时代，它才发展成了一种更现代化的伪造手段。

这一刻，伊斯拉姆·阿洪将一张张的桑皮纸，平整地铺展在涂满了油墨的印版上，而后用一把毛刷抚平。当那张印满了神秘字母的桑皮纸被揭起来后，一页充满了"不可识文字"的书页就此完成了。

伊斯拉姆·阿洪请求鲍尔中尉提住那张湿漉漉的书页，他自己则蹲在了地上，点燃了一个砖池内的锯末。木屑升起的火焰，吐出了浓重的烟雾，伊斯拉姆·阿洪从鲍尔中尉的手里接过了那张潮湿柔软的桑皮纸，慢慢地放在烟雾上熏烤，每一寸都不放过。此时，伊斯拉姆·阿洪以一种骄傲的神情，对鲍尔中尉说：

"这是我的臆造，先生。我已经制造出了12种字体，我伪造的那些作品如今遍布于欧洲的各个图书馆和博物馆，以及各位金头发的巴依老爷。唉，我不知道这一门独特的手艺会不会随着我的年龄在这个世界上失传，为此，我有些伤感和寂寞呀。"

鲍尔中尉并没有接他的话茬，而是很同情地说：

"我敢肯定，伊斯拉姆·阿洪，我是惟一一位目睹你的这种天才手艺的欧洲人，我为我的运气感到骄傲和荣幸，谢谢你啊！"

伊斯拉姆·阿洪突然伤感得流下了泪来。他的肩膀不停地抽搐着，浑身瑟瑟不已。他继续说道：

"尊敬的先生，是您给了我这样一个机会，让我的愿望得以实现。我没有理由不给您做出一本空前绝后的人皮经卷。哦，我最后的杰作是用一个婴儿的皮来装订的，是的，是的先生，我没有任何理由来伤感。"

鲍尔中尉打消了他的伤感，问：

"可是，现在你手里这样子的书不像是一本古代的经卷啊，它现在好像是一卷破抹布似的。"

一说到这些，伊斯拉姆·阿洪好像突然来了精神。

他滔滔不绝地讲解说："请您少安毋躁，先生。等一会儿，当这些印满神秘文字的纸页被火烤干以后，我还要用一种柞树的汁做成的染料，将这些纸张染成黄色或深黄色，然后把它们拿到火墙的烟道里去熏。等这些复杂的工序做完后，我还要用一些细沙把这些文字洗上一遍，使它们看上去好像刚刚从塔克拉玛干或丹丹乌力克的沙漠里刚挖出来的一样，甚至只有用刷子刷去了灰尘和沙土才能看见。哦，只有我知道怎样才能将它打扮成一个中亚细亚的孩子，我清楚它的血管里流着什么样的鲜血。"

鲍尔中尉说：

"上帝，我简直要对你刮目相看了，你的天才举世无双，你不适合生活在这一片土地上，要是在欧洲，你会成为一位百万富翁的。"

伊斯拉姆·阿洪扭头对鲍尔中尉一翻白眼，忽然用很轻盈的声音说："那您带我到你们英国和欧洲去，我和您一起混生活？"

"不，那对我来讲是一种犯罪。"

"是的，你们永远看不起这里，看不起我们。"

随后，伊斯拉姆·阿洪停止了他的聒噪。

他将那些已经熏染好的纸张切割了起来。毛边粗糙的纸张，在他挥舞的利刃下，顿时有了一种秩序和整饬感。他抚摸着那些诡谲神秘的文字，苍白的手指上有一些细小的感动和回忆。终于，他在案头上铺开了一张裁剪好了的婴儿的皮革，开始了装订的工序。他像是自言自语地说：

"先生，在伪造的过程中，我获得的只是一种神圣的狂热，一种疯狂的书写癖和伪造癖。我有一个秘密的发现，我可以毫不犹豫地告诉您。这个秘密就是，在最初的黄昏里，在室内不应该点灯……"

鲍尔中尉也陷入到了伊斯拉姆·阿洪无限的想象中了。

他嗫嚅地回答说："是的，您是一位真正的哲学家，一个民间的大师和天才，我没法儿不信任您。"

伊斯拉姆·阿洪停下了手中的工作。他斜倚在一根柱子上，长长地吁了一口气。鲍尔中尉赶忙毕恭毕敬地上前，给他点燃了一根纳斯。在幽暗的灯光下，伊斯拉姆·阿洪脸上瘦削的五官，仿佛是刀刻的一般。他已经几天几夜都没有阖眼了。他深深地陶醉在伪造的快乐当中。他的呼吸有气无力，弱如游丝。他结结巴巴地对面前的英国人说：

"等一会儿，您就会拿到您梦寐以求的人皮经卷了，我保证它将是一本独一无二的书。现在，只要再用撬杠压上一会儿，经卷的封面才会平整光滑的。您将会获得这本书，它会让您在整个欧洲的大陆上出尽风头，无人比拟。可我——伊斯拉姆·阿洪有一个小小的请求，希望您能满足我？"

"我会为您做任何事情的，我要报答您的恩情。"

鲍尔中尉不假思索地说。

伊斯拉姆·阿洪的眼睛在潮湿幽暗的灯光下，发出了一种僵硬的微芒。他吐了一口烟雾，突然出乎意料地对英国人说：

"我给了您这本人皮的经卷，您一定要答应我的这个可怜的请求。我的伪造生涯会随着这本书而结束，此后，我对任何文字都不会有兴趣了。我厌倦了这种生活，我的生命被这本人皮的经卷给一下子抽空了。所以，我再活下去就是一具行尸走肉了，没有丝毫的意义。我请求您杀死我！"

"不！您是一个罕见的天才，我怎么能杀您呀。"

鲍尔中尉忽地站了起来，大怒道。

孰料，伪造者伊斯拉姆·阿洪却平静地说：

"尊敬的鲍尔先生，这就是一本书的法则和律令：一本书诞生了，它的作者就必须死掉，立刻死掉。"

片头：一桩外交纠纷的到来

鲍尔中尉从喀什噶尔郊外的那个地窖子里钻出来的时候，正值发烫的日头陷入在了远方慕士塔格峰的山坳里，像一块慢慢熄灭了的废铁一样。鲍尔中尉一个人径自走到了一丛红柳的后面，从腰里掏出枪来，朝向深邃的天空扣响了扳机。

清脆的枪声传出去很远，旷野中安居乐业的几只渡鸦被惊起，躲入到了悄悄降临的夜幕深处。这个英国军人像发泄心中的郁闷一般，放空了枪膛中的那一排子弹。

他想起了伊斯拉姆·阿洪的话：是的，在最初的黄昏，室内不应该点灯。

鲍尔中尉的怀里，揣着那本刚刚制作出来的人皮经卷，它丝绸般柔软光滑的封面此刻就紧贴在他的胸口处。鲍尔中尉能感觉到它的微弱的体温正在逐渐散失，而自己恰好靠着这一点微弱的体温，看见了那枚黯淡下去的废铁一样的落日。

就在这时，一个身穿咖啡色祫祥的土著特工，骑着一匹炭黑色的快马疾驰而来。这个满头大汗的年轻人滚鞍下马，跑到了鲍尔中尉的跟前，俯身报告说：

"中尉,从秦尼巴克中驶出了两队人马,一路往天山冰大坂那里走去,另一路看样子要翻越帕米尔高原。马队护送的是领事先生亲自安顿好的加急的外交邮件,他们在黄昏时走出了秦尼巴克的后门。"

"哦,戏才刚刚开始。"

鲍尔中尉笃定地说。

苏东坡和他的朋友们

风随着意思吹，吹到了元丰三年（1081）的初春。

两个小僧不敢上前，一直站在离茅亭七尺之外的地方，哈着手，跳着脚，目光焊在苏夫子的身上。两个小僧，一个叫修文，一个叫叶子，来了许多日了，却和苏夫子没搭上话。初春时节，一场几十年不遇的倒春寒来了，穿着白衣裳，在黄州一带徘徊。据说百姓们焚了纸符，求告上天，有几座寺里还公开作法，念了驱寒经，但都无济于事。白天还好，可一到了夜里，倒春寒的脾气就大了，打开口袋，把巴掌大的雪片吹到了田舍和旷野中。那几天，黄州不黄，反倒有点儿白。

葱白的白，石灰的白，天鹅的白。

这不，修文的脸上生了冻疮，十根指头像透明的红萝卜。叶子也好不到哪儿去，鼻涕冻成了一坨冰，哈出的气息像一匹白练，胡子眉毛一把抓，弄花了脸。离开禅寺有些日子了，晚上借宿在信众家，一大早起身就跑来这一片坡地，但苏夫子依旧躺在茅亭里，一动不动。——怎么说呢，他好像有些涅槃的味道吧。

叶子问："恐怕不妙呀，会不会灭寂了？"

闻听此话，修文在叶子的脑门儿上弹了一个钵儿，不悦道："乌鸦嘴，趁早闭起。要是苏夫子……怎么说你，像你乌鸦嘴聒噪的那样，咱俩就回不了禅寺，做不了上佛的弟子了。"一念若此，修文竟有些恓惶起来。

叶子说："我这一世就是来供养上佛的，我不想被方丈逐出门。"

修文附和道："我也是。"

叶子凄凉地说："可方丈是一位说一不二的尊者，他派你我二人来这里求告苏夫子，要是带不回诗稿和墨宝，尊者准定发火，和尚这一碗饭你我就吃不得了。"

这时，修文指了指茅亭，灿烂地说："喏，苏夫子醒了。"

茅亭内，苏夫子果真撅了撅屁股，伸了个懒腰。两个小僧喜悦极了，忙移步上前，欲搀扶他起来。可世上的喜悦一般都会幻灭，这次也不例外。眨眼间，苏夫子换了个姿势，又睡着了，鼾声大作。风吹过了这一片坡地，裹挟着雪的味道，煞是清冽。这时，修文蹙起鼻子，嗅见了一种宿醉的气息。叶子也发现，苏夫子身上的那一件棉袍上，布满了一块一块的酒渍，诉说着夜宴欢歌的余韵。

修文忙合十，罪过地说："酒是魔鬼哟。"

叶子亦道："酒呀，真是不要脸的水。"

修文说："这魔鬼害得你我苦等了好几天，我诅咒它。"

叶子啐了一口唾沫，轻蔑地说："这不要脸的水，我一辈子也不碰它。"

于是乎，只有耐下性子等了。——茅亭在这一片坡地的中央，大约有十亩。苏夫子的家在山顶上，屋瓦上挂着一根炊烟，像坏了的墨笔，把天空都画脏了。站在茅亭往下俯瞰，那里就是有名的雪堂，据说是苏夫子天天晚上和友人们烂醉如泥、吟诗作画的去处。

茅亭不大，四根柱子支起了顶子，一尺厚的茅草趴在上面，好似戴了一块肮脏的方巾。风拂过，草茎上有一些似是而非的羽毛在飘，仿佛仙鹤在这里做过窝，如今飞到天外去了，杳无音讯。每根柱子上都有一幅画，这让两个小僧开了眼了。

修文说："听方丈讲，这个水上渔翁是苏夫子画的，这雪中寒林也是。"

叶子道："但这个枯枝寒鸦不是。"

修文究问说："怎见得？"

叶子眉飞色舞地说："临来前，方丈对我说，这枯枝寒鸦是一个叫米芾的人画的。他是少年才俊，苏夫子赏识他，竟和他喝了半个月的不要脸的水。我发誓是真的，当时你去了茅房，你没这个福气听。"

修文说："现在也不迟嘛。"

这时，茅亭外出现了一个滑雪少年，一溜烟儿地从山顶上滑了下来，身后漾起了一片白烟。见了两个小僧时，这少年身子一拧，停在了眼前。修文和叶子自小在禅寺里长大，没见过如此奇异的器械，惊得目瞪口呆的，还以为天外来人呢，忙往他的脚上瞧。原来，这少年的脚上各绑了一条竹片，竹片极薄，上面擦了猪油，所以能一路挣脱雪的束缚，把肉身变成一只鸟那样，擦着地面飞。

滑雪少年问完了情况，诡谲一笑，悄声说："别上他的当，他压根儿没睡觉。"

小僧们惊呆了："没睡觉？"

少年说："他呀，他在听今年的春苗长出来了没有。"

小僧们问："你咋知道？"

少年身子一挫，被一团风给卷跑了，往山下滑去，丢下一句话说："他是我爹呗。"

此时，茅亭里的苏夫子腾地坐了起来，嘟嘟囔囔的，吓得两个小僧忙藏在了柱子后边，慢慢偷窥。苏夫子抬起胳臂，绕过颈子，从脊背里抠出了两粒虱子。虱子站在他的指尖上，像两个光屁股的孽障鬼，一下子被严寒拿住了，动弹不得。苏夫子盯着指尖，不快地说："哎哟，人家在听今年的春苗，耳根需要清静才是，可你们两个小鬼一直在絮叨，絮叨了好几天了，刚才还吵了架，一个比一个的嗓门大，我不能不过问哟。"苏夫子哈了哈气，虱子们暖和了，低眉顺眼的，承认了错误。这时，苏夫子又绕过颈子，将虱子们送回了家，叮咛说："乖点儿，下不为例哟。"

登时，两个小僧扑了出来，跪在苏夫子的面前，磕头祷告说："谢谢夫子，谢谢给我们当面证法，开示我们。"

苏夫子撇嘴道："我没证法，我也没开示，千万别抬举我哟。"

修文说："此乃佛本生的故事。"

叶子亦道："我念了那么多的经，不如夫子刚才的一次证法。我，我有点儿开悟了。"

苏夫子打了哈欠，斜签在了石几上，跷起二郎腿，聊赖地说："承天寺来的，还是定惠院的？"

修文合十说："果如寺的。"

孰料，苏夫子听了这句话，像针扎了一下，忙跳下石几，敛起衣袍欲跑。两个小僧早有防备，一左一右地奔了上去，各自抱住了苏夫子的一条腿，将他请回到了石几上。苏夫子哀叹道："一听果如寺的人来，我的头就大了。"

叶子趁机说："师父法体欠安，不能亲来。前几日奉了师父的指派，我们来向夫子讨要诗稿的。一个冬天过去了，夫子没给果如寺施舍过诗稿，信众们天天都来打问，滞留在寺里不

走，连印经堂里的刻板都干裂了。"

修文亦道："信众们盼着读夫子的诗篇来证法，眼睛都盼出了血。"

苏夫子被困在石几上，抓耳挠腮地说："问题是，我一整个冬天都没写了，囊中羞涩。"

叶子说："那你违约了。"

修文也说："按着你和师父的约定，违约一篇，就要追罚一篇，给两篇。"

苏夫子摇头晃脑，喟叹说："苦也。"

这时，日头出来了，银子一般的光芒泼洒过来，照在了这一片坡地上。坡地在黄州城外的东边，距最近的城门有三分之一里的脚程。黄州的百姓们喜欢叫这一片旷野为东坡，往年间长满了蒿草和杂树，现在被雪这么一覆盖，洁净无比，法相庄重。苏夫子眯起眼，抬头凝视着亭子上的茅草，若有所思。两个小僧生怕错过又一次的开示，也顺着他的目光望过去。——草茎上，雪融化了，一颗水珠牵着另一颗水珠，攀援其上，身材修长地迎风挂着，仿佛佛陀用过的一串水晶念珠。问题是，这样的念珠太多了，挂满了茅亭四周，铮铮作响。先是有一颗珠子挂不住了，啪地跳下来，落在地上。紧接着，另外的珠子们也纷纷跃下来，荡漾成了一块块水洼，反着光。

苏夫子诧异地说："峨眉雪水呀，真可惜喽。"

修文悄声道："开始了，夫子开始作诗了。"

叶子也说："真仙人也。"

岂料，苏夫子拍了拍大腿，沮丧地说："你们来迟了。去年秋天我倒是写了一卷诗稿，可你们果如寺没派人来取，我就另作他用了。"

叶子慌了，忙合十说："用在了哪里？"

此时，苏夫子的脸上飘过了一丝狡黠。他抬起身子，指点着茅亭之外的坡地说："这山腰上的一片地，我都种了麦苗，我听见它们安然无恙，现在开始发芽了。苦恼的是山脚下的那一片，我去年种了不少的诗，到现在也没什么动静。"

修文狐疑了，究问说："种了诗？"

苏夫子点头，笃定地说："是呀。你们果如寺的人没来取诗，再者，我也怕你们拿回去劳苦，点灯熬油地在樱桃木板上雕刻，还要印成一叶叶诗页，给信众们散发，所以呢，我就种在地里了。我寻思，等到了秋上，这些诗枝繁叶茂，硕果累累了，信众们出了城，随便摘下一叶，就可以读诗参悟，大家一起证法了。"

修文伏下了身子说："夫子，你真是悲深愿重呀。"

叶子也称颂道："夫子佛雨洒布，广拔众苦啊。"

苏夫子会心一笑，却道："可惜喽，我苏轼一介农夫，却看不见今年的收成了。这些诗有没有发芽，慧根若何，我真是揪心死了，所以才趴在这个茅亭里听消息。"

叶子说："那我俩去挖吧，挖开看看。"

修文也道："有道理！人荒地一时，地荒人一年，不能误了时节，现在就挖。"

那一段天气晴好，日光如炭，坡地上的雪都融化了，漫山遍野的。

山脚下，一片洼地已经被挖开了，雪水灌了进去，几乎淹成了一座池塘。两个小僧仿佛泥人，一个举镐，一个执锹，站在水坑里挖掘不辍。偶尔，修文和叶子直起身子时，看见茅亭以上的麦田里青翠一片，苗子足足有一拃长了。坡地上的菜蔬和杂树们也是鹅黄浅绿地开满了花朵，蜂飞蝶乱，一片妖娆。可惟独脚下的这一方薄地，砾石翻滚，寸草不生，更别说掘出什么诗稿来。

却又不敢去打问。

因为，这些天来，苏夫子家里来了不少的客人，有潘酒监、郭药师、庞大夫什么的，更要命的是一个叫陈季常的家伙，带了老婆来。他老婆马脸，颊上有芝麻斑，老公一端杯，她就举起蒲扇大的巴掌，抽老公的脸。最最要命的，这婆娘动辄就要吼上一嗓子，和母狮子大叫一般，令人短暂失聪，恨不得一头钻进十八层地狱里躲一躲。他老婆还有一句口头禅，说村酒虽好，可不要贪杯啊。

苏夫子是东家，垒起七星灶，铜壶煮三江，在茅亭里设宴款待，自然不便发火。但修文观察了一下，说苏夫子之所以昼夜狂饮，喝得人事不省，只为了把耳朵关上门，不听狮子吼。叶子也说，我闻见墨汁的味道了，说不定呀，苏夫子在构思，在怀胎，在孕育诗稿呢。——这么一想，两个小僧便释然了，继续弯下腰去，埋头朝地球深处挖掘。

叶子问："诗真的能破土发芽，自己长出来吗？"

修文回说："苏夫子说能，那当然就能了。"

叶子又问："出家人不打诳语，苏夫子他只是一位居士呀。"

修文不悦道："不可妄语！师父说过的，这苏夫子是一位现世佛，俗眼人看不见，还当他是皇帝流放下来的罪人呢。"

叶子忙合十："阿弥陀佛！"

像在验证这一句话。——突然间，从水面之下冒出来了一截竹筒，漂在了两个小僧的眼前。竹筒有握拳那么粗，有一个

半肘那么长，小舟似的，在水面上晃来晃去的。叶子扑了过去，抓住了它。修文抱在怀里一瞧，竹筒是蜡封的，外壳上镌着一行字：

种诗得诗元丰二年冬轼

不由分说，两个小僧慌忙上了岸，洗净了腿上的泥浆，朝坡地上的茅亭里跑去。叶子大喊，找见了，找见诗稿了。修文也喊，夫子，完好无损呀，水没有渗进去，墨香犹在。这时，茅亭里的人们都听见了，纷纷起身，礼让再三，请两个小僧入了座。

石几上，酒肉早已撤去，香烟袅袅，正中央供了一尊佛龛。龛下是一枝枝春花，花香四溢，仿佛刚刚从天庭、从佛陀的花园里摘采下来的。

苏夫子亲手打开了竹筒，将一卷新鲜的诗稿交给了修文，喜悦道："幸不辱使命，请你们捎给果如寺的信众吧，大家一起来参悟。"

叶子说："夫子，这诗稿真是你种下的吗？"

孰料，苏夫子哈哈大笑，客人们也乐不可支了起来，搞得两个小僧愣头愣脑的，不明所以。这时，苏夫子弯腰一揖，老练地说："还得谢谢两位小僧哥呀。天一热，这漫山遍野的雪花融了可惜，流入江河里更可惜，所以我略施小计，劳苦你们，让你们替我挖了这一片湖，好让峨眉雪水停在黄州，解了我的乡愁之苦。"

修文不解道："可，可这不是湖，是一个水坑呀，泥沙泛滥的。"

苏夫子拈须，目光精射，慨然说："尘埃与悲苦总会消失的，泥沙也会，世间万物都会有澄净芳香的那一天。这个湖现在还小，可它着实是一片圣水，应了人的心愿，将来也会慢慢长大，一定会福泽黄州的百姓。"

叶子问："那它该叫什么？"

苏夫子道："这是上天的赏赐，也是上佛的爱所降示的。嗯，就叫遗爱湖吧。"

茅亭里，众人咂摸着这个名字，遗爱湖，遗爱湖，纷纷称许。

天色将晚，仙鹤还巢，就在两个小僧依依惜别，打算返回果如寺时，苏夫子将那一卷诗稿装进了竹筒里。——这一刹，修文眼尖，忙取出了诗稿，在众人面前依次展开，却发现苏夫子忘了署名。叶子机灵，忙去研了墨，告了笔，款款呈给了苏夫子。

小僧们道："有请夫子！"

苏夫子环望了一番坡地上的春色，一缕晚霞落在了他的印堂上。茅亭外，湖光潋滟，青苗吟哦，大地渐渐地隐入了苍茫的暮色中。这时，那个滑雪少年也进来了，将一盏油灯拨亮，照在了诗稿上。苏夫子会心一乐，援管下笔，签下了三颗字。

叶子生疑地念道："东坡？"

修文又念了后面的："东坡居士！"

这一刻，苏夫子笃定道："身在黄州，亦自有其乐耳。从今天起，我就脱胎换骨，躬耕陇亩，自号东坡居士吧。"

元丰三年，春。一个滚烫且崭新的名字落在了宣纸上：东坡居士。

蓝色的敦煌

壹

大雪下了半个月，将两个香客困在了莫高窟里，连远处的三危山都白茫茫一片。

准确讲，也不是香客，其实是寺里请来的画工，在窟子里勾勒壁画。天寒时，方丈带着僧人们下山进城，躲避这一场百年不遇的暴雪，但他们二位婉拒了，理由是佛本生的故事才画到一半，就此搁笔的话，才是一种蠢行和罪过。两个画工，一大，一小，小的机敏顽劣，跟一只耗子似的；大的木讷内敛，像一只瓷器那般静谧。

午后，小的收完了最后一笔，展颜一笑，看见整个画面都活了，香音神（飞天）在墙上飞翔，妩媚动人，熠熠光辉。

半年多的辛苦，此刻大功告成，小的不免有点儿骄矜。回头一瞥，看见大的正趺坐于画壁下，五官紧蹙，蔫头耷脑的，一副老僧入定的样子。小的腾身站起，紧着收拾完工具，将地上的包袱挎在肩上，准备辞行。这时，洞窟外传来了猛烈的炮仗声，雪扑了进来，风也摇晃着虚掩的柴扉，像家人们在喊他们回家过年。

小的说："上天言好事，回宫降吉祥，今天是小年呀，沙州城（敦煌）在送灶王爷。"

对方哑默。

小的又说："你骗不了我，你早就画完了这一位菩萨，就差提笔点睛了，但你天天打坐入定，迟迟不画上眼睛，你不是在等我，你就是不肯回家去。"

大的泥塑着，照例不发一语。

小的再说："哦，那你索性留在山上吧，路过你家时，我给你娘告知一声，就说你和菩萨在过年，不管她老人家啦。"

言毕，他闪身出门，没了声息。

大的自语："不送!"

贰

……四壁阒寂，寒冷像灰尘一般地落了下来，将大的完全笼罩住了。他开始瑟瑟，寒战攫取了他，手脚也奇痒无比，恐是冻伤的缘故吧。炮仗声又一次响起，提醒了他，他暗自有点儿激动，忙扯开袍衣，从怀里掏出了一支画笔。

画笔冻僵了。他已经焐了一上午了，始终也没能将它暖和过来。于是，他将画笔含在了嘴里，用津液潋润，用舌尖吮吸。他盯着画壁上的那一尊菩萨，无眼的菩萨，琢磨着如何才能一挥而就，让菩萨睁开眸子，将佛赐的光芒投射在莫高窟，荡漾在沙州城和河西三郡，洒布在这个凄凉的人世间。他刚有了想法，却又迅速否决了，一丝慌乱让他的心更冷了。

笔还是冻的，像舌头上含着一块远古的玉。

以前，他可不是这样。——他曾是凉州（武威）城里最有名的菩萨高手，重金难买，一画难求。坊间传说，那年皇帝巡游河西时，对他的一幅菩萨画像爱不释手，派御林军护送回了长安，挂在了御书房里。他名声大噪，河西走廊一带的寺庙纷

纷请他去作画，却每每被他拒绝，因为他是一个孝子，高堂在上，他不打算坏了自己的名节。

这回，却是母亲亲自打发他来莫高窟的，因为母亲沉疴在身，久卧病榻，恐怕会不久于人世了。一念至此，他的心抽搐了一下，不是痛，更多的则是念想。

他在来莫高窟时就发了愿，欲请这一尊新绘的菩萨作供养，为母亲的安康祈福。然而世事难料，这些日子来，他怎么也把握不好墙上的这一张慈眉善目。他需要安静，需要冥想，他需要这支画笔暖和过来，像他身体里的血那么滚烫，那么善良与柔软。

但舌尖上的玉，不，那一支画笔仍旧冻僵着，让他无计可施。

岂料，门吱呀一声，那只小老鼠又折身回来了。

叁

他迅速阖上了眼，如先时那样，安坐不动。

小的扔下了包袱，往手上哈着气，脸呈酱色。他能感觉到，这只小鼠身上覆了一层雪，羽毛状地拂动着，悄然融化，比冻僵的画笔强上许多。他素来心软，思忖道，毕竟是一个屋檐下结伴数月的同行，不能太计较。他睁了眼，抄起火棍，想把火塘里的炭拨亮一点儿，好让小的驱驱寒。令他讶异的是，小的突地扑了上来，一脚踩住了火棍，嘎巴一下，就将火棍给踩折了，一脸的怒气。

他仰首，用目光问询。

小的说："哼，我知道你看不起我，你自视甚高，一直故

意拖延着不去点睛，就想让我先滚蛋，然后……然后你才能得逞。"

他终于发话了，问："得逞什么？"

小的忍不住，脱口道："别以为我不知道。其实，你画的根本不是菩萨，菩萨不是这个样子。你画的是令堂，是你娘。"

他的脸上掠过一丝笑意，腼腆地说："嗯，家母本就是我的观音娘娘，我今生今世的菩萨。这难道有错么？犯了朝廷的王法么？"

"……没！"小的登时理屈，嗫嚅一番，又狡辩说，"可，可你娘以前是一名歌姬，河西一带的红歌姬，凉州城里谁人不知，谁人不晓呀。"

他忽然有些失败，挣扎一下，稳住了身子。

得理不饶人，小的颠颠地说："听说……听凉州城里的老辈人说，那年皇上未登基，皇上来凉州城时，你娘被钦点，连唱带跳地表演了三天三夜，把皇上给迷痴了。"吮了吮喉咙，继续疯疯癫癫地说："后来，皇上要带你娘去京城，住皇宫，可令堂没给皇上赏脸，说自己有了心上人，实难从命。那年皇上带走了好多漂亮女子，令堂是惟一辞让的人。"

他有了哽咽，心里充满了一团墨汁似的。

小的说："半年后，你娘刚怀上你，你爹就奇怪地摔死了，谁不知道他是骑马的高手呀，所以大家都犯疑，心猜是皇上的人干的。"

蓦地，他爆发了，低沉地说："嘴夹紧！"

小的也火了，怒道："伪君子！……你故意拖沓，就是不想回家，不想跟你娘一起过年。你嫌弃她以前是个卖唱的歌姬，可就是她雌守了那么多年，含辛茹苦地把你拉扯大，让你成了

有名的画工。良心呢？你的良心让狗吃了么？"

"不！"他顿了顿，笃定地说："我没有一天不想娘，想得心里都快吐血了。"

"好，现在点了睛，你就随我下山吧。"小的不依不饶。

他迟疑道："可，可我想不起娘的眼睛了，昨晚上还梦见过，但天一亮就忘了。再说，这支笔也不听我的使唤，石头一般，我怎么都化不开它，如何画呀？"

小的笑了笑："我回来，就为了这，我猜到了。"

他一蹙眉，问："猜到什么？"

"你瞧！"

说话时，小的扯开了袍衣，捧出一只泥坛来。

"酒？"

小的说："没错儿，酒！"

他惶恐地问："这是寺里，哪来的酒呀？"

"也许，"小的揭开了坛口，拿起那一支冻僵的画笔，径自插了下去，敷衍道："也许来了一位香客，匆匆供在了九层阁大佛前的香炉上。当然，也可能是一位神仙吧，谁知道呀。"

蹙了蹙鼻子，他闻到了一股沁人心脾的酒香，尤其在这个清洌的下雪天。

肆

候了半天，他催促道："化开了吧？"

小的诡谲一笑，又威严地说："喊我一声哥，我就告诉你。"

"小哥！"

"哎——"小的催逼说，"想起你娘的眼睛了么？如果想起的话，就赶紧拿着它去点睛吧。过几天是除夕夜，令堂在家里见不到你，一定会哭瞎了眼睛的。"

此时，他终于忏悔道："我……我不是孝子，我不能因为这几年娘瞎了，就记不起她曾经葡萄一般闪亮的眼睛，记不起她婀娜的样子和满月一样的笑脸。我，我真该死啊。"

"去画吧！"

他哭诉说："娘真的老了。年轻时，她比香音神还美，还妖娆。"

恰在这时，墙上传来了一阵窸窣的抽泣声。

两个画工怦然心动，回头望去，但见那一尊尚未点睛的菩萨动了动，一双温润的眸子瞭望了人间一眼，蓦然低首，慢慢落下了睫毛。与此同时，从眼角里淌下来了一行泪水，还有另外一行泪水，将飘飘欲飞的衣袂全都打湿了。

"菩萨哭了！"

小的惊讶道。

"不！我娘哭了，那就是我娘的眼睛，我昨晚上梦见的真就是这一双眼睛，我终于记起来了。"他笃定道。

"咦，眼泪是蓝的！"

"对呀，我梦里的蓝，宝石的蓝，琥珀的蓝。"他有些激动，有些措手不及，扑到了画壁下，看见墙上的颜料漫漶着，像一种深刻的蓝，世外的蓝。

"显灵了！"

小的低语说。

这时，他掉头就跑，一下子掀开了洞窟前虚掩的柴扉，看见三危山蓝了，莫高窟蓝了，鸣沙山蓝了，连远处的沙州城都

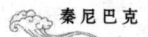

浸泡在了雪后的蓝色当中。他恳切地说：

"蓝色的敦煌！我终于找见了。"

"喏，该走了，回去问问你娘吧，她老人家肯定是活菩萨，降下了这一桩奇迹。"小的也尾了出来，喃喃道："敦煌是蓝的，像做梦一般。"

他咧笑说："今年，你就在我家过年吧，反正你是个孤儿嘛。"

"现在下山?"

"下山！菩萨在家等我们呢！"

他慨然道。

我的帐篷里有平安

门是半扇式的，没有天，也没有地，就挂在门框中段，齐腰高。

多半是因为酒鬼。原先的门是完整的，但酒鬼们来喝酒时，一般不敲门，而是伸出蹄子踢，把门的下半端给踢烂了。老板不去锯酒鬼们的腿，反倒把门锯掉了天和地，剩下半截子，随便挂在上面，摇摇欲坠，一口气就能吹垮似的。当然，和气生财么，谁也不会跟钱去结仇。老板惹不起酒鬼是另一重原因。——夜深了，八廓街上灯火缭绕，烤羊排的气息逶迤流淌，让风吹远，被转经的信众们裹挟上，弥洒一片。酒鬼们吃完肉，喝饱了酥油茶，给肚子垫了底，便纷纷往这家客栈拢过来，个个揣着一布袋的碎钱，都想大醉一场。据说，一个男人只有喝醉了，才会梦见佛光，比念上 万遍嘛呢（六字真言）还强。

这家客栈是拉萨城里最红火的，不说人，光门口拴下的马，一晚上就能拉出十七八车的粪。白捡的，把粪运到拉萨河的对岸当肥料卖掉，又一笔不错的收入，老板肯定在背地里偷着笑。进去一拨人，门扇上嵌的青铜铃铛就要滴铃叫上一叫，小伙计们闻讯而来，先给客人敬上一条哈达，再引着路，顺利安顿在闲空的位子上。另外，门扇上还钉着一块氆氇，老板每天拿起竹笔，都会在纸上写下酒的名字和产地，再用一把匕首插在彩色的氆氇上，像个告示，以示郑重。嗻！今晚上的酒水叫"擦哇"，意思是"一半的酒精"，是用青稞酿的，来自后藏的安

多地区。那里靠近拉卜楞寺。价钱么，哼哼，当然不会含糊。

将近半个月，我天天晚上站在门口，眼睛都快花了。

入秋后，天开始变凉，星星们在头顶上打着寒战。即便乌鸦是金刚护法的化身，此时也怕冷，早已踪迹难觅，音信皆无。我整理了一下身上的袈裟，把肩膀护严了。其实，我完全可以跑到大昭寺门前去取暖。那里的僧俗们不舍昼夜地煨桑点灯，站在火堆旁，人不会感冒，也不会打愚蠢的喷嚏，惊吓了天上的神佛。另外，那里还可以看见谁的等身长头磕得比较好，谁的心更虔敬一些，谁的嘛呢更悦耳。这半个月以来，整个拉萨城都在过雪顿节，西藏十三万户人家都往圣城里赶，一来供养寺院；二者，可以参加节日的庆典，祝贺丰收，祈福明年的风调雨顺，牛羊满圈。——傍晚时，我在冬宫（布达拉宫）里吃的饭，没喝酥油茶，喝的是新鲜的酸奶。雪顿节的意思就是酸奶节嘛。到现在，我还能听见袈裟下的肚子在咕噜咕噜地叫，像藏着一只小羔羊，闹夜，始终不肯去睡觉。刚搁下饭碗，我看见尊者踅出了囊谦（佛堂），一摆手，冲我神秘地撇了撇嘴巴。我立时明白了，给周围的喇嘛们装了装样子，就说肚子疼，告退出来，便尾在了尊者的后头。我跟上尊者七拐八转，出了宫后的一个暗门，悄悄进了城，混入了八廓街上的人群里。

人多得像一锅煮烂的稀饭，挤挤挨挨，打头碰脸的。

天知道，这一段时间里，尊者每晚上钻进客栈里做什么。他饮食规律，又不沾酒，兴趣就更寡淡了。他是佛爷，我是个卑贱的侍僧，当然不能去打问，冒犯尊者的威仪。我像一根经幡杆子，站在客栈门前，心里空荒荒的，只好问天打卦，数天上的星星。有时候，尊者也会体恤我一下，在半扇门后露一露脸，冲我招手，喊我进去喝奶茶，祛祛寒气。我忸怩一番，委

婉地拒绝，脚下像生了根。一个小小的下人，岂能跟法座同台?! 偶尔，尊者会突然跑出来，问我要钱。我就打开布袋子，给他一把碎银子。我贴身侍奉多年，很知道尊者对钱是没什么概念的。一高兴，尊者会用一坨银子买一根竹笔；或者，用一两黄金购下一本空白的册页，还嘻嘻然地说这是印度或尼泊尔的纸莎草装订的，可以写道歌。我见尊者那么开心，也就没说上当受骗的事。我不想捅破。

这不! 八廓街上出现了一个卖艺老人，抱着一把旧弦子，在弹唱格萨尔老爷带领藏军，将一股妖魔降伏的事迹。我见过他许多次。听人讲，他的年纪在78到162岁之间，总之很老了，老得像一只穿破的皮靴子。还听说，他此前是贩羊毛的，一点不识字，连30颗藏文字母都念不全。可有一回，他路过药王山时遇见了雹灾，躲在山洞里睡了一大觉，醒来后，他就会说唱全本的故事了，身畔还多了一把旧弦子。

他是一枚异熟之果。我思想，他一定是被佛祖摸了顶。

我挪开步子，刚想上前去听弹唱时，尊者急匆匆地从客栈门里跑出来，喊我的名字。尊者说，"仁青，我让你保管的那枚金刚杵呢? 快拿给我，我真的有用。"我恭顺地致了礼，低眉说，"尊者，这枚金刚杵就挂在我的脖颈子上，我不能给你，它是纯金的，可值钱了。"看家护院，不能随便舍财，这也是我的义务，我必须尽责。尊者揪了揪我的鼻子，揶揄说，"小气鬼! 快给我，我又不是去乱糟蹋，我是拿去送人的。"我愈加低下了腰身，不敢瞻仰天颜，嘟哝说，"呃! 是去送人呀，那就更不能给你了。要知道，这枚金刚杵是上一世佛爷传下来的，是布达拉宫的圣物，不可外流。"尊者呵呵呵地发笑，像在给我开示，笑得我一头雾水。尊者说，"对呀! 上一世佛爷传下来的，可传的是我，又不是你仁青，你咋能不让我做主说话呢？"
——这是一句申斥。我吓慌了，忙将金刚杵摘下来，双手呈给
尊者。

这时，客栈周围的路人们停下脚来，往尊者和我的身上看，
好像一个下人闯了祸，在受主子的训斥。我叮嘱尊者说：

"能不给，最好不给。法王，这可是你的传世宝贝啊。"

尊者忽然击了一下巴掌，示意我闭嘴。尊者说，"别乱嚷
嚷了，这里没什么法王，我的名字叫宕桑汪波。记住喽！"

"我记下了，少爷！"

"嘻！今天的运气不坏，我碰见了一个山南来的少年人，会
讲无数个莲花生大师的故事，都是善行与妙果，好听极了。"尊
者扬了扬手里的金刚杵，眉飞色舞地说，"还没听够，会很晚
的！你要是等不及，你就先回宫里去，看你，哈欠都打出来
了。"——显然，金刚杵是一件赏赐。等一下，它就会挂在那个
少年人的脖子上。我有点嫉妒，却也无奈。

"不回！我在外边等。"

"呃，我自己能找见回去的路，放宽心吧。"
尊者道。

"可我找不见，我需要尊者的莲花脚印在前头引路，要不我
会迷失的。"我一再执拗，谨守义务。

"你呀你，人小鬼大，也会讲恭维话？"
尊者讥讽说。

我闭紧嘴巴，不露痴相，一时间恼恨起了自己。

尊者离身，对周围的路人们笑了笑，仿佛他认识他们很久
了，还打了几声招呼，遂脚步轻盈地推开半扇门，兴致盎然地
走进了客栈里。哦！我这才意识到，自己的脊背上早就孵出了

一层汗，也不是紧张，更重要的是担心那枚纯金的金刚杵。哎哟！担心很快就被忘掉了，原因是一群路人拢了过来，围住我，上上下下地打量我，好像我是一只山里的长毛猴子似的。

我掀开袈裟，透了透气，凉快死了。

有人问，"喂！小喇嘛，刚才那个鲜衣怒马、气度不凡的青年是谁呀？啧啧，长相那么好，双耳透长，两臂过膝，真的是一副观世音菩萨的颜容呀。"我早有预备，不想回答这些愚蠢的问题，便敷衍说，"我家少爷！先时当过一阵子喇嘛，他现在还俗了。我是少爷在寺里时的朋友，结伴来玩。"夜色深沉，我听见一个个嘴巴都洞开了，舌头在赞美，在叹息，在艳羡。又有人问说，"他一定是贵族吧？听他的口音，准保是门隅一带的人，那可是圣地呀，刚出过一位大法王。"我心里痴笑，暗暗说，算你眼睛里有水，尊者就是在山南门隅被认定为转世灵童，坐上了布达拉宫的无畏狮子大宝法座的。但我嘴上却说，"其实，我家少爷叫宕桑汪波，来拉萨城朝佛的。"

"带了几千头牛？"

我不答，指了指天。意思说，比天上的星星还多。

"几万只羊？"

我摸了摸头发。

啧啧！——他们面露讶色，舌头卷起来，古怪地叫，仿佛嘴巴咂着酸奶，赞唱不止。我得意地撑开袈裟，兜住身体，裹紧自己，还扬起了下巴。见我爱搭不理的样子，路人们也就没了闲情，一忽儿就散光了。

再找那个弹弦子的艺人时，也没了踪迹。耳朵里全是八廓街上的嘈杂声，一锅稀饭又滚开了，水面上有牡丹花般的层层涟漪。

客栈右首，是一个露天的马厩，客人们的坐骑都拴在里头，饲料免费。一眼望去，马的品种个个俱佳，衬得上主人的身份。其中一匹炭黑色的跑马，几乎有一丈高，正打着响鼻，声震四方。看得出来，这匹马是从康巴藏区来的，差不多值一百两金子吧。左首，紧贴着客栈的是一家卖唐卡的铺子。这么晚了，里头仍灯火通明，金碧辉煌。画师们安静地盘坐在氆氇毡毯上，一笔一划，细心描着画布上的菩萨样子。听说，一根菩萨的眉毛，就要画上大半夜方可停笔，这当然算得上一桩功业。我空荒了一阵子，便想去唐卡店里转转，沾沾佛像的吉。

孰料，八廓街上涌来了一大帮人，吵吵嚷嚷的，停在唐卡铺子前，借着店内明亮的灯光，开始玩起了游戏。

游戏叫"插刀子"，我早就玩腻了。雪顿节前后，拉萨河谷底也就进入了雨季，每天晚上都会下，天亮就停了。昨晚也不例外，雨虽说不大，但此刻地上是软的。一帮人稀稀拉拉地散开，先在湿地上画好了方格，然后退出去七八丈远，开始打赌，看谁把刀子掷得远，投得准，恰好插在事先敲定的那一个宫格内。反正也无聊，我便袖手一旁，看热闹，磨时间，等待尊者出来，好护送他赶紧回囊谦里歇息。我是个侍僧，我不能忘了自己的志业，怠慢了法王。

问题在于，我看着看着，鼻子就快气歪了。哎哟！一帮顶天立地的粗汉子，笨手笨脚的，就像刚嫁人的新媳妇一样，竟然拿不好一根绣花针。投不准不说，有的居然扔到了自己的屁股后边，像一句日喀则的谚语说的那样：我指的是西门上的城楼子，你却是东门上的笨猴子。我忽然失笑起来，一下子笑得弯下了腰，笑得肚子也疼得抽筋，眼泪哗哗的。一帮人停下来，面面相觑，不知道我发的什么疯，中了什么蛊。这时，有一个黑脸踱过来，质问说：

"小喇嘛，你笑话我们呀？有本事，你投一下试试看。"

"呃！那你选一个宫格吧。"

我慨然道。

"嗬！看你的手也就是翻经书摸念珠的，你要是能投中的话，我拜你为师，包括大家。"——黑脸递给我一把刀子，又去指定了一个方格，讽刺说，"要是插不中，小喇嘛你翻个跟头给我们瞧，我就饶你一马。"

我轻蔑地哼了一声，一掀袍衣，出手如电，将刀子钉在了目标上。

不用问，他们先是不服气，七嘴八舌，说我凑巧的，简直撞了大运，其实没那么神。又有人递来刀子，我投中了，还有人来递，我全都接上，就当是一种试探吧。后来，我脚下居然堆了十几把刀子，刀柄上的缨穗花花绿绿的，纷纷央求我表演。——真的！我不吹牛，出家人不可妄语，我在剃度为僧前，一直在家里放牛。牛在草坡上啃青时，我就自己玩"插刀子"，技不压身，我差不多算童子功吧。我表演完了，没一次失手的，绝对震住了他们。我知道人都会有嫉妒心，黑脸也算不上太过分。黑脸说：

"这里太窄了，施展不开，不如我们去拉萨河边，那里开阔？"

"呃，乐意奉陪！"

我态度笃定。

"那么请！"黑脸相邀，弯了弯身子。

离开了八廓街，我被一帮人簇拥着，夸赞着，相搀着，拐进了一条僻静的巷道里。巷道很杂乱，污水横流，会闻见死鼠死猫的腐烂气息。每一年，来自藏地的信众们都麇集此处，围绕大昭寺，一圈一圈地扩远，密密麻麻地驻扎起来。或是盖一座简易的土坯房子，或是支起牛毛毡帐，错错落落地生活着，早晚朝佛，经年不散。其实，这怨怪不了他们，有的信徒家中有病人，许下愿，要磕五六年的长头；有的为躲避仇家，大隐于此，连肤色和样貌都渐渐变了；还有的，纯粹是懒汉和酒鬼，知道拉萨城里的日子相对容易，便拖儿带女，天天去磕头的人群里伸手。——看在佛爷的面子上，谁也不会计较。儿女们的肚子里装满了酥油，一个比一个胖，胖得像供养池子里的千年龟。

我被护持着，夹在队伍的中间，穿过巷道。

逼仄处，仅能容一个人侧转身子过去。更多的时候，我的左右都有人搀扶，生怕我被湿漉漉的地皮滑倒，啃一嘴的烂泥。呵呵！前头竟有人开路，喝退一两个路人，令他们避让。冷不丁，脚下蹿出来一群獒犬，颈上都箍着一只只红色的羊毛项圈，冲我呲牙咧嘴，低声咆哮。这时，我听见黑脸开口发话，念了一下嘛呢，又念了一句咒语。獒犬们登时肃穆下来，夹紧尻子，灰溜溜地跑了，比乌鸦还快。在巷子的尽头，忽然站起了一头公牦牛，不停咀嚼着，裆里的睾丸和家什悬垂下，比一块磨盘还大。我有点骇然，不敢看它，它却用挑衅的眼神射我。

黑脸见状，慢慢踱上前去，一下子扳住了公牦牛的犄角。公牦牛在抵他，弯刀般的犄角差一点刺破黑脸的肚皮。但黑脸汉子不费吹灰之力，猛地一撑双臂，就将公牦牛举了起来，举在头顶。

公牦牛不大，中等，可怎么也比十万块玛尼石要沉。黑脸抽空瞅了瞅，发现不远处有一堆干草垛，用来过冬的。黑脸气

沉丹田，猛地一甩胳膊，公牦牛飞了出去，陷在了草垛中。害羞死了，它半天都没咳嗽一声，也没出来道个歉。

我失笑了一下，继续走。

距河岸不远了，我能闻见河水的味道，鼻尖上湿漉漉的。夜色也柔，洗浴着头顶的星星们，让它们烁亮，给飞行的度母们引路。偶尔，人的喘息和脚声惊起了草丛间的夜鸟，呀地一叫，在黑暗中一步步滑远，也看不见摔没摔跤。此时，还能听见河水冲击礁石的声音。礁石上一定刻满了彩色的经文，水冲一遍，等于念诵了一遍嘛呢。这个季节，拉萨河时常发脾气，用洪水裹挟着上游的树木和死牲口，不问青红皂白，一泻千里地往下跑。但今晚上，拉萨河很静，静得仿佛在焚香，也仿佛一尊从四川背回来的瓷器，敛尽了人世上的一切喧嚣。

我边走边卖弄，告诉他们该怎么执刀，如何出手，力道要用几分，准头该咋找。以前，我见过几次尊者在冬宫大法会上讲经说法的样子，我其实学的是尊者的口气，手势也像，表情也学着庄严。我这般照猫画虎，他们当然懵懂不知了，继续恭维我，说我的好话，让我的耳朵很舒服，慢慢发软。我讲解完后，另有几个人单独来提问，我就停下脚，拾起一根树枝，在地上开始比划。——比划完，刚收了势，我甚至有点气喘吁吁的，却忽然间觉得眼前一黑，被一条牛毛口袋罩住了脑壳，四肢被叉住，动弹不得。

佛爷呀！我被绑架了。

我突遭黑手，像一块酥油喂进了别的嘴里。这一刻，我立时明白了，原先他们在演戏，一步步地诱引我，让我自己送上门来。

我真蠢！

　　我的蹄子乱踹，拳头挥舞，尽力挣扎着。在这个红尘世上，我才活了十七岁，还没有看够风景，身体没长开，拳头也不够硬。我不贪，不嗔，不痴，我知道心上的戒律。对！我喜欢做一个喇嘛，也喜欢读《五明》经书，更喜欢在尊者的囊谦里擦拭佛龛，给尊者沏茶点灯，供奉一日三餐。我知道有一道宫墙将布达拉和拉萨城隔开了，我对宫里的999间房子滚瓜烂熟，却对俗世上的恩怨一无所知，也不曾结下过仇人和冤家。我猜，他们肯定认错了人。——迷离中，我感觉自己被抬了起来，架在半空中，一帮人往远处跑去，哑默无声。

　　我的袈裟被风掀开，衣袂飘飘。我越缩越紧。

　　我一直在踹，每一脚都踹在了棉花垛上，软绵绵的，毫无反应。我的拳头挥出去，打着空气。偶尔，拳头好像砸在了某个家伙的鼻子上，砸出了鼻血。我嗅见了一丝丝的血腥气，在清冽的夜风中很刺鼻，也很解恨。我被举在空中，像一只风筝那般滑行，滑向了夜幕的深处，滑向了拉萨河的滩涂。其实，我根本看不清夜色，牛毛口袋罩在头上，一团黑暗比铁还黑，也更坚硬。——恰在这时，我想起了尊者。尊者晴朗的颜容浮现在我的心里，比满月辉煌，照临我，给了我加持和信念。顺便，我还忆起了尊者前一天在囊谦里，用竹笔写下的一首道歌：

　　　　这么静，
　　　　比诵经声
　　　　还静。
　　　　……本来是去远山拾梦，
　　　　却惊醒了
　　　　梦中的你。

我闭上嘴巴，精气内敛，凝神不动。

这样，我的分量更重了，压得他们吭哧吭哧的，发出了牛喘声，脚步也慢了下来。我有点失笑。我这一具凡体肉胎，从没敬受过如此的恩遇，竟然被当做了一尊佛像，被一帮粗汉子抬举着，向一个不知名的龛笼上归位。眼底里漆黑如墨，但我的耳朵亮了起来，鼻子也尖了不少。这时，我又闻见了河水，以及河面上升起的雾气，有一点点土腥，也有一丝丝的鱼腥，还羼杂了枯枝败叶的腐烂味道。不知怎么了，我听见拉萨河的一刹那，心中作涌，略微有些恓惶。经书上讲，一个人的一世，其实就是一条河流过，把自己的少年、青年和以后都冲走了，只不过剩下了一些似是而非的念想、一些牵挂罢了。先时，我还不懂这一句话，太深奥，便向尊者去求证。尊者每每说，仁青啊，等将来的某一天，河水打湿了你的脚脖子，你就觉悟了。

现在，我的脚是干的，我却恍悟了，了然在心。

……涉河入林，辗转而行，我感觉身下的人群突然嘈杂起来，相互换手，挨个儿叮咛，将我一寸寸地往前传递，平稳，妥帖，毫不颠簸。听得出来，人实在太多了，比哲蚌寺后院的那一座玛尼山上的经石要多，比秋田上收获的谷穗还多，比云彩中藏下的雨滴更多。他们掐住声嗓，不敢高语，前后左右的悄悄递话，一个说，小心点！一个说，抬稳了，别趔趄！另一个又道，举高点，快把帘子打起来！——悠忽间，一团暖意扑面袭来，我不再发冷打颤，甚至还闻见了火堆里劈柴和牛粪的味道，嗅见了酥油茶和糌粑的香气，另有燃香和桑烟。不用说，我被绑架了，这里才是目的地。

我听见那个黑脸的家伙在说，"到了！款款放下，请喇嘛赶紧上座吧。"我像一根经幡杆子，从空气中卸下来，戳在地上。黑脸又催促说，"快摆上坐垫，给喇嘛把靴子脱了，请上去！"我的胳膊被牵拽着，挪前几步，一屁股坐了下来。就这样，牛毛头套忽然被摘掉了，光明刺人，我眼底里黑了一黑。

妈哟！我坐在一顶宫殿般的帐篷里，坐在了首席的氆氇毡毯上。

我的眼前，麇集了成百近千的人，不分男女，无论长幼，每个人都身穿节日的盛装，珠光宝气，笑靥如花，拢着我，盘坐成一大圈。我心猜，他们一定洗了一整天的脸，梳了大半天的辫子，抹了一晚上的酥油。我闻见他们香喷喷的，像刚从煮羊肉的锅里捞出来的样子。男人们的羊毛领口雪白，妇人们的眉心里点了朱砂，鼻涕娃娃们吮着奶疙瘩，衣襟上油光斑斑。见了我，他们开始双手合十，嘴里念起了嘛呢。一时间，帐篷里嗡嗡营营的，仿佛一大群蜜蜂来送花蜜。我惊呆了，有一点忐忑，也有一种不安。——这时，首领般的黑脸汉子挪过来，边鞠躬，边给我献了一条洁白的哈达。黑脸说：

"仁青喇嘛，请宽恕我这个部落的鲁莽之举吧！"

我缄默。

"哦，冒犯了喇嘛，实出无奈！"黑脸汉子用眼神逡巡了一圈，唇红齿白地说，"怕耽搁时间太多，只好动了动粗，将喇嘛你抬了进来，真是礼数亏欠呀。"

心里打鼓，我且听下文。

"呵呵，这座帐篷下是我的整个族人，翻山渡河，来拉萨城朝佛献供，在拉萨河旁扎起毡帐过雪顿节，已经逗留了许多个时日。可是，可是在我的部落开拔前，尚有一个小小的卑微的心愿没能满足，感觉心里空荒。"——黑脸慢慢红了起来，像有

一朵彤云升起，又嗫嚅说，"仁青喇嘛，你是尊者的侍僧，如雷贯耳，今夜请你来，想请你开口朗诵，证悟我们。"

"我只是个小僧人。"我答。

"不！西藏十三万户人家，谁不知道六世达赖喇嘛仓央嘉措佛爷的法座下，有一个聪慧机灵的小仆人叫仁青呀。"——黑脸赳赳然的，对着帐篷下的众人朗声介绍说，"喏，都听好了！这就是大名鼎鼎的仁青喇嘛，刚刚请来的客人。"

我有些发窘，搪塞说：

"我是仆人，没什么法力。"

"可是，整个藏地都在传说，说仁青你对仓央嘉措佛爷的诗过目不忘，倒背如流呀。"黑脸汉子边说，边拿起五彩的供品，给三宝献祭。又喜滋滋地说，"哦，这是个恩典的夜晚！从此，我的帐篷里有平安，有了佛赐的平安！"

"那么，绑架我，只为了逼我朗诵？"

我质疑道。

"仁青喇嘛，还请你悲深愿重，宽谅我的整个部落，宽谅我这一座卑贱的帐篷吧！"——黑脸停了手，合十，作揖，虔敬地说，"哦！我要坦白，我跟踪了喇嘛你许久。我知道尊者慈悲，每天晚上去散心，去采集谣曲，去灯火阑珊里习经修法。在八廓街上，我不敢去惊扰尊者的威仪，也不想打扰你去侍奉法王。可今晚上，却听见尊者对你讲，时间会很迟的，先让你回去。我想，这是一个佛赐的机缘，所以就！"

我伸手，拈起一撮供台上的五谷，洒向空中。问说：

"朗诵什么？"

"哦，法雨慈云，广拔众苦，快请佛爷的诗，做我们供养的福田吧！"——登时，黑脸汉子声嗓哽咽，长身倾倒，伏卧于

地，朝着布达拉宫的方向再三叩首。又说，"我和族人们干渴坏了，盼佛爷的道歌，盼得眼睛里哭出了血，心中也寂灭了许久。恩典的夜晚呀！从此，我的帐篷里有了平安。现在，我看见空行母在帐篷下飞舞，就现在，就在头顶上。"

不作迟疑，我伸手说：

"快！快把三弦琴拿来，让我漫唱一首尊者仓央嘉措的道歌吧！"

我接过琴，抱在怀里。

霎时，我惊呆了。——我发誓，我见过这一把旧弦子。先时，它还在八廓街上的那个卖艺老人的手里，还在赞唱格萨尔王爷的英雄过去，此刻却神秘地传递在了我的怀中。我想，我也一定是被佛祖摸了顶。不加犹豫，我双目微阖，开始弹拨起来，如梦如幻地漫唱起六世达赖喇嘛仓央嘉措的一首谣曲。

听得出，帐篷外开始下起了雨，在这个慈祥的夜晚。

在拉萨河谷地。

狂野的河

上半天时，船桥镇惊过一辆马车，还摔死了人。

夜里积了云，现在还阴，像一块吊死鬼悬下的尸布，挂下来。门外惊了马车，动静颇大，钱孩哥趴在门缝上，瞅不太清。秋雾浓酽，是从河上吹刮来的，若一张砂纸，让人的眼睛发涩。门板切开一拃宽的缝，钱孩哥伸出手去，见挂了锁，一打早就囚了他，鹅娘怕他去街上受欺。锁是黄铜的，身上落下了夜里的露水，湿手，比一枚秤砣还重。雾霭里，闪过了凑热闹的人，把雾水挤得丝丝缕缕，又很快地愈合了，白熊样地蠢动着。钱孩哥喊了几嗓子，也无人来帮他开门。

的确惊了一辆马车，还死了人，街上的人们啸叫着闪过，比一座宅子着了火还热闹。钱孩哥失败地回身，钻进家里，却诧异地发现，炕柜上的门是大敞的，鹅娘忘了锁闭。鹅娘早起就出了门，跟上小舅一起去拜庙，怕是太急，忘了这一道手续。钱孩哥从炕柜里取出点心包，拿出一块桃酥丢进了嘴里。桃酥上洒了熟芝麻，在舌头上一醒，犹如一群黑蚂蚁，将人的胃提了起来，渗出满嘴的涎水来。三天前，小舅从县城里来，捎了两包点心。但鹅娘只掏出来一块桃酥，草草打发了钱孩哥，剩下的都藏进了炕柜里，比金子还贵重。鹅娘说，等皮货匠回来再吃，他最爱吃这个。钱孩哥争辩说，我爹几年都不露面了，放坏了，猪也不吃。鹅娘一惊，手里的半块桃酥掉在地上，粉碎了，忙捧住儿子的下巴，问，你能听见人话了么，你刚才说啥？钱孩哥回说，芝麻！

记住，你没爹，你只有鹅娘一人。

鹅娘一气，凿了钱孩哥一个栗子，脸色比点心包子上的马粪纸还黑。小舅拦挡说，姐，他耳朵不好，别把脑浆花给砸碎了。鹅娘说，造的什么孽呀，眼真瞎掉了，嫁了个烂皮货匠，没享几天的清福，又拖着这个孽障，唉。小舅塞给钱孩哥一块桃酥，搡他去院子里玩，像是有话要给鹅娘说。

街上的声音很足，上房揭瓦地传进来，钱孩哥揣了桃酥，将炕柜恢复原样，跑出来。地上撂着一架梯子，钱孩哥使出吃奶的劲，支在院墙上，一摇一摆地攀上去。果然，雾的尽头里，船桥镇的人们挤挤挨挨的，站在河汊的两岸，袖了手，望着水里的马车。雾气里藏着许多话，像水分，人一闪过，就能挤出来几句，掉进钱孩哥的耳朵里。原来是一辆卖露水菜蔬的马车，刚驶到船桥镇就惊了，在街上疯狂地蹿行，毁了半条街，轧翻了很多吃食摊子，鸡飞狗跳。车夫也拽不住，站在辕驾上，哟哟哟地叫魂。结果，车夫被半空里的一根树枝挂了，脖子一歪，断了气。马车跑到桥头时，拧不过弯，径直掉进了河汊里，没了顶。

雾水像拧湿衣服一样，又拧出来一句话，乖乖，是一匹枣红马呀，不见了。

钱孩哥停了嘴。枣红马，像秋枣一样颜色的大马？钱孩哥在船桥镇剃头坊的月历牌上见过枣红马，长长的鬃毛，猎猎地飘在空中，腾云驾雾一般，仿佛腊月里的一卷红洋布。一念想，钱孩哥便再也蹲不住了，桃酥算个屁，能亲眼见上一匹活生生的枣红马，那才是顶顶关键的。钱孩哥挣着身子往墙头上爬，但墙头上栽满了尖刺般的砾石，密密匝匝的，在雾气里若隐若

现，摸上一下，手心里就有刀子的感觉，冷，比一块冰还瘆人。奈何！钱孩哥站在梯子上，瞭看着船桥镇的人们站在桥头上，指着逝水说，不见了，不见了，枣红马挣脱了缰绳和辕驾，从河下面跑掉了。说话声从浓雾里淌出来，像打碎的算盘珠子，乖乖钻进了钱孩哥的耳眼里，让他越发的失望。心猜，枣红马又不是一条黄河里的红鲤鱼，咋说走，就那么轻易地游走了呢。雾气仿佛年关里的皮影戏帐子，船桥镇的人们只将虚幻的影子烙在上头，影影绰绰的，似乎这一切与钱孩哥无关。钱孩哥将最后一把桃酥渣子丢进嘴里时，听见响了一声枪，比炮仗哑，但比一声响屁强。

日本兵来了。

空气便像家里做的拌汤，往开水里刷白面粉，越搅越稠，雾气也渐渐浓酽了许多，有些呛人的味道。钱孩哥趴在墙头上，见很多人从雾里挤出来，边说边笑，怀里还抱着芹菜、红萝卜、莲花白、茄莲、葱和红辣椒，显见，是从惊了的马车上拾来的，没不高兴的道理。日本兵一来，用枪把子驱散了人群，不许他们凑热闹，防船桥镇的人闹出什么鸡毛蒜皮的小事。钱孩哥揪心的是那匹枣红色的大马，但人们在墙下闪身而过时，故意不提这一茬事。或者，人们提及了，钱孩哥的耳朵坏了，干脆听不进去，当然就怨怪不了。

锁开了，鹅娘和小舅也进了门。

钱孩哥刚想张嘴问一问时，见鹅娘盯着自己的嘴，遂下意识地伸出舌头，舔了舔唇，将几粒桃酥渣子咽进了肚子，傻笑一下。

去年入秋时，日本兵开进了船桥镇。

　　起先，谁也没见过一个日本兵的面，他们集中在镇西的兵营里，大门不出，二门不迈，也并不扰民。赶早了，有人站在桥上，远远地瞭见兵营里升旗，一面膏药样的旗子，让船桥镇的天登时高了一截，陡峭地站在头顶。街上弹三弦的瞎子走南闯北，见识广，耳闻多，在吃食摊子上唠叨说，日本兵将中国军队攥到了黄河对岸，隔江而治。还说，这是一支日本兵的通讯大队，专给天上的飞机作耳目的。这下，人们的心里有了数。谁都知道，日本兵在山西的运城有一个机场，屯扎了不少人马。偶尔，飞机掠过船桥镇时，险险地擦着庙顶而去，街上的人们能瞭见驾驶员的嘴脸，还抱了拳，冲着天上作揖。飞机的动静大，一来，便压过了瞎子的弹唱。往往，瞎子刚开始唱《岳山宝卷》，曰，指破天堂地狱情，报应循环理不昏；福善祸淫天条密，善超恶坠任人行。谁也不在乎瞎子的情绪，在天上望麻了眼睛。瞎子也不气馁，混沌了一双眼，低下头细细喝一碗药汤似的茯茶。

　　那日，瞎子弹断了弦，罢唱了一天。瞎子对着满街的听家子说，日本兵的飞机去炸兰州城，结果相错了对象，误炸了靖远县城，无功而返。原故是靖远城和兰州的地貌一个球样，与船桥镇也仿佛。人问说，船桥镇也会挨炸么。瞎子努了努嘴，冲着日本兵的营地啐上一口唾沫，回说，人心都瞎掉了，还要这一双眼珠子干球。那一刻，钱孩哥恰巧蹴在瞎子身后，挨了一嘴馊唾沫。

　　落阳时分，兵营打开，日本兵像发洪水一般地泄出来，开始守住了船桥镇的各个拐角，四处警戒。还捕获了弹三弦的瞎子，关了整一天。钱孩哥被鹅娘领回了家里，一枚铜锁囚住了儿子，怕他在街上受欺。

日本兵一般不过问老百姓的生计，但镇上的人一麇集，怕闹事，枪把子就出来说话。今早上，惊了一辆马车，一匹枣红大马跳进水里失了踪，引得四乡八邻的都来看，日本兵便在枪头上置了刺刀，哟哟哟地追撵着，动了气，将桥头一带迅速廓清。钱孩哥从小舅的表情上，并未读出一丝枣红马的消息，心下焦急，小舅的形象又矮了三分。钱孩哥傻笑完，小舅摸了一下他的后脑勺，算是招呼，径直跟着鹅娘往屋里去。浓雾似贼，越墙而入，满庭满院地流淌不休，又站在树梢上，将几只麻雀和水鸟也隐藏了，只丢下三三两两的尖叫声，钉子样地落进钱孩哥的耳眼里。

鹅娘说，去给我烧开水，我要洗个澡。

姐，你应承下了？

鹅娘说，我是先烂的橡子，抽了那么一根下下签，仰不起脖子，认命了。

伤人不伤脸，骂人不揭短，姐，我又戳到你的痛处了，我给你磕三个响头。钱孩哥心里一惊，小舅的膝盖骨居然一软，扑腾跪在地上，朝鹅娘美美地磕了头，额顶上沾了一团灰。鹅娘在雾气里抽了抽鼻子，说，不痛，一点点都不痛，现在你总该知道我是咋样供你上完学业的了，我心里不冤。小舅回说，姐，我真的对不住你，但我实在没了办法，只能出此下策来央你，惹你不快，我真的不算爹娘生的，我是一头牲口，比牲口还不如。钱孩哥藏在一旁听，鼻息中，雾气一伸一缩，像极了戏台上的弦索。鹅娘拽起小舅，揩净了他的额，唏嘘说：

姐要是三长两短了，孩哥就由你照应着，把他拉扯大。

小舅说，放宽心，姐。

鹅娘蓦地嘿嘿一笑，笑声苦苦的；像开花的馒头里，包了一团黄连草和苦胆。鹅娘吟哦说，本以为过了鬼门关，谁料想，今日再踏进了虎狼滩。说完，鹅娘进了屋，落下了门帘。钱孩哥知道这一句《盗灵芝》里的唱词。腊月时，他陪鹅娘去看过这出戏，回家里来，鹅娘就会吟，吟了快半年多了，钱孩哥的耳朵里都生出了一层茧。小舅抹了一把鼻涕，转身进了灶房。

灶房上的柴烟比雾气黑，也更浓酽，仿佛把一砚的墨汁倒进了水里。

鹅娘先洗头。钱孩哥坐在屋檐下，捧住下巴，看小舅舀起一勺一勺的水，往鹅娘的头顶上浇。浇湿了，鹅娘打了一遍土胰子，脑袋上忽然起了泡沫，肥肥的，挂在鹅娘的头发上。鹅娘的头发很长，平时绾了髻，吊在脑后。现在一放下来，在水里越洗越黑，越洗越长，仿佛一卷黑布，在水里漂染开来。不由得，钱孩哥想起了那一匹枣红色的马，落进河里的话，它一定会像鹅娘一样，精光光的，只穿着一件小小的肚兜，埋在水里，说不上是哭，还是在笑。

小舅浇了几遍清水，淘净了泡沫，鹅娘才仰起头来，眼珠子泛出一层红光，像枣红马一般。钱孩哥试探着说：

枣红马掉进了河里，变了龙，从河底下跑了。

天这么亮，你却说夜里的黑话。小舅嗔道，鸡血样的牙床让牙齿很白。

真的，有一匹枣红马，掉进河里。

小舅问，你发烧了么？

钱孩哥摸了摸额顶，不发烧，但小舅的态度恶劣，似乎嫌怨他在一旁碍事。鹅娘也不帮腔，擦干头发，提起水桶，去后院里擦洗身子了。钱孩哥忽然就有一种仇恨，仇恨好比是一阵轰隆隆的马蹄声，杂沓地穿过了身体。钱孩哥无事生非地说，

上半天，我看见舅娘了。

你看见舅娘咋了？

钱孩哥编谎说，枣红马掉进了河里，变了龙，从河底下跑了，一直跑进了黄河水里。舅娘也去桥上看了，不信，你去问问舅娘嘛。

舅娘又叫葛来仪，在船桥镇开了一家诊所。

出乎钱孩哥的料想，小舅闻听此话，进了屋，从鹅娘的衣袋里摘下钥匙，开了门，火急火燎地上街。反正雾重天长，后院里的蝴蝶和鸣虫们也不现身，钱孩哥没什么乐趣，遂跟出了门。船桥镇像一大锅熬坏的稀饭，被风搅拌不止，人更是一粒粒煮开花的米，在随波漾荡。小舅闪了闪，没了影儿。钱孩哥却往桥头上去，他一直揪心那匹大马的消息。——比起小舅来，枣红马更像是一位天官，下了凡，降临在船桥镇的，谁不去看，谁才是傻瓜。

拐角里，照例站着两个日本兵的游动哨，端着枪，站在墙根下。一个在打哈欠，另一个打喷嚏，嗓音嘹亮。只要人们不扎堆，日本兵便规矩，老僧入定似的值勤，间或叽哩咕噜地说一些牲口话。钱孩哥站在桥上，拍了拍大腿，心里登时大喜过望，直觉得自己是神算子，没错过这一幕好戏。钱孩哥找了个理想位置，抱膝坐在桥栏上，定定地赏看一帮船桥镇的娃娃，在河里捞那匹枣红色的大马。

惊翻的那辆马车，早被事主家的人抬走了，连同车夫的尸体。暴卒的人，按当地的风俗，亲戚们是不能哭喊，也不能置水陆道场，只得黄夜入殓，天明时迅速埋葬的。——事主家死了人，加之日本兵的刺刀来驱撵，便没了心思去追究一匹牲口的下落，权当是牲口挣脱了缰绳，被水冲走了，往下游的黄河里漂去。此刻，河堤上人稀，洒落了一些零乱的菜蔬叶子，其余的，都被船桥镇的人们拾了去，丢进锅里。钱孩哥认得那一帮娃娃，赤条条的，个个憋足了一口气，往水里扎猛子，想拽住那匹枣红马的长尾巴。

扎了大半天，船桥镇的娃娃们一无所获，躺在岸上晾肚皮。

这时，就有一个领头的，叫马蜂，扛着一张渔网赶来，吆喝其他的娃娃，将网扯紧，绷在河汊两岸，想截住那一匹枣红马。河汊是黄河的引水渠，绕过船桥镇，又淌回了家。秋上了，上游里的雨大，所以渔网拦住的，大多是一些枯枝败叶和死猫死鼠的，连一条鱼的毛也不见，更遑论一位天官了。一念想，钱孩哥就失笑，还差一点笑喷出来。平素里，船桥镇的娃娃们不跟钱孩哥玩耍，一来嫌他耳聋，迟钝，缺一根弦；二者，当然是他鹅娘的缘故，母夜叉，名声不佳。不玩也倒罢了，可钱孩哥每上一回街，脑门子上便多了很多凿下的血肿，青紫色的，像脑壳里埋着几枚冻伤的土豆。一见吃了亏，鹅娘先是站在街上骂，跳了脚，口气能将船桥镇所有先人的坟掘开，鞭尸溺尿。无人应战时，鹅娘返身入门，会将钱孩哥捆起来，饿几天，叫他长长记性。

马蜂也不是吃素的，撅了一根树枝，抽在娃娃们精光的脊梁上，让他们拽紧网绳。水是浑的，裹挟了泥沙，从网眼里湍急而下，始终也不见一匹枣红色的高头大马被截住，浮上来，给大家一个结实的惊喜。雾气重，钱孩哥坐在桥栏上，仿佛孙猴子压下云头，眺望人间，心里也有略略的失望。从雾霭的缝隙里，马蜂的话歪歪斜斜地挤出来，滴滴答答的，钻进钱孩哥的耳眼里，吓他一跳。马蜂慨然地对娃娃们说，捞出了这一匹死马，我割下马头，拿回家里作摆设，其他的你们去分，拿回家里吃肉去。一席话，让桥下的娃娃们很兴奋，呼哨声和欢呼声泛滥上来，钱孩哥一心酸，快收不住眼泪了。有的喊，我要一双马腿，腿上的肉瓷实；又有人喊，我要马屁股上的肉，半拉屁股，家里人就可以解解馋病喽。唧唧喳喳中，钱孩哥想象中的一匹高头大马，即刻被船桥镇的娃娃们大卸八块，鲜血淋淋。嗓眼里涌上来一股血腥气，钱孩哥快急成了一捧灰，心里念想说，枣红马，枣红马，你要是下凡的天官爷，你就快快跑，别让马蜂蜇了你的头。想归想，钱孩哥冲着桥下哈哈一笑，尖了声音喊：

早跑了，枣红马从渔网下跑了，我刚刚见的，早跑掉了。

马蜂恼怒地仰头，指着骂，样子货，你咒我？

钱孩哥再重复一遍，表情里自然带了一副幸灾乐祸的快意。街上的人喊他样子货，意思是耳朵不中用，闲荒的摆设。钱孩哥跷了腿，居高临下地笑，一下子惹翻了众怒。不等钱孩哥回过神来，桥头两侧围上来一帮人，个个金刚怒目，比庙里的天罡地煞还张目。马蜂凿了他一个果子，恨恨地说：

再敢放个屁，我操下去。

钱孩哥愣怔地说，我亲见的，枣红马变作一条龙，顺水游走了。

样子货，屎蒙住了心。

钱孩哥真的想跟他们说说，枣红马其实是一条天上的游龙变的，下了凡，给菜农家里帮工拉车，大材小用，才溺在水里的。枣红马跌进了水，就现了真身，回到宽展展的黄河水里，登天庭，去给玉皇大帝鞍前马后地服侍了。话未吐口，马蜂阴鸷地笑了笑，揪住钱孩哥的耳朵片子，使了狠劲，当着众人的面，审问说：

样子货，你鹅娘卖的价涨了，还是价塌了？

事实上，耳朵真的是个样子货，怨怪不了人家讽刺挖苦。但揪在马蜂手里，却又是另一回事，似乎并未割离。马蜂提溜悬了，胳膊划了几个圈，钱孩哥也顺从地打了几个圈，一晕眩，脑花仿佛蛋清一般地散开了。疼，疼像一把木锯，沿着耳朵根子切下来。——耳眼里却澄澈了不少，仿佛有更多的耳屎被抠掉，桥上的喧哗声历历在目。钱孩哥告饶地回答：

塌了价，我鹅娘塌价了。

马蜂丢了手，钱孩哥一屁股坐在地上，脑花晃了晃，犹如半生不熟的鸡蛋黄，稳了稳脚，又站定了。马蜂得了势，不依不饶地教训说，样子货，家里去给你鹅娘说，塌了价我也睡不起，除非，你鹅娘不要我的钱，我白送你鹅娘一夜。

你又不是枣红马。

马蜂捏了拳，鄙夷地说，老子当然不是牲口，可比牲口还猛。

龙和马是一个人，你等着！

钱孩哥的话是一句威胁。不等马蜂再说什么，身畔的几个娃娃端来一盆子河泥，不问青红皂白，径直覆在了钱孩哥头上，然后纷纷作鸟兽散。河泥是沤了几季的肥料，腥臭恶心，会坏掉半个镇子的空气，连四周的雾气也趔趄了一番，紧着躲开了。桥上荒荒凉凉的，钱孩哥孤独地站着，稀屎样的河泥从头顶淌下来，糊得前心后背皆是，揩去一把，又冒出来一坨。浓酽的雾气也来捣乱，筛出来成群的苍蝇，指甲皮大小，嗡嗡营营地叮过来，连钱孩哥的咳嗽声也不怕。钱孩哥萧索地靠在桥栏边，感觉河泥渐渐变干了，硬若铠甲，被自己穿戴在身。以前，马

蜂他们喜欢将钱孩哥扔进水里玩，现在换了花样，兜头泼粪。

引水渠修得逼仄，却深，将一股子黄河水泄向船桥镇。钱孩哥定睛一望，发现在岸边的草丛间，躺着两根颀长的红萝卜。红萝卜在浓雾里煞是耀眼，泛出一层蜡质的光，还挂了一把绿莹莹的秧子，仿佛刚从地里跑出来。不用问，红萝卜是马车上掉下来的，不忍让人拾走。——盯看了许久，钱孩哥觉得，它们其实不是红萝卜，是两只红布鞋，被遁逃而逝的枣红马扔在水边的。

枣红马的红布鞋。一时间，钱孩哥忘了身上的污泥，为这个秘密欣喜不已。

一有了秘密，钱孩哥就想说与人听，满足一下小小的虚荣，不至于落单。可船桥镇的娃娃们都跑光了，马蜂也不见人影儿。在街上蹒跚时，雾气被钱孩哥的两条腿切开，稠得像连了皮，带了筋，跟鹅娘糊窗户时，用面粉打的糨子差不多。路过拐角时，日本兵见他这副恶臭的样子，忙捂住了鼻子，背转过身去，牲口一样的话，肯定是在指爹道娘地骂。钱孩哥思想，既然枣红马将一双布鞋脱在岸上，指不定，它还会回来取的。

那么一双红艳艳的布鞋，别说枣红马，人也舍不得丢弃它。

刚踱到了镇中心，钱孩哥望见了舅娘的诊所。诊所廊檐下堆着一摞门板，门洞大敞，半截门帘上印着红色的"+"字。钱孩哥心里一激颤，就想给舅娘说道说道有关一匹枣红马的事情。认得舅娘后，舅娘一直惜疼钱孩哥，不像亲生的鹅娘，动不动就戳他的脑门子，唾沫渣子也伤人。——偶尔照水银镜子时，脸颊上满把的细碎雀斑，让钱孩哥笃信，那都是鹅娘的唾沫下的毒，烙下的疤痕。这么想时，钱孩哥站在了屋檐下。冷不丁，从门帘后走出了一个男人，怀里抱着婴儿，边走边哄着说，魂儿回家了，我娃的魂儿家里去了。钱孩哥侧了侧，让过他，又拧了身子，好奇地盯看着男人的背影。叫魂的声音，仿佛一根竹篾的耳勺，轻轻钻进了耳眼里，让钱孩哥心里酥痒痒的。但钱孩哥没看见尾随男人家里去的那一颗心魂，他身后空落落的，除了逶迤流淌的细雾。或许，那一枚丢掉的心魂，就藏在雾里，湿塌塌的，像游龙，见首不见尾。

还未顾得上喊一声舅娘，就听见诊所里传出了吵嚷声。

舅娘的嗓音好听，骂起人来也悦耳，带了一股子省城的味道。这话，还是鹅娘第一次见舅娘时，当面夸赞的。——噼啪，舅娘尖叫一声，门帘下飞出了一只花瓶，重重地砸在石阶上，摔得粉碎。钱孩哥望着一地的碎瓷，心里顿时揣满了心荆肉棘，不免替舅娘揪心。心想，怕是哪一位上门求医的病人无事生非，惹了舅娘，叫舅娘拉下脸来，动了怒。却很快，这样的揪心一风吹去了。钱孩哥闻听小舅压低了声音，求饶地说：

原谅我吧，来仪，你知道我不是那种人。

显然，舅娘占了上风，鼻音里哼哧哼哧的，以一种不屑的口气说，你说说，你哪时候像个大男人，不愧对你的男儿身，有些血气，硬朗一些？

我怕！

你当然怕，舅娘低下声音，说，这是去杀人，不是让你去相亲。实话告诉你吧，你要是还这么胆小孬种，我宁可嫁给文盲，也不会上你的当。

我姐答应了，她从庙里抽了一支坏签，痛快答应了。小舅道。

是你连累她的。

可我还是下不了决心去杀人。

闭嘴，你先去上了门板再说。舅娘先钻出了门帘，站在廊檐下，眼神机敏，往船桥镇的长街上扫了几眼，蓦地发现钱孩哥蹲在廊檐下，一身恶臭地打盹儿。舅娘摇醒了钱孩哥，一把将他拽进了诊所里，倒了一盆洗脸水。

小舅很快上妥了门板，光线一暗。

有时候，钱孩哥思想，要是舅娘换作了鹅娘，亲生了自己，那该多好。比如现在。虽说是奢望，但有胜于无，一思想时，钱孩哥也觉得身体里藏了一包蜂蜜，慢慢渗淌出来，让舌根子发甜。舅娘是个利落人，先揩净了钱孩哥的脸和耳朵，手上又使了劲，将他的脑袋塞进盆里，美美地打了一通洋胰子。

呛了一下，但钱孩哥很快嗅见了水里的一股香气。

开春后，船桥镇的街上，会盛开一簇簇的夹竹桃花，花香四溢，略略含着一丝苦腥气。钱孩哥觉得洋胰子的味道，似乎跟夹竹桃花类似，清冽，淡薄，苦杏仁味，让自己的脑袋醒转了不少。家里时，鹅娘使的是土胰子，胰子里经常有沙子和石头，会划破脸。味道也差，像一锅猪皮熬焦在锅里，炼了油。一醒转，埋在水盆里的双眼，就看见了水底的秘密。——枣红色的高头大马，定定地站在远处，脖颈上的长鬃被一阵罡风拂起，猎猎飘动，比酒楼上那一面猩红色的幌子还漂亮。舅娘的手钳住他，擦了许多遍，水迅速黑了，稠得像水里起过一阵沙尘暴，枣红马忽地不见了。钱孩哥挣了挣，但摆脱不了舅娘的手。

这孩子，耳朵坏了，怕是影响到了脑神经。

小舅诣媚地笑笑，拎着一条干毛巾，伺立一旁，说，我姐是个苦命人，生下他，也算是苦胆拌黄连，一辈子熬煎。

我的罪孽呀。舅娘搓着泡沫，指尖在钱孩哥的发丛里游来游去，唏嘘说，他发高烧时，我不该给他挂水，吃那些西药，西药毒性大，弄坏了他。我真的有一份罪孽感，不知道该咋样宽恕自己。舅娘接过干毛巾，料理完钱孩哥。

不怪你，来仪，怕这是他的命。小舅道。

胡扯！

小舅说，来仪，我真是这么想的。聋了也好，这兵荒马乱的时节，他听不到脑子里去，说不定也是一种福分，不像咱们，被吵得天天不得安生，苦愁了人。

今早上，一匹枣红马掉进了河里。钱孩哥忽然开口。

舅娘抚了抚钱孩哥的头，像印证了自己的病方，扑哧一笑说，傻瓜，哪有什么枣红马呀，舅娘亲见的，掉进河里的是一头驴子，灰突突的驴子。钱孩哥还想犟嘴，小舅忽然抬起巴掌，扇了一下外甥的脸，怒目说，舅娘说了是驴子，一准就是驴子，再说痴话，小心我抽你的屁股。钱孩哥停了嘴，争辩的话咽在嗓眼里，犹如芨芨草编织的一枚蒺藜，刺得眼泪快收不住了。舅娘护住了钱孩哥，眼睛剜了小舅一下，喝退了他。舅娘扒了钱孩哥身上的脏衣服，扔给他一件外衣，另外喂给他一颗糖，很松懈地和小舅坐在了窗下的豁亮处。

现在该说咱们的事了，徐克功。

来仪，听你的。

听我的？那我还要你做啥？

嘿嘿，来仪，你知道的，我一向没个主见，你说了算。小舅巴兮兮的。

舅娘又叫葛来仪，是去年秋末时，小舅领回家里的。钱孩哥记得，第一次见面时，家里像过年一般，鹅娘从街上买了一

只鸡，三斤腊羊肉，一瓶烧酒。舅娘也大方，送给鹅娘一块印花的料子，一罐胭脂和一双尼龙袜。忘了给钱孩哥买礼物，舅娘索性掏出一把角子钱，塞进他兜里，让他去街上买零嘴吃。那时候，钱孩哥的耳朵还好使，刚喊了一声姐姐，小舅的巴掌就追上来了，纠正说，该叫舅娘，以后改嘴叫舅娘。扇得重，当时钱孩哥哇的一声哭了，鹅娘却喜出望外，一把搂紧了舅娘的肩膀，嫌贫爱富地称呼了一声亲妹子，眼泪都漾了出来。

吃喝时，小舅喷着酒气，鸡血色的牙床露出来，一直不停地夸赞舅娘。

舅娘不是本地人，头一次来船桥镇做客。钱孩哥坐在炕桌前，认真地啃一只鸡脑壳，耳朵里却记下了他们的谈话。小舅的口气大，威风，炫耀，将舅娘夸成了一位下凡的小仙女。鹅娘陶醉得面红耳赤，将院门反锁了，闭门谢客，直觉得弟弟这一来，头顶上的天亮了，自己生命里的一锅水烧开了。

按小舅的说法，舅娘从省城的助产士学校毕业后，去了三爱堂西医院，专门给女人接生。鹅娘趁着酒劲问，助产士是做啥的？小舅挺尴尬，觉得鹅娘当众丢了脸，让自己抹不开面子。舅娘却不以为然，解释说，助产士就是接生婆，三爱堂西医院是洋人办的，一般叫助产士。

鹅娘开了眼，兀自干了一满杯。

那时，小舅也在省城，就读于甘肃省立第一学校，降了几级，一直没能出徒。小舅连着三四年没回过家，却经常修书一封，寄达船桥镇。鹅娘每次接到信时，连撕也不撕，就知道信瓤里的内容，便泥塑般地发呆，坐在屋檐下，唉声叹气地过一夜。鹅娘不计较小舅的顽劣，自己憋屈完，照旧将炕柜里和枕头中藏的钱归拢起来，火急火燎地邮寄给弟弟。当时还算太平，日本兵没来，船桥镇周边上频闹匪祸，却因了镇长的侄子在马步芳的部队里任团长，驻防在邻近的县城，土匪们也不敢来造次。家里的境况也能对付，因为鹅娘带着钱孩哥，嫁给了皮货匠。皮货匠一年到头，总在西省一带贩卖皮货，丢下空落落的院子和妻儿，把家干脆当作了路过时打尖的客栈。鹅娘对嫁给皮货匠也没什么怨言，反倒有一种得道升天的后快。鹅娘总说，我一个没人要的烂货，还拖着孩哥这么一个小油瓶，皮货匠娶了我，顶如是我命里的贵人，是我肩膀上站着的观音菩萨。皮货匠似乎更骄傲，在婚宴当天，撒了一大把银子，将船桥镇的头面人物都邀了去。孩哥还小，拽住鹅娘的衣襟，须臾不敢丢手。认亲时，鹅娘拍了拍孩哥的脸蛋，说，叫爹，他是你爹。孩哥喂喂地喊了一声，从此就换了姓，姓"钱"。皮货匠醉了，逢人就跷大拇指，慨然说，嘻嘻，我没费劲踩蛋，白得了这么大的一个儿子，值当。

但后来皮货匠翻了脸，揪住鹅娘的头发，用烧火棍打得满地乱滚。手恶时，还将鹅娘剥个精光，倒吊在屋梁上，饿几天，抽一阵子皮鞭。缘故是家里的大小钱，都被鹅娘偷偷摸摸地寄往了省城，供养小舅念书。钱孩哥记得，有一次，鹅娘偷了皮货匠一桩大买卖的本钱，被皮货匠逮住了，捆在树上。寒冬腊月的，船桥镇上空肆虐着北风，麻雀头大小的雪花落下来，差不多快淹了家里。鹅娘冻成了一块冰，人是硬的，只有眼神里带着一丝热气。鹅娘服了软，皮货匠取了鹅娘偷东西的病，卸下来后，扔在了热炕上。整整一个冬上，鹅娘瘫在热炕上，穿不上鞋。要命的是，年关时，又有一封信寄到了门上。皮货匠朝着来信啐了几口痰，撕烂，塞进了炕洞里，还跳着脚大骂：

喂不熟的狗，老子一分钱也没有。

约摸两年半前，皮货匠东借西凑，积攒了一笔本钱，说去青海收一批皮子，贩到西安城。日本兵来了，战争一起，皮货就成了过冬的紧俏物资。孰料，皮货匠像一枚丢进了黄河水里的石头，音信断绝，杳然无迹。鹅娘问过往来的商贾，朝着青海的西天上打问，人们大多摇摇头，说不得，说不得，马步芳的部队抓丁抓得凶，一准是扛上枪，吃上了皇粮。鹅娘的心不死，将家里剩下的钱都拈了香烛，隔三差五地去拜庙，在佛像前发愿吃咒。可皮货匠仍旧不吭不哈的，连搁在家里的一只铜制的水烟枪都泛了绿，生了锈。鹅娘忆起了船桥镇的一支酸曲，伤心时，总捶打着自己的胸脯，尖声喊，挨刀的货，活着么，你就捎一封信来；死了么，你就托一个梦来……

信的确来了，连续三封，却是小舅写来的。

头一封单页，小舅问了一下家里的现状，直脱脱地让鹅娘寄钱。次封信比较实在，满满六大页，还夹了一张相片，小舅告诉鹅娘说，他爱上了一个女学生，无父无母，也是学生娃。鹅娘捏着相片，对着日光看了半天，也没瞅清女学生的相貌，只知道细细高高的个子，烫了发，白衣黑裙，一派城里人的洋气，洒洒落落的。鹅娘将指甲皮大的相片供在炕桌上，夜里爬起来点灯，一遍遍地端详。钱孩哥被吵醒时，鹅娘抑止不住喜悦，叫他喊舅娘。钱孩哥懵懂着，喊了一声舅娘，鹅娘的眼泪却淌了出来，掐着钱孩哥的肉，念经似的说，儿子，咱家里的这一锅水快烧开了，老天有眼，我的一锅水快开了。早起时，第三封信追了过来，小舅在一页纸上只写了一颗大字：钱?！鹅娘的嗓子哑了，像丢了魂，走起路来老摔跟头，嘴上也急出了一层燎泡。灶房里也漾不出薪烟，钱孩哥嚼了几天干馍馍。

小鬼叩门，八成是替阎王爷开路，来索命的。

接下来的时日，家里的门槛快被踏破了，都是一些债主。皮货匠生死无着，让债主们觉出了危机，于是一传十、十传百，吆喝起来，向鹅娘来索要欠款。鹅娘势单力薄，阻挡不了人们的愤怒，只专心将钱孩哥护在身后，怕儿子被债主们绑了去，作了人质。心思活泛的债主们，是带了马车上门的，先将鹅娘家里值钱的东西搬上了车，扬长而去。什么自鸣钟、水银镜子、喇叭匣子、缎子被褥、搪瓷脸盆、面缸，以及家里积压的一些皮货，鹅娘都没入眼，悻悻地盯看着他们作价收纳，嚣张得像一股匪人。当债主们搬出一架缝纫机时，鹅娘却突地疯掉了，丢下钱孩哥，扑了上去，尖利的指甲，抓破了债主们的脸。手动的缝纫机，当初是皮货匠的聘礼，花了大价钱，从西安城里捎来的。鹅娘抱着机头，如同抱着钱孩哥一般，撒了泼，眼泪鼻涕糊满了前襟，叫天骂地。鹅娘叫嚣说，留下这个机器吧，我用它挣钱给你们赔款，没了它，我连儿子都养不活。好男不和女斗，债主们没了话，又将家里洗劫一番，留下空空荡荡的四壁和偌大的庭院，经常在门口逡巡值守，以期抓住半夜三更回家的皮货匠。

钱孩哥记得，那架黑黝黝的缝纫机，一直停在屋檐下，被风吹，被雨淋，却始终也没听见咯哒哒哒的声音。鹅娘坐在光秃秃的炕上，一天三碗水，懒得下厨做一顿饭。——面缸不在了，家里一粒米、一把面粉也不存。星光下，缝纫机犹如一具亡灵，使房前屋后布满了一种丧葬的气氛，鬼森森的。孰料，三天后，鹅娘一个鲤鱼打挺，从炕上跳了下来，光鲜鲜地穿戴一新，打开了院门，朝街上的男人们热烈地打招呼，眼角眉梢上，挂着一种陌生而俏丽的风情。

夜半时，缝纫机也会响，是鹅娘在给自己改衣服，一天三换。

船桥镇街上的女人们，并没将鹅娘当作一位裁缝，送来买卖。相反，女人们路过院门时，都会攒出一口恶痰，狠狠地吐在门板上。还有人花了力气，将一双双破鞋拴在门环上，鞋坑里填满了大粪，以此羞辱这一家的门风。鹅娘不气不恼，每天早起，端上几盆子水，眉飞色舞地泼在门上，边泼，嘴里边说，羊毛出在羊身上，我不欠什么，我也不花本钱，将来我还能放贷。夏日的正午，鹅娘躺在树下的躺椅上，一个劲地嗑葵花子，瓜子皮噗噗噗地射向门外，挂在路人身上，总惹得鹅娘呵呵发笑，像一只野鸽子在作法。更多时，家里来了陌生客，鹅娘会揪住钱孩哥的耳朵，喂给他一把红糖，哄他去后院的草地上玩。后院里林木茂密，一些黄河岸边的水鸟迷了路，会在树上过夜，钱孩哥望上一会子，瞌睡便席卷而来，于是就地躺在草丛里，不知夜之将至。偶尔，风止树静，水鸟们去天上玩耍，丢下他孤零零的一个，钱孩哥会蹒跚到前院，扒开门缝往外瞧。瞧上几眼，冷不丁会有一个坏蛋扔进来一把石灰粉，蜇了眼睛。从此，去了钱孩哥的这个病。

鹅娘的气焰，终于惹火了船桥镇的女人们。女人们经常发现，家里不是少了一口袋粮食，就是丢了一摞铜板。更有甚者，船桥镇上的失窃事件频发，东家丢了一罐埋了多年的银圆，西家的一匹牲口也长了翅膀，不翼而飞。她们先将矛头对准了典当铺，传闻说，皮货匠的女人只收现银，不收实物。可典当铺的来头不小，啐了几口唾沫，她们便知难而返，熬煎不已。后来，女人们央来了几个半死不活的长老，齐集在院子里，给皮货匠的女人下了一份最后通牒。

只许对外，不许招惹本镇的男将们。否则，会将一门老小逐出船桥镇。

鹅娘不以为怒，反以为喜，嗑着葵花子说，那好，先前的欠账两清了，要是还来泼粪撒灰的，我也就没了办法，只能当一个浪荡兔子，吃吃窝边草了。长老们盯看着鹅娘的脸，涎水四溢，口齿不清，被她逼人的美貌震慑住了，也被她放浪的言辞捏住了心跳。皮货匠的女人揽住钱孩哥，突地停下了笑，流出了一襟的泪，哭哭噎噎地说，孤儿寡母的，偏偏让我肥水外流，往后的日子愁肠死了。

鹅娘的买卖一下子稀了，像顿顿熬下的稀饭，能照出人的嘴脸。

尤其在日本兵来了以后，鹅娘开始吃老本，从夹墙里翻出一些当初皮货匠给的金银首饰，典出去，一部分做了家用，另一部分寄给省城的小舅。船桥镇本是个水陆码头，南来北往的商贾们，一般会在这里盘桓数日，歇歇脚，清点货物，或是晾晒一下心情，找找女人。他们一般都出手阔绰，指尖上蘸了唾沫星子，一数一撩，甩手撒出去，眼皮子都不眨。钱孩哥看见过好几次，鹅娘送客出门前，往往拽住客人指根上的金箍子，死缠硬磨，每每会褪了下来，戴在自己手上。客人们醉眼迷离的，抚在鹅娘的胸上揉搓几把，趔趔撞撞，身子虚得像一座棉垛。后来，鹅娘天天去黄河岸边的码头上招徕生意，水上的人稀了，羊皮筏子也稀了，连水面上漫唱的"花儿"声也闻听不见。鹅娘泄了气，院门大敞，抱着一碗葵花子守株待兔。不经意间，鹅娘诧异地发觉，钱孩哥长高了一寸，和铁锨把齐平。

抓瞎子的那天，是船桥镇的一个大集日，鹅娘领着钱孩哥兜转了一圈，后来坐在茶楼上听戏。钱孩哥坐不住，留下鹅娘一人，自己跑去蹲在瞎子身畔，盯看那一块蒙覆在弦尾上的蛇皮。蛇皮青里含焦黄，一片片鳞甲烁闪，仿佛蛇在哼唱，气鼓鼓的，有一番前世和往生的愤懑。不巧，日本兵突然闯了进来，吆五喝六的，明晃晃的枪刺对准了瞎子，一根绳子绑了他。那一刻，鹅娘刚刚搭上一个补了金牙的买卖人，想顺便捎上儿子回家。金牙一见日本兵，掉头跑了，气得鹅娘踢了钱孩哥的屁股，直骂他丧门星，是个大漏勺。

日本兵还贴出了告示，条条款款，都在警告中国人家。

闲荒了许久，鹅娘一直没像今天这么喜乐过，酒饮得勤，话也说得高迈干脆。钱孩哥啃完了鸡头，鹅娘又撕下了鸡屁眼，肥肥地塞进儿子嘴里，却将一只鸡大腿扯下来，敬给了舅娘。这一顿席吃到了夜黑里，鹅娘吃醒了，忙打扫完炕面，铺上了新缎子被褥，又抱上旧被褥，领着钱孩哥去厢房里睡。临走前，鹅娘摸了摸舅娘的臀，喜兴地说，大，肥实，准能生个儿子，续了徐家人的香火。舅娘红了红脸，不吱声。小舅插嘴说，姐，你别忘了，人家来仪是个助产士，肚子里有科学，不像你船桥镇的人这么迷信。鹅娘吹了灯，拽着舅娘的胳膊往炕上搡，催促说，你们先歇，赶了路，歇在炕上，说不定就能给孩哥种个弟弟出来。

我去客栈。舅娘道。

鹅娘惊了惊，问说，孩哥都喊你舅娘了，你们还不一块睡呀？

小舅插话说，姐，我们只是恋爱，别乱讲。

那，鹅娘结巴了半天，说，那你们不是来家里订婚的呀？

两个省城来的人相互觑了一眼，像有一种默契，又有一番无奈似的。小舅说，姐，日本兵在山西运城的飞机要轰炸兰州，省城里的人都开始疏散了，学校停课，集市歇业，连省府的大员们都走得一干二净了。钱孩哥在一旁打嗝，听不懂小舅的话，却见小舅急吼吼的，继续说，姐，我给你信上说过的，来仪无父无母，家回不去，三爱堂西医院也没有病人，我只好带了她，来船桥镇家里避一避。

来避，就住在家里，我又不开客栈，收你们的钱。

舅娘拦挡住小舅，悄声细语地解释说，姐，我和徐克功还没结婚，咋能无缘无故地住在家里呢，惹人闲话。我去客栈，于大家都方便。

你是省城来的女学生，船桥镇的泥腿子能咋？你放宽心。

姐，我是打算来这里开一家诊所的，谁知道战争还能打多久，我跟克功都是穷学生，总不能天天赖在你家里吧。我们还年轻，有手，有腿，有的是力气，得靠自己养活自己，是不是？舅娘的一席话，截铁斩钉，脸也憋得彤红，握了握拳，引得小舅在一边频频点头，仿佛说出了他该说的话。鹅娘不再勉强，指了一家价格公道且干净的客栈，让小舅陪舅娘去。舅娘临走前，央求鹅娘说：

姐，开诊所要赁一间铺面。你人头熟，帮我物色一下。

我也不熟。鹅娘面呈不悦。

那晚上，舅娘真的去了船桥镇的客栈住，让鹅娘没了做家长的那份骄矜，失落不少。但鹅娘不以为然，添油点灯，将那双尼龙袜子穿上脱下，脱下再穿上，两条明晃晃的大腿劈来晃去，在炕上招摇不止。热炕咚咚咚地响，一块花料子也被披在鹅娘身上，鹅娘在考虑裁一件什么样的款式。钱孩哥吃了太多的肉，叫花子的胃，存不了酥油，嗓子里躺了整整一夜，老爬起来喝水。鹅娘揪住钱孩哥的耳朵，问说，漂亮不漂亮？钱孩哥迷瞪地回说，鹅娘漂亮，比剃头坊月历牌上的仙女还漂亮。鹅娘一高兴，让钱孩哥呷了一口奶。鹅娘的奶子硕大，却是空瘪的，连一滴奶水也不见。钱孩哥的嗓子仍在蒭，像吞了青盐。

后半夜时，小舅敲了门，垂头丧气地回来了。

鹅娘一见他，指头戳在小舅的额顶上，骂他不争气。小舅安顿好了舅娘，被撵出了客栈，攥着手骨节，嘎巴嘎巴地响。鹅娘说，徐家就没你这样的孬货，放着那么一个大姑娘不干，来睡我的炕，亏你还念过书呢。小舅辩解说，姐，我是跟她在恋爱，但真的没碰过来仪一指头，我俩是精神上的伴侣。鹅娘吃吃失笑起来，揉着大腿说，神经上的吧，你是不是一个公的，要是公的，你就霸王硬上弓，生米做成了熟饭再说。小舅不稀罕，骂咧咧地回说，新生活运动，蒋主席和宋夫人提倡的新生活运动，你在船桥镇，你不懂外边的世界。鹅娘扔给他一只鞋，砸在脸颊上，气咻咻地嗔道，哪个女人不是让男人睡的，女人就像一张生皮子，越睡，皮子越柔，越软；可好，就你把她当成一件瓷器，怕摔了，怕碰了，我估摸你真的没挂那个东西，天生的太监鬼。小舅一下子被激怒了，扇了自己一巴掌，吼叫说，姐，你以为来仪是妓女么？她是纯洁的处女，是一个圣女。

这么一嚷，鹅娘便不再吭声。小舅抱了铺盖，乖乖去了隔壁厢房。

诊所很快就开了张。战争一起，船桥镇多的是空铺面，且租金便宜得像白给。小舅陪了舅娘，兜转一圈后，就敲定了，足足赁了一大套，前厅看病，后房用于起居。船桥镇本来有两家中医店，坐堂问诊的堂主，一个七老八十，入不敷出；另一个刚刚入了土，关门歇业。舅娘的到来，很是轰动了一阵子，缘故是舅娘用的西医，指甲皮大小的药片，当场喂在病人的嘴里，立竿见影。那一阵子，诊所外总是麇集着一群看热闹的人，舅娘也像戏台上的青衣，揪扯着船桥镇的目光，一刻不离。舅娘穿着白大褂，戴了一顶奇怪的帽子，像瓦片，颈子上挂着听诊器，踱来踱去，摸摸这个娃娃的头，听听那个汉子的肚子，举止诡秘。但诊所的名声渐渐远播，口碑日上。一个拉痢疾的小子，拉得快脱了形，抬进诊所后，舅娘戳了一枚针，将三大瓶药水灌进血液后，那小子一骨碌翻身坐起，又去街上疯玩了。另一个快咽气的老妪，嗓眼里卡了一块宿痰，险些窒息。舅娘嘴对嘴，硬是吸了出来，吸到了自己口中。老妪喘定后，跪在地上，美美地给舅娘磕了三个响头。老妪的儿女们还准备修一块神主牌，供在家里，天天拈香祈福。

船桥镇的俗语说，淡淡长流水，酽酽不到头。刚开始，双方还互相走动，递个口信，传个吃食，小舅在其间穿针引线，有那么一层若有若无的亲戚关系。鹅娘停了业，束身敛声，也不会主动去诊所里说闲荒话，生怕新来的弟媳嫌怨，甚至引起憎怒，将病看在小舅的身上，吹灯拔蜡。鹅娘起了巴结的心，顿顿变花样，做了各种好吃的东西，趁着天黑，让小舅或钱孩哥送进诊所里去，醋烧黄河鲤鱼，辣三鲜，烫面油饼，千层糕什么的，总叫舅娘一惊一乍。诊所的药品都是马帮们捎来的，舅娘留的是鹅娘家的地址。于是，鹅娘就成了诊所的一员。卸货时，鹅娘盯得很紧，稍有破损和丢失，鹅娘一般都不依不饶，非要扣下运费，让马夫们赔。马夫们都是江湖客，水里风里地闻听过鹅娘的大名，知道是个难缠鬼，便也嘻嘻一乐，手上却不肯吃亏，往鹅娘的身上摸。小舅看在眼里，慑于鹅娘的刁蛮脾性，一般也不敢对姐姐发怨。

渐渐地，船桥镇上的街坊们明白了，诊所里那个细细高高的女人，原先是鹅娘未过门的弟媳。小舅在省城念书，一去经年，如今五官和身材大变样，人们一时对不上号。消息一出，

人们将小舅和鹅娘的眉眼一对接，真的像是一个模子里倒出来的砖坯，分毫不爽。这一下，人的心里就落下了病根，站在诊所门前看稀奇时，眼睛里就有了冷色和寒意。好在，船桥镇上的人口风甚紧，尤其日本兵来了，怕的是引火烧身，谁还会东短西长地戳弄是非呢。不过，各家各户关了门后，都在炕头上统一了意见，以后，但凡有个鸡毛蒜皮的小病，也绝不会去鹅娘的弟媳开的诊所里瞧了。鹅娘是啥人，船桥镇的人都有一本明账。

生意冷清了，诊所门前也无多大的戏可看，闲荒下来。

舅娘似乎也不着急，入店来问诊的，基本上是一些过路的客，头痛脑热，一块铜板就能治愈，手到病除。天热时，舅娘戴上口罩，拿着一只喷壶，在诊所门前灭苍蝇。寒季一到，舅娘给一群臃肿的娃娃们撒灭虱粉，外衣内衣的夹缝里，布满了一股子呛人的石灰味，效果却好，还是免费的。"三九"的第二天，船桥镇落下了一场罕见的大雪。早起时，舅娘站在麻雀头大小的雪花里看街景时，忽然看见一辆驴车上拉了六七个病人，层层叠叠地码着，急急地往城里跑去。舅娘问，咋的了？回说，咿呀，一家老少，夜里被煤烟给打了，人都硬了。舅娘追撵上去，哀求说，快去我的店里，吸上一阵子氧气，人就能缓过来。救急的人们呼哧着白气，鄙夷地笑笑，继续往前头赶脚。舅娘说，等你们到了县城，怕是会出人命的，氧气一打，准保会醒过来，我保证。

风雪中，一个人丢出话来，硬邦邦地砸在舅娘的脸上，说，治了煤烟的病，染上了梅毒病，还是煤烟病划算。

舅娘留了心，下了一段工夫，辗转打问出了船桥镇人深藏不露的内幕消息，知道了鹅娘的过往历史。但舅娘是一个机深

似海的人，嘴上不说，手脚上带了一种态度，与往日的热情不同，眼睛里开始生出了冰挂。

开春时，鹅娘买了一篮干豆角，泡软后，炒了船桥镇的特色腊肉。鹅娘让钱孩哥端了一碗，兴冲冲地送给了舅娘。次日，等钱孩哥玩耍时，见诊所门外的垃圾堆上，干豆角炒腊肉冻成了一坨，一筷未动。另日，鹅娘买了一副羊下水，与生姜、枸杞、八角、桂皮炖了一锅，整整熬煮了一夜。天明时，鹅娘装了一盆，特意洒上芫荽末、葱花，让钱孩哥端给舅娘，趁热暖和暖和。半晌后，钱孩哥怏怏而回，说舅娘不吃，嫌羊肉的膻腥。结果在回家的路上，一条狗咬翻了，吞进了肚子里。鹅娘淡下脸，咬着牙筋，足足等了三天。小舅从县城看同学回来后，一进门，就端起了剩菜剩饭，狼吞虎咽一番。鹅娘不冷不热地说，羞死人了，你这么大一个汉子，出门去作江湖客，结果连肚子也混不饱，还有脸么？小舅实话实说，姐，我跟来仪吵了嘴，人家不乐意搭理我，我就去看同学了。鹅娘问，究竟咋回事，虽说她是个女学生，洋气，漂亮，但也得识一些礼数吧。小舅不知深浅，嬉皮笑脸地回说，咋的了，来仪不认你这个大姑子了？闻听此话，鹅娘腾地站起来，扇了小舅一耳光，又嘤嘤地哭将起来，不认我？我还不稀罕认她呢，什么泥捏下的神塑，还差一点闯进家里来，刨了我的锅头。

来仪还小，姐你别太计较。小舅下话求情。

小娼妇！

——不承想，鹅娘的这句话，突地惹恼了小舅。小舅咣啷一声扔下碗，摔成了几瓣，面红耳赤地说，你说啥？姐，姐，姐你刚才说啥了？谁是娼妇？你说来仪是，对不对？有胆量，你再说一遍。

钱孩哥当时坐在炕上，刚尿了床，一泡尿正被热炕慢慢焐干。小舅的挑衅，终于激怒了鹅娘。鹅娘不吱声，拧身抄起了炕上的笤帚疙瘩，劈头盖脸地摔打在小舅身上，雨点一般。小舅也狠下心，纹丝不动地站着，任人捶打，直到鹅娘摔打不动了，他才从牙缝里挤出了一句话。小舅说：

姐，你才是卖的，船桥镇的人都知道，你才是一个卖货！

徐克功，你说啥？

你个大卖货，丢净了徐家祖宗的脸，辱没家风，下流无耻，也让我在来仪的跟前抬不起头来。现在，我连一条狗都不如，我尊严扫地，到处被人戳戳点点，连县城里的同学们都在笑话我，说我有一个开窑子的姐姐。哼，这个家，其实就是一个下流的窑子，卖人肉的黑店。小舅余怒未净，竟从炕洞里抽出一根烧红的铁扦子，捋起袖筒，烙在了自己胳膊上。钱孩哥吓得捂住了眼睛，半晌后，又好奇地从指缝里偷窥，鼻孔里嗅见了一股子焦糊味，像腊月里鹅娘买了猪头，在灶头上燎猪毛一般。小舅是个狠人，咬住牙，烧红的铁扦子快黑了，也没拿下来，胳膊上泛起了几道深嵌的肉槽，血并没有流下来。钱孩哥听见鹅娘在笑，野鸽子一样地笑，笑声里含了哭腔，哽咽不止。笑毕，鹅娘不冷不热地说，狗都不嫌家穷，世上的好人家多了，你去问问，哪一家乐意收留你，你卷上铺盖滚，快滚，看看谁肯收留你，喂你吃，喂你喝？

小舅立意已决，开始拾掇自己的零碎，气鼓鼓的，摔东砸西。鹅娘突然拾起地上的一块碎碗茬，割起了腕子。鹅娘手发抖，割了几遭，血管未破，又气急败坏地往脖颈上挥去。小舅见鹅娘真的火了，忙丢下东西，腿一软，扑腾跪在了鹅娘跟前，脑袋朝鹅娘的身上磕去。鹅娘终于号哭了出来，像把一辈子的冤屈要吐出来似的。小舅的求饶声不起作用，哀求一声，又像往火堆里添了一把柴，鹅娘哭得更凶了。鹅娘坐在炕沿上，又叉开大腿，一拳一拳砸着阴部，声嘶力竭地说：

徐克功，我丢了徐家满门先人的脸，我这里是一个填不满的洞，我是开了窑子，我是一个下贱的娼妇，船桥镇上谁都知道这事。你干脆杀了我，杀了孩哥。

姐，我不是那意思。

鹅娘揩了泪，逼视说，你摸着心口，问问自己，我用这个填不满的洞挣下的钱，到底喂了哪个狗。你一封信，一封信地逼我，兵荒马乱的年头，我还能用啥供你在省城里念书？供你和那个娼妇谈情说爱？供你人五人六，穿绸挂缎的？鹅娘扯着小舅身上的衣服，揪住他光滑得连一只苍蝇也站不稳的头发，仿佛攥在手里的皆是证据，不容抵赖。

我错了，姐。

哼哼，你没有错，错的是我，是我命里摊上了你这么一个不争气的弟弟。鹅娘哭累了，像一盏耗净了油的煤油灯，影影绰绰地衰微下来，阖衣而卧。小舅明白自己闯了祸，膝行了几步，抱住鹅娘的腿，颠顶地说：

姐，我扇自己一顿，要你消消气吧。

——钱孩哥觉得，小舅刚才高昂的气焰，恰如炕上的那一幅尿地图，眨眼间，变得模糊不堪了。但尿迹子犹在，一股子臊臭的味道仍萦绕不绝。钱孩哥自小就尿炕，少不了挨鹅娘的笤帚把子，但一点点记性也没有，夜夜如此。有一次，鹅娘气极了，拽出一根细麻绳，揪住他的小鸡鸡，威胁要绑了它，叫钱孩哥让尿给胀死，像年关里吹一只猪尿脬一样。消停了几天，钱孩哥旧病复发，尿得比先前还汹涌，鹅娘撒手不管了，一任

他把炕尿塌。现在，鹅娘的气转移到了小舅身上，钱孩哥不免有些快意，墙倒众人推似的，钱孩哥将半块干馍馍拾起，砸在了小舅身上。鹅娘觑见了，也不作声，质问小舅说：

你膝盖上长的是肉，还是关节？

小舅如实说，关节。

不是关节和肉，我看，你徐克功膝盖上是一泡屎。鹅娘趄趄然地坐起来，恨铁不成钢地说，别的男人膝盖上都是黄金，宁折不弯，你动不动就下跪，有没有一丝丝骨气，徐家的男人，哪一个像你这么没出息透了？你给我爬起来！

小舅真的爬了起来，哆嗦着，全然没了刚才的凶蛮劲。

犹是如此，鹅娘仍丢不下一份血亲的牵系，抹着泪，从灶房里剜了一块攒下的鸡油，捋起小舅的袖子，涂在了伤口上。鸡油治烧伤最管用了，连个疤痕也不留。鹅娘缓下了口气，开导说，徐克功，你以后能不能硬扎一些，你是个汉子，别让一个女学生捏在手里当尿脬，揉来搓去的。你要像一块生铁，才能在世上混出个名堂。我供你念了几年的书，你现在还不能自立，叫我这个做姐姐的，该咋样说你。纵使来仪再好，你也得多长几个心眼，别让她迷住了你的心。

我喜欢来仪，非她不娶。

鹅娘说，她真要对你好，也不会这么对待你姐姐的。

来仪嫌弃你的过去，所以迁怒给我。

哼！看在你身上，姐不嫌她，就算不错了。

彼此磨合了一会子，小舅便露出了他的本相。小舅摸了一下鹅娘的脸蛋，没大没小地说，姐，来仪虽说没你这么漂亮，可我就是喜欢她，她没了爹，没了娘，我就是她在这个世上的惟一亲人。姐，你也要善待来仪。她或许也听见了街上的风言风语，依了她的脾性，过一段日子，照旧会像我一样，认你这个姐姐的。

外头的女人多了，你也别吊死在一棵树上。鹅娘道。

呵呵，我宁愿吊死在来仪这棵树上。小舅喜滋滋地说。钱孩哥瞧见，小舅做了一个垂死状，舌头吐出来一寸长，鸡血似的牙床闪了闪，双臂一展，脑袋吊在了胸脯上。鹅娘哀叹一声，什么话也不再讲，将指头上残留的鸡油，吮进了嘴里，眼角上却挂着一片湿湿的泪。

……舅娘的声音真的好听，绵绵软软的，落进钱孩哥的耳眼里时，如一只水鸟，在后院的树上跳跃鸣叫，一下子吵醒了钱孩哥。洗完了热水脸，裹了舅娘的厚衣服，钱孩哥困顿地眯了一会子，浑身像一团重雾，将疲乏和倦怠卸在了地上，蓦地轻松起来。舅娘和小舅坐在窗下的豁亮处，脸上透着一层薄光。钱孩哥发现，舅娘的嘴角撇得很歪，装了一肚子的气似的，但不妨碍舅娘的悦耳嗓音。

来仪，你真的对我狠心？

舅娘回说，徐克功，你当我来船桥镇，是跟你儿戏的么？

我太孬，怕下不了手。小舅道。

那好！舅娘背转过脸，鼻孔里不屑地哼了一声，你走吧徐克功，只当是我和你不认识，陌路人。大不了，我关了这个破诊所，回省城随便嫁掉算了。

来仪，我可连只鸡都没宰过呀。

舅娘不屑，起了身，从窗沿上拾起一把梳子，摘下帽子，捧住头发，细细地梳理起来。小舅哀求不止，颤巍巍的，像公堂上受审的一个丑角。舅娘的腿被抱住了，小舅喷着清鼻涕，唠唠叨叨。舅娘忽然说，徐克功，让你去杀个人，就是试试你

骨头里有没有钢和铁，有没有钙质，你既然不乐意，那就算了，当我没说。

我有钢和铁，也有钙。小舅嘟囔道。

在哪？我看你是一根蔫茄子。

来仪，你这是逼鸭子上架嘛。

钱孩哥刚挪了一下屁股，不等站起，却见小舅出溜一软，踏踏实实地跪在了地上，腰一弯，向舅娘磕起了头。——钱孩哥不喜欢看小舅软蛋，也不吱声，心里数着数，看小舅能磕多少个。小舅现在的头，磕得和在鹅娘跟前不同，不是一记一记地砸在地上，额上顶了灰，而是款款磕在了舅娘的鞋面上，像擦脸。舅娘穿了一双红条绒鞋，鞋面上绣着两枚蝴蝶，左黄右绿，栩栩如生，蝶翅上似乎扑了太多的粉，一口气能吹起来。钱孩哥想，其实舅娘和那一匹枣红马一个样子，都喜欢红鞋，将自己光鲜地打扮起来。舅娘黝黑的头发，指不定就是枣红马脖颈里的那一撮鬃毛，现在变了身。也说不定，河边落下的那两根透明的红萝卜，刚才尾随了自己，悄悄穿在了舅娘脚上。

舅娘是大足，不似鹅娘，小得像两块烤熟的红薯蛋。

小舅磕了半晌，忽然捧住了舅娘的脚，脱下鞋袜来，一口叼住了舅娘的脚趾，含在嘴里吸吮。舅娘的脚很白，比窗外的雾气还白，比棉花还细。小舅吮了一阵子，舅娘蓦地发出咯咯咯的笑来，笑得眼泪都挤了出来。钱孩哥心猜，舅娘的眼泪一定是冰的，只有冰的才能挂在脸上，结成一层冷霜。果真，舅娘停下了笑，换上了一副哭的嘴脸，一脚端翻了小舅，不再搭理。小舅滚了几滚，又出溜爬起来，跪到了舅娘跟前，作揖说：

来仪，你把身子给了我，我就去杀个人。

做梦！

　　小舅说，来仪，我在你面前连条狗都不如，狗还能被人抱在怀里，钻进被窝，睡上一觉呢。自打跟你好上以后，没抱过一次，没亲过一回，更谈不上睡觉了，我还怎么能做个男人。好！我答应你，我去杀个人，但你先得让我做回男人，给我一些底气才行。就现在，现在进里屋去，让我试试男人的滋味。

　　徐克功，你无耻！

　　舅娘随手一摔，一把牛角的梳子扔在地上，碎成了两截。小舅见舅娘发了怒，又归顺地耷拉下头，等着挨训。钱孩哥觉得好笑，小舅平日里的威风去了哪里，给外甥扇脸踢屁股的劲头咋成了缩头乌龟。想不透，钱孩哥遂扑哧笑出了声，挪了挪屁股，拾起地上的半截梳子，谄媚地递给了舅娘。钱孩哥对舅娘说，舅娘，天黑了，不能梳头发，我鹅娘说过的。

　　天黑了，咋不能梳头发？舅娘蹊跷地问。

　　会遇见鬼，鹅娘说的。

　　舅娘嘿嘿一乐，将梳子插进了发丛里，浮皮潦草地拾掇起来，不信这话。钱孩哥没办法，发窘地塑着。舅娘梳了一会子，顺手摸了一下钱孩哥的脸蛋，泄气地说，怪不得，头发真锈了，原先我真的遇上了鬼。

　　葛来仪，我在你眼里，就是一个鬼。

　　——小舅吼了一声，嫌怨地支起胳膊肘，捣在了一旁的钱孩哥脸上，怪他多嘴。钱孩哥猝不及防，眼底里一花，晃了几晃。末了，钱孩哥摸了摸鼻子，鼻子湿了，摸下来一把血水。舅娘尖声惊叫，甩了小舅一个耳光，忙捂住了钱孩哥的鼻眼。鼻血淌个不停，抿在唇间，有一股子咸腥气。钱孩哥不觉得疼，反而有一种热辣辣的幸运感，觉得舅娘真好，手上带了一种绵羊油的味道，比绸子还绵。小舅嫉妒地盯视着，巴不得舅娘的手摸在他自己脸上，牙筋咬得很凶。钱孩哥笑了，挑衅的笑，恨不得将手上的血水抹在小舅身上，花了他。小舅连问了几句话，舅娘只字不语。后来舅娘烦了，回说：

去吧，你去街上领一条母狗睡吧。

小舅腾地站起来，攥住拳，威胁地说，葛来仪，我答应你了，我姐也答应下这事了。我去办了，再回来要个交代。

是你连累你姐的，别怨我。舅娘道。

门板被粗暴地卸开后，又有一股子潮湿的雾气趁势钻进来，将诊所里的酒精空气搅了搅，冲淡不少。舅娘拿起棉花，搓成棒，塞进了钱孩哥的鼻眼里，又拭净了周围的血痂。舅娘站在窗口的豁亮里，望了望小舅恼怒的背影，鼻孔里照旧哼了一声，不屑的样子。钱孩哥不明白大人们之间的纠葛，本不想插嘴，但他实在不乐意看见舅娘生闷气。一生闷气，舅娘悦耳的嗓音不在了，只用鼻子说话，像是给门外的浓雾闹的，要打喷嚏的前兆。于是，钱孩哥就想讨舅娘的欢心，博舅娘一笑，遂仰起鼻子，哼唧说：

早上，枣红马掉进了河里，变成了一条龙，走了。

说啥？

舅娘一悚，趔了过来，捧住钱孩哥的脸蛋，哀怜地盯了几眼。钱孩哥抠掉棉花棒，很认真地重复了一遍。谁知，舅娘根本不听钱孩哥的话，只将自己的脸颊贴上来，靠了靠，唉声叹气地说，是我的错，孩哥，我不该给你用西药，把你的耳朵弄坏。我要不是有重要的事要做，我会将自己的割下来，装给你用。

舅娘贴得近，声音像一只柳管拧成的哨子，轻轻吹嘘在耳畔，钱孩哥全都听了进去，一字不落。舅娘比鹅娘好，不像鹅娘，将自己当成一件东西，随便扔下，眼不见，心也不会烦。那匹枣红马的秘密，一直在钱孩哥脑海里闹腾不休，让他肚子里装不住话，想直脱脱地说出来，与舅娘分享。

真的，我瞅见变成了一条龙，走了。

舅娘拍拍钱孩哥，撇嘴说，才没走呢！我知道，它去了哪里。

哪里？

傻瓜！枣红马变作了一条龙，龙呀，已经游进了你的耳朵眼里，现在又成了两条鼻龙，红的，从鼻眼里流出来喽，长虫似的。不信？不信你揩揩，当面瞧瞧。

一揩，果真是。钱孩哥吸溜一下，绽开笑。

上了瘾，现在钱孩哥一丢下饭碗，就要坐在桥头上，等消息。

河生雾。秋寒一落下来，河水就开了锅，汩汩流淌出大雾，覆在船桥镇的头顶，挥之不却。人在浓稠的夜里走路，脸上暄腾腾的，差不多像装在笼屉里的馒头，被催逼着，非要开花不可。所以也不觉得冷。一入夜，日本兵便换成了流动哨，往人多的地方去巡逻，去维持，鲜有走到桥头一带的。钱孩哥坐在桥上，会隐隐地瞭见船桥镇中心的薄薄灯光，将雾气一擦一擦，擦得半明不亮。那里，一般有茶楼、说书馆、吃食摊子、杂耍艺人，当然更多的是车马店、客栈、花圈铺子、棺材店和煤场、柴火铺，十分红火。但现在，红火是别人的，钱孩哥不要。他觉得一个人守在桥上，等河里的那条龙上了岸，穿了鞋，再变作一匹枣红马时，就自己单独知道，那才带劲，才有了满船桥镇去吹嘘的说头。

再说了，钱孩哥还想去马蜂他们的跟前，验证自己并不是一个样子货，耳朵听不太细，但眼睛好使，能将龙变马的过程瞅进心里，眼馋死船桥镇的大小娃娃们。钱孩哥相信，这可是千载难遇的机会，稍纵即逝。——马生了龙翼，或者说，龙长了马的四蹄，一准升了天，在云端里游走，谁还稀罕在船桥镇这么个搓板石路上浪达呢。剃头坊里的月历牌上，那一匹画出来的枣红大马，身上就有一对翅膀，御风而行，煞是招摇。

一念若此，钱孩哥记起来了，月历牌的枣红马身上，还驮着一位仙女。

仙女峨冠博带，衣袂飘飘，提着一只篮子，往空中撒着细碎的花瓣。记得剃头匠说过，仙女是佛教故事里的香音神，天降吉祥时，就会撒下五彩的花瓣来，提前给地上的人们告知一声。当时，剃头匠哄船桥镇的娃娃们上去闻香气，钱孩哥也凑上去闻月历牌，结果，真的嗅见了一股子浓浓的香料味。事后，马蜂嘀咕说，那不是仙女的香，其实是剃头坊里洋胰子的味道，老东西，哄骗人呢。对马蜂的说法，钱孩哥一直抱有看法，因为马蜂曾经试图去偷一块洋胰子，被剃头匠拿获后，美美地打了一顿手，下不为例。

那么，枣红马上了岸后，也该有一位船桥镇的仙女骑上去，骑上天去。

会是谁呢？——咂摸了半天，钱孩哥的脑仁儿都想颤了，蛋黄一般快散开时，忽然就想起了舅娘。舅娘细细高高的，眉角眼梢，都跟一个仙女差不太多。要是舅娘再脱了诊所里的那件衣服，卸下瓦片帽子，请鹅娘在缝纫机上改一件花衣服，穿戴起来，绝对会衬枣红马的踢踏之势，一飞冲天，站在云端里微笑。这么想时，钱孩哥就拿定了主意，耐下性子，盯视着哗哗啦啦的水面，静候着水破，河开，雾散，一条赳赳然的大龙跃起，跳在河岸上，抖净身上的寒意和水珠。

于是，这成了另一个大秘密。

钱孩哥心里有了喜，撇出笑来，几乎快在暗夜里笑喷了出来。钱孩哥琢磨，等枣红马上了岸，浑身干爽透了，就把它喊停，叫它别着急慌张走，等一等船桥镇上的舅娘，让舅娘去作香音神，去当一位仙女。再说，舅娘的花衣服还没改好，鹅娘是个慢工出细活的人，没个三五天，肯定不行。——天上穿的衣服，又不是可以糊弄的，针脚要密，宽袍大袖，绣不上七八朵牡丹花和芍药花的话，那跟灶房婆子的围裙有啥区分？思想至此，钱孩哥的耳朵里仿佛出现了枣红马的问话：

喂，那舅娘到底是谁个？

是呀，舅娘究竟是谁的舅娘，总不能叫枣红马也喊一声舅娘吧。钱孩哥几乎想破了脑袋瓜，也思想不出一个说法，索性直突突地回说：

我的另一个娘，就是舅娘。

枣红马再问，那，你又是谁个？

我？我是鹅娘的孩哥。

哼哼，你还敢占我的便宜，让我喊你哥哥？

不是，船桥镇上的马蜂和鼻涕娃娃们，自小就喊我是孩哥，我的名字是哥，我不是你的哥。钱孩哥狡辩道，觉得舌头上缠了几根麻线，捆扎在嘴里，念口诀似的，半天也解释不清。脸暗暗地红了，烧着自己，心也跳突。稍后，足有一顿饭的工夫，耳廓里空空荡荡的，连枣红马的鼻息都嗅不见了。睁开眼，四周依旧是浓酽的稠雾，缭绕不绝。钱孩哥相信，——枣红马飞了。

别走！你要走，我就押下你的红布鞋，不给你。

声音又响了。枣红马打了几下响鼻，吃吃吃地笑，笑声从雾水里挤出来，粘稠稠的，挂在了耳朵片子上，说：

骗人，那不是我的红布鞋，那是两根红萝卜。

是你的鞋！

呵呵，那你吃上一嘴，解解你的馋病嘛。

伸长颈子，往桥下看，钱孩哥真的没看见那两根红萝卜。桥下黑黢黢的，雾像一匹白布，淘洗在水里，遮了人的视线，惟有哗啦哗啦的水声在说话。再仰头，枣红马住了嘴，早驾着一股股的雾气，咯噔咯噔走了，仿佛它的脚下支了一架天梯。钱孩哥有点扫兴，嘟囔着说，没穿鞋，那是因为你有翅膀，嘿嘿，但你的脊背上没仙女，你再咋样招摇，到头来，还得回到船桥镇来，把舅娘驮上，才能升天。钱孩哥觉得自己有把握，舅娘是自己的，得自己说了才算数。

一撇头，钱孩哥听见远处的雾霭里，传来了一两声咳嗽。

咳嗽声很薄，也脆，尖厉厉的，似乎快将主人的五脏六腑囫囵吐出来的架势。钱孩哥熟悉这番长长短短的咳嗽声，心下一凉。心猜，绝对是那个痨病鬼来了，惊了枣红马，人家才不告而辞的，怨怪不得。瞬时，钱孩哥原谅了枣红马，眼不见鬼，自然清净嘛。

不用问，是船桥镇的朱三桂来了。

哦，你个碎鬼，吓死老子喽。

钱孩哥回说，你才是鬼。

犟嘴！

我鹅娘说了，你是个痨病鬼，会咳死的。

朱三桂匹手提着一盏灯，另一只手捂在嘴上，开始咳，好比咳嗽是他另一条多余的舌头，要揪下来去喂狗。灯在玻璃罩子里，快烧到了绳捻子尾巴上，泼下一捧光水来，打在粗砂纸一般的雾霭上，往锃亮里擦磨。钱孩哥跳下桥栏，不想跟朱三桂纠缠，石头大了绕着走，鹅娘的话不会错。孰料，脚还未动，朱三桂一把抓住了钱孩哥的耳朵，提悬了，扯疼，钱孩哥一下子咧开了嘴巴。

叫爹！

钱孩哥回骂，痨病鬼。

喊一声爹，老子给你喂糖果吃。

别看朱三桂长得像一根羸弱的秃扫把，手劲却大，指甲皮嵌在钱孩哥的肉里，宛如一枚枚挂钩，生生将钱孩哥吊在了半空里。钱孩哥挣扎着，却脱不下来，于是用了嘴，想咬下朱三桂胳膊上的肉来。够了几次，嘴也没够着，又呲牙咧嘴地抽起了冷气。朱三桂像玩一只陀螺似的，打着旋，转悠了几圈，仍不想丢手。幸好，钱孩哥想，幸好耳朵不再疼了，也没被揪下来，只是失去了知觉，便一发狠豁出去了。又转了一遭，恰巧面对面时，冷不丁的，钱孩哥提起腿，用脚尖踹在了朱三桂的裤裆里。

钱孩哥掉了下来，一摸，耳朵还囫囵着。

朱三桂抱着裆，好比一只装了炭的麻袋，扑通跌落在地，打着滚，哎哟哎哟地喊起来。手里的灯也摔在桥上，幸亏没碎。钱孩哥拾起灯，晃了晃，往周遭瞭看了一遍，想照见枣红马，喊它也来看热闹。四周的风鼓荡荡的，搅动了白雾，老天爷又开始用一堆面粉打糨子了，自然也不会有枣红马的消息。一失望，钱孩哥将灯照在了朱三桂脸上，才看见豆大的汗珠，从他的头上冒下来。朱三桂咬牙切齿地说，娘个腿，你狠，差点就

把老子给骗了。

你先招的我，一报还一报。

朱三桂起身，斜签着一只胳膊，坐在地上，阴鸷地笑了笑。笑声很暗，暗影里似乎还藏着一窝烂嘴乌鸦，令钱孩哥有些后怕。朱三桂说，样子货，你打破了我的蛋，我没啥要紧的，就怕你鹅娘不答应，会掐断你的细脖子，烧了吃。

你的蛋没碎。

呵呵，老子的蛋碎不碎，得有你鹅娘说了算。朱三桂揉着裤裆，一副舒坦死了的样子。钱孩哥提着灯，狐疑地望着，其实他根本不明白蛋是个啥。朱三桂试着趴起来，试了几次，原坐在了地上。显然，蛋没碎，至少也磕出了几条缝。钱孩哥伸出手，想拽他一把，平息了这件事。否则，鹅娘知道他和朱三桂摩擦的事，少不了会凿一顿栗子，脑门子要疼几天。朱三桂不接手，却说：

样子货，你鹅娘在家么？

在茅厕！

家里还有外人么？

没，家里刚贴了新门神，鹅娘在烧香。

钱孩哥思想，吃晚饭时，小舅也在家里。一连几天，小舅没去过舅娘的诊所，躺在被子上长吁短叹，指天骂地。跟舅娘吵翻后，小舅一口气生到了脚上，动不动就踢钱孩哥的屁股，说他没眼色。鹅娘也不顾不管，由着他兴风作浪地放肆，还放钱孩哥出来玩。现在可好，朱三桂就算去了家里，照旧会挨一顿小舅的脚，替自己去挨疼。于是，钱孩哥吸溜了一下鼻子，瞅着家的方向说，鹅娘怕是睡了，我走前，鹅娘刚烧热了炕。闻听此话，朱三桂忽地一个鲤鱼打挺，站了起来，拍净屁股上的灰，影沉沉地说：

走，找你鹅娘讨我的鱼苗去。

鱼苗都还给你了，还完了。钱孩哥知道坏了。

呵呵，我身上的鱼又快摆籽了。

还在去年夏天。有一回，鹅娘从船桥镇上买了一块豆腐，挎在臂上，另一只手边走边择着一把嫩韭菜。刚下来的头茬韭菜，鹅娘就想给钱孩哥做一碗韭菜豆腐拌杂面疙瘩，治治他的馋病。街上有卖韭菜锅贴的，贵，一般是过路的商客们吃的。钱孩哥每天站在炉子前，巴兮兮地望，涎水湿了下巴不说，还老挨人家的锅铲追打。鹅娘使了狠，说，你蒸不了馒头，就给我争（蒸）口气，别去丢人现眼了，又凿了他一顿栗子。鹅娘是刀子嘴，豆腐心，终究拗不过钱孩哥的馋病，拿了几个角子钱，去称了巴掌大的一片豆腐。

正午时，日光泼辣辣地照下来，鹅娘择完一根，掐下芽尖，往自己的嘴里丢去，嚼得上了瘾。钱孩哥跟在鹅娘屁股后头，晒晕了。刚拐过弯，鹅娘迎面和朱三桂撞了个满怀，臂上的豆腐摔在地上，碎成了泥。鹅娘后来说，豆腐能值几个钱，早知道的话，我抱上一车豆腐，朱三桂撞过来，也不会摔碎他手里的瓦罐，害了那几条黄河里的小鱼苗，冤家呀。鹅娘这么喊时，捏起的拳头砸在自己膝盖上，还将满心的仇恨咬在牙缝里，好像咬的是仇人的肝花。

朱三桂在船桥镇上是一个瘟神，谁见了，脊背上都会吓出一层冷汗，远远地绕开走。孤儿，爹娘在早些年逃荒时死在了路上，曝尸荒野，朱三桂被姑奶奶背回船桥镇，当一个野种养活。姑奶奶咽气时，留给朱三桂一间泥坯房，两口水缸和一挂渔网，让他向黄河讨吃喝，但很快就被败家子赔了赌债。成年

后，朱三桂大多栖息在庙里，东家偷一只鸡，西家摸一条狗，混吃骗喝，长成了一个人样子。心却坏透了，欺男霸女，横行乡里，谁家要是招惹了他，顶如多供养了一位活祖宗，不折腾死人，他这泡臭狗屎绝不会善罢甘休的。比如，有一家人在筑屋，起梁时缺了人手，喊过路的朱三桂搭了一把手。此后，他便坐在屋梁上不下来，要肉吃，讨酒喝。一餐尚可，一天也罢，岂料他天天站在屋顶上，稍不遂他的意，他就卸椽子扔瓦，搅乱工期。主人家也不是蔫货，几个儿子上了屋顶，握着铁锨和镢头，要卸他一条腿。朱三桂看情势紧急，忽地扒下裤子，撅起尻子，要在人家的新屋上拉屎。筑屋前拈过香，拜过庙，要是被他一泡屎给祸害了，佛爷都不会答应，更会惹了灾，殃及子孙。后来没了辙，主人家乖乖拿了一小笔钱，歹说好说，才送走了瘟神。

船桥镇上很有几家小寡妇，模样俊俏，腰如柳枝。她们的男人在黄河水上博命，往下游的包头运煤炭，挣一些散碎钱养家糊口。都是命悬一线的水工，一个浪头卷来，人就会沉入河底，葬身鱼腹，连个口信也不会捎来。小寡妇们挨着日子，巴兮兮地盼着男人回来，好把家给拾掇囫囵。尤其战争开始后，指甲头大的一点指望，好比扔进黄河水里的石头，夜夜断了念想，失了心劲。人也像一棵抽了穗子的高粱，痴癫癫起来，抓心挠肺，见了男人就淌涎水。朱三桂乘虚而入，今日睡王家，明日宿李家，大多使的是油腔滑调，挑拨离间。渐渐地，朱三桂像一匹被抽了筋的癞皮狗，脱了形，痨病鬼似的咳嗽。这还不算，小寡妇们内部起了纷争，李家的打上王家门去，王家的将粪水泼在李家门头，闹得不亦乐乎，成了船桥镇上的一幕戏，一份茶余饭后的谈资。朱三桂一般不劝，也不起哄，乐吟吟地

壁上观。等母鸡们斗累了，朱三桂才抱起得了胜的那一只，回屋里去踩蛋。

先前，朱三桂曾在钱孩哥家门前流连过，却被鹅娘的唾沫啐了出去。

鹅娘的唾沫有毒，也不是好惹的。况且，鹅娘时时在怀里揣着一把锥子，会缝人的嘴。钱孩哥知道这一点。朱三桂来得勤的那几日，在门口学癞蛤蟆叫，鹅娘恼了，说道给家里的一个客人听。当时，钱孩哥钻进屋里，在炉灰里掏烤黄的洋芋蛋。客人从炕上下来，接过鹅娘递去的一碗茶，咦了一声，表情诧异。鹅娘说，不打紧，是我的小崽子，聋掉了，样子货。客人穿的是皮鞋，来头不小，咬着牙筋说，既然他是狗，就按狗的办法收拾，我去找几个刀客，叫他当着船桥镇的人当众吃屎，他不肯的话，就剜掉他的膝盖骨，让他一辈子瘫在土里找食吃。鹅娘不同意。鹅娘说，你倒轻巧，一拍屁股走了，狗回头还得来咬我，再说他身边还有几个母夜叉，躲都躲不及，我还要挣钱养活儿子呢。客人说，你不用做这一行了，你身上有一股子优雅气，跟别的女人不同，我包你三两年，等我回了上海滩后，也就管不着你了，各走各路。鹅娘容易掉眼泪。客人被感化了，抚着鹅娘的头说，放宽心，找几个兄弟来，只吓唬一下姓朱的。

钱孩哥也不知是怎么吓唬的。反正，那以后朱三桂再也没在皮货匠的家门前骚扰过，大多是在船桥镇的那半边街上混悠，更鲜见他再学癞蛤蟆叫。朱三桂偶尔遇见过穿皮鞋的客人，尻子一紧，溜得比耗子还快。——问题是，去年一入夏，穿皮鞋的客人再也没上门来，说是回上海滩家里去了，鹅娘又偏偏撞碎了朱三桂的瓦罐，几条小鱼苗掉在土里，扑腾几下，肚皮便被晒爆了。

金鲤鱼哟，你咋赔？

鹅娘着了慌，拽住朱三桂的胳膊，往河岸边拉，嚷嚷着去买几条鱼苗，照旧赔偿。朱三桂却说，你个娼妇，就算你能把黄河倒提起来，将水控干，你也找不见像这样子的好鱼苗，将来跃龙门的金鲤鱼，吉祥着呢，你把我的运气给毁了。

横竖是我惹的祸，你看我咋赔么。

朱三桂掰着指头，计算说，没那么简单，这几条鱼苗长大了，还会摆籽，一摆一窝，籽还要长大，再摆下一窝籽，你这辈子赔是赔不净的，除非……朱三桂说"除非"时，摸了一下鹅娘的奶。

钱孩哥蹲在鹅娘的影子下凉快，望见了朱三桂的爪子。钱孩哥吃过鹅娘的奶，知道奶是绵乎乎的，比地上的豆腐还软。豆腐烂了，晚上的杂面疙瘩显然泡了汤，解不了嘴里的馋病，但牙齿在痒。朱三桂的爪子摸上去时，钱孩哥忽然抱紧了他的腿，美美地吃了一口，疼得朱三桂连退几步，倒抽了几口凉气。朱三桂踢了钱孩哥的屁股，骂说：

样子货，你是谁摆下的籽，野东西。

鹅娘护住了儿子，撩了撩头发，又将地上的烂豆腐踩上儿脚，咬着牙，下定了决心。鹅娘问说，姓朱的公狗，你说说，我家里的炕上，能不能找见你的这几条死鱼苗。要是可以的话，你晚上掌灯时，自己亲自来找吧。

能找，当然能找。

半夜时，钱孩哥是被一阵子韭菜嗝呛醒的。失了豆腐，鹅娘改做了烫面馅饼，烧胃，酸水也泛了上来。幸好，钱孩哥攒了一肚子尿，没画地图，便穿上鞋溜出了房门。在鹅娘的窗户底下，钱孩哥听见了朱三桂的声音。朱三桂哼哧哼哧地叫，边

叫边说，咿呀，我快要摆籽了，快摆籽了，鹅娘，快抓住我的
金鱼苗，快抓住我。鹅娘也回说，公狗，你摆吧，摆完了，我
就算赔给你了。半晌后，朱三桂改口说，鹅娘，我要跳龙门了，
我跳上去了，真的跳了。鹅娘的炕通通几声响，仿佛有一双大
脚跳上来，砸开了几个洞。

钱孩哥睡不踏实，一夜都听见抓鱼苗的喊声，耳朵很累。
次日，钱孩哥问鹅娘说，黄河水里真的有金鱼苗，鱼苗长大后
会变成龙，跳上龙门么？鹅娘说，有的，你要是能见到金鲤鱼，
儿子，你的一辈子就有了运道了。——自那以后，钱孩哥心里
便装了这一码事，留意起了黄河水，想亲眼见到鱼苗，鱼苗变
成金鲤鱼，金鲤鱼再变作一条龙，跳上龙门。现在，钱孩哥知
道另有一匹枣红马入了水，幻化成一条龙游走了，但这是个秘
密，不足与鹅娘道，更不可能说给朱三桂听。钱孩哥吃不准，
马作龙，和鱼苗作龙，究竟有什么区别。于是思想说，等得了
空，一定要说道给鹅娘，让鹅娘拿个主意才是。

但那以后，朱三桂并没有善罢甘休，一到黄昏，人就趄摸
在皮货匠家的门前，吹口哨，学癞蛤蟆叫，还叩门环，嚷嚷说，
鹅娘，我的金鲤鱼要摆籽了，快放我进去，放我进去呀。鹅娘
不应时，朱三桂就在门板上撒尿，还往院子里扔石头。有一回，
朱三桂竟然摸出洋火，点着了后院里的柴草垛，差一点毁了房
子。鹅娘放进来过几次，朱三桂消停几天，便旧病复萌，又来
找他的鱼苗，摆他的籽。这个瘟神一进门，鹅娘总要打发钱孩
哥去街上玩，也不怕马蜂他们来欺负。

蹊跷的是，日本兵一到，朱三桂消失了很久，再也没见过
他的那一张驴脸。但朱三桂的咳嗽声，钱孩哥想忘也忘不了。
现在，朱三桂仿佛从坟墓里出来，还了魂，阴森森的，又嚷起

了鱼苗的事。钱孩哥在糨子似的浓雾里笑了笑，心说，幸运的是，小舅就在家里，你个痨病鬼，找死吧。

鹅娘烧了炕，早早就睡了。

哦，样子货，你前头引路，我去你鹅娘的炕上抓鱼苗，如何？

鹅娘让我先玩一下，还早。

朱三桂摸出一粒糖果，送给钱孩哥，说，你不去也好，省得你鹅娘分心，浪费了我的工夫。咦，你耳朵好像能听懂人话了，不聋了么。

有时候聋，有时候听得真。钱孩哥敷衍道，嘴里很甜。

钱孩哥不知道，那一刻上，小舅和鹅娘在吵嘴。

鹅娘冷了好几天的脸，不跟小舅说一句话，即便将饭碗端在炕桌上时，也没好声气，摔碟子碰碗的，态度很明显。有一次吃晚饭，鹅娘将一块生牛皮苦在桌上。鹅娘阴阳怪气地说，娘个腿，你看这皮太厚，连牛毛都扎不透。钱孩哥问，扎透了咋办，做不成鞋了呀。鹅娘说，反正不要脸，人　不要脸，锥子也扎不烂嘛。小舅在一旁嘿嘿笑，附和说，就是嘛，这张皮子只能打一只凳子，让屁股坐。

夜里生凉，星星们将寒光落下来，被浓雾运送到各处，催人寒战。船桥镇上都烧炕，淌出来的烟像无数棵蘑菇花，低顺地弥散开来，与雾气纠缠不清，越发搅扰得天空不安，直往下坠。鹅娘抱了一堆枯叶和木柴，填了进炕洞里，又洗了洗，上了炕。一入秋，鹅娘的脚就痛，约摸是早些年缠足时落下的病根子，还皲裂了口子，如婴儿的小嘴，含着血丝丝。鹅娘在灯下忙，将一指头的羊油抹开，涂在伤口上，慢慢让热炕来融化，

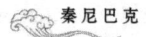

心里凉悠悠的，不痛，也不再发痒。鹅娘的脚好比是两颗烤薯，解下的两条裹脚布挂在窗户上，有一股子馊臭气。

　　过了一会子，小舅从隔壁屋里出来，脚下拌着蒜，直突突地闯进来，嚷嚷着要酒喝。鹅娘不睬，但小舅嘴里喷出的酒气，像一只火把，惹火了她。鹅娘挣起身，打开炕柜，摸出一坛高粱烧，喝吧，趁早喝死算了，省得我家里多了一个活祖宗，见天让我伺候。小舅牛饮了一口，涎了脸说，我是你弟弟，爹娘老子把我交给你，不吃你，我还能去吃谁呀。鹅娘躺在被摞上，扔过来一只三寸鞋，砸在小舅额顶，你个废物，白长了那么一件东西，死不争气。小舅呵呵地说，姐，我给你唱支歌吧，是我在省城学校时的《开饭歌》。小舅不管不顾地唱，颠三倒四的，似乎嘴里装了一台水磨。

　　　　一粒粟一文钱，
　　　　莫忘百姓的艰难。
　　　　我们加紧来操练，
　　　　保护百姓平安。
　　　　大家好好来吃饭，
　　　　大家努力来苦干。

　　不听倒也罢了，鹅娘一听，就收不住眼泪，哭哭啼啼地抹鼻子。鹅娘说，姐这里难道不是百姓家，你吃的喝的，莫非是卖个嘴，唱个歌，老天爷就免费送来的，你哄骗谁呀。鹅娘哀哀地捶了捶炕面，说，你也老大不小的了，没个正经事做，天天睡到日上三竿，夜夜喝成一个狗熊样，我还能有啥指望。小舅回说，我对自己也没指望，我这么喝死算了，早死早托生嘛。

鹅娘的哭声噎在嗓眼里，求告说，你在城里不是有同学么，你去下个话，求求同学们，或许能找上一份工，替姐解脱解脱。鹅娘又婉转地说，姐做的什么事，挣的什么钱，你最该明白了，姐是把这一个肉身子当成了本钱，才养活你和孩哥的，不易，真的太不易了；姐背着娼妇的骂名，猪嫌狗不爱的，陪那些个臭男人耍欢喜，摸人家的钱袋子，但现在姐年岁大了，门前冷落，这份钱挣得太难。小舅不吭不哈的，坐在炕沿下，一勺勺地舀着酒喝，对鹅娘的话置若罔闻。鹅娘的眼睛发涩，被煤油灯的烟灰呛得眯缝了起来，斜觑着弟弟，觉得小舅真是一个阴曹地府里跑出来的恶鬼，在向自己追命，不喝光自己身上的血，他是绝不肯罢手的。鹅娘再说，徐克功，现在和日本兵在打仗，就算有个花心的男人想来家里耍欢喜，也怕碰上日本兵，姐这里快揭不开锅了；世上有两件最难的事，一是屎难吃，二是钱难挣，姐的意思是，来仪的诊所还算红火，至少能混个肚子吧，你不如去来仪的诊所里，给她认个错，下个话，再帮她打个下手，兴许还能让姐轻省一下的。

你想撵我走，葛来仪也是，你们都这样子想，你们串通好了的吧。小舅露出鸡血色的牙床，冷寂地说。

不是，我很久没见过来仪的面了，来仪不喜欢姐。鹅娘争辩道。

你们说的是一个意思，撵我走，别给你们当累赘。小舅渐渐被酒精控制住了，下巴里淌下的酒水，湿了半截襟子，冷笑说，没啥了不起的，真的，一个是船桥镇的娼妇，一个是省城来的婊子，我寄人篱下，早就有走的心了。

徐克功，你说什么话？

小舅用指头尖弹着酒液，像子弹，一颗一颗射过来，溅在鹅娘的身上，十分挑衅。鹅娘又抄起了另一只三寸小鞋，想扇他的脸。小舅说，你跟别的男人可以要欢乐，却对自己的弟弟横挑鼻子，竖挑眼的，我早受够了。我可以走，也可以去死，但在我离开前，我绝对要拉一个垫背的。

有本事，你去跟来仪说，是来仪给你气受的，怨怪不了别的人。

我收拾不了葛来仪，我连葛来仪的手都没碰过，我脏，我贱，我被大家瞧不起。小舅猛灌了几口酒，蹄子里藏了鬼似的，哆嗦地站起来，一把薅住了鹅娘的头发，往炕下撕扯，蛮横地嚷嚷说，城里的同学们见了我，人人都笑话我，笑得连牙齿都掉下来了，谁都知道我有一个你这样子的姐，陪男人睡，陪男人玩，你和葛来仪其实没啥区别，都是淫妇娼妓，我吃了你的饭，恶心得想吐，吐了很多年了，到现在还没吐干净，心里长了蛆，我不怨怪你，难道还供着你不成？

鹅娘在炕上滚来滚去，披头散发的，更让小舅产生了一种恶毒的快意。

小舅上了炕，骑在鹅娘身上，压抑地哭了出来。鹅娘终于挣不动了，好比一条离了水的鱼，喘息着，瞪大了眼睛，诧异地望着这一头野兽。小舅扼住了鹅娘的脖颈，晃了几晃，哭得很绝望。小舅说，反正是个死，死之前，我要尝尝女人是啥味道的，葛来仪不让我碰，我碰自己的姐，总归是家里的，有什么了不起呢。鹅娘如木头一般地躺着，看见小舅开始剥襟上的纽襻。纽襻很牢，小舅解了几解，解不下来，索性撕扯起来，露出了鹅娘的半个胸脯。

徐克功，我可是你的姐。

哼！外人不让我干，姐是家里人，有啥客气的。小舅狰狞道。

等一下。

小舅愣了愣，看见鹅娘一骨碌爬起来。

鹅娘说，我应了你，你等一下，我去茅厕一趟再说。

屋外是黑黢黢的夜，但浓烈的稠雾，从树梢和屋脊上流下来，在庭院里聚集，让鹅娘喘不过气来。尤其，挤在眼前的这一大团雾，模样狰狞，仿佛一匹白皮毛的熊，张牙舞爪。出了门，鹅娘扶住墙，将一根指头塞进了嗓眼，想抠出心里的恶心来。鹅娘抠了半天，只抠出来一阵阵的干呕，连带着凉冰冰的泪，脸上早就湿透了。镇静了一下，鹅娘踮起小脚，钻进了灶房，趁黑摸见了一把菜刀，端在了双手里。鹅娘进门前，差一点被门槛摔倒，刀也脱了手，哐啷一声。小舅吓了一跳，从酒里醒转了不少，精着脚，扑腾跳下炕，一把将菜刀抢在手里。

你个畜生。鹅娘骂。

是，我就是一头牲口，吃草的货。

你劈了我吧，我不想活了，你也别想着糟蹋姐，毁了我的名节。鹅娘直脱脱地将脖子伸过去，一副任人宰割的架势，说，我啥指望都落空了，还要这一副内身了做什么，它供过你吃，供过你喝，也供过你几年的学，你都拿去吧，我横下心来，只要对你有用处，你全都拿去吧，把我的名节留下就行。

呵呵，你还有名节么。

在你这个畜生跟前，姐幸好剩下一点可怜的名节。

蓦地，刀从小舅的手里掉下来。小舅抖瑟地说，姐，我可连一只鸡都没宰过，我怕，你千万别逼我。

鹅娘拾起来，往小舅的怀里塞，态度决绝。小舅边躲边退，娘娘腔似的拦挡着，不敢伸手去接。鹅娘说，就你这么个骗掉的货，一堆扶不上墙的烂泥，我还能指靠什么前程呢，一了百了吧，让我早些瞎了眼，死了心，去阴曹地府里找爹娘老子的好。鹅娘说，拿着，徐克功，你今天不拿的话，我自己抹脖子。

扑通一声，小舅又跪在了地上，抱住鹅娘的腿，声泪俱下地乞怜。

鹅娘似乎明白这就是结局，扔下刀，一把搂住了弟弟的头，揽在了怀中。鹅娘唏嘘不止，只当是抱着一块馊臭的豆腐，真的派不上什么大的用场。鹅娘喃喃说，弟弟，你真的被亏欠下了，一点精气也没有，连一句硬话也不敢说，我咋会摊上你这么个弟弟呢。鹅娘又说，你连孩哥也比不上，别看孩哥聋掉了，但他还有一些些的硬气，从来也不会落眼泪，你这么哭，哭的不是世道，哭的是你男人心里的精气，哭一点，少一点。鹅娘抚着小舅的头，如同洗涮着一只空碗，说，难怪来仪会对你有这个态度，冷不冷，热不热的，天下的女人们没一个欢喜你这样子的软蛋。

她叫我去杀个人，试试胆量。小舅道。

你就当自己是个鸡蛋，去碰碰吧，碰坏了，是你命数不好；囫囵了，是你的福气。鹅娘的眼前似乎呈现出了一派稀薄的前程，怔怔地说，碰不坏，姐也沾不上你的光，只求你像个男人一样，活一口气就是。

小舅哭得像个犯了错误的娃娃，抱着鹅娘，头都埋进了鹅娘的裤裆。

恰此时，院门上的铁环叩响了。

击铁声很亮，被院中的浓雾一圈圈放大，身段漾了漾，又重重地跌在地上。鹅娘一惊，松开了小舅，趴在窗户上瞅。击铁声太亮，却亮不过朱三桂的咳嗽，声声断，如同刚烧开的一

锅开水。鹅娘本以为是钱孩哥回家了，但从咳嗽声里，认出了船桥镇的瘟神嘴脸来。鹅娘有点惊慌，忙理了理鬓发，拍了拍肩，将两只烤薯般的小脚塞进了三寸布鞋里，一时失措。小舅没见过姐的这般慌乱，膝盖一硬，朗朗地站起来。朱三桂敲得不耐烦了，脚踢了几下，扒着门缝，学了几声癞蛤蟆的叫。渐渐地，稠雾里藏下了一群蛤蟆，沸反盈天地吼。

鹅娘，快开门，我的鱼要摆籽了。

这一窝籽要摆了，快拾掇好你的炕，好鹅娘。

你个窑姐，快赔我一罐鱼苗来。

小舅悉数听见了蛤蟆声，大概明白了一些前因，脸上出现了寒铁的颜色。菜刀躺在地下，泛出一层彤红的光，仿佛刚从铁匠的炉子里取出来似的。鹅娘也臊红了，假装镇静地抻了抻衣襟，敷衍说，醉死鬼，镇上总有一些醉死鬼，晚上来门前闹，别理就是了。饶是如此，鹅娘的神情仍泄露出了不少的窘迫，生怕小舅明晓一切。朱三桂在门前骂得越来越凶了，远处的狗也跟着凑热闹，狂吠声将一河一镇的雾气，搅得越发像面糊子。鹅娘忽然抓起炉子上烤黄的馍馍片，掰碎后，往嘴里塞，塞得腮帮子鼓胀而起，也将眼泪挤了出来。鹅娘蹲下身，靠在炕沿边，喉咙一梗一梗的，噎了气的样子。边嚼，鹅娘边哀叹说，寡妇门前是非多，苍蝇和老鼠都敢来欺负，这一喊，船桥镇的人都知道了。小舅也蹲下来，递给鹅娘一碗水，求教说，姐，咋办么？听口气，是个五大三粗的人，跳进墙来咋办么？鹅娘一齿冷，回说，还能咋办，等一下放进门来，和你一起喝酒，你不是正好缺个伴嘛。

他是你的旧客？

鹅娘说，没啥旧客不旧客的，姐认的是钱，钱才是姐真正的旧客，恩人呢。

姐，他富不富？出手大方不大方？小舅嘴里的酒气，业已换成了一股子热辣辣的气息，说，要是你嫌我在屋里不方便，那我回隔壁去躲一躲，你接你的客？

好！真的好！

鹅娘抹着泪花花，嚼完了最后一块烤馍片，狼亢地说，弟弟，你真的没见过女人，没碰过一次女人么？小舅顿了顿下巴。鹅娘又说，弟弟，你去了省城多年，不知道姐是咋样供你生活，供你学费的，对不对？小舅诚实地首肯。鹅娘眼里含着一汪汪水，哽咽说，那好！就让你知道一回吧。你也别回隔壁去了，你就钻在炕柜里，看看景，听听音，你便明白姐的逍遥和难肠劲了。——其实，小舅已被门外的蛤蟆声吓怕了，浑身筛糠，一下子变得很乖，很顺从。

鹅娘上了炕，打开柜门，小舅撅起屁股，挤了进去，像一包马粪纸里的蛋糕。

朱三桂熟门熟路，一进屋门，随脚甩掉了鞋子，爬上了炕。船桥镇家家都砌了一爿石板炕，礼让客人，吃酒喝茶，非炕上莫属。鹅娘的炕很热，烧得毛毡散发出一股子羊毛的糊味，焦咧咧的。朱三桂脱下外衣，躺在被摞上，又捂住嘴巴，咳了几声，隔空将痰液吐在地上。朱三桂瘦刮刮的，一挂干骨头，还跷起了二郎腿，眼睛里盛满了愉悦，几欲溢了出来。鹅娘还是照着旧规矩，淘了一块热毛巾，递给朱三桂。朱三桂喜兴地擦了手和脸，像把咳嗽也擦掉了，不再咳喘作势。鹅娘又在炉子上熬了茯茶，还多加了一疙瘩冰糖，细心地伺候起来。朱三桂笑眯眯的，很猥亵地盯视着鹅娘，目光里带了钩子。鹅娘不冷不热，按部就班地脱下罩衣，爬上炕，捶了几下朱三桂的腿。

不急，好鹅娘，你把烟灯递过来，我先呷几嘴膏子。

你有钱了？

人送的，上好的烟膏，比金子值钱。

煤油灯一燎，朱三桂的嘴里喷出来烟雾，淡淡的，灰蓝色，有一种奇异的香味。船桥镇的男人们都好这一口，比吃食还抓得紧。战争前，河西一带的回回们，常借了这个码头，往下游里贩青海产的大烟膏，获利甚丰。日本兵一来，断了货，再能吃上烟膏，则是一种体面和招摇的身份，炫耀死了。此前，鹅娘也在客人跟前闻过不少，呛，涩眼，干喉，不像现在朱三桂嘴里吐出来的味道，比含了一块薄荷叶还舒服。鹅娘有些晕，露了白雪雪的牙齿，痴呆呆地看着朱三桂，好比是一个戏子，扮了妆，施了粉，只等着一声开场的锣鼓。朱三桂很受用，抬了脚趾尖，顶在鹅娘的胸脯上，细细地揉搓。

刚碰上孩哥了，说你的炕烧得烫，我就心痒。

给你赔完了鱼苗，你还来索。

一窝摆完，还会摆下一窝的，爷生子，子生孙，哪里会有个穷尽嘛。

鹅娘喊的一声，仿佛这是一场撵鸭子上架的戏，由不得自己。鹅娘说，你别碰我儿子，孩哥有个三长两短的话，我真的会撕了你。

呵呵，孩哥是个虎崽子，差一点踢破我的蛋。

鹅娘喷出了笑，笑得阴阴的，脸上却挂着一层铅灰色的云。鹅娘说，破不破，等一下子你就知道了。看你，瘦成了一个猴，丢进炉灶里，也烧不开一锅开水。

瘦猴赛钢刀，你等着。

朱三桂呷完了，在炕头上磕净了烟枪，收拾起来。朱三桂脱衣服前，从兜里摸出一把银圆，哗啦一声扔在炕上，烁闪了一下，耀得鹅娘的眼底里一花。鹅娘半天没捡，朱三桂觉得鹅娘有意见，拾起一枚，搭在嘴上一吹，而后搁在鹅娘耳旁，让鹅娘听真正的银子声。鹅娘的耳朵里嗡嗡嗡一响，余音不绝，犹如木匠弹拨了一条墨线。鹅娘并没见钱眼开，故意沉下声，问说，朱三桂，你给我银圆做啥？朱三桂摸了摸鹅娘的脸蛋，实话说，好鹅娘，你每次都在炕上伺候我，比船桥镇的那些个小寡妇让我舒坦，我忘不了哟。朱三桂拱了上来，手往鹅娘的要害里摸去，想剥光鹅娘。鹅娘打掉他的手，退到了炕角里，质问说，天还早哪，你先老实回答我几句话，我就陪你过夜。

好鹅娘，你今夜里变了个人一般。

先问你，你嫌弃我是一个窑姐，对不对？

朱三桂塑在炕上，青头愣脑的，思想不出鹅娘的心思。朱三桂笑呵呵地说，好鹅娘，外头兵荒马乱的世道，惹不起，你就关起门来，尽量躲远。你一个寡妇拉娃娃的，多不易，只要能吃饱肚子，别的话都是一风吹，比屁还快。船桥镇上，人的嘴都毒，说长道短的，你千万别往心里去。

我知道，在旁人的眼里，我是卖货。

听听，听听，好鹅娘呀，我明白，你是对我有意见，才这么酸溜吧唧，指桑骂槐的。朱三桂翻开了口袋底，又掉下来几枚银坨子，样子极慷慨，像开当铺的大掌柜。说，好鹅娘，今晚上我装的不太多，有多没少，全给了你，你也别嫌少；以前，我是干指头蘸盐，连唾沫也舍不得，死皮赖脸地霸着你，亏下你太多，这些算是我补偿你的，叫你知道，朱三桂也是有情有义的汉子。

鹅娘真的很淡然，不去拿，推到了一边，拖着哭腔说，我

那个不争气的弟弟，骂我是婊子，娼妇，窑姐，可我挣来的不干净的脏钱，净花在了他身上，一想起，我就冤屈得想上吊，绝了这一世的念想。

我最恨秀才，秀才都爱喷粪。

他书也没念出息，人也做不踏实，又找不到一条出路，整天价游手好闲的，我真的犯愁死了。鹅娘指着烁闪的银圆说，这些钱，还不够他糟践的，我作的什么孽呀，摊上他那么个灾星。

朱三桂说，对了，改天指给我认识，我来教训狗日的一顿。

你个痨病鬼，咋有力气？鹅娘笑话道。

呵呵，老子吸了烟膏，不信你试试？

鹅娘推开了朱三桂，似有所悟，思想了一番，却想不出眉目来。朱三桂再也不能等了，急吼吼地扒光了自己，露出两排干枯枯的肋条来，裆里的物件一拃长，黑糊糊的，挑衅地磕头作揖着，若一尊活泥偶。鹅娘缩在炕角里，目光落在炕沿下，瑟瑟发寒。一双明晃晃的短腰皮靴，软牛皮，鞋面上擦了油，毛栗子色，又缀了一排铁钉，鞋底有二指厚，很威风。——鹅娘嫁过人，从以前皮货匠的买卖中，约略知道皮子的成色。再看朱三桂扒下的衣服，都是上好的料子绷下的，领是领，袖是袖，有样有型。鹅娘脑子里打了个突，仿佛也被一根墨线弹了一下，有点生疼。但鹅娘老练，迅即恢复了先前的表情，堆起笑。

痨病鬼，你近日发财了？瞧瞧呀，又穿金，又戴银，还拿银坨子当礼送，口气蛮大哟。莫不是刨了谁家的祖坟，或是劫了黄河上哪一路的货物？我可丑话说在先，要是刨坟劫人的礼，你原拿回去，趁早滚。

猜猜看!

朱三桂笑得诡秘,觉得鹅娘太有意思,不似往日里那么抵力反抗和争执,眼神里有针。现在,鹅娘的语气里含了娇嗔和责怪,眉眼毛茸茸的,让朱三桂浑身煞是松弛,空旷得如同一座废弃的老寺。夤夜漫漫,朱三桂就想贪享这一份惬意,于是自己沏了烫茯茶,又装了一份烟膏,凑在了灯火上,吧唧一咂。

好鹅娘,我刨了别人的祖坟。

怪不得,你身上有鬼气,比冰还冰。

我也劫了水上的货物,煤,药材,枪支,女人,见啥劫啥。

你个灾星。

朱三桂忽然俯过身去,凑在鹅娘的耳旁,神秘地说,好鹅娘,我真的发大财了,八辈子也没见过那么多的银圆,扔都扔不完。这桩秘密,我只告诉鹅娘你一个知道,别的人,那些船桥镇的小寡妇,就算舔我的痔疮,我也不会说道的。鹅娘别过头去,一阵子烟膏气,令鹅娘又晕乎起来。鹅娘恍惚觉得见了鬼,连煤油灯的火苗也矮了矮,险些灭掉。鹅娘发现,朱三桂的肋骨一根根地嵌着身上,瘦削地凸起。——其实,那些去年被撞碎的鱼苗早就长大了,就藏在朱三桂的皮肤下,像一条条青鱼,一鼓一胀,随着一个鬼在说话。朱三桂望见鹅娘痴迷的状态,陡升了骨血之气,慨然地说:

骗你的,鹅娘。其实,我现在给日本兵做事。

鹅娘笑了。

你笑什么,好鹅娘,白花花的银子,就是日本兵给的。朱三桂扔了烟枪,捧起银圆,让它们从指缝里淌下,又捧起,再淌下。银子的叫声很悦耳,像河岸边的黄河水在洗沙。好鹅娘,日本兵从不嫌弃我,还对我客气死了,我跟着日本兵出了几趟

远门，干过几桩大事，次次都让日本兵满意，这是赏钱哟。

哦，怨不怪你身上有一丝丝鬼气，认上了干爹。

亲爹也没给过我银圆呢。

想明白了，你认了干爹，得了赏钱，就想在船桥镇上要一要你的威风，你家的祖坟上真的漾青烟了，老天爷开了眼，让你穿金戴银，吃香喝辣的。鹅娘骄蛮地捏住朱三桂的脸蛋，拧了拧，说，算你痨病鬼有情有义，没让银圆填了那些个小寡妇的无底洞，还能想着来找找我，哎呀，我没白喂你这个瘦狗。

好鹅娘，进了船桥镇，我第一个来找的女人是你。

编谎！

朱三桂深沉地发笑，端是发了大财的模样，一排排肋骨在皮肤下欢喜地游动，露出青色的鱼脊。这一刻，鹅娘有点回心转意，差不多快放弃了仇恨，也几乎忘了一步之遥的炕柜里，还藏着自己的弟弟。——鹅娘思想，这个船桥镇上的瘟神，并不像先前那般可憎和凶煞，昔日里万般的欺霸和凌辱，似乎也是为了给现在作铺垫，博自己开心而已。鹅娘见过太多的男人，大多是提起裤子就翻脸的货，哪有一个记得要欢喜时的快乐，更没有一个能兑现要欢喜时的许诺。前不久，鹅娘还去拜了一回庙，抽了一根下下签，坏透了。鹅娘没让人释解签上的内容，但心里阴了许多天。现在好了，原先是牛头马面的和尚们吓唬人的，朱三桂不是放下屠刀，立地成佛了嘛。

编谎！

鹅娘娇嗔地戳了朱三桂一指头。朱三桂的眼睛登时就花了，漾出来一阵阵的激动，惹得灯花也劈剥作响。

鹅娘甚至想，朱三桂有了第一次慷慨，准定会有第二次，第三次的。这好像朱三桂说他自己那样，爷生子，子生孙，一窝一窝地摆籽，所以黄河水里才有那么多的鱼苗。鹅娘对自己的长相是有自信的，虽说隐约，却在朱三桂屁股后的那群小寡妇跟前，又显得突出万分。一念若此，鹅娘身体里埋了多日的阴霾，居然一风吹净，天晴地朗了。鹅娘妩媚地贴过去，朱三桂得了响应，一把卸翻了鹅娘，猛地抱住了鹅娘的小脚，手上攥一只，另一只喂进了嘴里，吮吸不止。鹅娘的脚心痒了，笑声如一群惊起的野鸽子，噗噜噜乱飞。

好鹅娘，等忙过这一阵子，我来下聘娶你。

乱嚼舌头！

朱三桂涎水四溢地说，我喜欢你儿子，刚在桥上碰见孩哥了，我还要他喊我一声爹。样子货，差一点就踢破我的蛋，让我当太监鬼。

你忙啥呢？

哦，日本兵让我来，叫我盯紧船桥镇的一个女人。

鹅娘忽地收回了脚，在朱三桂的身上擦干，盘腿坐在炕中央。朱三桂猜到了鹅娘的意见，叽里呱啦地乱笑一气。忙解释说，好鹅娘，你兴许不知道，镇子上开了一家诊所，坐诊的是省城里来的一个女学生，日本兵不放心，让我盯一下。

女学生姓葛？

朱三桂聊赖地回说，对！一个接生婆。

鹅娘惊恐地问，那，那你找她做啥？她犯在日本兵手上了？

朱三桂终于打了一声哈欠，倦意浓浓地说，好鹅娘，那是鬼子兵的事，他们叫我吞屎橛子，我也不敢吭气，别管，谁给我银坨子，就认谁干爹。鹅娘泥塑不动，朱三桂拢上来，解着鹅娘的纽襻。鹅娘遍体凉了下去，不像朱三桂那么火热，吃了烟膏后，有一种莫名的骚动。鹅娘说，痨病鬼，你认识那个女

学生么？朱三桂平淡地说，才开始盯呀，没上心，怕接生婆的晦气连累我。那个女学生好么？称你的意么？鹅娘觉得自己一瞬间空了，空得像一只扔掉的旧鞋。嘿嘿，好鹅娘，你又开始吃醋了，日本兵盯上的女学生，我哪有下嘴的份，给我一颗豹子胆，我也干瞪眼。朱三桂解了一半，鹅娘白雪雪的奶头露出了真容，嘴若吸铁石一般，径直嘬了上去。鹅娘突然起了身，愣怔地说：

痨病鬼，你去死。

鹅娘扑在朱三桂身上，虎口箍住了他的细喉咙，双双跌倒在炕角里。许是朱三桂吃烟膏太久，浑身软绵绵的，抵不了鹅娘的猛烈一击，呈仰八叉，四肢乱扑腾，撑住墙壁想坐起来。鹅娘骑在了朱三桂身上，拼命压死，又瞥见了挂在柜子上的一双裹脚布。鹅娘厉声喊，徐克功，快出来，快来帮姐杀了这个痨病鬼。

炕柜门开了，小舅撅起尻子钻出来，抱住臂，瑟缩不停。

鹅娘被胯下的仇人颠簸着，一上一下，险些栽下马来。见小舅这番可怜相，鹅娘真的心生愤怒，冷不丁攒了一口唾沫，啐在了小舅脸上。快，快帮我把布子扯下来，缠住他的脖子。鹅娘催促道。小舅翻了翻白眼，瞅瞅鹅娘，又瞅了瞅朱三桂，忽然发了疯，一屁股坐在了朱三桂五官上。裆里很紧。

鹅娘摸出一把锥子，认准了朱三桂的心口。

到了下半天，钱孩哥才睡醒。鹅娘在庭院里洗一块毡，羊毛毡。鹅娘是个洁净人，一年四季，鹅娘都洗洗涮涮的，反正水不要钱，从河汉里打上来就是。钱孩哥从灶房里拿着一块烙饼，蹲在廊檐下，看鹅娘忙碌。毡子上有几块红色的"尿地图"，像血，鹅娘一刷，印迹子就消失了。鹅娘洗毡也有一套，拿着一块青砖，一边浇水，一边在毡子上磨来磨去，把羊毛磨得平平顺顺，飘出来一股子膻腥气。但鹅娘洗得再好，也洗不掉毡子中央的几团焦糊块，热炕烧焦的，像搽了很重的胭脂粉。看了半晌，毡子终于磨破了，露出了一块巴掌大的窟窿。

钱孩哥嘿嘿一笑。鹅娘扭身，剜了钱孩哥一眼，也抿上嘴笑了。鹅娘洗完后，一般会将毡子扔在墙头上，让风慢慢阴干。来了几场秋雾，船桥镇在蒸笼里憋屈了多日，日头也撒了懒，根本照不上面。扔完后，鹅娘神秘兮兮地说：

家里要来客人！

哪个？

不是亲戚，就是仇家。鹅娘轻飘飘地道。

鹅娘是个迷信罐子，偶尔在案板上擀一顿捞面，擀杖不小心戳破了面皮，开了洞，鹅娘就会大呼小叫地喊，家里要来客人。钱孩哥虽然疑心，但屡试不爽，也就迷信起这一说法。——小舅和舅娘从省城来的那天，鹅娘就在案板上擀出了一个窟窿。话音未落，院门打开了，小舅笑吟吟地进来，应验了这句话。此刻，鹅娘又说了这番话，钱孩哥想不起什么亲戚，更想不起仇家为谁，遂一脸的迷瞪，没滋没味地嚼着干硬的烙饼。鹅娘忙消停后，站在树下，湿淋淋地愣着神。钱孩哥发现，鹅娘的两眼发红，许是熬了夜的缘故，比秋霜杀过的沙果子还红。于是，钱孩哥就犯了病，给鹅娘嘟囔说：

说不定，是枣红马要来家里，你眼珠子都红了。

小心闪了你舌头。

钱孩哥辩解说，真的，我亲眼见到的，枣红马掉进了水里，变作了一条龙，哗啦一闪就不见了。龙还会回来的，它的红布

鞋丢在了河沿上，会来取的。

你见了龙，那我还见过鬼呢。

钱孩哥再说，鹅娘，我知道红布鞋藏在哪里，龙会来问我的。

鹅娘狞笑说，当然，你就是娘的龙太子么。

牙齿一凉，钱孩哥不再说了。很明显，鹅娘的话里带着轻薄与不屑，似乎不信黄口小儿做的梦，连儿子的亦不例外。好端端的早上，鹅娘肚子里的气散布在浓雾里，不明白所为何来。鹅娘问说，你昨夜里睡得好么，听见什么没？没！钱孩哥思谋说，反正，昨夜里我没尿地图，原故是我昨天没喝一口水呀。鹅娘蹒跚而来，抚一把儿子的头，搡出去说，去喊你小舅，娘个腿，到现在也不起来，睡，睡，睡死算了，难道天天要吃风拉屁嘛。钱孩哥攒足劲，一阵风似的跑过去，撞开了鹅娘隔壁的那扇门，捏了嗓子，学鹅娘的声音说，徐克功，睡，睡，睡死算了，难道你天天要吃风拉屁么？

蹊跷的是，屋里阒寂无人，炕上的铺盖叠得整整齐齐，小舅杳无人迹。钱孩哥说给了鹅娘。鹅娘一怔，木桩般地杵了大半天，忽然尖起了嗓门，哎哟一叫。声音像一只瓷缸被石头砸碎了，哗啦塌下来，留下一地的心荆肉棘。头顶上，一群山鹪子被惊起，扑闪着翅膀，在雾气里迷了路，唧唧喳喳的，四下里问方向。叫完了，鹅娘一软，瘫坐在地上的泥水里，撕心裂肺地开始哭。鹅娘说，你个狼吃的，你个吃独食噎死的徐克功，偷了我的银坨子，准保去给你那个小妈孝敬去了。鹅娘说，你个挨千刀的货，吃里扒外的东西，顶如是从我身上活活割了肉，去填你那个小妈的无底洞了。钱孩哥盯看着鹅娘，觉得鹅娘哭得真难看，鼻子不是鼻子，脸不是脸的。钱孩哥拧身望了一眼鹅娘的门，不经意的，瞥见炕上有一堆亮光烁闪。于是，钱孩哥说：

鹅娘，我听见银子的声音了，就在炕上。

你听见的？

哦，银子在响，我耳朵也疼。

一句话，让鹅娘抬起水淋淋的屁股，小脚变成了驴蹄子，径自钻进了屋里头。钱孩哥木然着，将半拉烙饼掰碎，喂着地上的一群绿蚂蚁。眨眼的工夫，鹅娘又跑出来，手里夹着一枚银圆，先在自己唇边一吹，又迅速搭在了钱孩哥的耳畔，让儿子听。听了几圈，钱孩哥表情皆无，只懵懂地望着鹅娘，见鹅娘脸上的那一堆乌云，渐渐聚拢在了一起，比鞋底还黑。——唉！鹅娘收了手，重重地叹息了一下，自语说，真的是样子货，我没那个命，你也不是龙太子。不过，鹅娘的不悦，很快便一风刮远了，鹅娘吹了一下银圆，递在自己耳朵旁，听得眉开眼笑起来。鹅娘说：

徐克功，算你有心，只偷了一块。

小舅是贼！钱孩哥附和道。

快去，去街上找那个贼娃子家里来，我有话要说。鹅娘吩咐。

如果船桥镇是一口大铁锅，稠密的雾，就是面粉搅成的空气糯子。——钱孩哥知道，有时糯子硬了，鹅娘会添一些水；有时稀了，鹅娘也会再刷一把面粉，让糯子稀稠适中，有了韧劲才好使。现在，船桥镇空气里的糯子黏附在脸上，多半是稀的，好比脸没擦干净，往下淌水。钱孩哥心猜，空气里的糯子稀了，八成是枣红马变的龙，在水里偷偷作怪，吐水汽，让人们辨不清它的存在。连鹅娘也说，哎呀，半截子快入土了，也

没见过这么大的雾，能把人给蒸熟了。

迎了雾帘，钱孩哥踩着脚，一高一低地往船桥镇里走去。钱孩哥知道在哪里才能找见贼娃子小舅，让他把吃下鹅娘的，再原封不动地拉下来。哼哼，小舅现在有把柄握在了钱孩哥手里，他的脚尖或许该老实一下的。远兜近转了一圈，钱孩哥终于站在了诊所门前，却发现上了门板，歇了业。

舅娘，舅娘快开门来。

钱孩哥举着拳头，拍打一番。喊声被雾气放大了，涟漪似的播出去很远。

嘿！

小舅从浓雾里头挤出来时，额顶上渗出了一层油。钱孩哥生疑地盯看着小舅，那一片油挂在他额上，热汪汪的，很恶心。或许，人揣了钱，肚子里的油就会往外冒，有钱人大多是这样子。再或许，是船桥镇上经日不散的雾气沤烂了，沤成肥料，才培在小舅这人的根须上，像懒树一样养。小舅打着哈欠，问说，样子货，你找你舅娘做啥？钱孩哥撒谎说，哦，鹅娘喊舅娘去，鹅娘要做一顿捞面，红萝卜肉臊子面。小舅一听，即刻变了色，咬着牙筋，恶狠狠地说，那个婊妇去做什么，连老子也不知道，老子在这里候了几个时辰了，连她的毛也没见，枉费了你鹅娘的一片心。说着话，小舅拍了拍屁股，屁股上是湿的，显然坐在对过的台阶上久了。婊妇！小舅想加重自己的情绪，攒了一口痰，朝诊所的门板上啐了一下。不过，小舅很快就转怒为喜了，从兜了摸出了一枚银圆，夹在拇指和食指间，把玩了一阵子，后又抛起，手在空气里一挖，挖回了手里。再一变，小舅摊开手掌，银圆不见了。在钱孩哥眼里，银圆就是一只小猴子，比夏季耍猴人手里的那几只还调皮。钱孩哥吃吃

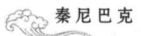

笑了，鼻龙拖在唇上，吸溜吸溜的。小舅摸了一下钱孩哥的头，寥落地说：

走，请你去吃羊杂碎，你鹅娘自己去打发吧。

杂碎摊子在镇中心，是回回们开的。在一阵阵膻腥气里，还夹杂着一股子沁人的芫荽味道，煞是好闻。钱孩哥的舌根里生了涎水，咽了几咽，心一下子糊涂掉了，也忘了鹅娘交代的话。人多的地方，空气里的糯子更稀了，被无数的人腿搅拌着，忽来忽去，如同庙里燃的一束香火。摊主招呼坐下后，先盛了两碗热羊汤，撒了芫荽和蒜苗渣，一入口，便有一股子热辣辣的液体穿肠而过，人的体内蓦地醒转了过来，仿佛睁开了几只眼睛。船桥镇是水陆码头，往昔里路过的商贾和水把式们在此歇脚时，都喜欢喝上一肚子羊汤，啃上几斤羊肉，再往下游里漂去。羊肉耐饥，热性，能抵住水上的潮气。回回们是经营羊肉吃食的行家，一家挨着一家，操着青海的土话，戴了白号帽，腮上的一部部黑胡子很是漂亮，油光泛滥的。刀起刀落，锋利的刃口在空气里剁响，依次将羊的心、肺、肝、肠、和头皮剁碎，盛了一漏勺，又在滚沸的羊汤锅里一焯，热乎乎的，拌了蒜泥、辣椒油和醋，供在了钱孩哥跟前。钱孩哥用袖口擦了一下筷子，很享受地闭了眼，将第一筷子羊心吞进嘴里。钱孩哥模糊地听小舅吩咐，我不要杂碎，给我来一只羊头，我吃个羊头吧。

果真，碟子里摆着一只白骨嶙峋的羊脑壳，有鼻子有眼，两耳耷拉，刚从汤锅里取出的，还烫手。小舅举起叉、铁锤、耳勺和刀子，正吃得欢。其实，钱孩哥不敢吃羊脑壳，连望上一眼，尾椎骨里都会冒虚汗。所以，钱孩哥别过头去，兀自对付自己那满当当的一碗，耳食着小舅的舌头吧唧吧唧地咂响，好比一只瘦狗在吮干骨头。其实，做贼也有好处，钱来得方便，人就大方。钱孩哥思想。

不小心，筷子掉在了地上。

钱孩哥蹲下身，在长条桌下寻筷子，摸了几次，也没摸见。浓雾流了一地，落在地面上时，雾就硬了，顶如是在铁锅底部，被柴火炒焦了，能变成味道难闻的焦锅巴。又摸了一把，钱孩哥摸见了小舅的鞋，呵！

盯看时，钱孩哥发现，小舅真的阔了，穿了一双明晃晃的短腰皮靴，软牛皮，鞋面上擦了油，毛栗子色，每只鞋上又缀了一排铁钉扣，鞋底足足有二指多厚。——先前挨小舅踢屁股时，小舅穿的是布鞋，软塌塌的，屁股一痒也就过去了。现在，呵呵，小舅居然鸟枪换了炮，脚上带了一种咄咄的力量，攒着力气，随时会飞起一脚的。钱孩哥趁着小舅在啃食，又摸了摸，尤其是那一排铁钉扣，带了指甲皮大小的一串圆环，丁零作响。在街上游荡久了，钱孩哥猜，整个船桥镇上，像小舅脚上的这双皮靴，真的是稀罕死了。于是，手又不听话，悄悄地摸了一把。小舅不知觉，抬了抬脚。钱孩哥的屁股一下子紧张了，忙拾起筷子，挪到了长条凳的另一端，提防得紧。

啃完了羊头皮、眼睛和舌头，小舅熟门熟路地用铁锤，砸开了羊脑壳，露出了一团热脑浆，晃悠悠的，像卤水刚点出来的嫩豆腐，脆生生的。小舅老练，洒了些盐渣和蒜苗末，用耳勺挖起来，递进了口中。——突然，小舅扔下了工具，一把捂住了嘴，一转身，呜哩哇啦地呕吐了起来。小舅吐得很尽兴，蹲在地上，要将五脏六腑都咳光的架势，脸也憋紫了，吊死鬼般地伸着长舌头，把空气也弄脏了。

待钱孩哥都吃毕了，消食似的打了几个长嗝，站在街上望风景时，小舅仍蹲着，呕得快晕死过去了。雾气里人影子绰约，挤出来一个男的，一闪无踪；又蹦出来一个老妪，被雾气擦掉了身影，像腊月里戏台上的皮影人，恍惚无定。一堆秽物摊在小舅腿下，顺便也弄脏了他的漂亮皮靴，小舅顾不上，呕得眼泪都淌了下来，一发不可收的样子。这时，一阵汽车的刹车声响起，水淋淋地鸣了笛，在浓雾里被放大，一圈圈地播散而来。钱孩哥来了兴趣，盯视着前方。

汽车冲过来时，空气被怂恿向前，驱散了街上的雾霾，顶如是辟出了一条长长的走廊，猛地清晰了不少。是一辆军绿色的小轿车，跳下来两个日本兵，一左一右，脚跟咔嚓一声，立定，打开了车门。

浓雾像空气里的秋千架，荡过去，又忽悠一下荡回来，慢慢地布满了刚才歪斜的走廊，让人的视线也模糊了不少。在急遽的运动中，浓雾是粗颗粒状的，很毛糙，钱孩哥觉得脸颊上被刮擦了一下，生疼，还凉。门开了，隐约中，先下来了一条腿，穿着红色的条绒鞋，鞋窝里是一只灰色的尼龙袜子；稍后，又踩下来一条腿，跟前头的一模一样，双生子似的并肩站在一起。两条腿站齐后，腿上面出现了舅娘的身子和脸，笑吟吟的，一手挽着药箱，一手给日本兵打招呼。

舅娘的头上戴着瓦片状的帽子，依旧穿着白颜色的大褂，细细高高的，被浓雾擦得毛糙，不很清晰，笑容却很灿烂。

舅娘！

钱孩哥轻喊了一声。

小舅听到了，并没有太响应，抬了抬头，又继续干呕。钱孩哥很扫兴，挪前几步，想跟舅娘碰个面，招呼一声。两个日本兵咔嚓立定，对着舅娘敬完礼，钻进了车子。小轿车打了几

声黑屁，一扭头，刺刺拉拉地驶远了。娘个腿，钱孩哥学了鹅娘的口气，骂了一声。车子拽走了空气，像拉下了一块白布幔，眼前又被稠雾遮蔽了，涌来丝丝缕缕的汽油味，让鼻子一蹙。要命的是，车子打下的黑屁，污染了空气里的糯子，雾气猛地花了。

在黑白不匀的布幔中，舅娘仿佛一把收起来的伞，很安静，从视野里飘过。钱孩哥喊了几下，声音却压在了舌根底下，舅娘并不知情。舅娘的两只红布鞋会走路，比青蛙还灵巧，在一层层雾霾里一蹦一跳，往幽深里驶去。钱孩哥心猜，要不是亲眼见到舅娘，八成会将这两只红布鞋，错认成河堤上的那两根红萝卜的，呵呵，幸亏有这么一个眼福呀。

舅娘走后，小舅也消停下来。

问摊主要了水，洗漱了，小舅来了精神。小舅板直了身子骨，又将头发撩一撩，撩成了两边倒，一条头皮缝切在中央，掸了掸肩上的灰。小舅笑笑，露出鸡血色的牙床，并没征求钱孩哥的意见，扬长而去。贼娃子！脸上长了狗毛，翻脸不认人。钱孩哥不满意他的态度，随了忽闪忽闪晃动的一片片雾霾，尾随在了小舅身后。——事实上，钱孩哥念想的是小舅脚上的那一双皮靴，跺在船桥镇的青石板路上，自有一种赳赳然的气概。尤其是鞋上的一串串铁环扣，起落中，发出一种耐听的金属声，比当铺里拨动的算盘珠子还悦耳。趄过几个街角，钱孩哥猜出来，小舅一准是向诊所里走去，去找舅娘，少不了炫耀一番的。果真，那一双毛栗子色的靴子，照着钱孩哥的心愿，乖乖钻进了舅娘的屋里。

钱孩哥趴在窗缝上，想听听小舅是如何卖弄的。

娘个腿，奇怪的事发生了。小舅一改先前的嘴脸，不再巴兮兮地跟舅娘说话了，一点也不猥琐，进了门，仰八叉地躺在椅子上，长长地摊开了两腿。舅娘正在解外套，还卸下别针，将瓦片似的帽子挂在墙上。小舅粗了嗓门说，葛来仪，倒杯水过来，要凉的，心里烧得不行呀。舅娘照办了。小舅又命令说，葛来仪，把你用的酒精水拿来，搀兑进去，越浓越好，刚吃了羊头，我心里太腻，腻得我想吐。舅娘掉了魂似的，规矩地听小舅的耍弄，真的端来了酒精水，搀兑了一下。小舅只喝了一口，哐地扔下碗，很恼怒地说：

舍不得么，再兑一下。

不是一次，舅娘兑了三次，小舅才满了意。啜完几口，小舅指着自己的脚说，葛来仪，给我把靴子脱了，我弯不下腰来。此情此景，惹得钱孩哥直想笑，但他咬住舌头，猜想好戏还在后头，遂定下了神。舅娘真的蹲下去，帮小舅解了鞋带，脱下了皮靴。小舅喝了酒，刚才的呕吐并没有破坏他的情绪，伸出手，摸了摸舅娘的脸蛋，样子很淫亵。舅娘斥了一句，说，徐克功，你发病了么？小舅嘿嘿一声，却突然中断了笑，口气严肃地说，葛来仪，我已不是从前的我了，今天起，我要堂堂正正作个男人，让你另眼相待才是。舅娘转身，将一双皮靴搁在了窗沿上。钱孩哥闪了闪，躲过去，但从舅娘的表情上也认出了一种疑惑。舅娘反复翻了翻皮靴，里外都看了，嘴里并不吱声。

你刚才跑哪里去疯了，来仪。

出诊。

兑了水的酒精，毕竟还是酒精。很快，小舅就有点迷离不堪了，收起嚣张的姿势，拼命往嘴里灌酒，似乎想压住肚腹间的恶心。我刚才吃了一只羊头，吞了眼睛，嚼了舌头，还将羊

脑花也吃了进去。小舅比画着，手势上孔武有力，但底气不足。小舅说，吃了两口，我全都吐了出来，原故是我想起了昨晚上的事情，不能看，更不能进食，我真的吐了出来，那一幕太刺激了，羊的尸体和人的尸体，其实没啥两样。

你跳大神了？

哼哼，只不过听了你的话，开始做男人罢了。

舅娘狐疑起来，搭了手，在小舅的额上试了试温度。正常。舅娘鼻子里喊了一声，权当小舅是喝糊涂了，绾起袖子，开始在门后的水盆里洗手。小舅遭到了冷遇，登时拔长了脖子，用一种极骄傲的口气说：

我杀了人，来仪。

就你徐克功？你杀只鸡，说不定我还会信你的。

舅娘的话是一句挑衅。小舅被激怒了，啪地拍了桌子，虎视了一番舅娘，从兜里摸出来一件东西，掷在桌面上。小舅说，葛来仪，你仔细瞅瞅这是什么，我不光杀了人，我还怕你反悔，割下了这东西，作个凭证。——钱孩哥单眼吊睛，从一指宽的窗缝里，看见一双白花花的耳朵片子，栽在桌子上头，像鹅娘包下的一对饺子。舅娘仍旧不信，讥讽说：

哎呀，是不是泥捏的，这小把戏。

小舅笃定地说，葛来仪，你自己来摸摸，绝对是一双人肉耳朵，昨晚上还好端端地长在那家伙的头上，现在给你看，是因为他惹了你，惹了全家人，才被我割下来的。舅娘骇然不少，丢下毛巾，战战兢兢地蹒跚过来，用食指触了触，一下子花容失色。舅娘虽说是个医学生，但像此刻这样的情景，怕是头一次遇到。舅娘捂住嘴巴，靠在墙根里，结结巴巴地说：

谁叫你去杀人的？

你呀！你不是说我缺一些胆气，少一点刚毅么，我杀了他，证明给你看。

舅娘问，你说的是真的？

呵呵，可惜了这一对耳朵，要是时间宽松些，说不定我会割仔细些，原封不动地再安在孩哥的脑袋上，让孩哥听清晰些，省得你为孩哥一再内疚，天天自责。小舅拍着胸脯，仿佛立了不少的功，忙着炫耀。钱孩哥约略听懂了，越是有关"耳朵"的主题，钱孩哥听得越清。窗缝是逼仄的，小舅的五官也已经变了形，恍惚映出了一副烂嘴脸。贼娃子！钱孩哥在这一点上，迅速站在了舅娘的立场上，对小舅充满了鄙视和恶心。舅娘亦是。舅娘慌乱地说：

徐克功，我只是激一下你，没承想，你真的干了。

干了！

舅娘汗颜地说，我只是想激一激你，让你有点男子气，别再见天游手好闲，无所事事的。我说错了话，可你也不能去错上加错，付诸实施呀。

来仪，我用这对耳朵博你欢心，你还怨怪我不成？

舅娘险些晕了过去，身子斜了斜，一把撑住了墙，才稳住。舅娘嘶哑地说，徐克功，我随了你来船桥镇，一来是避日本兵轰炸省城；二者，我想你离家许久，或许回来后，能在船桥镇上换一换血，长长志气，像个男人。可现在，你的手上却染上了血腥，十恶不赦起来。

来仪，我只想讨你的欢心。

男的？还是女的？

男的。

中国人？还是日本兵？

船桥镇的。

哼，徐克功，谅你也就这个老鼠胆子，窝里斗，害同胞的命。

叫朱三桂，下三滥！船桥镇上的丧门星，瘟神，狗屎橛子，大嫖客，以前天天在家里的门前泼粪撒尿，糟践孩哥和姐，把孤儿寡母的欺负够了，该死的货。小舅滔滔不绝，握起的拳头，攥在另一只手里，将骨节捏得嘎巴乱响。小舅说，来仪，这倒也罢了，可昨晚上，这个下三滥去了家里，想嫖宿姐，他亲口讲的，他在替日本兵做事，当了汉奸，日本兵交代他，要他盯住你的诊所，主要是你。

你编谎！

小舅赌咒说，来仪，我没醉，要有一个字的谎话，我宁可碰死在你面前。这个下三滥上了姐的炕，亲口讲的，没办法，我和姐只能干掉他，保你。

钱孩哥不明白真假。昨晚上回了家，鹅娘直接将他攮进了隔壁屋里。——整整一夜，钱孩哥知道鹅娘的屋里亮着灯，鹅娘和小舅在忙碌，一直不得消停。但钱孩哥不敢去听门，原因是上半夜时，一不小心又尿了炕，憋足的一泡，几乎快将炕尿塌了。尿了地图，第一要紧的是晾干，不被鹅娘发现，所以钱孩哥凌晨时才睡踏实，清晰听见了隔壁的动静。现在，舅娘听了小舅的话，反倒镇静了下来，淡淡地说：

他盯我做啥？

哦，那你只有去问他了。不过，他死球掉了。

人呢？

小舅一副占了上风的样子，下巴扬得很高，劈了一下手，果决地说，连夜扔进了黄河水里，冲到下游去了，做得天衣无缝，神鬼不知。小舅凑上前，想摸一把舅娘的脸蛋，但舅娘闪开了。小舅又说，来仪，既然那个下三滥给日本兵做事，说明日本兵早就打上了你的主意，八九不离十。

笑话！舅娘拿过湿毛巾，抽打着身上的灰，回说，我刚从日本兵营里回来，是日本兵请我去的，很有礼数，来回都蛮客气的。

做啥？

出诊呀！

小舅掉了魂，不错眼珠子，盯视着舅娘，慌里慌张地说，来仪，你咋会去日本军的兵营呢，非我族类，其心必异，日本兵的心可黑透了，你一个大姑娘家的，万一出了麻烦，岂不是肉包子打狗么。

去接生，但没接成！

小舅忽地膝盖一软，跪在舅娘的腿前，抱住了舅娘的腰。小舅换了语气，用哀求的嗓子说，来仪，你可千万不能再去日本军的兵营了，水路上的金子，让水把式去挣，你是旱路上的鸭子，就挣旱路上的辛苦钱。舅娘被箍紧了，动弹不得，只是长吁短叹，恨铁不成钢的心理。小舅又悔罪似的说，来仪，都怪我，全都怪我没本事，吊儿郎当的，挣不来钱，叫你一个姑娘家的抛头露面，在外面费心血。而今往后，我得去找一份工，养活你、姐和孩哥三个人，我发誓。小舅的絮叨引不起舅娘的共鸣，舅娘额上的皱纹猛地挤了出来，码成了过春节时，鹅娘蒸下的千层糕的样子。钱孩哥也替舅娘揪心，真想扯开嗓子，喊一声贼娃子，揭发他，说他早上偷了鹅娘的一枚银圆。但钱孩哥按兵不动，想继续看戏。

舅娘回说，镇西的日本军兵营里，有一个女人最近要临盆了，我去出诊，他们的军医没接过生，束手无策，结果开了小轿车来找我，我没别的选择。去了才知道，那个女人是通讯大队大队长的女儿，叫美枝子，来中国探视父亲，不承想，战争让她滞留不归，十月怀胎，眼看着到了预产期，我不帮她，谁还会帮，我已经答应了，帮她接生。

来仪，答应我，不能再去，回绝了日本兵。

舅娘凄然一笑，我不会去兵营的，到时候，是在这里接生，他们送来。毕竟，我是医学生，学的又是这个专业，我还能背诵希波克拉底誓言呢。

那可是鬼子兵，杀人不眨眼呀。

小舅开始了他的老把戏，一个劲地磕头，额头抵在了舅娘红条绒的布鞋上，一记一记的。小舅边磕，边哀告不已，仿佛拜庙的施主在对观世音娘娘祷告。舅娘被小舅的窝囊相惹怒了，舅娘说：

你也杀了人，你眨了眼么？

记不清了，只要来仪你高兴，我杀谁都不重要，一个，两个，七八个也行。

这是中国人的耳朵，徐克功。

小舅突地来了劲，失神地望着舅娘，冷嘲热讽说，葛来仪，我割了中国人里最醒醒的一对耳朵，我认。可你也好不到哪里去，你去接生鬼子的野种，汉奸勾当，野种长大了还是小鬼子，会打到咱们的国家来。你我半斤八两嘛。

我是医学生，不能推辞一个病人。

汉奸！

——针尖对麦芒，舅娘和小舅压低了嗓子，相互攻讦了一阵子。钱孩哥趴在窗台上，脖子都酸了，戏没什么好看的了，总这样子，舅娘和小舅一吵嘴，落败的准定是小舅，错不了。钱孩哥顺下窗台，一时茫然。天色昏暝了许多，浓雾手牵着手，在街上拐弯抹角地溜达，迷了路一般。钱孩哥记得刚才的细节，小舅杀了人，还割了人的耳朵，得意洋洋死了，难怪贼娃子吃羊脑壳时，会呕天吐地的。念想及此，钱孩哥便有些害怕，尾椎骨里渗出了一层寒意，腿肚子也哆里哆嗦的。钱孩哥立意，今夜里不回家里去了，遇上小舅的话，说不定贼娃子还会割下自己的耳朵来。钱孩哥撒开丫子，奔进了茫茫无涯的大雾里，边跑，边摸了一下脑袋两端的耳朵片子，阿弥陀佛，它们还囫囵着，招了风，在空气里湿漉漉的。

钱孩哥不知道，此刻，在诊所里吵嚷不休的小舅，停下嘴，缭乱地穿上了窗沿上的一双皮靴，系了鞋带，欲转身离去。刚迈过门槛，小舅又折返而至，站在舅娘跟前，可怜巴巴地求饶说：

来仪，我要是去杀一个日本兵，你总该信任我吧？

两码事！

小舅举起拳头，往自己的太阳穴上捶，左一下，右一下的，脑壳像个拨浪鼓似的晃悠。小舅声嘶力竭地问，究竟咋样，你葛来仪才能对我好，给个笑脸，不去给鬼子兵日下的女人接生，不再把你赔进去？

我是医学生，这是天职。

鹅娘的脸上终于有了痴呆相，也懒得收拾头发，乱蓬蓬的，像树上的一座空鸟巢。那天始，家里的院门就很少再关，一直敞敞亮亮地洞开着。小舅一关门，鹅娘便惊慌地喊，徐克功，快开开，门开了，鬼魂才能找见出路。鹅娘边说，边张开双臂，

做出驱赶的动作，往外撵，仿佛空气中真的藏下了一群鬼魅魍魉。鹅娘念叨说，改天得去拜一次庙，请一些纸符来，烧给阎王殿里的索命使者们。小舅门里门外地忙乱着，揣了一肚子心事，并不搭腔。但小舅的皮靴哗啦哗啦响起时，鹅娘就紧张，往雾气浓稠的角落里躲，生怕被什么手一把薅住脖领子。

其实，浓酽的大雾里什么都没有，钱孩哥最清楚不过，也乐得如此。

门一开，钱孩哥得了自由，进出由己，方便来去，再也没人来管束，放了生一般。白昼里，钱孩哥匿在一团团水汽中，去街上看景致；晚夕上，钱孩哥又裹着灰白的薄光，好比一只精灵，在湍急的夜色里，一趟趟地去河边查寻枣红马的消息。船桥镇上没什么大的变化，除了雾在秘密地布局，一切如故。

有天晚上，钱孩哥刚拐过花圈铺，看见小舅在跟两个日本军的巡逻兵说话。日本兵频频摇头，却笑得很开心，浑身的肌肉都在发抖。小舅讨好似的卖乖，嘴里嚷着说，花姑娘，白生生的大腿，碗大的奶子，这么大！小舅张开虎口，箍出了一个圆，比画着给日本兵看。日本兵呵呵大笑，仍旧摇头。小舅没了奈何，从口袋里掏出一个小东西，毛茸茸的，圆环状，神秘兮兮地说：

瞧瞧，羊眼睛！

日本兵被吸引住了，凑起脑袋，想看个究竟出来。

羊眼睛，朋友，花姑娘的也喜欢！

小舅将"羊眼睛"抻开，阔了阔，戴在了中指上，又往指根里推去。圆环状的东西，毛茸茸的，仿佛小舅的指头变成了一只老鼠头，东瞧西觑，贼眉鼠眼地动弹不休。小舅握住拳，将长长的中指翘出来，举了举。日本兵狐疑地互视着，满眼茫然。小舅不甘心，将左手箍出一个洞，右手的中指往里塞，一边塞，指根里的"羊眼睛"边擦刮着，小舅的表情便有些陶醉，眯了眼，很惬意地在享受。钱孩哥没见过"羊眼睛"，心猜，一准是从动物身上割下来的，像个屁眼，布满了一层细腻的毛发。小舅的中指一个劲地往洞里塞，塞进去，又抽出来，屁眼上的毛发被激活了，乱七八糟地林立着，被雾气弄得湿塌塌的。

日本兵彻底看懂了，互相擂了一拳，咯咯咯地大笑起来，一下子放弃了警惕。一个日本兵拍了拍小舅的肩膀，竖起大拇指，表扬了小舅。于是，小舅谦虚地收起了"羊眼睛"，在前头带路，日本兵也顺便卸下了枪上的刺刀，相跟而去。

马蜂带着船桥镇的娃娃们，又找见了新的乐趣。

以前，马蜂他们将弹弓射下来的水鸟或麻雀，裹上一层河泥，丢在火堆里烤。烤到柴火熄灭后，从灰烬里取出泥疙瘩，一掰开，嫩白的肉恰到好处。船桥镇的娃娃们兜里都装着青盐，撒上一撮，比腊月里吃白膘肉还香。偶尔，他们还会钓上来一两条黄河鲤鱼，刮了鳞，在树枝燃起的火堆上烤，烤到了焦黄，连镇子外的野猫都会嗅见奇香。钱孩哥站在桥上，冷不丁望见，马蜂带着一帮子人，爬上了岸边的树，然后往水里扎猛子。

秋树柔软，被娃娃们骑住，树枝便弯成了一个弧形，绷紧在河汊上。待树枝弹射而起时，娃娃们像坐在秋千架上，突地跳起来，在空中翻个跟头，再插进水里。雾很大。雾在水面上低回，仿佛一张天那么大的棉絮，铺在身体下头，没什么了不起的。但娃娃们的扎猛子，让钱孩哥愁苦了起来。

河底里的枣红马，或者说，枣红马变成的龙，准定被他们惊扰了。

钱孩哥略略失望，巴不得枣红马，或者龙，从水底里一跃而起，跳到岸上，教训一下马蜂他们，叫他们有些规矩，滚蛋，让夜里的黄河水消停一下。等了足足一个时辰，钱孩哥也没等到结局，却被桥下的一帮子人给发现了。

样子货，你也来一下。马蜂尖喊。

水里有龙。

呵呵，是有很多的龙，青龙、白龙、大龙、小龙。马蜂带着人，爬上了岸，往桥上逡巡而至。龙很多，可龙都在你鹅娘的炕上盘旋，不爱待在冷冰冰的水里。

我鹅娘也属龙！

马蜂蘸了唾沫，抹在眼皮下，忽然拖了哭腔说，哎呀，我真的可怜死了，我属蛇，腰带一样细的小蛇，我想钻一回你鹅娘的肚皮，可你样子货不肯，求你了。钱孩哥被马蜂的表演惹笑了，刚要喷出声来时，左右两端的娃娃们忽然包抄而至，连扛带拽地扯住了钱孩哥，将他架在了空中。钱孩哥的四肢乱蹬踏一气，却挣不脱他们的束缚，气馁了，便乖乖地束手就擒。马蜂嘴里喊着一、二、三，就想将钱孩哥扔下桥去，当个落水狗。一帮子人开始晃，越晃越高。

忽然间，缭绕的浓雾里，涌来了一阵子引擎声，由远及近。

沉闷的轰鸣声播散开，又被水淋淋的空气放大，一层一层地覆盖在头顶。钱孩哥被扔在地上，和船桥镇的娃娃们一样，仰起头，寻看着白雾茫茫的夜空。飞机！眼尖的发现了第一架，机身上钉了几颗红灯，一划而过。螺旋桨的力量足，从船桥镇上空驶过时，搅起了波浪般的浓雾，往周围扩散，好比飞机是一张大嘴，憋了劲，一吐为快。桥上猛地晴朗了，巴掌大的一方夜空，清澈地悬在眼前，缀满了恍惚的星星。船桥镇的娃娃们并没有欢呼，生铁般地堆塑着。稍后，一大群飞机跟着驶了过来，螺旋桨将空气里的糨子搅得更乱了。

飞机不高，擦着船桥镇的头皮，低矮地掠过。钱孩哥瞭见了无数的红灯，快如流星，密密匝匝地落进了眼睛。尤其是突突突的引擎声，撕开了钱孩哥的耳朵，喂了药，使他听得比以往更真，更清，更生动。

娘个腿！日本兵的轰炸机。马蜂老练地说。

羊眼睛，红的。钱孩哥道。

马蜂凿了钱孩哥一个栗子，疼得钱孩哥咧开了嘴，抽了几口凉气。马蜂笃定地说，不是羊眼睛，是猪尿脬，是猪鸡巴，是猪屎，是猪下水。钱孩哥慑于马蜂的权威，不好反对，于是附和了一声。马蜂命令说：

是去轰炸兰州的！我们散，各回各家，各吃各妈，别当冤大头。

次日深夜，钱孩哥仍站在桥头，轰炸机照旧铺天盖地飞过。

蹊跷的是，现在日本兵的飞机拔高了身子，螺旋桨再也祸害不了船桥镇上的大雾，让钱孩哥有了遮挡，可以耐下心，将耳朵再阔一阔，恢复到以前的水平。钱孩哥喜欢这种号丧一般的轰鸣，耳眼里藏下的一堆小人和小鬼，一准吓得战战兢兢，不敢喧哗，也不敢兴风作浪地造次。引擎声像一只巨大的挖耳勺，将平素里听来的屎橛子掏净，治了病，叫了魂。不知不觉中，钱孩哥的耳朵好了大半。

耳朵一醒，钱孩哥真的听见了船桥镇上的梆子声。三更天了，更夫似乎刚走到了杂货店附近，脚停了停，吆喝了一声，叫家家户户封门闭锁，平安无事。钱孩哥刚要高兴时，脸上有一点点的凉意，刮来了一阵子细风。紧接着，钱孩哥看见舅娘走过来，孤身一人，下了河岸。

舅娘！

钱孩哥哑喊了一声。

在这样荒凉的夜里，能碰上舅娘，让钱孩哥喜出望外，俯下身，趴在桥栏上，想看看舅娘在做什么。白昼天，船桥镇的妇人们会带着脏衣服，在河湾里淘洗，但舅娘似乎并不如此。舅娘一般不跟长舌妇们搭腔，除了去诊所里看病的以外。舅娘细细高高地走在镇子上时，落落寡欢，脖子扬到了天上，这让长舌妇们很不待见，背底里乱骂，说，谁不知道你将是一个娼妇的弟媳妇，谁不知道你也是一路货色，装什么清高，脖子再扬得高，一准会拧断的。舅娘不在河湾里打水，舅娘宁愿掏上几块角子，向卖水的喊，一买就是一缸。卖水人的水干净，事先洒了明矾粉，将泥沙和杂质都澄清了，有一股子甜味。就算洗涮，舅娘也用这种干净水，绝不去岸边和长舌妇们拉呱。钱孩哥心猜，舅娘怕是不好意思在白昼天来洗衣服，所以才偷偷摸摸地半夜来。钱孩哥喊了一声舅娘。舅娘侧转过来，冲着钱孩哥一笑，招了招手，叫钱孩哥下去。

下了桥，钱孩哥先闻见了舅娘身上的香气，刚使过洋胰子的架势，舅娘有一种五月槐花般的清冽气息。再看时，舅娘手里没拿什么东西，清白地站着。钱孩哥偎上前，舅娘摸了一下他的脑袋，并没问他的目的。舅娘只说：

孩哥，你个夜游神，晚上也睡不着么。

钱孩哥指了指天上，天上仍旧是一团纷乱的引擎轰鸣声，如一张大网撒下来，令人心乱。钱孩哥发现，舅娘今夜里穿戴很新，上身是一件碎花的薄袄，开襟披在胳膊下。舅娘的下身是一件薄棉裙，土布的，看不清颜色。要命的是舅娘没穿那双红条绒的布鞋，换了一双小皮鞋，鞋窝里是白雪雪的袜子，衬起凸出的脚踝骨。或许，舅娘刚洗过了头发，丝丝缕缕的，被浓烈的雾掀起，在颈子下像一条围巾。——钱孩哥略带失望，舅娘没穿红布鞋，不似往日那么洒脱，那么洋气，但钱孩哥并不打算说出来。舅娘看见钱孩哥指了指天上，迅速被一阵子沮丧给攫住了。舅娘揽过钱孩哥的头，抱在怀里，摩挲了起来。

真对不起，当初你发病时，舅娘不该给你用西药，聋了你的耳朵。

钱孩哥贴着舅娘的乳房，左右的山峦埋住了他的脸。钱孩哥本想说，不打紧的，舅娘，我现在慢慢能听见一些了，连青蛙的叫也能听见了。但钱孩哥存了狡黠，心说，要是不再聋了，舅娘也不会这么亲热自己。于是，钱孩哥闭了嘴，继续嗅着舅娘的槐花香。

是舅娘耽搁了你，孩哥，对不起你。

不怪舅娘！

唉，等战争打完了，舅娘带你去上海和北平，找有名的大夫治一治你的耳病。要是再治不好，舅娘宁可把自己的一对耳朵让给你，叫你能听见这个兵荒马乱的人世，也不枉你世上走了一遭。孩哥，你的路还长着哪，舅娘呢，舅娘说没就没了，一眨眼就会消失掉，但我牵心的是你的耳朵。

我能听见飞机！钱孩哥不想隐瞒了，舅娘的好，眼睁睁就在怀里。

喊！舅娘突然变了色，松开了钱孩哥，恨恨地说，娘个腿，就算中国人全都聋死了，也能听见这些狗杂种的飞机声，让他们在天上尿，在天上屙，日本兵的肚子坏了，屙完拉净，他们会虚脱的，一头栽下来才好。

他们是会飞的蛤蟆。钱孩哥比喻道。

舅娘扑哧一乐，拍了拍钱孩哥的脸，会心地望了望夜空。怪道，今晚上，日本兵的飞机比往日更密集，更捣乱，也飞得高，拉出阵势，往西天上掠去。舅娘笑毕了，又阴沉下来，口气蛮荒地说：

前几天是演习，今晚上，鬼子才是去轰炸兰州的。

鬼子！

钱孩哥琢磨着这个词，觉得很新鲜，尤其从舅娘的嘴里吐出来时，这个词就像一颗病牙，被蛆掏空了，掉下来，舌头一弹，啐在了地上。钱孩哥也默声吐了一下，真的有一丝快感。舅娘萧索地说：

唉，在学校里，还有我的一条裙子，临走前洗的，挂在操场上，忘了收回来了。这下倒好，鬼子一炸，裙子就没了，狗东西。

狗东西！钱孩哥又学了一个词。

雾障裂开了几条缝，远处传来了几声梆子响。钱孩哥猜想，更夫现在站在了棺材铺子前，闷声喊叫着，让家家户户封门闭锁，各睡各觉。三更天过了。舅娘猛地紧张了起来，左瞅右望，朝汹涌的水面上打望来，打望去，根本无视钱孩哥的存在。钱孩哥不以为然，直脱脱地问：

舅娘，你在找枣红马么？

对呀！

钱孩哥的心里漾出了一股子暖流，浑身温温烫烫的，觉得终于有一个大人，开始相信自己说过的那句话了。——有一匹枣红马，下了凡，真的掉进了水里，却忽然变作了一条龙，藏在水下头，游进了黄河里。给鹅娘说时，鹅娘会凿一个很疼的栗子，骂他发了烧；给小舅讲了，小舅支起脚尖，会在钱孩哥的屁股上来一下，疼得尾椎骨都快裂了。可好，舅娘是世上最贴心的人，一直记得钱孩哥说的故事，这么黑了，竟然还来河湾里，与钱孩哥一起盼着那条龙上岸，再换回枣红马的样子，踢踢踏踏地走在青石板街上，让船桥镇上的大人娃娃们验证。心生喜悦，钱孩哥就给舅娘说：

枣红马的鞋子还在草丛里，舅娘你穿上它？

舅娘很认真地点了点头，接受了钱孩哥的请求。舅娘说，你拿来，你要拿来一双枣红马的鞋子，我就敢穿上它，让船桥镇的人们嫉妒死。

我去拿！

别走远！等一下赶紧去家里睡觉。

哦！

嘴上应答了，脚却疯跑起来，往岸上的一片草丛里去。心说，觉有啥好睡的，躺在炕上望顶棚，忘花了眼，眼屎糊住了心，夜里会尿炕，还要挨鹅娘的一顿笤帚疙瘩。不如，不如就跟舅娘守着夜，天天守，一直守到枣红马的消息过来，牵了它，再让舅娘坐上去，飞到天上，跟云彩一般齐。那时候，舅娘就是剃头匠说的香音神，提上一篮子鲜花瓣，往地上撒。船桥镇的人们都会望见，是钱孩哥在舅娘的身边牵马拽镫，驾驭着生了一双翅膀的天马，骄傲极了。念想若此，钱孩哥便扭过头去，冲着舅娘喊：

舅娘，你就是仙女。

乖！舅娘回了话，嗓音悦耳，在岸边的水汽里影影绰绰的。

糟糕的事情发生了。齐腰高的草丛里，雾扎了根似的，连薅带拔，也驱散不了，白茫茫地罩死了，让钱孩哥无处可寻。

雾是从河水里升起的，所以附近的草丛最稠密。胳膊划了几下，雾也没被赶走，雾的底部都是长长的根须，埋在土里，仿佛一棵棵毒蘑菇，伐也伐不倒。钱孩哥有点丧气，于是换成了脚，脚在粘稠的乱草里摸。先是碰上了一个障碍，脚上的眼睛盯了盯，原先是石头。又碰上一个圆咕隆咚的家伙，眼睛一望，脚趾一摸，却是一根烂木头。就这么徘徊了几圈，脚终于抓住了一个柔软的东西，脚舒了一口气，告诉了钱孩哥。钱孩哥捡起来，凑着微薄的天光一看，真的是两根红萝卜，头上顶着一串死秧子。

让人泄气的是，红萝卜已不再鲜亮了，黑皮老脸，皱了吧唧的，孵起了满身的鸡皮疙瘩，比船桥镇最老的女人还难看。——刚开始看见这一对透明的红萝卜时，它们还带着朝露，从里向外地发光，比夜里的灯笼还亮。枣红马有魔法，它肯定不想在入水后让人们捡了便宜，才将脚上的鞋子变成了红萝卜，留在岸上的。马蜂他们不去拾，洗衣服的女人们也没拾，或许正是这个缘故吧。可现在，应了船桥镇的那句俗话，枣核子解板——八面子没材料；也应了另一句老话，墙上挂麻袋——不像画（话）嘛。人家枣红马是天上下凡来的，它才不稀罕穿这么一双邋遢的鞋子，叫船桥镇上的长舌妇们笑话。

思想了一会子，钱孩哥将红萝卜带秧，又款款藏进了草丛里，不吱声。心里却起了乱，不知该咋样去给舅娘回话。——说实话，舅娘会生气；编了谎，钱孩哥又于心不忍。正犹疑时，钱孩哥忽然听见河面上的水响了，水花绽开，从雾霾里驶来了一架羊皮筏子。

筏子上的人学了三声山鹑子叫，叽叽嘎嘎的。

舅娘站在岸上，朝水上的人招着手，催他们赶紧靠岸。舅

娘有点急切，左张右看的，似乎怕生人发现，当然更怕的是日本兵的巡逻哨。幸运的是，天上飞过了大群的轰炸机，压过了筏子和桨的声音。钱孩哥加快了脚劲，刚站在舅娘身畔时，羊皮筏子也靠了岸，跳上来三个少年人。

"少年人"是船桥镇的土话。

少年人跟小舅差不多年岁，嘴上都有胡须，精精干干的，各戴了一顶水把式的帽子，压住眉眼，看不清他们的五官。领头的伸了手，和舅娘握了一下，亲亲热热地喊了声，来仪，叫你久等了，河上有日本兵的巡逻艇，所以迟了。舅娘脸若花苞地一发光，妩媚地说，老同学们，快急死我了，时间真的太紧了，还怕你们给误了事呢。舅娘又跟另外的两个人握了手，站在了桥身下的阴影里，缩住了身体。钱孩哥略有骇然，凑前几步，挨紧了舅娘。这时，那个领头的警惕地打量了一下钱孩哥，眼神一问。

张步兵，别紧张！他是徐克功的外甥，跟我要好，赶快说咱们的事，他是个聋孩子，听不见的，放心！

钱孩哥心里一坠，对舅娘的话有些不满，像泄了气的蒸笼，走了心劲。

那个叫张步兵的不再虎下脸，拉了舅娘一把，几个人蹲在桥洞里，开始说话。舅娘先说，情况真的很紧急，那个叫美枝子的日本女人，随时都会来诊所里生产。前两天，她还发过一次阵痛，但我去出诊时，发现并没临盆的迹象，羊水没破，宫口也没开。可预产期就在今明两天，所以才给你们赶紧捎了口信。张步兵说，你观察仔细了么，一个日本女人，凭啥要让船桥镇上的中国人接生，会不会是个圈套，等咱们中计？舅娘有备而来，早就有了一套说辞，回说，美枝子的父亲是日本兵通

讯大队的大队长，美枝子年初来探亲时，就已经有孕在身，可仗打到这个节骨眼上，交通断了，美枝子也回不了日本国去生产，通讯大队的军医又没给女人看过病，所以才央到了我，小轿车接我去的。张步兵问，她爹会跟她一块去你的诊所么？你敢肯定？舅娘笃定地说，她爹是个少佐，有个翻译官，天津人，告诉我说美枝子是他的独生女，自小没母亲，父女俩感情甚深。她爹亲口说，一旦有了临产的朕兆，他会亲自护送过来的，不想让部下插手。翻译私下里也说，日本兵其实比咱们还封建，谁乐意让旁人看见女儿的身子骨呢。张步兵说：

听飞机的动静，今晚上鬼子是去轰炸兰州，狗日的。

舅娘说，应该是。前几天，鬼子一直在演习。

美枝子今晚上来生，应该是个最好的机会了，可以杀了她爹，兵营一乱，让通讯中断，鬼子的轰炸机也就成了断头的苍蝇，找不见兰州。

会的！我有把握。

张步兵顿了顿，在黑暗中捧了一下舅娘的下巴，声音哽咽地说，来仪，真是难为你了，来船桥镇这么久，孤身一人，吃了许多苦。我心里惦记你，同学们都记得的，你很勇敢。舅娘抹了抹眼泪，带了一丝哭腔说，说那么多干什么，大家都不容易，等这一天等得太愁肠了。不过，苦也没白吃，好歹寻到了一个机会，可以复仇。张步兵攥住舅娘的手，唏嘘说，上次，日本兵去轰炸兰州，结果误炸了靖远县城，你爹娘老子死了，我一家十几口也死了，他的，他们的兄弟姐妹也死了。张步兵下巴指着另两个少年，继续说，不能让鬼子白炸，得让他们偿命。可好，既然美枝子她爹是个大官，咱们就擒贼先擒王。

可我有个条件。

啥要求？

舅娘决绝地说，在我的诊所里复仇，我没意见，杀了日本兵的大队长，杀上一群鬼子兵，越多越好，我欢迎得很。但你们不能动美枝子，也不能动婴儿半根指头。否则，你们原回去，我也不给美枝子接生，连夜走，离开船桥镇。

来仪，送上门来的鬼子，咱也一锅烩，管什么男女长幼的。

不！舅娘似乎早就有了答案，比画说，你不知道，美枝子才是个十九岁的姑娘，瘦刮刮的，也矮，比不上我的腰高。我听了她肚子里的婴儿，胎音很弱，斤两也不足，怪可怜的。杀她爹，是还咱们一个公理，美枝子和婴儿却不是。

女人之见！

是女人！可我还是个医学生，会背希波克拉底誓言。

张步兵鄙夷地说，我不懂你说的什么希，我只知道美枝子是日本女人，给鬼子生养士兵，长大了，还会来咱们的国家祸害百姓，杀了了事，先断了鬼子的香烟再说。一旁的两个少年人，也压低了嗓门，赞成张步兵的话。

回吧，你们快回！

葛来仪，这是给大家共同复仇，不能光依了你的意见。张步兵边劝解，边拽住舅娘的胳膊，将舅娘抵在了桥墩上。钱孩哥进退失据，只得蹒跚不定地跟着舅娘。舅娘说，我是医学生，是助产士，我眼里只有产妇和婴儿，只有照顾和救治的义务，才不去问她的私人身份。誓言说，无论至于何处，遇男遇女，贵人及奴婢，我之惟一目的，为病人谋幸福，并检点吾身，不作害人及恶劣行为。你们杀鬼子兵的首领，我不吭声，就是不能动产妇和婴儿，也不能当着她们的面动手。美枝子在诊所里生下孩子，还要留滞观察几天，你们有的是机会。

鬼子日下的，你葛来仪也惜疼，明摆着皂白不分么。

舅娘说，恶心！你跟徐克功一个样子。

呵呵，来仪，你假戏真做，开始护着徐克功了。他算个球，我跟他没瓜葛。张步兵换了语气，酸溜溜地说，葛来仪，别忘了，徐克功只是咱们青年复仇小组下的一枚棋子，摆在了船桥镇，你才好找个借口，来这里给咱们找机会。来仪，别上了那个熊包的当，更别爱上那个软骨头。

他软？呵呵，告诉你们，徐克功才不软蛋呢，他变了。

再脱胎换骨，他也是一个娘娘腔的家伙。

徐克功杀了人。

杀人，就他？

舅娘蛮有把握地说，你们还是回去的好，快滚回去。既然你们不答应我，那你们也杀不了日本兵。因为，徐克功此前也杀过一个人，又鬼迷心窍地穿上了那个死鬼的皮靴。那种靴子是日本兵的战靴，等不了多久，雾一散，日本兵就会察觉的，巡逻大队绝对会封锁整个船桥镇，挨家挨户地搜查。我倒没什么要紧的，日本兵的首领央求我，我可以化险为夷，但你们就悬了。

那，那好吧。来仪，我答应你。

一定！

张步兵慨然说，不动那个日本母狗，和她的狗崽子。

哦，我得回诊所去了，我怕美枝子随时会来。

娘个腿！徐克功偷了咱们的胜利果实，他竟然去杀了人。杀了鬼子倒也罢了，他还穿上鬼子的战靴，岂不是给日本兵通风报信么。张步兵拦住了舅娘，咨询的口气，说，来仪，是徐克功自找的，他该死了。

我得赶紧回去。

他偷了日本兵的战靴，顶如给鬼子报了信，不能让他在街上招摇了，那会暴露大家，坏了计划。张步兵催促地问。钱孩哥跟着舅娘，见舅娘一脸的窘迫，始终在回避张步兵的话。钱孩哥忍不住了，脱口而说：

舅娘，小舅是个贼娃子。

张步兵蓦地瞪大了眼睛，揪住钱孩哥的耳朵，说，你刚才喊她什么？你叫她是舅娘，对不对？舅娘突然恼怒起来，咆哮地说，松开他，松开他的耳朵，你个混蛋。张步兵拿开手，阴沉沉地盯视着舅娘，咬着牙筋说：

他真的该死。

舅娘说，我管不着！

那家伙在哪儿？

我知道，小舅在家。钱孩哥回说。

钱孩哥是越墙回家的。

叩了门，喊了几声鹅娘，钱孩哥才发现门上挂了锁。锁是黄铜的，染上了雾气，一摸，手心里是一包水。既然鹅娘不在家，就算进了门也意思不大，钱孩哥便在院墙外转悠。但钱孩哥牵心的是舅娘。刚才在桥上，舅娘动了怒，张步兵他们撕扯舅娘时，舅娘恨恨地说，徐克功在哪，不关我的事，有本事你们去找他理论。说罢，舅娘气咻咻地走了，头也不回，径自往诊所走去。钱孩哥失了靠山，见舅娘的确太为难，便自告奋勇地说，我知道小舅在哪里，我去喊小舅来？张步兵看了看其他的同伙，胡子一翘，默声地笑了。

转到后院时，钱孩哥看见了家里的几棵大槐树，若一群绒

默的老者，在云端里影痴痴地发呆。一念想，钱孩哥便骑在了树身上，猴子样地翻墙越瓦，进了家，落脚在屋顶上。钱孩哥并不想下去，庭院里空寂寂的，雾变成了水，从廊檐上滴下去，滴答滴答的，砸在阶石上。钱孩哥坐在屋顶上，伸长脖子，深望了几眼夜空。空气里落下来密集的飞机引擎声，比刚才更轰鸣，更刺耳。——奇怪的是，漫漶在云端里的白雾，开始发红，一点点的血红色渗出来，像不小心被针挑破了皮肤，面积越来越大，越来越壮观。到后来，成团的雾气，仿佛刚从染缸里拖出来的一匹布，挂在天顶上晾晒一般。钱孩哥揉了揉眼睛，不相信天象会这么糟糕。

要下雨了！鹅娘教过的。每当此时，鹅娘总说，天要破了。

院门哗啦一响，鹅娘和小舅闪身进来，又迅速闭了门。鹅娘说，弟弟，这可是最后一次，我不敢再帮你了，我怕鬼魂找上门来。小舅鬼祟地嘿嘿笑，说，姐，日本兵的鬼魂，一般都回日本去了，人生地不熟的，他们也不爱待。鹅娘说，那还有朱三桂的魂呢，他可是本地的。小舅说，朱三桂也被日本兵的魂给拽走了，坐上羊皮筏子，漂到东海里，就会望见日本的阴曹地府。鹅娘用抽子拍打着肩膀，好像身上有一层灰似的。小舅也赶紧洗了手，掌着灯，陪鹅娘在树下刷洗炕上的那块毡子。鹅娘手里的青砖快被磨平了。尤其毡子上，又多了几个破洞，不是被热炕烧糊的，就是被砖头磨裂的。鹅娘和小舅小声嘀咕着什么，你埋我怨的，争执不休。争归争，鹅娘洗完了羊毛毡，照旧扔上去，挂在墙头上，才揩净了手，消停下来。钱孩哥闷声喊：

徐克功，贼娃子！

鹅娘和小舅一惊，失了魂，张看了一圈，也没发现动静。

待看清钱孩哥盘腿坐在头顶上时，小舅展开臂，喊他下来。钱孩哥跳下来，滚落在小舅的怀里，顶如是自投罗网，被小舅美美地揪住了耳根子，提在空中，扯进了屋里。小舅火了，朝钱孩哥的屁股上猛踢几脚，恶骂说，你个样子货，没大没小的，敢直呼老子的名字，真是三天不打，上房揭瓦，再吃一脚，让你长一点记性，兔崽子。小舅穿了皮靴，钱孩哥现在已明白，那是日本兵的战靴，尖头，厚底，踢在肉上，有一种麻辣辣的滋味，能把身上的骨头给踢碎了。鹅娘在一旁失笑，不像往日还会护着儿子，逞一些母老虎的威风。钱孩哥疼得抱住屁股，出溜一下坐在地上，心忍着，硬是没疼出声音来。鹅娘说，徐克功你看看，上梁不正下梁歪，你在孩哥跟前都没挣上一点点尊敬，你真是的，算是白活了。小舅恼怒地说，娘个腿，谁日下的这个小杂种，敢跟老子过不去，老子也不会客气。鹅娘一听便急了，将手里的半碗水丢过来，泼在小舅身上，斥道：

骂我，还是骂他？

小舅揩着脸上的水渍，狼狈地说，我骂的是那一根鸡巴，日出这么个聋子货。

有本事，徐克功你要真有本事，去给葛来仪使使看，别在这里糟践我和孩哥，门背后的大英雄，上不了台面。鹅娘攥起笤帚疙瘩，并没往小舅的头上砸去。鹅娘说，滚吧，现在遂了你的愿，去给葛来仪表忠心去吧，我和孩哥还要歇息。

哼！老子现在是杀过人的人，谁也不怕。

说话时，小舅要解腰里的一条宽皮带。钱孩哥看得很真，皮带约略有巴掌宽，顶头砸了死钉，锁着一只黄铜的环扣。皮带上打了扣眼，挂着子弹匣和匕首袋，印了几颗字母。钱孩哥不认得字，但瞅一眼就明白了，皮带是日本兵的东西。在船桥

镇上巡逻的日本兵，腰里都扎着这么一条宽皮带，将腰身箍得像一只葫芦。再寻望时，钱孩哥又看见了几双日本兵的战靴，款款地摆在窗台上，毛栗子色，短腰，跟小舅脚上的那双一模一样。小舅解了半天，也没解下来，气炸了似的，嚷嚷着骂，烦躁不停。钱孩哥怕了，怕那条皮带解下来后，会抽在自己的脊梁和头上，疼是肯定的，会比皮靴踢在屁股上还疼。屁股上是软肉，疼也就罢了，但皮带却不是这样。——以前皮货匠在家时，一喝醉了酒，也会拿皮带抽钱孩哥的脊梁，皮开肉绽，要在炕上趴十天半月，才会结上血痂，恢复过来。钱孩哥知道该咋样才能消了小舅的气，叫他规矩。于是，钱孩哥嗫嚅说：

舅娘在桥上。

果然，小舅停了手，诧异地问，样子货，你咋知道的？

是舅娘让我来喊你，现在！

剩下的时间里，小舅再也不搭理母子二人了。小舅又洗了脸，用水抹开了头发，切出了一条青皮的缝，两边倒。小舅还换上一套干净衣服，吃吃地笑，像一个去相亲的家伙。钱孩哥认得那身衣服，前不久，朱三桂也穿过这么一套，眼熟。鹅娘在一旁冷嘲热讽。鹅娘说，去吧，去你小妈那里，再也不要回来，让我和孩哥安生一下。小舅心情灿烂，回说，我早就不想在这个家里待了，我早就够了。鹅娘说，但愿你小妈能收留你，喂你吃，喂你喝，别祸害到我头上。小舅也伶牙俐齿，不让锋芒地说，当然，我在这个家快被焐馊了，空气里都是淫荡的味道，窑子窝，梅毒病，我想吐，现在就想吐。小舅发出了几声干呕，惹得鹅娘气翻了，扔过去笤帚疙瘩，砸在小舅腿上。小舅不以为耻地说，我带上一包鬼子兵的耳朵片子，葛来仪没理由不答应我，她一准是动了心，幡然醒悟哦。鹅娘讥讽说，那样子倒好，只是别让女人给骑住，当牲口一样使。小舅抢白说，怪道！来仪是纯洁的处女，不像你是个野娼妇，你要敢再说一句坏话，我可不干。鹅娘闭了嘴，用鼻子喊了一声，倒头睡在炕上，不闻不问。

小舅带上一只包袱，掩了门，喜兴而去。

炕桌上的油灯暗，晃了晃，又站直了身子。鹅娘很快扯出了鼾声，一声长，一声短。灯花爆了一下，劈啪，颜色先是黑的，再渐渐转成红，顶如一个婴儿的小舌头在舔，在说话。坐了许久，钱孩哥嗅见了湿淋淋的水气，屋外的廊檐上，泼下来更多的滴答声。在天空嗡嗡营营的轰鸣声中，一串串珠子般的滴答声，比飞机更近，更真切一些，还在冥冥中发光。

下雨了！像鹅娘说过的那样子，下雨，就是天破了。

聊赖过后，钱孩哥走到窗沿下，拿过来一双皮靴。软牛皮，毛栗子色，捏在手里，有一种呛鼻的硝石味。好在，皮货匠的家里常年都有这股子气息，钱孩哥也就不以为然。钱孩哥解开鞋带，将自己的脚放进去，又上紧了鞋带，站起身，在热炕前踱了一圈。鞋太大，脚像两枚小豌豆，在鞋窝里涮来涮去，隐隐地有些痛，脚心还冰。钱孩哥产生了一丝失望，皮靴没什么好的，尤其不合自己，穿出去的话，会被马蜂和船桥镇的娃娃们笑话死的。可转念一想，钱孩哥又失笑起来。

钱孩哥穿着皮靴，跕起脚，悄悄出了门。

走在船桥镇的青石板街上，雨丝拂落，含着一星半点的余热，打在脸上，竟有一种热水净面的感觉。仰了头，往深邃的夜空里瞭看一眼，钱孩哥发现，天真的破了。破了的天，仿佛架起的一根烟囱，将地上的浓雾都抽吸了进去，船桥镇变得清晰无比，烟树，蜿蜒的屋脊，有钱人家庄严的窗牖，墙上的砖

雕，镇中心高扬的风马旗，以及远处庙宇顶上的经幡，在钱孩哥的眼里历历在目。雾散了，缭绕多日的大雾天，此刻被雨水冲刷殆净，似乎连耳朵都清明了不少。惟一的遗憾，是脚上的皮靴太大，太沉，走起路来显得吃力，偶尔会有被摔倒的危险。但一念想枣红马即将获得的喜悦，钱孩哥便不以为然。

抄了小路，钱孩哥来到河岸旁，进了草丛。

刚藏过宝，所以钱孩哥认识地点，手一摸，就摸出了那两根黑皮老脸，皱了吧唧的红萝卜。天光亮了许多，红萝卜被雨打湿后，真的很难看，顶如是拉了野屎的娃娃，又看见了夏天的那一坨干橛子，躲远就是了。——钱孩哥想也没想，就扔掉了它们。心说，旧的不去，新的不来。每年腊月里，鹅娘给自己换新衣新鞋时，总说这句话。于是，钱孩哥坐在地上，脱下了脚上的皮靴，让它们并上肩，归整地站在岸上，等着主人来穿。

想象中，河湾里悄然游进来了一条龙，龙在水里歇息片刻，便钻出了汹涌的河，跳上岸来，变身成一匹枣红色的大马。枣红马保准会一眼看见这双皮靴，短腰的，软牛皮，毛栗子色，穿在脚上恰好，咯噔咯噔地走在船桥镇的街上，挨家挨户地喊：

孩哥，孩哥你出来，带你去天上飞，去天上骑我呀。

叫上舅娘！

钱孩哥想，一定要叫上舅娘，舅娘才是香音神，会在天上散花。

精着光溜溜的脚丫子，钱孩哥往桥边踱去。雨落在地上，亦有一丝余温，从脚趾缝里冒出来，呱唧呱唧的，若秋蝉在鸣，令心魂一醒。桥上有一团黑影，撕扯着，争斗着，却无声无语，像极了春节里的皮影戏，怪模怪样的。不用问，钱孩哥便能猜出来，他们是小舅和张步兵一伙人，在耍狠斗凶。男人们，除了拼酒，还会在拳头上比高低。——鹅娘带回过不少的男人，钱孩哥听过窗，觉得太脏，还觉得他们其实是一泡粪，最好沤在茅厕里，让苍蝇去打扮，让蛆去当吃食。现在也是，钱孩哥站在桥下，准备美美看一场好戏。

其实，戏演了多半程了。

——小舅已经被绑硬了，而捆扎住小舅双臂的，恰恰是先前小舅腰里扎的那一条日本兵的皮带。皮带有巴掌宽，即便小舅使出吃奶的劲，也挣脱不开。小舅的胳膊被反剪着，缚在身后，整个身体悬在桥栏上，半截子吊于空中，两条腿拼命挣扎不休。张步兵人多势众，一人擒住一条腿，任小舅横在桥栏上狡辩。小舅申辩一句，他们就松一下手，小舅也会掉下来一寸。

老天爷，我跟葛来仪是纯洁的，没碰过她一指头。

犟嘴！

小舅说，我发誓，没动过葛来仪，她是纯洁的处女，我对她供佛拈香都来不及呢，哪敢去佛面剥金，更不会睡了她的。

爱上她了？

你们不让爱，我就不爱。

张步兵再松了一下。小舅沿着桥栏，几乎倒栽葱似地垂立在空中。张步兵说，娘个腿，你会害了葛来仪，也会害了我们大家的，所以你该死。

是来仪让我去练胆，叫我去杀人的。

为啥？

为了让我硬气，为了我多一点点钙，为了我裆里的三两糟肉。小舅挣扎累了，终于安静下来，喘息无定。小舅说，来仪讲了，我就不能不办，所以我杀了朱三桂，还杀了四个日本兵，

包袱里装着十只耳朵，不信，你们打开来看。

你很硬气，真的，不缺钙。

小舅说，今晚上，我还杀过一个日本兵。

钱孩哥站在桥下，透过雨幕，望见小舅像一根细椽子，端直地栽下来，插进了水里。桥上的人散完了。桥很瘦，弓形的身影，绷紧在南北两侧，俨如弯月。小舅连一声咳嗽也没有，静悄悄的，哗啦一响，划开了薄薄的水面，躲了进去。水面很快就锁上了，好比一块伤口愈合后，连个疤痕都不存。但上游里下过雨，发了洪，此刻的水面上，隆起了一道黝黑的鱼脊，油光四射，汹涌而下。

钱孩哥不想离开，一屁股坐在岸上，静等枣红马和小舅的消息。

后半夜时，钱孩哥在酱菜店门前，碰到了更夫。

更夫敲了一辈子的梆子，舌头涮大了，反复说着那么一句臭话，封门闭锁，平安无事喽。钱孩哥精着脚丫子，擦身而去。更夫翻了翻眼白，雨丝落进了眼眶，竟　眨不眨。原先，更夫是个天生的瞎子，耳朵却灵。更夫说，孩哥，回家里去吧，你的脚上有气，晚上不能乱撒，晚上鬼魂太多，小心丢了你的魂。钱孩哥叱道，你就是鬼，瞎死鬼。更夫敲了梆子，摸摸索索地往前走，没再说一个字的臭话，只萧索地笑了笑，笑得像乌鸦一般难听。不久后，钱孩哥来到了舅娘门前，却望见诊所内灯火辉煌，亮若白昼。

诊所门前，一左一右，各站着一个日本兵。枪头上插着刺刀，熠熠烁闪。钱孩哥沮丧地往里闯，却被日本兵拦住，八格八格地喊。钱孩哥心说，我来找舅娘，给舅娘说说枣红马和小

舅的事，说说天女散花的事。

　　——忽然间，诊所内响起婴儿的啼哭声，灿烂嘹亮，比夜空里的轰炸机还悦耳。钱孩哥的耳朵一下子张开了，听得格外明晰。

1919年以来的沉默

我爷爷是个哑巴胎。他已经有98岁或者120岁了，他的年龄如今已成为一个众所周知的谜语。在漫长而又琐屑的时光中，我爷爷像一块冰冷的废铁，龟缩在时间的一隅，发出一种喑哑的喊叫，但是没有人理睬他的冲动和颤抖。一个卑微的哑巴，有时候也有一种卑微者的幸福，我认为。就在我大学毕业，被分配到《晨报》工作的那个秋天，我爷爷忽然有了一种出乎意料的热情和快乐，他捧着我的脸，端详了很久；接着，他又以一种少有的敏捷钻进了他布满灰尘和锈迹的房间内。

他递给我几份1919年间的《晨报》，我似乎明白了他对我的关心和期冀。但是，我迅速发现我错了。我爷爷指着该报12月1日出版的"周年纪念增刊"上的一篇文章，大声对我说：

"这不是真的，他被蒙骗了。我发誓，这不是真的。"

让我骇然的，并不是我爷爷对时光的突然发难和破口大骂，也不是他这块废铁突然有了用武之地。我诧异的是这篇文章，我从上学时就能倒背如流的著名篇什。

我知道，这些文字的后面，埋藏着一个很大的秘密。

事实是这样的。

我爷爷忽然操起一口纯正的京腔，饶有兴趣地说——

我认识大先生，那时候我们一伙混生活的哥儿们，都管他叫大先生。那时候，我也就是一车夫，现在叫板儿爷，兴许是我祖上积德，我也拉过大先生几回，从绍兴会馆到砖塔胡同61号。那时候，吆喝我们的经常是一些阔人，也有腰里别耗子——假装猎人的，可大先生对我们却礼貌有加，拿我们当人看。大先生是读书人，没架子。真的。

那年冬天，我从砖塔胡同拉着大先生去会馆。一路上风雪交加，北京城里模糊一片，只有几辆骡车在那里晃荡。我穿着一件单裤，习惯了，跑起来两腿发热，汗也往下淌。要是停下来，在路边等买卖，那可就惨了，风往裤管里直吹，裆里的卵蛋能冻成冰糖葫芦。到了会馆，大先生付给我车钱，又特意多给我一块钱，让我去买一条棉裤。大先生说，这样下去会冻坏关节的。我拿着大先生的钱，眼泪就下来了。

可是第二天，大先生自己哭了。他从会馆里出来，走到我们一伙穷车夫那儿，我们都想拉大先生，争着抢着，可怎么着，大先生就哭了。他说，你们怎么都穿着单裤呀？

那天，大先生没要车，一个人走回家里去了。

大先生也有忒逗的时候。有回儿，他从教育部到会馆，不小心，把钱夹子落在车上了。拉车的哥儿们急忙跑到会馆，送给大先生，请他当面清点一下，大先生很感激，立马拿出一块钱作酬金。大先生笑着说，这钱夹子，如果被慈禧太后拾了去，也准进了她的腰包了。总之，我们和大先生忒熟。

但我们里面出了一败类，伤害了大先生，我们开除了他，从来就没告诉过大先生。

这是一件小事，芝麻大。那个败类叫祥子，那年冬天才到北京城里混口饭吃，人挺年轻的，不懂规矩，刚开始还是一乡下孩子，后来臭丫儿的学会了逛窑子，一天的血汗钱全都扔进那个无底洞了，让人可怜。怪就怪我们都不知道，要早知道，兴许还能发发慈悲，挽救丫一下。

就那几天，祥子的老母亲从乡下赶到京城了。她听见儿子在皇城根里看大戏、逛窑子的事儿了。祥子的父亲得了痨病，指望着他能给点儿钱治病。老太太在北京城里候了好几天，这可恶的孙子也没给一丁点儿脸色，照样去嫖风打浪。老太太绝望了，可回不了家，就哭哭啼啼的说要死在儿子的车轱辘下。

我记得忒清楚，那是民国六年冬天的事儿。

事发那天早上，我们起得迟。外面是白毛风，刮了一宿，人冻得直往骨头里钻，那时也没什么生计，只有祥子那狗日的出去了。中午的时候，会馆附近的巡警所让我们去领人，这才知道祥子出事了。

祥子拉的是大先生。那时候很早，街上没什么人。他和大先生一路上聊天，跑得快，快到会馆门口时，那个老太太从斜刺里杀出来，一头撞上了车把手。那老太太绝望啊，死的心都有啦。她说过的，她要死在儿子的车轱辘下，她果然就那么做了。

那狗日的心里有愧，没理睬大先生，放下车子，扶着老太太慢慢起来，嘴里跟老太太嘀咕些什么，没人知道。当时，大先生冻得缩在车上，眼看着祥子搀扶着老太太走了。那个丧天良的准备把老太太扔在一个僻静胡同里，然后撒丫子就溜。

没成想，碰上了巡警。巡警把他给扣了。

大先生心好，不知道这码子事儿的后果前因，还给了巡警一大把铜元，让巡警转交给祥子，真是好心交给驴肝肺了。

我们都替大先生不平。古话说，不孝有三，祥子就该算一个。那狗日的在巡警所里承认了，他当时就想轧了老太太，省去一个丢人现眼的累赘。你说，这是人说的话吗？

他被遣回乡下了，带着那个老太太。

可谁知第三天，京城里卖报的小贩给了我们一张《晨报》，上面有大先生写的一篇文章，大先生还挂念着那个没心没肺的畜牲。我们都哭了。大家商量好了，永远当哑巴，把这码子事儿烂在肚子里。不然，大先生知道的话，会更伤心的。

"我就是那个狗日的祥子，我对不起大先生呀。"

——我爷爷突然趴在几张1919年间的《晨报》上，痛哭流涕的，像一个犯了错误的愚蠢孩子。

雄鸡一唱

一

交接班时，也恰是他们交换情报的一刻。对，是情报，而不是异常。

几个伙伴钻进了内屋，三两下，就除掉了身上的制服，赤条条的。天太热了，太阳吐着舌头，跟狗一样。伙伴们先要把身体晾一晾，裤裆是晾不干的，只好委屈了那一块肉。昝涛打了卡，刷指纹的那种，又给对讲机充了电，调整到最佳状态。昝涛问，那辆划伤的牧马人，车主还没回来呀？哦，对了，东门十一点钟方向的那个摄像头换了吧，那可是个死角。一个伙伴先穿了便装出来，用纸巾蘸了水，擦着鞋子。伙伴说，车主没回来，定时炸弹，车子破坏得很严重，妈蛋的，不像是小孩子干的。另一个伙伴也趱了出来，头发趴着，油光可鉴，有一条大盖帽箍过的勒痕，跟说，摄像头没换，今下午还捡了几个足球，等着瞧，六中的小子们一准儿会来翻墙揭瓦的。言毕，两人不告而辞。昝涛从包里掏出饭盒，搁在了冰箱里。夜宵，满满一盒蛋炒饭，不能馊了。

悄静了片刻，昝涛呵呵一乐，说，你夹不住尿呀，裤裆那么难晾？三女子一手梳头，一手扶住门框，说，我故意磨蹭的，我的话不能第二个人听。其实，三女子不是女的，相反却人高马大，肌肉墩子，惟一的缺点是嘴上没毛，嗓音细成了一根丝，有点那个。昝涛说，我把你安插在白班，就等这句话了，我没看走眼。三女子环望一遭，外间值班室是白玻璃幕墙的，四周的街景一览无余，遂说，我可能知道谁偷了C栋一楼，那个女业主天天叫屈，丢了这，丢了那的，我还不确定，如果有我想抓个现行。昝涛揶揄说，别让那个女神经当枪使，咱们是负责安全的，又不是她家雇来的家奴，大天白日的她都窗帘紧闭，路上碰见了，下巴太高，傲得很。三女子兜头挨了一盆凉水，咧笑，牙花子猩红。昝涛摸出一张纸，三女子接了，一脸狐疑。昝涛说，偏方，专门治老寒腿的，你爹的寒腿，就要在这个三伏天治。这时，窗扇响了，昝涛打开一条缝，晚报的投递员塞进来一摞报纸。报纸都是烫的，这天气，的确是要惹祸的。

听说，下午地震了。

放你的屁，你不能乱咒呀，小心自己着祸。昝涛警告。

听说他们的一把手换了，下午宣布的。

三女子走了，昝涛接手了夜班的工作。保安公司派驻在这个小区的人手有八名，昼夜两班，按说每个班是四人。不巧的是，一个在当值时间偷喝了酒，被公司的抽检小组发现了，目前停岗待查。另一个，因为在电梯间发现了晕倒的老人，措施及时，抢救得当，公司奖励休假半月，工资足额发放。昝涛在这个班里算老人手了，年纪也长，所以说话办事有一定的威信。傍晚，天光大亮，这是一段平静期，一直过渡到天黑时，夜班才算真正落实。小区的广播响了。昝涛喜欢听央广新闻，尼斯的恐袭案，南方的暴雨和洪灾，土耳其的未遂政变，这世界真够一团乱麻的。窗外，业主们出入频繁，一人一卡，闸口起落有序，堪比城市地铁的安检。昝涛值守的是小区正门，又濒临主干道，自然是眼花缭乱，看久了绝对头晕。

事发突然，先是街上传来一声严重的刹车。接着，沙石飞溅，跟一梭子子弹似的，拍在了玻璃幕墙上。昝涛先缩脖子，再抬头看时，几扇玻璃已经花了，幸亏没裂。待昝涛出了门，冲到街上，那一辆巨无霸般的渣土车，已经横在了主干道上。行人湍急，但显得很空旷，因为刹车声已经变成了两条黑色的轮胎印，躺在地上，带走了危险和全部的惊叫。半车渣土被扔了下来，没三吨，至少也有一吨半。一个老妪杵在街上，离车不远，渣土淹了脚脖子，一直在晃。昝涛牵了她出来，知道她还软着，自己也哆嗦了一下。协警跑了过来。协警一开口就指责老妪没看红绿灯，没走斑马线，话也很糙。协警后来撕了一张罚款单，50元，说这是不遵守交通法规的代价，须当面缴清。昝涛说，手下留情吧，你看她一个乡下来的老妇人，身上这么累赘，耳朵也背了，罚了真没意思。协警刚一瞪眼睛，昝涛来了硬的，说，你看看我的窗玻璃，我还没找见下家呢，你来主持一下，赔给我？协警撤了，可能去问司机。司机瘫坐在路肩上，脸是煞白的，浑身湿透，差不多像刚从池子里捞出来的那样。

昝涛递了一杯凉白开。老妪接了，手一伸，掐了下昝涛的脸颊。值班室里冷气足，立式空调。业主们体恤保安人员，联名给集团上书，半月前才有了这个待遇。老妪抿了一口水，瘪了瘪腮，说，你属猪吧？昝涛苦笑说，姨娘，你说我属猪，我就属猪。这是老家的习惯，见了陌生年长的妇人，一般要喊姨娘的。老妪咧嘴笑，说，我儿子也属猪，属猪的人我一眼就能挑出来。昝涛问，你儿子呢，他太马虎了，放你一个人在街上走。老妪松开了表情，说，我家贵生就住在这里头，媳妇和孙子也在里头。

哦，贵生的学名叫？

王川，属猪的，我从狄道上来，找儿子来了。老妪说。

那么远，走了一天吧，姨娘你胆子太野。

昝涛拿出了花名册，指头按住，逐行搜索着号码。余光里，渣土车已经摆顺了姿势，司机挥锨铲土，扫把一过，门口慢慢干净了起来。昝涛不想追究玻璃的事，人金贵，玻璃算不得什么。找见了号码，昝涛用手机拨了过去，念叨说，姨娘，你看我咋收拾他，让自己的娘老子跑七八百公里，他却癞蛤蟆躲端午，不见来迎接的。占线。又拨了三遍，还是如故。老妪进门时的确累赘极了，左手揽包，右肩上挎着一只纸箱子。这时，门口的纸箱子里叽里咕噜的，声音从孔洞里传出来，带着一丝鸡屎的浊气。

姨娘，这是给贵生送的柴鸡？

老妪纠正说，属猪，贵生属猪。耳朵真的背了。

狄道的柴鸡最有名气，营养高，还紧俏。

他属猪，跟你一个属相，都忠厚实诚。老妪又说，碰上你这个好后生，我不吃亏呀。

昝涛嘘了一声，说，这下通了！

二

亲子教育，一期七个课时，一千六，不打折。

就这，还是翟芳托了关系，把名次提了提。这家教育机构如今火遍了全城，眼见着闹闹出了问题，王川和老婆一碰，当即决定了。今天是第四节课，名字很诱人，叫山水课，安排在了郊外的一座原始森林里。王川提前告了假，又借了朋友的一

辆铃木，一赶早就来报到了。跟队老师说，游山玩水也是一门功课，听听鸟鸣，嗅嗅花草，也能在幼小的心田里如何如何。孩子们倒是放了风，蚂蚱一样，可苦了家长们。有一个家长搞丢了照相机，三个妈妈的高跟鞋掰了，摔了跤的人疼在身上，脸是绿的。整个队列里，只有闹闹是父母双陪，刚开始有一丝尴尬，后来混熟了，彼此跟姑舅姐妹似的。

夕光洒下时，剩下了最后一个节目：山羊胡子，兔尾巴。

山坡下，联系点的农户牵来了一只山羊，七八只白兔，圈在了一个栅栏里。高潮段落，娃娃们挣脱了大人，往山坡下滚去。也不怕摔倒，碧绿的青草像一块栽绒毯子。王川一家却盘腿坐着，谁也不吭气，泥偶一般。栅栏里闹翻了天，男孩追逐着山羊，拔着长胡子。女孩们抱着小白兔，在看红眼睛，在拍照。王川说，闹闹，你吃过手抓羊肉，但没见过活羊，你也一起去玩吧，拔一根胡子回来。翟芳不悦，讥讽说，有你这么烂讲话的么，他怕都来不及呢，还这么恐吓。闹闹一直僵着，面无表情，两个眼珠子始终望着虚空，但天上既无云彩，也无飞鸟。王川跟着儿子的方向看了一遭，也无所获。王川问，他今天说了几句话？翟芳答，哼，能几句呀，统共就三个字，吃，喝，尿。王川的腿麻了，站起来走了几步，愉快地说，比前几天强，至少开口说话了，这钱没白花。

太阳落山了，倦鸟归林，寒意四布。

山顶上有一座庵子，传来了清凉的钟声。老师在喊，收队了，下课了。家长们分头找见了孩子，苦刑结束了似的，纷纷撤了。翟芳说，你听，这钟声多好，无忧无虑的，简直是世外桃源一样，真不想回去。王川调侃说，此地虽好，却不可久留。翟芳又说，真的心累了，也不知造了什么孽，我要是能出家就好了，当个女尼，青灯黄卷的，不受这份罪。王川一听，突地就怒了，掰断了一根树枝，咆哮说，翟芳，注意你的感情，你这话跟刀子一样。老婆撇过身，揩了一下眼窝，回击说，我感情咋了，我撑不住了，我快垮了。王川摸了一下儿子的脸，不为所动地说，闹闹，今晚上你的梦里肯定是一片花香，记得喊我，我也闻闻哟。翟芳叹了一下，又念了一句阿弥陀佛。

这一刻，电话响了。

电话是老彭打来的，劈头就尅了王川一顿。王川环望了一眼层叠的山峦，没信号是正常的。老彭比王川小，人却老相，不用化装，上公交车就有人让座。老彭说，小子，这等重要的会议你居然缺席，你错过了历史性的一刻。旁边，翟芳肩起了闹闹，往山坡下走去。农户拽着山羊欲走，却被翟芳拦住了。王川问，真这么干呀，集团全体干部就地免职，再竞聘上岗，这动作未免太大了吧。所以嘛，今天的这个会绝对是地震，一场八级地震，老彭回答。还是钱的面子大，翟芳塞给农户一张钞票，山羊也规矩了起来，咩咩地叫着，有一种讨好的味道。老彭说，一朝天子一朝臣，这新当家的上了台，肯定要重新洗牌，各个机构和部门重组，就是为了上市嘛。这的确是实情。集团公司酝酿了多年，一直想在上海滩敲锣上市，却只闻其声，不见其实，始终搁浅着，黄花菜都快凉了。王川回说，也对，一头狮子领着羊，羊也会变成狮子的，如果让一头羊领着一群狮子，那谁也看不起它们。山坡下，农户架住了山羊，翟芳将闹闹抱起来。儿子骑在了羊背上，脸忽地亮了。老彭说，小子，你有啥想法没？王川欣慰地说，咋的，你在试我的口风么，先讲你的。哼，我一无才学，二无靠山，我不痴心，也不妄想。翟芳催促农户，让他放开绳子，让闹闹纵羊驰骋一会儿。绳子

放开了，王川的心，一下子提到了嗓眼上。儿子危如累卵地悬着，摇晃不已。这个混账女人，王川叱骂一句。老彭问，别不耐烦，下一步你咋打算的么？闹闹稳住了，拍了一下羊颈。山羊甩了一下蹄子，蓦地发足跑了起来。王川说，走一步看一步吧，僧多粥少，还轮不到我操心，我算哪根葱呀。山羊颠出去了七八米，闹闹老练极了，西部牛仔似的。王川呵呵起来。他第一次从儿子的表情上，发现了开心。老彭又说，你小子，我早知道你，你绝不是久居人下之人。终于，山羊一个刹车，将闹闹掀翻在了草地上，打了几个滚。王川说，你就别套我的话了，你做啥，王某人一定支持，挂了啊。

刚收了线，电话又追来了，是小区的保安昝涛。

这次，王川并没有训翟芳。老婆英明。老婆出其不意的一招，竟让儿子表情璀璨，趴在草地上，死活不肯起来。王川问，咋样，高兴吧？闹闹点头，说，高。翟芳笑了，也哭了，一顿粉拳，砸在了王川的胸脯上。翟芳掰着指头说，第四个字，今天说了这么多呀。王川抱起了儿子，扔在肩上，又给农户塞了一张钞票。下山时，翟芳尾在火犬旁边，很哲学地说，我想透彻了，儿子不爱跟人说话，儿子跟人有距离，儿子跟动物亲，这就是找了好几年的病根呀。王川肩着儿子，看见明月东升。月亮长着一张俊秀的脸。月亮不错。

现在，王川踩着油门，往灯火阑珊里开去。

后排座上，翟芳搂着儿子，呼呼大睡。开心的一天，夫妻俩觉得值，闹闹破了纪录，终于从他嘴里蹦出来四个字。这话不对，不是四个字，简直是四字真言，四个金元宝，也是一连下了四天的春雨，把王川和翟芳的心都给下酥了，有一种甜。王川刚点了烟，没抽，隔窗扔了。眼窝有点湿，王川用指尖揩下来，吮在嘴里，真的不咸。他和翟芳是师大的同学，毕业后都留在了省城，一个进了中学，一个去了企业。两口子没靠山，应考却难不住，凭的就是死记硬背的功夫。结婚时，他们租住在一个筒子楼里，窗外就是铁路。一闭上眼，总感觉在出差途中，心里没踏实过。逢年过节，王川带老婆回乡探亲，母亲话里话外在试探，目光总焊在翟芳的肚皮上。王川说，先忙事业吧，等扎稳了营盘，再慢慢造人。这话很轻佻，生儿育女又不是打一捆柴、挑一担水那般简单。那以后，母亲不多嘴了，头发却花白起来。王川迈过而立之年的坎，集团公司高瞻远瞩，以经适房的名义，建了一座小区，按工龄、职称、职务打分。王川拿到了一个中套，四楼，南北通透。乔迁之日，翟芳下了一道懿旨，王川开始戒烟戒酒。那一段，王川天天去游泳，翟芳怕水，就在小区的广场上，跟大妈们跳舞。封山育林奏了效，很快，翟芳的肚皮吹了起来。翻过年，翟芳诞下了一个小子，六斤半。王川站在病房的窗口，望着满城的焰火，便说，正月十五闹元宵，干脆小名叫闹闹吧。

岂料，闹闹一点也不闹。一切都走到了愿望的反面，闹闹悄静，一尊瓷器那般悄静。

儿子长到了一岁半，坚不开口，连妈妈这样简单的音节都不会。不仅不说话，儿子的眼睛也呆滞，直尺似的，无波无澜。比如，儿子盯着墙上的一颗钉子，一盯一天。又比如，儿子爱抠墙皮，弄得墙纸七零八落的，指甲皮也快抠掉了。翟芳问了周围的妈妈们，一致的结论是，女孩一般早慧，七八个月就发声，男孩慢一点，大概在一岁左右吧。又等了一年，情况如故。这时，翟芳火力全开，对准了丈夫，责问他在造人期间，是不是破过戒，沾过脏女人，把损坏的精子播在了良田。王川也自

责过，怀疑家装之后的甲醛，疑心大理石厨台带着辐射，甚至去了几趟濬源寺，磕头，烧香，奉了供养。那几年，医院也没少去，把各个科室都拜访了N遍，化验单一米高，足够写完一套四大名著了。天气好时，楼下的草坪成了乐园，娃娃们鸡零狗碎地玩着。翟芳将儿子抱下去，去了几回，闹闹都闷声坐在一边，既不参与，也不哭笑，一根木头似的。那以后，翟芳短了精神，觉得心里结了一块疮疤，生怕被邻居们察觉。家里没雇过保姆，面积有限，起居也不方便。闹闹三岁半时，王川托了关系，将翟芳调进了一墙之隔的六中任教。课间休息时，翟芳两点一线地穿梭，开了门，眼前的景象让她喜忧参半。喜的是闹闹安全无虞，一动不动，早上搁在那，现在还在那。忧愁却是一团雾，让翟芳的身心一下子乏了，笑也是挤出来的。有一回，王川将闹闹的所有症状，一丝不苟地输入在了度娘里，当即吓了一跳。王川揣着这个秘密，恶毒的秘密，在肚子里发酵了几天。王川自己快爆炸时，才说给了老婆。翟芳听罢，二话不讲，当即给了王川一个耳光，挺脆的。

翟芳说，我儿子自闭？你敢这么咒？

嗯，这个症状，要么是天才，跟那个霍金一样，要么就。王川斟酌再三，给老婆打了一个防疫针，说，要么就得你我一辈子当牛做马，把前世里欠下的债，慢慢还掉。

等着瞧，我偏不信邪。

出乎王川的意料，翟芳咬起牙，时刻围着儿子转，大有坐穿牢底的那份慷慨。

进了收费站，减速带一提醒，王川回到了现实中。缴了费，上了外环时，翟芳的手搭在了丈夫的肩上。这是一种罕见的亲昵，自从，唉，不提也罢。翟芳摸着他的下巴，指尖上充满柔情。翟芳问，没刮胡子呀，这么硬。王川却说，下午地震了，新当家的已经上位，开始重新洗牌了，这下真有热闹看了。王川简略讲了一通。翟芳却说，咱们小老百姓，过自己的日子，你别搀和了，闹闹今天的进步，比啥都强，我没别的奢望。环线上车流少，王川轰了油门，飙了一段。王川说，白天不懂夜的黑，我敢打赌，从今天起，小区里肯定灯火通明，谁都在谋篇布局，不敢怠慢。翟芳说，今天收获了四个字，说不定明天呀，闹闹还会有大的惊喜。王川笃定地说，呵呵，我回来了，我回来以后，一切都将与过去不同。下了立交桥，驶上了主干道，翟芳悄声问，晚上可以么，今天高兴，我就想了。

什么呀？

翟芳忸怩，说，好久不做了，我怕我快锈死了，你讨厌。

不行，我妈来了。

奶奶来了，你咋不早说呀？翟芳这么喊，当然是随了儿子。

王川歉疚，说，母亲总是排在最后，这个吧，将来也是你和我的写照。

三

王川还掉了借来的铃木，打车返回时，被昝涛拦住了。

昝涛和小区的业主们都熟，一来性格爽直，二者，他天性肯帮人，脸上挂着一副持续的笑。快递到了，谁在外面拉不开栓，总会说，交给昝涛吧。谁订了鲜奶，也会说，让昝涛先搁冰箱里吧。昝涛另有一个特点，即便燠热难耐，身上的那一套制服却相当规整，绝不马虎。零点过了，气温居高不下，昝涛在小区里巡查了一圈，看见了王川。

昝涛说，姨娘她们都上去了，你呀，真的福气大，姨娘的身子骨还那么硬朗。王川对昝涛一向抱有好感，便停下脚，以示尊重。王川说，我老婆来过电话，说你的一盒蛋炒饭，让我母亲给吃了，这咋行。咋了，昝涛冷下脸，我孝敬一下不行呀，我一个没娘的娃，跟着你沾光。递了一支烟，昝涛拒绝了。王川自己点上，喷着一嘴烟龙说，是这，听说三马路的李家烤肉不错，咱们去吹几支冰啤吧？昝涛笑说，真不用，你不必变着法子谢我，进屋吧，姨娘的一个箱子落下了，你自己抱上去，不早了。

一只纸箱子，长方体，外面印着某个品牌的洗衣粉字样，两侧各挖了几个孔洞，用来透气的。王川狐疑，捂住了口鼻，说，这么臭，究竟什么呀？昝涛站在空调前，拔长脖子吹冷气，说，我刚给喂了水，怕渴死了。王川打开后，沮丧地说，哎哟，我这个娘呀，真是老古董，超市里的鸡肉那么便宜，何苦她几百公里带一只活鸡上来。昝涛冷下脸，说，王科长，你这个态度我可不同意，你过分了。王川噎了噎，说，我没别的意思，还不是心疼老娘嘛。昝涛却说，别小看了这个鸡，真的。

咋说，不就一只鸡嘛。王川道。

这叫翎子鸡。

翎子鸡？

王川热极了，巴不得上楼去冲凉，但昝涛的一番热情，又不能不对付。王川拨弄了几下箱子里的活物，不觉得是一只鸡，反倒感觉是整箱子的羽毛，手感很虚无。王川说，你别给我演封神榜，说这个鸡是落架的凤凰，得罪了玉皇大帝。昝涛不语，拿出一只强光手电筒，打开试了试。灯光若一场雪崩，忽地倾泻在了墙上，将王川压成了一张相片。王川抬臂遮住眼睛，忙喊停。昝涛呵呵笑了，说，你这叫原形毕露，你心里咋想的，我能猜出个七七八八，骗不了我的。灯光灭了，那一张相片又回归到了王川的身上，浑然一体。昝涛催促说，快回家去吧，别跟我磨牙了，你们下午地震了。

已经出了门，王川却不甘心，说，你话里有话，你不妨直说了。

哼，我又不是你家的张良。

王川不见怪，说，上次送你的那台旧笔记本，配置虽说低了些，但你女儿用没问题。听说，最近又要淘汰一批，我替你留心着。怀里是纸箱子，窸窣声不断，一股刺激的鸡屎味，冲鼻而来。昝涛怔了怔，便说：

我在狄道当过兵，我知道，这种鸡叫翎子鸡，罕见。

说说看！

昝涛说，你娘不简单，自己路也走不稳，居然捎着一只翎子鸡，晃悠着进了城，呵呵，我本来想责怪你几句，算了吧。王川挤对说，你也不简单，大半夜的，这么神叨，你倒说说翎子鸡呀。不巧，对讲机响了，十万火急的样子，昝涛先撤了。

黑灯瞎火的，王川摸进了家。母亲和闹闹睡在了卧室。翟芳占据了儿子的房间，一张儿童床，显见没有王川的位置。王川拿了枕头，打算在沙发上将就一夜。冲完凉，鸡屎的浊气愈发激烈，夜晚的恬静被彻底颠覆了。王川有些懊恼，将纸箱子拎出了厨房，蹑手蹑脚，塞在了阳台上。这时，王川嗅见了一股潮湿的气息。几栋家属楼高可入云，切割出不规则的夜空。夜空呈粉红色，云层低垂，山雨欲来。王川怕鸡会闷死，便掀开了盒盖，敞在了夜幕之下。果然，鸡消停了下来，知道这是深夜，自己独在异乡为异客。

　　当初分房打分，王川排在了中下游，只能选择两头，要么顶层，要么下半截。后来图了坐北朝南，又考虑将来拉扯孩子，翟芳定夺在了四楼。小区统共三栋楼，呈三角形，便有人戏谑说在跳贴面舞，也有人说在搞三角恋。楼群中央，有一个绿化带，还建了一座微缩水景，潺潺之声总在傍晚响起。楼群外则是一条环路，左进右出，供车辆行驶。凌晨一点了，远处海关的报时钟准时敲响，声音很金属。王川抬望一遭，好家伙，每家每户都灯火通明，亮若白昼。王川猜得没错，从今天下午会议结束，谁都不肯甘为下风，谁都将粉墨一气，呛啷啷一声响板，从幕后闯进前台，生旦净末丑，各归其位。

　　准确讲，王川倒也不急。王川有自己的步骤。如果一群人都往一个方向上挤，那这条路，一定是有麻烦的。沙发有些硌，弹簧坏了，王川入睡前这么认为。

　　一下雨，昝涛便觉得事情好办多了。雨是一个借口。雨会混淆一切的。

　　C栋地下停车口有一个死角，前面立了一面短墙，原本是消防栓的位置，后来废弃了。墙后，五个少年抱头蹲着，浑身湿塌塌的，瑟瑟发抖。昝涛说，你回东门去吧，这里有我，东门进出车，业主们万一打喇叭，明天投诉就来了。黑暗中，一个伙伴正在踢打少年们，踢累了，慢慢收住了脚，快感十足地过来，说，这帮小太保，不给点颜色，他就不信马王爷长了三只眼睛。昝涛说，你去吧，我来治他们的病，省得他们以后故意踢高球，拿窗户当球门，让咱们背黑锅。伙伴递来一个塑料袋，昝涛接了。伙伴说，你瞧，人手一部苹果，都是坑爹妈的货。雨开始大了，树木被风压了下去，跟受刑人一样。脚步声远走，昝涛这才轻松下来，宽了皮带，取下强光手电筒，开始问话。

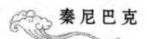

说吧，谁把那辆牧马人划伤的？谁说了，谁先回家。

不是我，我们来找足球的。七嘴八舌的，集体辩解。

答案早料到了，但昝涛另有一份腹稿。昝涛说，你们和中国男足一样臭，不往球门射，偏偏射人家的窗户。知道么，上次掉下来一块玻璃，刀子一样，直接插进了人家车顶上。再上次，玻璃崩碎了，把一个小丫头的脸划破，差点破了相。好吧，得寸进尺说的就是你们，半夜摸进来，共同犯罪，你们今晚的目标是？

这时，学生们一口一个叔叔，舌头是软的，狡辩是真的。

昝涛志在必得，又说，那辆牧马人值几十万，你们划伤了，光补漆就是一笔不小的数目。幸亏呀，这里不是派出所，我这人也好说话，一人一千，别跟我还价。否则的话，我立马通知警察，你们轻则被开除，走司法程序这条路，就得把课桌搬进号子里，一起难兄难弟吧。毕竟是未成年人，这下炸了群，不是哀嚎，便是相互攻讦。强光手电筒另带电击枪的功能，昝涛将按钮调至"电击"一档，打开了，但见蓝光放射，蛇行上下，劈剥作响。一时间，清冽的空气有些焦味，几乎将雨滴也蒸发掉了。昝涛笑说，呵呵，不是闪电，也没打雷，这是天老爷动了怒，命令你们快交代，交代罪行。果然，两个孩子起身，求告说，这就去找钱，等一下再来。昝涛说，反正我不急，苹果手机在我手里，我随时能找见你们的。等走远了，昝涛又低声喊，我在大门口等着，别去东门，天一亮就作废，我会报警的。

走了两个，又一个待不住了，哀告说，兜里有卡，立马去门口的银行取现。另一个也站起来，坦白说，姥姥家在附近，半小时之内准定回来。昝涛问，知道手机的赎金多少么？少年们嗳嚅着，等着跳楼价。昝涛恼了，扯着嗓子，断喝说，妈的，

一人一千，滚蛋吧。

其实，真的无所谓，楼上听见了又咋样嘛。昝涛心说。

昝涛抬望了一眼楼上，灯火烁烨，今夜无人入眠。自打派驻这个小区第一天起，昝涛就腿快，手勤，一脸弥勒，广结人缘。业主们的嘉许是一回事，从各路得来的消息，林林总总，汇聚到他的手里，则是另一回事。昝涛知道，小区也是一个小社会，风也罢，雨也罢，总归不会安澜下来。昝涛一直想做一块暗礁，沉在底部。谚语不是说了嘛，杀后，杀后，锅底里才有肉，所以他一向耐得住。比如今天，业主们的集团人事地震了，先前人模狗样的那些家伙，统统被就地免职，上火是一定的，失眠是起码的，谁还顾及窗外的个把声音呀。况且这场雨，来得真是时候。昝涛揩了一把脸，冷不防，剩下的那个小子居然豹变，一家伙搡倒了他，拔腿跑了。

地滑，挣了几次，又跌倒了。昝涛眼里金星四射，骨折的感觉。对讲机飞了，强光手电筒的镜片也碎了，滚出去老远。万幸的是，几个手机还在。这一刹，昝涛看见环路上杀出了一个黑影，二话不讲，便将那小子收在了胳臂下，夹紧了，跨步走了过来。

三女子么？

嗯，涛哥，这咋了，被袭击了？

趁着说话，昝涛将一包手机塞在了灌木丛里，忙掩饰说，跌了一跤，不打紧。三女子也不是吃素的，扔下那小子，抽出了他的皮带，直接捆在了栏杆上。三女子从天而降，出手相救，并没惹起昝涛的感激。相反，昝涛却觉得麻烦来了。递了烟，两个人小心地点起来，对视了几眼。三女子抱怨一番。昝涛才明白，他媳妇和婆婆吵架了，吃了夹板气，索性负谴而逃，来这里躲清闲了。昝涛给了钥匙，工具间有一张床，催他赶紧去休息。岂料，三女子没接，却一脸的诡谲。三女子问，这小子干么了，敢袭击你？昝涛思忖一番，说，他不尊重我，倒也没袭击。见三女子太黏，昝涛敷衍说，屁大的一点孩子，居然一见面，就问我要烟抽，我替他父母亲教训一下。临走前，三女子踢了那小子一脚，慨然说，我继续去蹲坑了，有事喊我吧。哦，你说啥？昝涛着急问。三女子说，雨这么大，一楼的那个女神经刚又打了物业电话，怀疑有人要偷她，我这就去蹲坑，守着那个变态出来呗。这么一讲，昝涛觉得夜更深了，麻烦是真实的，离自己不远。

　　到了正门，一进值班室，昝涛就给那小子除下了皮带。昝涛拿了毛巾，让他擦一擦，对方也置之不理。昝涛又打开塑料袋，让他拿上自己的手机，赶紧滚蛋。不承想，那小子索了烟，叼在嘴上，还让昝涛给喂了火。昝涛郁闷起来，说，你究竟想咋样？小子说，等他们都来交钱时，你得当面证明一下，我宁死不屈，我没尿。昝涛虎下脸，拿出强光手电筒，但电击头没反应，没了想象中的那一声霹雳，威慑力顿时归零。昝涛说，你没尿，你走吧，我不追究你。那小子玩着手机，态度顽劣，说，我得等他们来，看着他们一个个认尿，把钱交给你。昝涛没了辙，观察了一下周围。此时，已经后半夜了，楼上的灯光陆续熄灭。雨除了是借口，还是一种催眠吧。

　　小杂种，你真要是我儿子，我掐死你。昝涛一个劲抽烟，脑子里开始翻脸，已经灭了那小子好几回。昝涛开始威胁，再不走的话，真要报警了。小子却称，报警也好呀，又没犯什么罪，顶多是翻墙来找足球的，还巴不得爸妈来领人，因为很久也没见爸妈了，都在外地做生意。昝涛苦楚极了，绥靖地说，

各让一步吧，你给我面子，我也给你台阶下。那小子觉得可行，停下了手机游戏，等待下文。昝涛万无一失地说，是这，我给你一千，等他们都到了，你跟他们一起交完罚款，你一根毛也不损失，我也有面子不是。小子很痛快，答应了。昝涛打开钱包，数了一千整，交在了对方手里。那小子太贪玩，将钱扔在桌上，继续看手机。

来了一辆私家车，没打喇叭，闪了几下灯。

昝涛出了门，看见灯光下，地上的雨都起了泡，密密麻麻的。业主都这样，忘了带卡，一般会闪灯，喊保安来帮忙。昝涛按了遥控，放车进去，又落下了横杆。待昝涛再次进门时，妈的，却发现那小子不见了。

人不见也罢，桌上的一千元竟然也，还包括一袋子苹果手机。

这一刻起，昝涛真的炸了，揣上一根警棍，开始在小区的环路上兜圈子。心知无望，但肚子里的一团火不罢休，只好淋成了落汤鸡。十张红版的钞票，等于大半个月的薪水，谁的钱都不是用弹弓轻易打卜来的。有天夜里，昝涛在地下车库里巡查，发现一辆车屁股上，扔着一台照相机，谁这么大意呀。昝涛也没客气，塞在胳肢窝里带走了。第二天去了旧货市场，当即变现。尼康单反，日本牌子，昝涛明白贱卖了，但也很知足。哼，揣了这么久的一笔钱，却被一个小杂种给顺走了，这让昝涛很牙疼。又踅到了C栋一楼拐角时，三女子从树背后蹿出来，抱怨说，涛哥，你这么闹腾，还让我咋蹲坑。昝涛问，你吃过哑巴亏么？三女子懵懂摇头。昝涛说，妈的，哑巴亏就是吞了一肚子黄连，又说不出苦来。

恰在此时，一束发光的鸣叫蓦地响起，照在了小区上空。

声音是从底层爆发的。三栋高层呈犄角之势，喇叭状，将声音放大了，一波波地荡漾起来，形成了海啸，惊涛拍岸。三女子愕然，说，见鬼了，这什么天外来物呀？昝涛说，几点了？三女子答，五点，天快亮了。——举目望去，楼上的灯光一扇扇地亮了，也有人趴在窗口上，探头外望，骂骂咧咧的。叫声停顿了一下，再次嘹亮，让铺天盖地的雨声也退居其次，不那么要紧了。这个清凉的夜晚，随着紧密的鸣叫声，眼睁睁的，开始塌方。

昝涛说，半夜鸡叫，这下乱套了，天下大乱。

是鸡叫吧？

嗯，这是翎子鸡，说来话长了。昝涛道。

四

翟芳鼾声轻微，睡得很香。平时，翟芳每夜都要起来三四次，掖被子，递尿壶，经营一番儿子。有几回，翟芳后半夜推门进去，见闹闹双目圆睁，像300W的灯泡一样，盯着天花板，几乎吓瘫她了。翟芳盘问儿子，究竟在想什么。闹闹却只字不语，表情深沉如谜。今天可好，闹闹在奶奶的怀里，翟芳便把自己大卸八块，睡得像一块海绵似的。迷蒙中，一场星星雨，慢慢下在了翟芳的身上，不是窗外的那种。星星们像一个个精灵，张着嘴，拱着翟芳的身体，让她很甜，很痒，魔了在了睡眠中。这个梦是有来历的，翟芳上过网，说自闭症的患儿，都是星星的孩子，他们孤独地活在自己的世界里，对外界充耳不闻，视而不见。此刻，面对一群上蹿下跳的小星星，翟芳为难了，眼花了，摊开双臂，盲人般地探摸着，说，哪个是闹闹？谁是

我的闹闹？

这一刹，王川在旁边打了个喷嚏。翟芳一惊，星星的孩子们忽地没了影，全部失踪了。

翟芳的郁闷可想而知。王川夹着枕头，行迹鬼祟，忙关了窗，拒绝了外面的雨声和凉意。王川钻进被窝，身体像一枚大号的括弧，将妻子箍在了怀中。这些年，夫妻俩不愿正视现实，但闹闹的症状，愈来愈逼现眼前，让"自闭症"这个词浮出水面，礁石一般。翟芳喘不过气来，星星的孩子们走了，失踪了，刚刚尝到的一点甜，一丝痒，却被王川上下其手，粗鲁地驱散了。翟芳挣扎着，恼恨起来。王川说，傍晚回来时，你给我下的帖子吧，咋了，说话放屁呀。翟芳像一条离岸的鱼，越拒绝，王川却越侵犯。后来简直动了粗，磨盘一般覆压在妻子的身上。王川说，先是搞了封山育林，后来你又妊娠期，为了闹闹，这四年多来，我忘了我还是个男人，一次也没。翟芳拖泥带水的，还没从梦魇里脱身。王川沮丧极了，哀告不止，却怎么也打不开妻子的身体。这是闹闹的房间，儿童床，禁不住折腾。床架的榫卯间，可能藏着无数个嗓子，王川一用劲，它们便尖叫，吱吱呀呀的。王川是那种一根筋的人，愈挫愈奋，两只手刚将妻子锁住，听见翟芳气息奄奄，打算放弃抵抗时，却出现了意外。

那是一束发光的鸣叫，在阳台上爆炸了。

猝然，尖厉，悠长，爆炸声持续了三秒多，但密集的弹片分崩离析，射向西面八方，几乎快将小区里的每一扇玻璃震碎了。尾随其后的，则是一浪浪的冲击波，在楼群里翻滚，汇聚，一瞬间拧成了狂浪，喷薄向上，倾泻在了夜空里。

翟芳彻底醒了，伸手去开灯，却被王川扣住了。王川从翟芳身上滚下来，呼哧呼哧的，先前的激情覆水难收，又不甘心，慢慢酝酿着下一次情绪。翟芳怨恨地说，鬼哭狼嚎的，让人心里发毛，这什么呀？呵呵，江山易主，难免有一些异常的天象，我的好日子不远了。王川边答，边撩拨着妻子的浓发，煞是得意。翟芳嘀咕说，对，是天降异常，星星的孩子，这话真美，哪怕他不讲一句话，只要他来自星星，我也乐意，我陪他一辈子。王川不解其意，兀自说，我这个小科级熬了快五年了，也该出头了，我这次有八成的胜算，相信我。翟芳再次清醒了，脚尖找着拖鞋，自责说，闹闹该尿了，我得去。话未讲完，王川一把扑倒了妻子，用枕头捂住了翟芳的脸，低语说，别闹了，我妈可能起来了。翟芳不听劝，更不迎合，身体扭曲着，踢来蹬去的。王川更刺激了，血脉偾张，一下子使了强。妻子的身体怔了怔，冷若碑石。就在王川走向高峰的一刹，阳台上那一束发光的鸣叫，再次爆炸了。

声音尖细、悠长，呈螺旋状上升，缭绕不绝。

翟芳趁机挣脱了，忽然干呕起来，很恶心的样子。果然，翟芳厌倦地说，我已经锈死了，我恶心，恶心这件事，千万别再逼我了。

此时，王川也已经兴趣全无，拉开窗帘，看见天色微明，一层蛋青色的光芒渗透铅云，落在了小区上空。翟芳说，对不起，我不习惯这个了，我想吐，我可能废了。王川压抑着怒火，劝慰说，不怪你，这他妈的天光大亮了，哪来的怪物呀。翟芳没呕出来，但嗓子里冒怪声，叽里咕噜的，软弱地说，半夜鸡叫，这是公鸡在打鸣，我小时候天天能听见。闻听此话，王川一骨碌坐起来，直脱脱地说，灯下黑呀，这是咱家的鸡，简直家里进贼了。

咱家的？

对，我妈带来的狄道的翎子鸡。

哦，带什么不好，这奶奶，偏偏带一只公鸡进城。翟芳怨怼道。

天亮了，两口子睡眼迷离，草草穿戴起来，踅进了客厅。眼前的一幕，让他们骇然万分，杵在地上，一时间成了哑巴。母亲蹲在地上，一手磨着刀，一手洒水，刺刺拉拉的声音恐怖极了。母亲瞥见了他们，没吱声，样子得意。磨了片刻，母亲停下来，用指肚试了试锋芒，又开始磨另一把刀。王川哀告说，妈，这大清早的，双休日，你提刀弄棒的做啥？翟芳也求情说，好我的奶奶，进了城你就歇息一下吧，闹闹在你怀里，一夜没闹，他只恋你。母亲辛劳了一辈子，虽说上了年龄，但胳膊上仍有劲，磨起刀来有板有眼，脊梁也绷成了一张弓。王川想抢活，母亲拉下脸说，一边去，去给我烧一锅开水，天然气我害怕。翟芳进了厨房，依言烧了水。王川恳切地说，妈，你没个电话来，也不让我去车站接你，老家那边？翟芳踢了一脚丈夫的屁股，接了话头说，你警察呀，审问这，审问那，奶奶想闹闹了，闹闹也想奶奶了，这就是理由。王川从妻子的语气里，听出了一种释然，那种解放区才有的晴朗的天。事情明摆着，母亲待多长，翟芳就能轻松多久。夫妻俩对视了一眼，彼此交换了意见，一对阴谋家似的。这时，母亲方说，贵生呀，今天是啥日子？

礼拜六。王川答。

母亲停下手，扶住膝盖站起来，说，今天是你的生日，你属猪。

哦，不早过完了嘛，上个月。翟芳抢了话。

脑子不好用，我只记住了你农历的生日，狄道只过农历的，所以我就来了。母亲颤巍巍的，胳臂一伸，接住了翟芳的搀扶。母亲说，去，去把阳台上的翎子鸡拿来，我杀了，今天给你过生日，给闹闹补些营养。

腿上灌了铅，王川愣怔了许久，一直盯着母亲的白发，有点鼻酸。

这个节骨眼上，阳台上的翎子鸡又爆炸了。不同的是，这一次的鸣叫不发光，也不悠长，更像是一次抗议，一声激愤的詈骂。王川思忖，万物有灵，这话真没错，这家伙恐怕也知道大限将至了，所以才登高一呼。王川去了阳台，手在纸箱子里探摸，依旧感觉到很虚无。一箱子的羽毛，怎么也捉不住肉体。翎子鸡的咯咯声，却从乱羽丛中飘上来，挑衅味十足。后来，王川干脆将箱子倒扣在地，攥住了两条细鸡腿，倒悬着，拎进了客厅。

翟芳怕血，背过身子，贴在了墙上，不忍看。王川将鸡搁在地上，防它哗变，用脚踩住了鸡腿，两只手伸进一堆羽毛中，打算攥住鸡脖子。近些年，城里人的嘴吃刁了，来自狄道一带的柴鸡成了紧俏品，价格翻番，几乎是超市里冻鸡的三四倍。王川一家也吃过柴鸡，尤其翟芳坐月子的那一段，母亲满村子打听，谁要去省城，母亲早上宰杀下，晚上就能捎给儿子。柴鸡能催奶，翟芳在那半年，体重长了三十斤，双下颌都出来了，这才喊了停。虽说吃了那么多，但君子远庖厨，夫妻俩还没见过当场宰杀的。王川摸了一阵，捉住了羽毛丛中的肉体，失望极了。怎么说呢，这只虚张声势的鸡，徒有其表的鸡，除了这一堆花里胡哨的羽毛外，身体只有握拳那么大，可怜兮兮的。王川能感觉到，这小东西在痉挛，在发烫，埋下身子，做最后

的抵抗，不，是抵赖。王川撇嘴，心说，按自己的饭量，这家伙去骨剥皮，也只够打个饱嗝而已，遑论还有一家人呢。母亲则面带骄矜，一个劲地夸耀自己带来的礼物，似乎比她珍藏了多年的嫁妆，腕子上的那一只银镯子还稀罕。

原来，狄道一带毗邻岷山山脉，实施了多年的退耕还林后，山河葱郁，生态修复，一些早就绝迹了的动物失而复现，大的如棕熊、雪豹和狐狼，小的像麋鹿、麂子与岩羊，这翎子鸡就是其中的一例。母亲又介绍，前一天碰见了一个进山采药的人，他捉住了一只瘸腿的翎子鸡，求爷爷，告奶奶，这才花了大价钱，好歹购了下来。这种鸡太诡了，要不是摔坏了腿，休想拿住一个活口，它自己就会气死的。母亲神叨叨的，王川始终忍着，没喷笑出来。又介绍说，翎子鸡不仅脾气大，还太犟，宰杀之前要先哄一哄，等它高兴时冷不防下手。否则的话，它的肉就会泛酸，排出一种不太好闻的气味，所以才活着带进了城里。这一刻，王川明白了母亲的用心，腾出一只手，将母亲的一缕额发，别在了耳后。

贯生，闹闹还不肯多说？母亲低语。

嗯，金口难开。

母亲说，这个鸡嗓门大，底气足，专治这病的。母亲又压低了声音，叮嘱说，你意思一下就行了，让闹闹吃肉喝汤，吃啥补啥，记住啦。

显然，母亲是有备而来的，手心里搁着一把松子，嘴里咕咕咕地逗引。炒熟的松子，裂了口，王川嗅见了一丝清香。王川想起小时候嗑松子的情景，没来得及回味，便瞧见从羽毛丛中，探出来了一只鸡冠，充满警觉，左右啄动。冠子呈烈焰色，峨冠博带，头顶的肉瘤像分开的五根指头，上下翻卷，傲气十足。翎子鸡埋下头，啄了一枚松子，刚要吞咽时，母亲霎时出手，一把捏住了鸡脖子。

母亲拔掉了鸡脖子上的一撮毛，将其拧成了一个问号，举起刀，打算下手。王川捧着碗，对准了鸡脖子，准备盛血水。翎子鸡伸长了脖颈，无辜地就缚，既不挣扎，也不嚎叫，杏仁似的眼睛盯着王川，眨也不眨。刀刃逼住了鸡脖子，母亲刚要下刀时，却听见客厅的地板上一声爆响，一只花瓶炸成了粉末。

闹闹站在面前。一股愤怒攫取了他，脸颊憋得紫红，嘴巴大张，挥着小拳头。

王川断喝说，闹闹，干什么？

放，放，放开它！

这一瞬，客厅里的空气像被抽光了，洪荒一片。王川看着妻子，翟芳盯着婆婆，奶奶扔下刀，丢下翎子鸡，开始抹眼泪。翟芳扑通一下，跪在了儿子的面前，揽住他，嘴巴像鸭子戏水，呱唧呱唧地乱亲一气。王川瘫坐地上，点了烟，觉得天花板上鲜花盛开，站满了菩萨。翟芳央求说，乖宝贝，再给妈妈讲一遍，好么？放，放开，闹闹憋足劲，满足了她。翟芳又说，那给奶奶也讲一遍，奶奶最疼你了。闹闹顿了顿，很清晰地说，奶奶，放开。

这天早上，王川家仿佛被神灵摸了顶，赐下了福祉，降下了一场不大不小的奇迹。将近四年了，横亘在两口子心上的一种罪孽感，一件沉重的包袱，一道看似迈不过去的坎，居然。呵呵，它居然轻而易举，被一只翎子鸡，一个羽毛重重的怪物，这么破解了，化为了乌有。翟芳喜极而泣，泪水敷在脸面上，高兴得有些过度。母亲捉住了翎子鸡，蹒跚而来，塞在了孙子的怀里。称奇的是，握拳大小的翎子鸡，恰好被闹闹抱了个满

怀，低眉顺首，似乎知道他就是救命的施主。闹闹也乐了，小脸贴在一团羽毛上，嘬起嘴，慢慢吹气。一吹，斑斓的羽毛刷刷作响，起伏不定，弄得闹闹痒痒不止，于是越发乐了。

翟芳逗引说，宝贝，奶奶送你的礼物，谢谢一下。

嗯，他属啥？母亲问。

属鸡，闹闹恰巧属鸡，太有缘分了。

属猪？母亲真的耳背了，记忆也差，或者，她有一份故意。母亲怨怪说，闹闹刚说了那么多，歇缓一下吧，等一下再说也来得及。

这时，王川晴朗地说，呵呵，我有迷魂招不得，雄鸡一唱天下白，这诗人李贺能掐会算，还真的可以称得上我的千年知音啊。

五

今天高兴，翟芳订了座，请婆婆出去吃了一顿果木烤鸭。

雨没停，但也不大，半空中浮着一层雾，像透明的胶质。闹闹猴子般趴在翟芳的脊背上，小脚乱踢，催促快点，回家要和翎子鸡玩。刚到正门口，王川瞥见了眘涛，便把雨伞递给母亲，让她们先走。从凌晨开始，眘涛的心里就一直撂荒，郁闷，不甘，愤懑，算得上五味杂陈。见王川进门，眘涛堆起笑脸，说，这可能就是天伦之乐吧，王科长，你是个福气人呀。王川将一袋饭食搁在桌上，说，趁热，果木烤鸭，我妈惦记着你的那一顿蛋炒饭，亲手卷好的，别嫌弃。眘涛也不客气，一口吞一个，面酱挂在嘴唇上，像一抹黑胡子。眘涛说，谢谢姨娘，见了她老人家，我非磕头不可。王川呵欠一下，又说，你咋也是黑眼圈，你不是夜班么，干么还？哦，一个伙伴今早辞了职，开出租去了，我没辙，我现在24小时连轴转了。昝涛吃毕了，打着饱嗝，递来一支烟。昝涛俯身过来，边喂火，边说，等一下你一定要抗住，他们人多势大，专捡软柿子来捏呀。

哦，你把话说开，别讲不打粮食的话。

昝涛把烟拿反了，点了过滤嘴，呸呸呸地吐着。又说，半夜鸡叫嘛，姨娘带来的那只翎子鸡，后半夜就开始唱歌，他们不干了，正在开会决议，冲着你来的。

王川面带轻蔑，回说，公鸡不叫，天就不亮了么，扯不到一块吧。

纵然辩解，但王川后来仍依了昝涛的话，冒雨去了会议室。翎子鸡半夜起事，敲锣打鼓，声震云霄地开个人演唱会，惊扰了大家的清梦，这只是问题的表象之一。按昝涛的意见，贵集团公司正在洗牌，洗牌有两重意思，一是洗掉和周围同事们的旧怨，和缓一下关系，将来在民主测评时，多在"正"字上画一笔。另一个，就是洗干净自己屁股上的屎，别留下把柄。王川很诧异。王川从这个保安员的脸上，看见了一种烂熟于心的老练，一种精明。昝涛说，你别这么看我，我瘆得慌，听姨娘说，咱俩都属猪，一个圈里的，呵呵。王川说，我想死了，也想不明白，我的仕途跟一只鸡有关系？这时，他们站在了会议室门前，门楣上嵌着一块铜牌，上书"业主委员会"。昝涛轻推了王川一下，低语说，他们去了三趟，敲你家的门，打算抗议来着，没找见你，这才让我通知你的，我的任务完成了，回见。

王川落了座，目光逡巡了一遭，心里便天塌地陷了。

都是熟面孔，在一个办公楼里打头碰面的，也用不着什么

客套。男女代表各半，年纪跨度也大，重点部门的占了大多数。以前，王川也被抽签选中过，作为业主代表之一，曾和物业公司争过权，捍卫过权益。令王川意外的是，想象中的撕扯、谩骂和刀光剑影，现在都换了频道，一张张苦瓜脸盯着王川，表情里埋着委屈、哀怨和求情。王川含胸抱拳，先压低了姿态，忙说，让大家受惊了，太抱歉了。

又讲了一遍，但大家谁也不接他的话茬，气氛冷寂，王川被看毛了。

居然！业主们公推出来的代表，居然是老彭，彭强。王川一下子心生嫌怨，娘的，一点口风不露，临阵倒戈了。彭强捏着一份决议，清了清嗓子，照本宣科地说，本小区自入住之日起，一向邻里和睦，安谧如梦中家园。岂料，昨日晚间却发生了一桩令人遗憾的事件，个别业主为满足私欲，竟然置公德于不顾，公开豢养一只野蛮的动物，半夜打鸣，四方惊魂，破坏了和平，将整个小区和广大业主们，陷于了一种深深的忧虑和不安当中。

很显然，这份决议是挨家挨户走访过的，统计数据也很详备。彭强没照顾王川的情绪，继续说，本小区有70岁以上的老人28名，大多患有高血压、冠心病和糖尿病，经不起折腾。昨夜今晨，急救中心的车子，已经来过三次了。王川埋头看微信，翟芳连发了数张图片，几乎让他失笑出来。其中一张，闹闹虚骑在翎子鸡的背上，挺胸收腹，披着一条斗篷似的花床单，右臂挥动，像极了一位少年将军。另一张，翟芳和儿子将翎子鸡搁在浴盆里，一边撩动翅膀，一边打浴液。王川熟悉儿子，但这一种前所未有的喜悦表情，仍令他很震惊，也很踏实。决议又说，本小区计有上百名中小学生，目前正值期末考试阶段，如果任由这一只野蛮动物，继续疯狂咆哮下去的话，全体家长将难以答应，势必诉诸集团公司，将采取进一步的维权措施。呵呵，王川心里冷笑，这简直是一份最后通牒，跟死刑判决没什么两样，就差说一句绑赴刑场，当众宰杀了。彭强念完，业主们开始单独发言，女性居多，大多是陈述自身的体弱、焦虑和睡眠质量，语气里带有抱怨、示弱和祈请，与决议书的强悍风格截然不同。翟芳又来微信了，母亲和闹闹各拽着翎子鸡的一只翅膀，老婆拿着吹风机，正在吹干。意外的是，翎子鸡竟然很受用，冠子殷红，引颈四顾，将一路上带来的风尘和疲惫，彻底一洗了之了，出脱成了一个蓬松鲜艳的家伙。另一张更夸张，翟芳在洗衣盆里铺了一块毛毯，临时当作鸡窝。毛毯上绣了牡丹，姹紫嫣红，是当初老婆的嫁妆之一。王川心说，为了儿子，她可真是舍了血本，败家子一个哟。彭强扔过来一支烟，王川抿了笑，点着了，喷出一口烟雾。烟雾里滑出一个圈，顺着气流跑过去，不偏不倚，端正地套在了彭强的头上，像一道紧箍。彭强吐了吐舌头，好像说了一声对不起，或者没办法。此刻发言的是人事处的闵红，女，副处长，甲亢患者，鼓着两颗发黄的眼珠子说，没错，我家里也养了两只狗，一只猫，但猫和狗不一样，它们自古而今都是人类的朋友，可谁听说过拿鸡当宠物的，鸡能干什么？闵红的话，泛起了广阔的涟漪，一些养猫养狗的人士同声附和，尽量撇清二者的不同，一再将翎子鸡推到了阶级敌人的阵营。另有一位女业主，性格泼辣，干脆扯开了上衣，露出一截白肚皮，声音哽咽。翟芳最后发来了一个短视频，是翎子鸡的特写。这家伙站在客厅的茶几上，披金挂银，抖擞万分。王川讶异地发现，翎子鸡的尾羽很长，也很俏，斑斓多彩，在一阵阵清风中，上下拂动。女业主哭诉说，

她不久前才做完手术，天热，刀口感染化脓了，如果再遭遇半夜鸡叫的话，她就打算把户口迁到肇事者的家里。王川冷下脸，这一句打上门来的话，一下子惹恼了他。王川斜觑一眼，那一道伤口的确很吓人，红嫩，肿胀，突出，像一条蜈蚣拱在了皮肤里，随时会剥皮抽筋。这时，彭强咳了几声，示意王川看手机。王川输了密码，打开一瞧，是彭强发来的一则微信。彭强说：

闭嘴！赶快服软吧，小不忍则乱大谋。

这期间，仍有业主不时进门，加入到了这一场声讨中。椅子不够，便有人骑坐在窗台上，或偏腿跨在桌沿上。也不知哪一位慈悲，买来了三捆矿泉水，瓶子在空中飞，王川的面前也戳着一瓶，但他没动。在一个密闭的空间，在一个小雨淅沥的早上，控诉和哈欠一样，一般会传染的，而且症状也愈来愈深。王川独木难支，终于招架不住了。王川抱拳一揖，惭愧地说，诸位，你们教教我，我该咋办？

杀掉吃了呗，还用问嘛。闵红干脆。

王川说，想想也挺惨的，我妈从狄道上来，抱着一只鸡，奔波了几百公里。这鸡才歇了一宿，就惹了诸位，让你们大家急赤白赖的，跟一只鸡过意不去。

嗬，你咋说话呢，没这么骂人的。闵红拍桌子。

王川反击说，我不计较你的猫狗，你也别盯着我家里的鸡。又说，你可以拿猫狗当宠物，我当然也能把鸡当朋友，人家国外还有拿鳄鱼、臭虫、螳螂什么的。

蜈蚣女人整理完衣服，截住王川的话头，概括说，天下之大，当然能容得下一只鸡了，问题是它目中无人，半夜三更在唱歌，在开演唱会，吵死了，简直翻了天了。

抱歉，让诸位不舒服了，坦率讲，我早上也被它吓了一跳。它真该死，只图自己高兴，自己过瘾，周扒皮，鬼子进村，忘了它是一个畜生，说了不算。王川口舌油滑，慢慢矮下了身段，期盼着寻找一种和解。王川嗫嚅说，我家闹闹，闹闹今年快四岁了。

嗝，跑题了，说的鸡，别牵扯孩子。有人抗议。

在座的诸位都见过闹闹，像翟芳，挺漂亮的。王川左奔右突，琢磨着一种恰切的方式，不显山，不露水，又能一吐苦楚。遂说，其实，家家有本难念的经，像闹闹一旦喜欢上这只鸡，我可真没。

闵红揶揄说，瞧瞧，老大的人了，给孩子推卸责任。

不，我的意思是，有一种病。

什么病？

王川语塞。

哦，他，他他，还有他，在座的都是病人，谁都亚健康，只有你王川结实，铁人一个，还有鬼心思养鸡。闵红谈经夺席，指点江山，又说，我看你王川现在也得了病，病得不轻。

你咒我吧。王川苦笑。

哼，你的病就是自私，枉顾了诸位的好心。闵红火力全开。

王川蔫了，瘟鸡似的。

本来还想说一两句闹闹的症状，求得大家的认可，讨一点同情，转圜一下气氛，但路都被堵死了，说出去又将成了谈资，王川感觉失败极了。王川枯坐着，给昝涛写了一条短信，说，你能搞到一种哑药么？昝涛迅即回复了，问，哑药？你干什么用的？王川回答说，把翎子鸡的嗓子弄哑，让它活着，但不能发声，更不能半夜唱歌。停了三分钟，昝涛说，哑药以前在乡

下有，都是谋财害人的，城里咋会有这种东东。紧接着，昝涛又来了一条，说，我从网上搜一下，不过得需要时间，也不保证一定能买到。王川怅然地回复，来不及了，我快被逼疯了，这么办吧，你去一趟我家里，趁着闹闹不注意，用针尖把翎子鸡的嗓子给划拉了，我让我老婆配合你。

是一只野鸡，对么？蜈蚣女人问。

嗯，翎子鸡，野生的。

那就好办了。这时，蜈蚣女人摸出了钱包，搁在桌上，说，咱们同事一场，我术后虚弱，一直恢复不过来，你开个数字，把这只野鸡卖给我，我不还价的。

王川苦笑一番。

随手，王川给翟芳去了短信，让她抓紧哄儿子去睡觉，也让母亲回避一下，并说了昝涛的使命。翟芳坚决反对，说翎子鸡是闹闹的福星，天老爷赏赐的，来了没一天，闹闹就焕发出了一种别样的神情。这是千金难买的事儿，岂能，岂能恩将仇报，挑破鸡嗓子，去讨好上下左右的邻居们。翟芳不愧是老师，引用了一句格言说，即便杀光了全天下的公鸡，天还会亮的。此刻，王川身陷重围，明白这一桩鸡叫事件的轻重，忙解释说，不是去杀掉翎子鸡，是让它哑掉，别再造次，别再多嘴。王川无奈，只好提纲挈领地说，半夜鸡叫，将小区的全部注意力吸引了过来，集中在咱家了，我现在是靶子，乱箭穿心，又正是集团大洗牌的关口，你自己掂量吧。末了，翟芳回答说，软骨头，叛徒，照你说的办吧。

咋了，还舍不得呀？

王川恳切地说，那只鸡只有拳头这么大，补不了什么，我发誓。

总比一枚鸡蛋强吧？蜈蚣女人问。

未必。

唉，我不会看错人吧。闵红接过了话头，一层回忆般的情绪罩在脸上，唏嘘说，当年你王川参加集团的统一招考，你的材料是从我手里过的，你那个口吧，当初有三个人报名，我最后挑了你，就念你是狄道农村出来的，朴实，忠厚，听话。记得……

滴答一声，来了短信。王川点了烟，打开手机。昝涛的，上面说，你赶快加我的微信，顺便把我拉进你们业主的微信群，我有用。王川问说，弄哑了？回复说，王科长你可真够残仁（忍）的，连一只鸡都保护不住，看我的吧。王川没多想，便照昝涛的话办了，将他拽进了群里。王川是业主代表，他有这个权限。烟抽到了尾巴上，王川起身熄烟时，瞥了一眼窗外，烫了一下手。

雨打在玻璃上，一种叫做黄昏的东西，慢慢降了下来。

六

在王川看来，那辆车太LOW，简直了，简直配不上大姐的身份。

车停在拐角处，一点不起眼。王川知道大姐的车位，进了地下车库，便直奔过来。像前几次一样，王川开了门，坐在后排，嗅见了旁边的香水味。足有一分钟，大姐没吱声，但鼻息很重。王川从后视镜里一瞄，大姐依旧云鬓高耸，但脸颊瘦了下来，颧骨更尖了。后来，大姐歉疚似的打开包，摸出两盒烟，搁在了王川的膝盖上。大姐说，没事儿，你抽吧，我家那位的，也不知好不好。芙蓉王，无字，白盒。王川落下窗子，点了一根，嘴巴尽量往外吐。声讨会散场后，王川又被个别的业主拦下，忍辱负重地待了半小时。会议还算圆满，达成了惟一的成果，王川负责让翎子鸡闭嘴，不能半夜扰民，而业主们将静观事态发展，保留进一步申诉的权利。在热烈的掌声中，王川势单力薄，接受了这一条款。

其实，王川的信心，基本建立在对昝涛的信任上。如果说，这一信心还有空间的话，那就是王川还留有后手。呵呵，大不了法西斯一下，给翎子鸡戴个口罩，做个头套，或者马嚼子之类的，令其钳口，禁言，剥夺一切发言权。再不济，王川深入一想，在这个节骨眼上，也就只有牺牲了它，斩立决，爆炒也行，清炖亦可，反正酒肉穿肠过，佛祖随喜。

刚走到楼下，望见了家里的灯光，王川心里一热，想到了闹闹。四年来的惊怕，以及业主们一下午的围攻，就像一个天平的两边，孰轻孰重，豁然眼前。那一刻，王川悔死了，闹闹的病症才现曙光，有了向好的苗头，难道就为了一顶乌纱帽，开铡问罪，满足业主们的非分要求嘛。一想到鸡头落地，闹闹将陷入更深的沉默，从此永无宁日，王川的脊椎骨里，涌过了一种触电般的颤栗。王川在楼下徘徊良久，抽完了半包烟。这时，大姐的信息来了，让他老地方见。

大姐忽然哽咽，声音湿塌塌地说，我老做噩梦，最近更厉害了，我总觉得有个人一直在跟踪我，晚上就潜伏在我家的花园外，打算偷窃，我这是病么？王川一惊。和大姐私下里接触了几回，她从来很干脆，一二三，谈完交办的话，便抬屁股走人，今天这是咋了。其实，大姐不需要答案，她只是在抱怨，在自说自话。果然，谈完最近的噩梦后，大姐的情绪和缓过来，将一摞资料递给王川，说，还得麻烦你，你重新写一遍吧，拜托了。王川窘死了，手心里出了汗，打开袋子，随便翻看了两眼。王川说，有什么具体意见么，我知道，我能力有限，可能达不到你的要求。岂料，大姐松开了表情，说，你别紧张了，不是你的论文不好，而是，是太优秀了，这不符合我的初衷。

我，我没明白大姐你的。

王川怔忡说。

哦，尽量次一点，掐头去尾，故意弄一些自相矛盾的、有破绽的地方。大姐战略性地说，我请几个专家看了，说这都可以出书了，我不能太突出，弄个中不溜的，能过关就行了。

王川说，我刚开始就当一篇硕士论文来写的，按要求。

呵呵，我那是在职的，什么破硕士呀，我自己也没当一回事。大姐化繁就简，淡漠地说，我家那位逼我，非要让我读一个在职的，你是大才子，还是他举荐你，让你帮我的。

大才子！

这话像一道闪电，掠过了王川的心田，带来了一场酥润的春雨。一时间，王川的内心草木发芽，鹅黄浅绿，仿佛一片盛开的草原。哦，王川思忖，原先在董事长的眼中，自己被归类为大才子，又不见外，将家事相托。这一瞬，王川立马有了一种带刀侍卫的感觉，以笔为刀，全心皈依，满血效忠。王川羞赧了起来，应承说：

我尽量破坏，让它言不由衷。

大姐愕然，挤对说，也别把我弄得那么不堪，好歹也是一硕士嘛，能混一张文凭就可以了，但不能太出色，记住了。王川将这几句话摩挲一番，刻录在了脑海里。大姐忽然伸手，说，给我一支烟。

点了烟,王川也衔了一支,恳切地说,大姐,祝贺你呀。

哦,喜从何来?

王川说,老板终于主政了,君临天下,大姐你现在贵为集团公司的第一夫人。王川谨慎措辞,又说,大家都望眼欲穿的,这下终于可以更上层楼,企业有望上市了。

你报名了么?

双休日,我也没看到文件,等周一吧。王川答。

嗯,论文不着急,你抓紧报名,只有三天的时间。大姐被烟呛了一口,落下旁边的车窗,又说,中层干部全员竞聘,你也别三心二意,会很激烈的。这两天,我家里的电话线都拔掉了,幸亏我家那位去上海考察股市了。

大姐,你像一个人。王川说。

像人?

不不不,我意思是说,大姐你特像一个影星。王川快速思索着,笃定道,就那个《琅琊榜》里演霓凰郡主的,叫叫什么。

刘涛。

对,就是刘涛。王川附和。

点到为止,该说的话都说了。王川觉得,这就是一种默契吧,你承了我的情,下一步,你也该有所表示了。念想至此,王川越发对下午的软弱后悔不迭,软骨头,叛徒,活该翟芳这么骂他。忽然,地下车库的坡道上,传来了簌簌的脚步声,越来越近,越来越响。大姐骇然至极,猛地攥住了王川的胳臂,瑟瑟起来。大姐失声说,我害怕,是不是来跟踪我的,一定是,一定是,我怕极了。王川莫名无比,安慰说,有我在,大姐别怕,这是在咱的小区里。

坡道上出现了一条人影,耸动着,匍匐而来。后来,人影直接打在了对面墙上，像一个人被对折了起来，挂在上面。大姐惊悚地说，别下车，你陪着我，不许下去。稍顷，王川清晰地看见了一顶大盖帽，一名保安员踅了过去，隐没在了柱子后。与此同时，墙上的人影也消失了，仿佛这个家伙匿在了水泥中，另有打算。大姐出汗了，埋着头，云鬓纷乱，一再问，走了么？那个坏蛋走了么？王川笑说，大姐，小区的保安，怕是在巡逻吧。大姐递来一把钥匙，恓惶地说，开车，你把我带上去，我不能再待了，快开车。

王川依言跨进了前排，坐在驾驶座上。插了钥匙，打火，王川打开了前灯。登时，两道灯光若雪崩一般，将整个车库照得亮如白昼。光亮中，一只黑乎乎的东西，倏忽闪了下翅膀，不知是鸟，还是蝙蝠，转眼消失了。王川启动了车子，拨转方向，对准了坡道尽头的出口。不巧，意外的一幕发生了。

一个人，不，准确说是闹闹，居然站在车前，举着小鸡鸡，正在撒尿。

面对驶来的车子，闹闹既不躲闪，也不畏惧。车灯刺目，闹闹眯了一下眼睛，专注地盯着裤裆里甩出的一根尿绳。哦，王川终于看明白了，闹闹正在用尿画画，一幅湿漉漉的构图，铺在儿子的脚下。王川惊住了，忙打开车门，拔脚跑到了闹闹旁边，一丝忧心却被儿子的笑脸击垮了。闹闹指着脚下，灿烂地说：

爸爸，鸡。

王川被幸福砸中了，忙蹲下来，哀求说，你再喊一声，喊一声爸爸呀。

鸡爸爸。儿子说。

很快，地上的那一只"鸡"被尿糟蹋了，乌烟瘴气的，分不清眉眼。鸡爸爸，爸爸鸡，闹闹嘴里乱语迭出，但王川丝毫不计较，替儿子系了裤子，拦腰抱起了他。王川将闹闹安顿在车里，催他喊一声阿姨，闹闹却又哑巴了。大姐平静了许多，也没发声。王川将车子开出去，停在了C栋附近。大姐拜了一声，俯身摸了一下闹闹的脸蛋，说了声，乖。

告辞后，王川沿着外环兜了一圈，将车子停在了自己楼下。不由分说，王川肩起儿子，步下生风，放弃了电梯，直接跑上了四楼。王川踢了几下门，大喊翟芳，仿佛火灾发生了一般。门开了，母亲愣怔地站着，翟芳也跑了过来，失魂一般。王川卸下儿子，忽然站在母亲的跟前，捧住了那一张沟壑密布的脸。王川惊颤地说：

妈，我亲你一下吧。

很粗暴，很不讲道理，王川在母亲的眉心里亲了，一下不算，又亲了两下。母亲木讷着，用袖口揩了揩他的口水，看见闹闹抱住了自己的腿。王川掉头，逼上前去，夸张地说，翟老师，我也亲你一口，不，三口吧。

翟芳退到了墙角，指了指婆婆，嗔怪说，吃错药了你？不许放肆啊，姓王的。

呵呵，亲爱的翟老师。王川双臂一圈，将翟芳搂过来，又捧住老婆的脸，强行将舌头塞进了她的嘴里。翟芳又掐又打，但慢慢缓了下来，羞臊无比。王川一边亲，一边讲了儿子刚才的灵光一现，灿烂笑脸。王川强调说，喊我了，喊我爸爸了，我等得都快破产了呀。这一说，翟芳的眼泪下来了，趴在丈夫胸脯上，抽了脊梁骨一般，浑身软塌塌的。

原来，按照王川的交代，昝涛来过家里。昝涛干练，简单介绍了下午业主们的围攻，说当前矛盾的焦点，只在于半夜鸡叫，惊扰了大家。他们群情激奋，欲置翎子鸡于死地而后快。婆婆和儿子都在，翟芳怕昝涛露了馅，忙拽他到厨房里讲话。翟芳拿出一枚大号的针，针尖锐利，明晃晃的。翟芳还叮嘱昝涛，说等一下我带闹闹去楼下玩，你下手要快。翟芳给丈夫坦白，她当时也糊涂了，竟然问昝涛，带没带止血药，别大出血。但昝涛的回答更妙。昝涛问，鸡的嗓子在哪儿？我在鸡的哪一块用针？闻听此话，王川再一次将舌头伸进了妻子的嘴里，很深。蜷曲的舌尖上，有一种心花怒放的感觉。王川嘟哝说，你现在也属鸡，鸡的嗓子我知道。翟芳搡开了丈夫，夸赞说，昝涛这人真不错，后来，他带闹闹和翎子鸡去了地下车库，说那里有一间休息室，完全可以收留翎子鸡，免得把嗓子给阉了，成了太监鸡。这样，王川恍然了，知道了事情的脉络。后来，王川肃立在母亲跟前，扑腾跪下了，打算磕头。

母亲悚然，呀，我没死呢，你行啥大礼？

哦，两件事，第一是谢谢妈的养育之恩，把我拉扯这么大，还惦记着我的生日。泪花敷在脸颊上，王川又说，从明年起，我只过农历的，公历的作废。王川深磕了一个头，再说，另一件事，还得谢谢妈的英明伟大，妈就是菩萨下凡，千里路上带来了一只，一只凤凰，对，不是鸡，绝对的凤凰，让闹闹拨云见日，开始说话了。话未讲完，王川看见儿子簌簌而来，跪在自己屁股后边，有样学样，也给奶奶磕了一个头。闹闹结巴说：

奶，奶奶。

翟芳哭了出来，用老师的口吻说，奶奶咋了，宝贝快说，说出来呀。

生日快乐。儿子说。

这天晚上，幸福不请自来，来王川家里做客。幸福刚到，

屁股还没坐稳，彭强居然也尾随而至。见了老彭的那一张苍老嘴脸，王川登时不悦，横在门口。彭强揶揄说，你鼠肚鸡肠呀，气量没一只鸡的大，我是来拜访你家的翎子鸡的。一只蚊子缭绕，王川挥手驱赶，念咒般地说，滚开，滚开。翟芳拽开了丈夫，邀彭强进来。后者先问候了老人，摸了摸闹闹的头，发现他在奶奶的怀里睡着了。王川和缓了态度，让烟，打火，讥讽说，黄鼠狼给鸡拜年，你是来串门的，还是来监斩的？哼，实话告诉你吧，我已经。

别，别杀呀，刀下留人。彭强急了。

你这嘴脸。呸！

哎哟，翎子鸡，乃吉祥鸟，百年不遇的一只落地凤凰，我专门来沾吉的。彭强忽然像一位对方辩友，汗漫滔滔地说，你真傻瓜呀，古人还讲，鸡有五德，首带冠，文也；足搏距，武也；敌在前敢斗，勇也；见食相呼，仁也；守夜不失，信也。彭强斟酌着，又一针见血地说，你家的翎子鸡，那一身的好羽毛，可都是当年，当年大清王朝的文臣武将们一生的追求，你小子，岂能宰杀了它。

呵呵，你抽风了，在这给我演穿越剧呀？王川讥诮说，别一惊一乍的，歇着去。

顶戴花翎，那可是吉祥之物呀。

王川哑了。

哎哟，好我的兄弟呀，你家里的翎子鸡，不，那一根根顶戴花翎，今晚上都刷屏了，爆屏了，天下皆知。彭强掏出手机来，递给了王川看，怨怼地说，啧啧，粪土当年万户侯，那是气魄和境界，咱们达不到，但也不能脑残吧。这个节骨眼上，烧香磕头，也要供一根翎子鸡的羽毛，明白么？

果然，业主们的微信群里，翎子鸡俨然成了一个璀璨明星，赢得了无数点赞。

七

涛哥，这算几眼的？

双眼花翎。

这枝呢？

哦，这个算单眼的。

昝涛攥着两个乒乓球，团在手里玩，随口敷衍着对方。三女子惊讶完，过来坐在床边，样子亲昵。三女子说，见你第一面时，我就当你是我哥，亲哥，一个妈生的。昝涛靠着墙，两腿跷在乒乓球案子上，仰看着翎子鸡，不再吱声。三女子说，涛哥，照你刚才的话，那搁在清朝年间，你可就发财了，一根翎子，呀呀，起码值一块金砖吧。昝涛轻蔑一笑，将一只球抛了出去。球在空中划过一道弧线，冷不丁，被翎子鸡啄了一嘴，又原路返回，被昝涛准确地接在了手里。昝涛跟翎子鸡对打，彼此有一种默契，看得三女子眼花缭乱。三女子说，我看过电视剧，像宰相刘罗锅、铁齿铜牙纪晓岚跟和珅他们，戴的可都是孔雀翎子，有花翎和蓝翎，你不会是在诓我吧。终于，这句话惹翻了昝涛。昝涛给三女子来了一拳，申斥说，没文化真可怕，没文化的人一张嘴，一颗粮食也打不出来。

地下车库里，有一间偌大的空房，因为里面管道密集，一直废弃着。业主委员会体恤保安们的生活，便打了报告，让出了使用权。休息室很空旷，只摆了一张床，一张乒乓球案子。平时没人敢来睡，管道里常传出一些奇怪的响声，大家说像一座古墓，越说越邪。昝涛不怵，所以钥匙就挂在他身上。晚上，从王川家出来，昝涛一手拽着闹闹，一手抱着翎子鸡，进入了地下世界。闹闹觉得很新鲜，小眼睛都亮了，几乎忘了翎子鸡，抓起一盒乒乓球就乱扔，乱踩，放肆极了。翎子鸡带了伤，很乖，乐意任人摆布。昝涛将翎子鸡搁在案子上，仔细梳理了一下羽毛，又含上一口水，噗的一声，喷在上头。羽毛遇见了水，潜伏在里面的色彩一瞬间渗了出来，赤橙黄绿青蓝紫，斑斓无限，活色生香。很快，昨晚上的失手，以及由此带来的巨大的经济损失，已经被昝涛扔了爪哇岛上。一种强烈的恶作剧的念头，像礁石似的，盘踞在了他的脑海中。

妈的，不就是一千元，不，应该是五千块嘛，老子看不起。昝涛认为。

闹闹吞了一只球，差点噎过去，幸亏发现得早。昝涛从他嘴里抠出来，见无大碍，便给他裤兜里塞了几个，说是送给闹闹的。但前提是安静，不许闹，帮叔叔一个忙。后来，闹闹很规矩，捧着一只雪亮的强光手电筒，对准了案子上的翎子鸡。

翎子鸡羽毛蓬松，气度优雅，像一位即将出席盛装舞会的王子。

灯光是一种衬托，昝涛在手机镜头里发现，每一根羽毛都纤毫毕现，细腻入微，在一种看不见的气流中，上下拂动，布满了韵律。昝涛采取了不同的角度，仰拍，俯拍，特写，全景，不停地指挥着闹闹，让他左右布光，呈现出翎子鸡这个主角最亮丽的一面。闹闹不明所以，却很兴奋，以为自己抱着一支冲锋枪，小嘴里突突突的，冲着翎子鸡扫射。先前，昝涛也从别人那里偶然风闻，说王川太不幸了，儿子今年四岁了，却不会说话，连一声爸妈都讲不出来，难怪王川一直短了精神，蔫头夯脑的。现在一瞧，昝涛知道那都是屁话，是人看人的可笑，是诋毁。昝涛边拍边问，闹闹，爽不爽？闹闹回说，方（爽）。又说，喊我一声干爹，喊干爹。闹闹愉悦地说，干，干爹。昝涛停了下来，认真盯了一番孩子，交代说，真乖，以后见了我，一定喊干爹。

也不知什么缘故，昝涛忽然仰面，哭了一声。闹闹蹒跚过来，抱住了昝涛的腿。昝涛揩了一下眼窝，收住泪水，忙关掉强光手电筒，让闹闹去玩乒乓球了。

花了半个小时，昝涛在手机里整理完照片，挑出满意的，裁剪一番，组成了一套。这还不算，昝涛又下载了一些相关资料，大多是清朝官吏的顶戴花翎，予以佐证翎子鸡身上的璀璨羽枝。将这些工作做完后，昝涛发布在了业主们的微信群里，心里涌起一股恶毒的快意。

下午时，那一帮人攻讦翎子鸡，围剿当事人王川，现在却被打了脸，一个个哑然不语。昝涛猜想，那些人正在屏幕前面羞愧不已，为草率，为莽撞，为自己跟一只鸡过不去而心生悔意。后来，昝涛又发了一段话，大意说，狄道一带产的翎子鸡的羽枝，自康熙爷开始，就是献给朝廷的贡品。因为稀罕少有，后来翎子鸡的羽枝，一般不做配饰，而是用来供奉。这种羽枝是一种传说中的吉祥物，求风得风，求雨得雨，不是宰相加身，便是元帅在手，自然是千金难购了。——这话刚发送出去，昝涛便收获了密集的点赞，鲜花和掌声，像泄洪槽中的鱼群，劈里啪啦的。昝涛互动起来，慨然问大家：

约不约？

昝涛坐在床上，忘了闹闹的存在，不停地释疑解惑，应答各方。翎子鸡站在案子上，脚下是一堆米粒，不用问，又是昝

涛带来的夜宵，蛋炒饭。昝涛摸了一根烟，叼在嘴角。忽然，一根火喂了过来。昝涛抬头，见三女子站在面前。昝涛申斥说，你真像个鬼，脚上都没声音，妈的。三女子说，我在C栋那里蹲坑，腿蹲麻了，知道你在这里，便来跟哥说说话。三女子头发湿漉漉的，雨还在下。昝涛交代说，别让那个女神经给迷住，哥吃过女人的亏，女人跟你好了就好，一旦翻下脸，你身上就要着火的。三女子一笑，牙花子猩红，注意力迅速集中在了翎子鸡的身上。昝涛攥着乒乓球，团在手里玩，恼恨三女子的到来，打扰了自己，却也不愿彼此搞僵。后者问这问那，昝涛也大方，讲解了一番翎子鸡的神奇之处。昝涛挤对说，你嘴里一颗粮食也打不出来，读书少，见识更浅，电视剧那是哄人的，真正的和珅跟刘罗锅他们，戴的就是翎子鸡的羽枝，剩下的大臣们，当然是不值钱的孔雀毛了。哦，三女子沉吟着，有些被点化的感觉，知道自己补了一课，上了一个新台阶。三女子嬉笑说，哥，难怪你上知天文，下知地理，我记得你说过，你以前在狄道一带当兵，你见过大世面呀。这句话，让昝涛蓦地警觉了起来，呵斥说，谁说我在狄道当过兵？妈的，你不能乱喷，小心我拔了你的牙。三女子不服，继续说，你忘了么，端午节那天，我刚来没多久，咱俩在一起喝酒，你说了你的过去，还有当兵什么的。

闭嘴。昝涛捏碎了一只球，掷在对方脸上，说，我那是吹牛。

嗯，怪我，我以为是真的。

昝涛和缓了语气，心里却通了电，亮起了一盏红灯。昝涛安慰说，酒是不要脸的水，男人喝上那种水，吹牛都不用打底稿，我没当过兵，我一直在打工。

三女子也说，酒真的不要脸，那天我也醉了。

哦，醉了也好，醉了什么难肠事都忘了，可以不伤心。昝涛扔出了乒乓球，跟翎子鸡对打起来。三女子发现，翎子鸡其实是一个倔强的家伙，渐渐地被撩拨了起来，头上的冠子充了血，像一块红布。昝涛又说，不过吧，男人不喝酒，真对不起裆里的半斤肉。

这句话刺激。三女子失笑说，你说过这个，那天我送你回家时。

呀，你送我回家？

三女子诚恳地点点头，说，对呀，去了你的出租屋，后半夜时。

翎子鸡又啄过来一只球，昝涛没接，三女子却抢先抓在了手里。昝涛逼到了对方跟前，犹疑着，似乎在拿什么主意。猩红的牙花子一直暴露着，很恶心。三女子笑不拢，嘴里嵌着一颗大虎牙。昝涛顿了顿，说，改天请你去家里，你嫂子茶饭好。

那天没见嫂子，你说，你说嫂子很漂亮。三女子将球递给对方，昝涛仍没接。

我吹牛，她长得及格吧，马马虎虎。昝涛的目光开始松懈，从三女子的脖颈上解开，落了下来。昝涛发现，这个声若细丝的伙伴，胳臂上的肌肉，居然像一盘粗麻绳，绞结起来，像个肉墩子似的。昝涛说，你去干活吧，小心那个女神经吃了你。

嗯，那我撤了，吃夜宵了再找你。三女子说。

恰此时，案子上的翎子鸡，突地抖擞起来，尾羽泼喇喇乱颤。仿佛一把大扇子，慢慢打开了，将一幅奇异的画卷，呈现于眼前。翎子鸡带着一种赢了球的亢奋，脖子伸张，等着挂金牌。昝涛再次惊住了，因为每一根羽枝都那么生动，那么细腻。

尤其是，羽扇上绣出的那一只只翎眼，沉静，宽阔，温润如玉。昝涛瞄了一眼三女子，便心生一计，扑通跪了下去，寻找着时机。三女子狐疑时，却见昝涛念念有词，行礼如仪，咚咚咚，连磕了三记响头。后来，三女子终于听清了，昝涛也没什么新花样，舌头一直在拌蒜，念叨说：

天灵灵，地灵灵……

此刻，三女子露出了破绽，脖子伸了过来，命门大开。

昝涛伺机，嘴里却继续念，天灵灵，地。

门开了，一股冷风打过来，昝涛的屁股一紧。昝涛弓起身子，从裆下看见，原来是业主闵红率着一群人闯了进来。这些人男女参半，并非都是下午参与围攻的，更多的是新面孔，集团公司的大小头脑，部门负责人等。昝涛觑见，闵红的脸上开了花，打了鸡血似的。但昝涛并没收起屁股，而是继续匍匐下来，接着装神弄鬼。刚刚开始下的一盘棋，被无辜惊扰了，昝涛不免郁闷。闵红喊说，昝涛，你约大家，大家立马都来了，你现在吩咐就是了。一时间，人群分散，包抄了过去，对着翎子鸡乱拍一气。

案子上，翎子鸡显然受了惊吓，一把敞开的扇子，此刻渐渐合上了，拢成了一团。三女子压根儿没走。三女子发现，翎子鸡殷红的冠子褪了色，先是粉红，最终完全失血，变成了一片煞白。三女子觉得，拍翎子鸡的确没意思，但手机另有使命，所以一直掯在手里。翎子鸡将脖颈缩了回去，那一块煞白的头巾，也掩在了羽毛之中。三女子摸了摸翎子鸡，握拳那么大，剩下的都很虚幻，像摸到了一团烟雾。比如三块半一包的红兰州，昝涛平时爱抽的那种纸烟，那种喷出来的淡雾。一念至此，三女子倦怠一笑。这个笑，大抵有两个特征。其一，牙齿上带

血，似乎常年不晒日光，缺乏点什么；其二，表情松弛了下来，一松弛，便带有了厌倦感。昝涛瞥见了三女子的异常，心里了然，但在这样的场合，昝涛不便发作。突然，闵红扑通跪地，膝行了几步，趴在昝涛的屁股后边。闵红催喊：

小昝，你带大家拜一拜，快呀。

……这。

闵红变色说，你瞌睡装死呀，除了升官发财，人生夫复何求。

快呀，快拜呀。业主们纷纷附和。

昝涛迟疑了一下，业主们的话，既有渴求，也带着不容置疑的口气。昝涛忙磕起头来，将脑袋撞在水泥地上，咚咚咚的。闵红是个胖人，边磕，边大喘气，呼哧呼哧的，像乡下的风箱一般。刚才拍照的那些人，此刻都规矩了，生怕漏掉了这个机会，这个千载难逢的鸿运。大家首尾相衔，密密麻麻地趴了一地，随着昝涛的动作而起伏，好像一排排人浪，波过去，又荡了回来。叩拜声不绝于耳，有几个的额头磕破了，渗出血来。三女子不为所动，倚在旁边，被眼前这滑稽的一幕吸引了，失笑着，忍着。闵红提醒说，小昝，不说点啥呢？应该说点，不然翎子鸡升了天，拿什么给玉皇大帝汇报？昝涛说，那当然。于是，昝涛又开始念叨天灵灵、地灵灵了。

桌案上，那一只翎子鸡埋着头，蓬松一团。像一尊瓷器那般，羞涩和安静。

王川杀来了。王川奔了进来，见到眼前的情景后，一个急刹车。彭强跟在后边，躲闪不及，撞在了一起。彭强手里的一瓶酒掉了，摔碎在地上，酒气四溢。幸亏抢救及时，另一瓶幸免，被彭强接住。酒是茅台，王川存了多年，今晚上心情大

悦，又听了彭强的一番鼓噪，便决定消灭了它。王川不愿吃独食，心里感激小区的保安昝涛，便连夜找了过来。不承想，却置身于一场闹剧中。昝涛抬看了一眼，慌忙起身。王川怒目金刚，冲上去就掀翻了乒乓球案子。翎子鸡扇了下翅膀，落在了角落里，毫发无损。王川斥道：

呵呵，妖魔当道，脑子进水了你们。

闵红和一群人簌簌起身，既没有甩打想象中的马蹄袖，也没喊"嗻"，一个个面红耳赤，尴尬极了。王川哀告说，诸位够狠的，你们变着法子，将王某人置于不义之地。又说，刚才的这一幕，如果被人爆料的话，绝对是一桩轰动性的丑闻，你，我，我们大家，碰了高压线，一定会吃不了兜着走。昝涛如芒刺在背，慢慢踅到了门口，打算负遣而逃。这一刹，昝涛却不经意地发现，三女子不见了。

这个异常，让昝涛一下子慌了神。

王川继续说，诸位，今天的这个闹剧，请大家烂在肚子里吧，泄露出去，对谁也没好处的，我保证。王川蹒跚过来，拽住了昝涛的手。王川说，昝涛都认识吧，问问他，他可以作证，这翎子鸡是我妈带来的，今天是我生日，本该下酒的，没想到成了大家伙的玩具，这么折腾你们，我真的抱歉，对不住了。昝涛从昏蒙中醒转了。王川的这个介绍，让昝涛不免骄矜。昝涛作为幕后导演，明白自己暂时脱逃了，与闹剧无涉。王川从彭强手里拿来茅台，塞给了昝涛。不用问，这分明是一种奖赏。岂料，闵红带来的一干人，依然意犹未尽，执迷于翎子鸡带来的快感中，不肯舍离。闵红说：

咄咄怪事，这么大的中国，难道容不下一只翎子鸡嘛。

王川说，不折腾了，散了吧。

彭强却嘶喊说，别杀，一定放生。

这时，闵红晴朗地说，王川呀，你也别多心。其实吧，下午大家开会，并非对着翎子鸡来的，主要目的还是为了给咱的小区，营造出一种文化，一种宽松的氛围。闵红胖人，话却简练。又说，我是女人，女人都爱翎子鸡身上的这种羽毛，再说它那么一叫，我就知道自己的魂还在，明早还能穿上了鞋子，还活在宝贵的人世间。

在下附议。彭强道。

闵红决然地说，嗻，这么宽敞的房间，足够翎子鸡撒欢了，我建议。昝涛足够机灵了。昝涛跑过去，咯咯咯一叫，揽起了翎子鸡。昝涛当众说，有我在，我会把它伺候好的。昝涛居然亲了一下翎子鸡，满嘴虚无，却牙齿很硬地说，每天早上，我会让它开唱，给你们报时，降下一声声福音的。

对对对，的确是福音。闵红和大家啧啧称是。

王川逡巡了一眼偌大的空间，蓦地想起了儿子。在王川的眼中，这里将成为一座乐园，闹闹的乐园。

<h1 style="text-align:center">八</h1>

人不留客，天留客。在昝涛看来，这谚语等于一句屁话。

彭强的舌头肿了，醉眼迷离，举止也慢慢嚣张起来，全然没了先前的拘谨。昝涛知道，这小区的业主们，大多是部门的负责人，头上压着几座山，对下面又没权，过惯了谨小慎微的日子。此刻，彭强的张牙舞爪，醉话连篇，倒也在昝涛的意料之中。让他放肆一下吧，又少不了我一两肉，昝涛安慰自己。一瓶茅台，很快见了底。彭强分完了，还眯起眼，对着瓶口瞄

了瞄，控出了最后一滴。彭强咂在舌头上，埋怨说，好酒不经喝，好日子不经活，人生在世，不如意事常八九啊。昝涛举杯，跟彭强碰完，顺便揉烂了手里的纸杯。

兄弟，谢了！

昝涛见对方抱拳，忙还礼，说，瞧你，又不是我的茅台，客气啦。

哦，王川那小子，不值一提，不在咱的桌面上。彭强捏起一粒花生米，丢在嘴里，慨然说，与君一席谈，我觉得好有一比呀。

心里着急，却不能逐客。昝涛耐下性子问，说说看。

你我二人，跟当年的刘备曹操，他两个夜饮一般。彭强脸上放光，又说，天下才华共三斗，咱俩各自一斗，剩下的，让王川他们窝里斗去吧，不稀罕。兄弟，你愿当谁？

昝涛的表情，灰烬似的。昝涛说，我谁也不当。

你曹操吧，我做刘备。

昝涛也有点薄醉，拍了桌子，说，曹操是奸贼，你少扣帽子。

呵呵，彭强激动起来，啜了酒，喋喋地说，想当年，刘备不过是卖草鞋的，曹操也好不到哪去，一个太监的养子，然使君与操，一向身怀鸿鹄之志。

话匣子一打开，彭强便刹不住车了。昝涛起身，瞥见翎子鸡探了探头，脖颈像一枚问号。昝涛知道，时间不早了。昝涛弄了一杯水，搁在翎子鸡跟前，想请它润润嗓子。脚步一响，翎子鸡羞涩了，将鼻脸埋在了羽毛当中，又变成了一尊安静的瓷器。昝涛微醺，哈欠四起，觉得翎子鸡比彭强稳重多了，遂坐一旁，慢慢观察。晚间，闵红带着一群人走干净了。王川待了一根烟的工夫，也拽着彭强撤了。不承想，彭强杀了个回马枪，带了一些干果和花生米，闪身进来。彭强浑身湿透了，谄笑说，长夜漫漫，独乐乐，不如咱哥俩一块乐。昝涛打开了茅台，知道这家伙一定另有他图。

果然，彭强讲完了三国，决意自己做曹操，让昝涛出任刘备。彭强絮叨着，喝掉了最后一滴，咂巴说，酱香型的，对酒当歌，人生几何呀。昝涛过来，扶他出门。蓦地，彭强却猿臂一舒，一捅到底，喊了声，玄德贤弟。入戏太深了，不要脸的水搞的鬼，昝涛带着轻蔑，手下使了劲。彭强的脚却扎了根，从昝涛的胳臂下，滑了出去。末了，彭强才亮出了底牌。彭强说，玄德贤弟，愚兄想求一根羽毛，翎子鸡的。瞬时，目光指向了角落。妈的，昝涛强压怒火，并无二话，直接冲了过去，拔下了一根羽枝。

彭强举在手上，嘴巴吹气，见羽枝猎猎拂动，色彩烁闪。

彭强快哭了，念叨说，双眼的，居然是双眼的顶戴花翎哟。昝涛开大了门，一股冷风吹来，表情骤紧。昝涛频频做出送客的手势，但彭强顽固，不肯罢休。僵持了一段，彭强将羽枝插在脖领子内，整理了一番。不待昝涛再次逐客，彭强突然疾步趋前，立定，啪啪啪，甩打了一下左右袖口，扑腾跪地。彭强深伏下去，叩头不止，朗声说：

臣隆科多，叩见陛下。

昝涛失笑死了，但忍着，没发作。

微臣和珅，叩见吾皇陛下。又说。

无语。

顿了顿，彭强哽咽地说，儿臣胤禛，叩见父皇陛下，恭祝父皇万岁万岁，万万岁。

昝涛回说，平身吧。昝涛快憋不住了，俯下身去，款款搀住了彭强的胳臂。昝涛送他出去，到了地下车库的坡道上，叮嘱说，雨太大了，小心别淋着。彭强弓着腰，不敢抬头，一根翎子尚在头顶上颤栗，小丑一般。临别前，彭强居然泪下如雨，哀告说，父皇早些安歇吧，龙体金贵，大清的江山社稷还指靠着。

走吧，彭副主任。

昝涛催喊。

嗻，彭强最后说，皇阿玛，儿臣这就告退了。

地下车库里空空荡荡，仿若一座寂灭的古墓。坡道上的一盏灯光扑过来，煞是荒凉。昝涛看见，自己如一根细长的杆子，挂在墙上，孤单极了。这一瞬，昝涛终于爆发了。昝涛摸了摸皮带，拔出来一把改锥，冲上前去，在一辆车身上乱劈。牧马人，幽深的烤漆上，映现出了昝涛的嘴脸。昝涛痛恨自己，不想看见这张脸，因为恐惧，也缘于绝望。这么多年了，昝涛一直在逃避这张脸，但它却如影随形，像一句锁定了自己的咒语。上一次，昝涛也这么干过，但这张脸安全无虞，此刻又浮现了出来，逼视着他。现在，昝涛戳破了自己的眼睛，剜了鼻子和嘴，将整个脸颊也划破了，划花了，一塌糊涂的。愤怒过后，昝涛看见牧马人已经面目皆非。但昝涛顾不了许多了，下面的事更为紧迫。

雨水淅沥。尤其在路灯下，雨丝若一张绵密的网，让夜色下沉了几分。

时间差不多了，昝涛踅出车库，走进小区的中央水景一带时，感觉怀里的翎子鸡动了动。昝涛摘下雨帽，掏出翎子鸡，两手架住了它的翅根。这一瞬，昝涛有些伤感。它那么小，那么无足轻重的，却长了一身虚张声势的羽毛，一副让人惊魂的破嗓子。昝涛思忖，自己应该属鸡，属翎子鸡，不该在城里鬼混，山乡僻壤，才是能活命的地方。昝涛立意已决，等办完这件事后，立刻消失，越快越好。

翎子鸡簌簌一番，探出了殷红的冠子，抖擞着。两粒眼珠，仿佛刚划着的火柴。

四下阒寂，业主们沉浸在酷暑之后，一场清凉的梦境里。昝涛抬望着，一股血涌上了头顶。昝涛一时激愤，心说，你就死命地喊吧，把狗日的们都喊醒来，把全天下的玻璃喊碎，把天老爷也喊破。果真，翎子鸡伸了一下脖颈子，一口啄破了夜幕。

那一声鸣叫，立时变成了一片发光的瓦，扔上了天。

昝涛抱着翎子鸡，在小区里兜来转去，更夫一般。昝涛得意极了，觉得打鸣的不是翎子鸡，却是自己。一片瓦刚刚消失，另一片又从怀里扔出，腾跃而上，飘在了铅云之下。翎子鸡像一座砖窑，一个制瓦匠，左扔一片，右扔一片。慢慢地，天空被擦亮了，一点一点地，透出了一线曙色。昝涛望了许久，脖子也酸了。昝涛开始觉得，天空其实就是一座佛龛，用瓦片砌成的。佛龛上坐着一尊神，人做什么，天老爷都能看见。

这个想法，让昝涛暗吃一惊。

但一切都为时已晚。昝涛抱着翎子鸡，刚转悠到了C栋时，三女子从拐角里闪了出来。三女子说，涛哥，你没醉吧，我看见你抱着翎子鸡，转悠了好几圈了。昝涛沉吟一下，将翎子鸡塞在对方手里，说，你一直盯着我，没蹲坑呀？三女子接住翎子鸡，下意识地低下了头。趁此时，昝涛摸出了电击枪，打开了按钮。电击头杵在三女子身上时，劈剥一下，一道蛇形的蓝

光，喷了出来。昝涛忙让出一步。三女子瘫软在地后，昝涛顺势接住了翎子鸡，用袖子揩了揩羽毛，擦净了雨水。

三女子从昏迷中睁开眼，发现自己被铐在了管道上，动弹不得。

铐子是金属的，叮当作响。好似身上的电流还在，三女子挣了几下，又跌倒了。视野中，昝涛正在收拾行李包，两双鞋，几件外套，东西并不多。翎子鸡站在地上，一脸无辜，转瞬又打了一下鸣。此刻的声音，却不像发光的瓦，更多的像是一种乞食。翎子鸡瘸着腿，跳了几跳，够不着乒乓球案子上的米粒，不免灰败。也许，恰是翎子鸡的打鸣，替三女子叫了魂，他慢悠悠地醒来了。三女子凄厉一笑，说，涛哥，我胸膛上有一个蓝印，电击枪把肉都打焦了。昝涛从床下拽出一个箱子，很沉，里头都是他的存货。三女子说，小时候，我去县城的肉店买肉，老看见猪肉上有蓝印，人们说是卫生章，骗人的话，一定跟我一样，被电击枪撂倒的。东西太琐碎，收拾起来费时间，但昝涛不怕麻烦，仍旧打开了。一套工具，显得很旧，改锥，扳手，防滑手套，另有一把匕首。三女子在絮叨，昝涛并不接话。三女子咧嘴，牙花子猩红，又说，涛哥，铐子太紧了，我疼，你邮购的肯定是劣质品，求你了。昝涛攥着一把剪子，拿出几张证件，包括一张身份证，逐一铰烂了，扔在了三女子脚下。后者说，涛哥，我一直拿你当亲哥看，你罩着我，我刚到保安公司，还是你亲自点我的将，来这个小区的。昝涛不听，出去了一下，回来时，手里举着一只瓶子。昝涛将液体洒在了三女子周围，这才消停下来。三女子骇然说：

汽油，这是汽油呀。

昝涛方说，我恶心你的嗓子，二尾子。插一根翎子鸡毛，

你就是个太监。

哦，你要把我灭口？

昝涛摸出一支烟，衔在嘴角，手里捏着打火机。昝涛说，妈的，你有两件事犯了我的忌，我现在治治你的病。越挣扎，铐子越紧。三女子知道没了希望，索性强硬起来。昝涛说，蹲坑，你老对我说蹲坑，这是什么意思？昝涛彻底翻了脸。

呵呵，你终于怕了，魏虎子，你也有怕的时候？三女子昂扬起来，喷笑说，魏虎子，不是不报，时候未到，我蹲坑守着你，就等今天了。魏虎子这个名字，像一块烙铁，昝涛骤然紧张。其实，昝涛知道"蹲坑"二字，专业术语，电视剧上经常演，但它第一次从三女子的嘴里冒出时，他就警觉了。翎子鸡低头啄食，寸进而来，一团虚幻的羽毛，令昝涛有些发虚。真的，人的一生，跟这团羽毛没什么两样，到头来还是虚活一场。昝涛踢了鸡一脚，沮丧地说，给这禽兽磕头，当先人一样拜，这前半夜的一场闹剧，是我故意搅局的，我就想试探一下你。三女子回说，晚了，魏虎子，你的相片我已经发了出去，看见的人，都确信是你魏虎子，我追凶追了这些年，终于。啪的一声，打火机响了一下，没火苗。昝涛在膝盖上擦了擦齿轮，又打了一下，照旧。这样的异常，令昝涛很沮丧。昝涛说，那你说说看，你从哪一天认出我的？三女子说，喝酒的那天。咦，那天我没醉，我从来就不会醉，因为那天我出了老千，喝下去的是水。昝涛自负，又说，那天我也在试探你，我才诈醉的。翎子鸡开了窍，先是跳上了凳子，攒了攒力气，而后一挫身子，飞到了乒乓球案子上。三女子回说，我送你回出租屋，就想看看你的真相，结果不错，第一，你没老婆，也没家，你其实一直孤家寡人；第二，你每天吃的都是蛋炒饭，说是嫂子做的，

那是骗人的话，你是在同一家饭馆订的。昝涛哼了一声，问，这能说明啥？三女子说，这说明你就是那个凶犯，潜逃了多年，隐姓埋名，过着暗无天日的苦光阴。案子上散落着一些米粒，翎子鸡得偿所愿，羽毛霎时松开了，开始饕餮。昝涛厌倦地说，今天吧，我真的有一种轻松，我解放了，心里的磨盘打碎了，不折磨我了。昝涛打了一下火机，忽地跳出来一根火苗，在指尖上摇曳着。昝涛说，你究竟是谁？警察，还是线人？三女子顿了顿，哽咽说：

魏虎子，我姐没死。

说啥？

我姐没死，但跟死了一个样，她瘫痪了，也毁容了。

昝涛怔了怔，火灭了。昝涛突然大吼一声，扑了过去，在三女子的嘴巴上来了一拳。血喷了出来，三女子的牙花子不见了。昝涛苦楚地说，妈的，我辛苦逃了这么久，心血快熬干了，就怕警察抓了我，让我吃枪子。原来，原来她根本就没死，还活着。

三女子说，我姐也看了你的相片，认出是你，昨晚上电话报了案。

那，那你是改琴的？

弟弟，亲的。

你也撒了谎，说你媳妇跟婆婆吵架？

咱俩半斤八两。

昝涛抱住了脸，知道自己面色煞白。昝涛说，我想起来了，当时你姐跟着我时，你还在乡里上学，难怪我没见过你，你跟你姐不像，尤其是说话。

三女子回说，我挑破了喉咙，我故意的，我怕被你听出九莲县的口音。

挑破的？

嗯，你毁了我姐，也毁了我。略带疲倦，三女子哀声说，我姐出事后，我也就没上学，放弃了高考。这几年，我一直在追凶，天老爷开眼，让我顺藤摸瓜来到这。

昝涛长叹一下，你说得对，报应吧。

魏虎子，你现在去自首，也还不迟。这一瞬，三女子瞥见了管道上的一个断口。废弃的管道，像一张纷乱的草稿。又说，你老婆还没改嫁，你儿子也长大了，明年上初一。

闭嘴。昝涛咆哮说，不许提他们，不许，你没资格提他们。

与此同时，打火机，着了。

九

论文的题目是《公共危机管理初探》。

电脑开着，半包烟没了，一摞资料翻遍后，竟毫无头绪。王川枯坐良久，仔细回忆大姐的要求，先前那种独自受宠的感觉，现在被冷寂代替了。阳台大开，一种浸入骨髓的夜凉，让王川像一根针那般清醒。从地下车库回来，家人都去睡了，王川余勇未消，便想抓紧修改完论文，早点交了差，善始善终。在这个节骨眼上，大姐的一句枕边话，胜过一切。什么竞聘报名、演讲、民主测评等等的，在王川的意念里，都抵不上这一篇文章。那么问题来了。王川最讨厌这句嚣张的话，但眼下，的确是问题来了。

修改，全面拉低智商，偶有破绽，埋下败笔，总之要往平庸里写，往"坏"里写。这是大姐的核心懿旨。王川的头都大

了，肿了几圈。"坏"，也得是一种水平，不显山，不露水，万人如海一身藏。恰好，王川想起了一个朋友。朋友搞诗歌，也写小说，定期开一些乌烟瘴气的朗诵会，还时常出现在本城报纸的文化版上，人模狗样的。朋友的粉丝也多，据说全部赶过去的话，三天之内，可以拾光新疆境内的棉花。王川不耻下问，拨了电话，将眼前的困境与诉求，一股脑地说了出来。言毕，王川释然了许多，觉得立等可取。

孰料，朋友愕然，反问说，这是一个思想无能的时代，谁都在打草稿，谁也无法定稿，千万别以为你写的那些病句如何优秀，拉倒吧。王川一头雾水，觉得迎面碰见了一条鬣狗，满口血腥。朋友又说，恭喜你，成了落地的小凤凰，终于知道了平庸，开始低于尘埃，他妈的尘埃。王川耐着性子，介绍了论文的概要。王川启发说，初探，初探就是允许犯错，允许粘贴复制，允许大而空吧？这时，朋友方说：

睁开狗眼吧，真实比虚构还离奇。

王川点了烟，又请教说，别那么哲学，我就是一个捉刀小吏，应付差事罢了。

唉，一个时代的坏掉，就是从文风开始的。

霎时，王川怒了。王川说，姓叶的，你能不能讲点人话，半夜三更的，你念什么咒呀？朋友姓叶，叶舟的叶。

呵呵一笑，朋友变兽为人，开始讲人话了。原来，朋友签了一部电视剧，仿《琅琊榜》的，剧组已经扎营在外景地了，却突然生变。王川蓦地有了快意，欲问其详。女一号是香港的，身价不菲，有夫之妇，却一枝红杏摸出墙，在半年前被逐出了豪门，绯闻持续发酵，占据了各大头条。这一瞬，楼下传来了翎子鸡的打鸣，不像前夜那么齐整，却显得东一榔头，西一棒槌的。朋友又介绍，开机在即，女一号却发难，将剧本扔在了朋友的脸上。绯闻让她炙手可热，红得像一只刚出笼的大虾，质问编剧说，我男朋友呢，他走了七年，七年之后又杀回来了，你得告诉我，因果何在？朋友回说，这是唐朝的戏，在大唐年间走丢了七年，难道不正常呀。王川兴奋了，一边耳食着长安城内的故事，一边捕捉着翎子鸡的动静。打鸣声零散，游走东西，既不发光，也不悦耳，仿佛一堵塌下去的墙，沉闷无比。女一号执拗，一问到底，说链条断了，没了这七年的铺垫，无论如何也演不下去的。朋友也不是吃素的，针尖对麦芒，整个剧组便撂荒了几天。朋友对王川抱怨说，什么鸡巴逻辑，狗屁，这个江湖乱道的自媒体时代，脸上写满了平庸两个字，不值得细究。那你咋办？王川劝慰。朋友哀叹说，从了，乖乖认尿吧，否则就要换枪手来写，老子还惦记着那一笔银子呢，钱的话，谁都能听懂。王川觉得，这才是一句打粮食的话。拎着手机，王川站在了阳台上。雨丝绵密，夜凉如水。视野中，昝涛抱着翎子鸡，正在小区里兜圈子。昝涛湿塌塌的背影，让王川想起了古代卖唱的人。今夜无人入眠，一想到跟朋友一样，都要黉夜伏案，王川便不再孤单。挂线时，王川问：

正在写呀？

没。

咋了，没灵感？

便秘一样，写不出来。

后来，王川坐在马桶上出恭，一边看报，一边咂摸着朋友的这个比喻。王川退而求其次，不敢跟朋友比，但写了那么多年的材料，一点就通。没错，写作就是便秘，而没有灵感的写作，则是长期的便秘患者，痛苦自知。报纸很旧，几年前的，

上面污垢斑斑，一股鸡屎的味道。装翎子鸡的纸箱子，母亲没舍得扔，搁在卫生间里。目光过处，一篇法治类的通讯，忽然吸引住了王川。这是一份地级报纸，文章描述的是九莲县，毗邻王川的老家狄道，一山之隔。让王川失望的是，这篇短文竟是连载之五，掐头去尾，不成全貌。可即便这样，王川仍读得津津有味。故事大意说：

……由于魏虎子为人热情周到，人脉广泛，自此之后他的水泥预制板场生意兴隆，财源滚滚，魏虎子也成了九莲县家喻户晓的人物，致富能手。此时，财富的累积和轻而易举获得的声望，并没有让魏虎子百尺竿头更进一步。相反的是，他忘记了家庭的温暖、妻子的贤惠和儿子的仰望，腐化堕落将他逼上了另一条不归路。面对蔡改琴这个来自乡下的第三者的无理取闹，魏虎子一时间陷入了两难，他既不想离婚，抛家毁业，做一个九莲县城里千夫所指的当代陈世美，但又始终贪恋蔡改琴青春貌美的肉体，不肯痛下决心斩断跟她的非法私情。蔡改琴的虚荣与不劳而获的念头也一步步地害了她自己，让她陷入到了更深的情感泥潭，以至于万劫不复。

终于，一个邪恶的计划像毒蘑菇一样，在魏虎子的脑海里生根发芽了。案发那天，就在蔡改琴再一次闯进魏虎子的办公室，一番打砸和哭闹之后，魏虎子约她在一处建筑工地里见面。魏虎子是搞建筑材料的，熟悉九莲县的每一处工地。傍晚时分，夕阳张着血盆大口，一切都预示着不祥，但无辜而善良的蔡改琴仍旧如约而来，跟魏虎子站在楼顶见了面，双方再次爆发了激烈的争吵。那一刻魏虎子的内心一定后悔极了，眼前浮现出了妻儿殷切的面容，如果他天良犹在止步于此，悲惨的结局将会重新改写。但是出乎所有善良人们的愿望，气急败坏的魏虎子伸出了他罪恶的黑手，将一个青春绽放的女孩，一只迷途的羔羊，一把搡下了楼顶，推向了无底的深渊。魏虎子在他开始潜逃时最后凝望了一眼这个曾经深爱过的女孩，但事与愿违的是蔡改琴已经被楼下丛生的钢筋刺透了，好像一支快要融化了的冰糖葫芦，沾满了夕阳的味道。令魏虎子万万没有想到的是这一幕恰巧被工地的值班人员目睹了，这个双手沾满了鲜血的家伙刚一离开，九莲县公安指挥中心的110电话就响起了。欲知后事如何，且听下回分解。

找到了，痛快。王川一喊。

翟芳在叩门，不悦地问，神经呀，找见啥了？

坏的，平庸的，总之是一篇标准的范文。马桶响了，王川料理完卫生，感喟说，这狗日的说得对，文风一坏，什么都会变质的。

快把闹闹带出来，别凉着了。

王川头皮发麻，儿子咋了？闹闹怎么了呀？

翟芳哇的一声，栽倒在了王川的怀里。王川发现，家里的大门敞开着，闹闹的鞋子和衣服也不见了。母亲原本和孙子睡在一起，迷迷瞪瞪的醒来，问了她几遍，耳朵真背了。

这一刻，闹闹却像个玩具，懵懂着，走进地下车库，趴在房门上，看见昝涛说：

你戳到我的疼处了。

可你也轻松了，不再人不人，鬼不鬼的。

倒也是。

三女子说，魏虎子，你犯的事，归法律说了算，我管不了。但我再喊你一声哥，求你自首前，先去见我姐一面，道个歉，说个对不起。三女子慢慢哭了，又说，昨晚上确认是你后，我

姐当场就昏厥了，可能也活不上几天了。

昝涛渐渐松开了手，打火机灭了。昝涛说，我去，我给改琴下跪，我谢罪。

天杀的，难以置信的一幕发生了。闹闹拐了进来，慢腾腾地站在乒乓球案子边。一片刺鼻的液体，汪在地上，环绕着孩子。三女子惊骇万分，出去，快出去呀，连喊了几声。尖细的嗓音吓着了闹闹，一委屈，眼泪都快出来了。昝涛大怒，骂说，他妈的闭嘴，别吓着了娃娃。三女子不肯，又催喊，快跑，快跑呀。边说，三女子边顺着管道上的断口，想解脱自己。不承想，昝涛蹲了下去，搂住了闹闹。

闹闹认识昝涛，咧嘴笑，结巴地说，翎，翎子，子鸡。

不对，跟我念。昝涛一手搂住孩子，一手将翎子鸡拽过来。先前还很虚幻的羽毛，此刻收束在了一起，乖得像一只宠物。昝涛整理了一下表情，笑颜说，小哑巴，你可把王川两口子害苦了。今天，干爹得让你好好说话，像个人那样说话。跟我念，翎子鸡。

翎，子子，翎子鸡鸡。

昝涛不悦，妈的，把舌头捋直了，说翎子鸡。

鸡，子鸡。

哎哟，昝涛一时灰败，抱怨说，你跟我儿子一样，你们都是先人转世来的，索要上一辈子欠你们的债。王川的小祖宗，跟我念，翎子鸡。

翎子，鸡翎子。闹闹面色畏惧。

昝涛登时发怒了，一把扼住了翎子鸡的脖颈，举在闹闹眼前。昝涛说，小东西，你连这个玩意都说不清楚，长大了，你能干啥？一团虚幻的羽毛忽地孬开了，羸弱的肉体瑟瑟不已。

翎子鸡越挣扎，闹闹越怕，哇地哭出了声。哭声再次激怒了昝涛。昝涛二话不讲，猛地一把，掰断了翎子鸡的脖子，随手扔在了一边。三女子快解脱了。昝涛的举动，充满了极度的危险，让他不敢弄出动静来，因为打火机还在昝涛手上。

昝涛搂住闹闹，眼泪敷在面颊上，抽泣起来。昝涛哀求说，不喊翎子鸡了，那你喊一声，喊一声魏虎子吧。

魏虎子。闹闹说。

哎，我就是。昝涛欣喜了。昝涛又说，叫我的魂，再喊一声魏虎子。

魏虎子。

昝涛又换了花样，说，喊我一声爹。喊爹！

爹。

终于，昝涛绷不住了，双膝跪地，稀里哗啦地哭了出来。边哭，昝涛边举起了打火机，一根火苗喷了出来。昝涛说，我回不了家，我没资格，我也没脸见我的儿子，我交代不了。身后，三女子解脱了，但铐子仍扣在手腕上。三女子摸了过来，双臂一箍，猛地锁住了昝涛的脖子，将昝涛扳倒在地。意外发生了，火掉在地上，噗的一声，液体站了起来。

快跑呀，闹闹快跑。三女子催喊。

闹闹转身跑了，却又回过头来，抓起翎子鸡的尸体，消失在了门口。——迎面，王川和一群业主们冲了过来，一人带着一只灭火器。好在地下车库里，有足够的灭火器。

十

这年秋天，闹闹开始上幼儿园了，燕子班。

　　7点半，翟芳系完了闹闹的衣服扣子，拉住小手，准备下楼去送。王川没抬屁股，坐在沙发上眯眼笑着，一脸阴谋。翟芳催促说，王大处长，今天开学第一天，爸妈都应该去送的，你可别偷懒呀。翟芳瞥了一圈，又问，奶奶呢，奶奶也答应送的。哦，天不亮，妈就去了濬源寺，说要去供三炷香，一炷给闹闹，保佑他多多说话，另一炷给魏虎子，王川答。翟芳截住话头，替他干么？王川却说，妈一直记得他的那一碗蛋炒饭，今天开庭审他，妈是菩萨嘛。翟芳展颜说，那第三炷呢？

　　王川忽地站了起来，将一只宽大的盒子，搁在了茶几上。王川神秘地说，呵呵，我送儿子一个礼物，打开看看吧。

　　全家人拢了过来，三两下，解开了绳带。闹闹慢慢揭开了盒盖，登时怔住了。闹闹喜悦极了，脱口说：

　　翎子鸡！

　　鲜艳，蓬松，翘首而立。几枝尾羽抽枝散叶，绽放开来，像一袭优美的晚礼服。

　　这第三炷嘛，我猜，一定是超度它的，王川说。闹闹用指尖碰了碰，翎子鸡既不动弹，也不给他打招呼。王川没给儿子解释什么叫标本。儿子还小，将来长大了，一定会理解的。翟芳激动起来，亲了儿子。王川笃定地说：

　　闹闹，你以后喊它的小名。

　　儿子张看着。

　　嗯，就叫它静静吧，安静的静。王川悄然拉开了门。

兄弟我

爆破在即，炸药已经各就各位，方圆一公里都清场了，等待最后的指令。

但这几个老家伙仍不松懈，带着矿泉水、肉夹馍和榨菜，硬生生地冲破了封锁线，进入了现场。偌大的场地，大烟囱像一根粗壮的标枪，戳在天空下，悲壮而热烈。此刻，它压根儿懵懂无知，不知道自己身负炸药，危险将至，马上就要被连根拔除了。老家伙们手搭凉棚，问天打卦，一个个鼻酸起来，仿佛跟亲人诀别似的。夏日的天光刺激极了，犹如成千上万吨的积雪，陆续从头顶雪崩下来，让老家伙们眼底发黑。负责警戒的是爆破公司的民工，没人敢惹这些七老八十的叔伯，嘴上不敢怠慢，手上更不敢鬼祟，万一出了意外，对方的医药费和丧葬费够自己喝一壶的了。

忽然，老家伙们惊住了，钉在地上，互相在脸上寻求答案。原本，大烟囱北侧扎了一座帐篷，充当爆破指挥部，现在却消失了。一下子没了目标，老家伙们攥紧的拳头，如同打在了棉花垛上，太没劲儿了。幸亏，另有一套预案。于是不由分说，几个人躲在了大烟囱馈赠的阴影下，打开了小马扎，铺开了报纸，纷纷就座。这就叫死扛，或者说以身相许，有本事的话，你按动电钮引爆吧，大不了同归于尽，埋在一大堆砖头瓦砾当中，碎尸万段，让你爆破公司吃不了兜着走，当场破产。其实，他们早料到了这一点，没人敢拿几条人命开玩笑，尤其是这几

位垂垂老矣的叔伯。当初在制定这一个最终方案时，他们就知道，最软的柿子最趁手，干么不捡软的捏。爆破公司是民营的，软柿子一枚。

落座下来，老家伙们迅即释然了，有的打开扇子，有的解开衣襟，陈劳辛干脆脱下鞋子，在抠脚上的鸡眼。冯彬文老烟鬼，抽了几十年了，一无咳嗽，二无痰，反倒面色酥润，根本不像七十有四的老浑蛋。他拿出水烟瓶，认真撮了一指头烟丝，填在了烟枪里，摁瓷实了。冯彬文一直吹嘘烟杆是清宫里流出的老物件，鹰骨材料，泛黄，光滑，从里到外渗出了一层静谧的油脂。但没人肯信，反驳了他多少年，也不见他肺疼心烂，一头栽死在烟枪下，所以也懒得费唾沫了。冯彬文划了火柴，瞄着马四十三，督促后者漫一曲民歌，给大家解解闷。马四十三也不装假，咳了几声，清完了嗓子，开腔道：

羊盼清明，马盼夏，
凤凰盼的是梧桐花；
我骑上骡子，你牵马，
这一世，
咱们把天大的祸闯下。

白蜡杆子，紫色旗，
七星和八卦一条心；
紫禁城里没大小，
这一世，
咱们千刀万剐豁出去。

岂料，话音未落，远处的封锁线开了，驶来了两台大型洒水车。显然，这是爆破作业的标配之一。大烟囱一旦栽倒，必定硝烟弥漫，遮天蔽日。洒水车一扫射，悠忽间拨云见日，风清气朗，能有效地防尘吧。老家伙们经见过世面，对此无动于衷，你大军压境，我羽扇轻摇，其奈我何。王麻在数药片，白三粉一，外加两个胶囊。他最近血糖高，膝盖也不利索，临出门前，老伴包好了今天的三顿药，叮嘱他按时吃。手抖得厉害，好歹捉住了。王麻仰头丢在了嘴里，喂水时，瞥见爆破公司的经理跑了过来。王麻说："日鬼的来了，大家要兜住呀。"这么一讲，老家伙们纷纷停下了私活，扎起势来。

不是冒犯，也绝无轻慢，老家伙们是他们的自谓。对旁人，则另有一套说辞。

经理奔过来，一直大喘气，好像吃了枪药。老家伙们先不吭气，面呈寒霜，知道必须在气势上先压倒他，让他先折。不过实话说，经理这娃还真不错，三十出头就有了这么一家爆破公司，各处埋雷，天天点炮，挣的都是真金白银。交往了几次，一致的看法是这娃精明，脑子灵光，有礼貌，嘴甜，但牙齿很硬，始终也不松口。会哭的娃有奶吃，经理的大喘气像一种示弱，老家伙们了然在心，却不便说破。这不，经理消停下了，脸上砌满了笑，双手合十说："好我的爷爷们，赶紧抬一下屁股移驾吧，这烟囱危险死了，随时能倒下的，千万别坐在这儿呀。"冯彬文吧嗒着烟，一缕蓝雾从鼻腔里袅袅而出，淡笑说："万里长城今犹在，不见当年秦始皇。兄弟我说一句吧，你炸你的烟楼，我躲我的阴凉，咱们两不耽搁，好不好？"另一厢，陈劳辛抠完了鸡眼，表情舒坦，接续说："兄弟我也说一句，昨天下午，我买了三份人身意外伤害保险，领取人是我的闺女。

我当时就讲了，老爸没什么遗产留给她，但万一被炸升天了，她以后吃喝不愁。反正，这比街上那些死不要脸的碰瓷强，兄弟我的话讲完了。"场面一下子荒凉了，话里话外，撒了一箱软钉子似的，让人步步惊心。经理仍旧堆笑，谦虚极了，这娃给谁当女婿，谁家的坟头上一定漾了青烟。马四十三也不甘人后，自有他的独门暗器，破嗓子说："兄弟我也讲一句，我托儿子打听过了，你这家叫宏光的什么公司，是在天平区注册的。哦，忘了说，税务局的局长喊我干爹，我跟他老爸是割头之交，要不要查一下你的账？"渐渐地，日光偏移，大烟囱撂下的阴影跑偏了，一干人宛若从幕后到了前台，一共九个，五官各异，面色苍茫，端是一幅神仙醉饮图。陈劳辛又说："见你娃几次，你给我种下了好印象。你娃是大富大贵的貌相，但你的本钱不在炸炸炸，把个人的福气都炸没了。兄弟我奉劝一句，你趁早改行吧。哦，不能多讲了，我已经透天机了，我可能活不过今晚上的。"王麻噗嗤一笑，掉转枪口说："你个老家伙，你不能死，我还没给你存够香火钱呢。兄弟我赤手空拳夫了你的灵堂，没给红包，万一你爬起来打我，我又不好意思还手。"冯彬文不悦了，挤对说："照兄弟我看，陈劳辛这娃还嫩，嘴上没毛，办事不牢。他才七十一，死也轮不到他，他要是不殿后，帮着我们先打道回府，去阎老爷爷那里签字画押，他就是一个鳖。"这么一讲，大家都开始喷笑，明显把经理晾在了一旁。经理像在听说书，一头水，一头雾，但修养极好，始终没发作。修养不是别的，在这帮老家伙们看来，经理这娃就是修养的典范，始终敬重他们，不还嘴。王麻感觉以大欺小了，便矮下身段："小伙子，照兄弟我说。"话未毕，经理忙蹲在地上，攀住王麻的手说："好我的爷爷们，千万别再一嘴一个兄弟我，这是让我折寿呢，我担待不起呀。"马四十三机敏，攥着两颗核桃，盘来盘去，释解说："嘻，习惯了，我们这帮老家伙自小就这么说话，你可以省略不听嘛。"经理这才宽下心，又谦逊地问："好我的爷爷们，自从我接了这单生意，你们就一直在闹，阻拦我炸了这个大烟囱。我就不明白了，你们意欲何为？"这一席话夹枪带棒，锋芒毕露，一下子要了将。老家伙们怔忡着，都把目光焊在了冯彬文的脸上，盼他出来代言。冯彬文跟其他八个人一样，事先没斟酌过这个关节，一时间被问哑了。好在陈劳辛站出来补漏，及时化解了尴尬，没有陷大家于不义之地。陈劳辛说："拆可以，一砖一瓦地拆，但你不能炸。这么庞然大物的，你一秒钟就炸倒了，让这帮老骨头们心惊肉跳，活不了几天。"这话等于没讲，讲了也白讲，因为经理的困惑仍写在脸上。冯彬文终于开了腔，笃定地说：

"哦，在兄弟我看来，我们不是给你添乱，我们在保卫过去，过去就是青春嘛。"

经理扫了一眼，这一群神仙爷爷加起来有好几百岁了，掰着指头数，不在康熙，至少也在乾隆年间。可咋看，青春跟他们都绝缘，八竿子也打不着。修养还是好，修养起了作用，经理没刺激老家伙们。

"告诉你娃吧，这大烟囱可是当年的一号工程。"陈劳辛补充。

马四十三也道："兄弟我记得，当年我们一砖一瓦把它箍起来，每个砖缝里都是汗水和泪。那我们亲手箍起来的，就不能随便让炸了。炸药无情，一想到大烟囱死无全尸，我真不落忍呀。"

"好我的爷爷们，这烟囱迟早得倒下的。"嘴甜得像一个好

女婿。

冯彬文说："拆，也得我们亲自拆。"

"对，我们箍下的，我们来养老送终。"王麻追说。

"大烟囱是我们年轻时候的杰作，旁人不得染指。"陈劳辛一下子说绝了，毫无退路。

"那好吧，恭敬不如从命。爷爷们，我的人马全部退出，炸药也一定清理干净。你们自己玩吧，多多保重。"经理从腰上取下来对讲机，刺里哇啦的，仍旧砌着笑，却决绝地说："这家楼盘的老板昨天就跑路了，带着业主们的几千万房款跑路了。你们这一闹呀，我真的开了窍，我也不干了，现在收兵。"

日光灼亮，但老家伙们忽然有了一种冷意，纷纷瑟缩起来。

七马路上，马骥开了一家店，规模很大。店面包括餐饮和茶楼，前者主打的是黄焖羊肉，后者则是喝茶和打牌，火得不行，包厢还要提前一个礼拜订，毁约的话，扣除一半的预付金。马骥是马四十三的独子，对这帮老家伙都很孝顺，从小看他长大的，现在出息大了，但品质没变。马骥在二楼的拐角里特设了一个包厢，不对外，最近专供叔伯们秘密商议。到了饭点，服务员送来一桌子吃食，顿顿不重样，面软，菜烂，肉酥，十分适合他们的牙口。这天也不例外，再一次召开了参谋长联席会议。这个名字是冯彬文定的，说美国就有这么一个机构，我们在一起合计，一人一票，都是参谋长的身份。大家说对，既然老在了一起，就没有退下来之前的职务、级别和工种的区别，参谋不带长，放屁都不响，干脆都是参谋长吧，至少是五星上将。九个人，恰好能凑成了一桌，往往一个电话，就可以从附近的小区里迅速赶过来，前脚跟着后脚，利索极了。刚落了座，马四十三就发现缺了三位。沏茶时，他的手抖了抖，一只茶碗托掉在地上，碎成了瓷渣。王麻说：

"徐子坤昨夜里进了医院，急救车抬走的，今早上下了病危通知。"

陈劳辛也说："不等小上海了，他早上去了机场，听说他妹妹呜呼了，赶着去奔丧。他跟我一栋楼，上来嘀咕了一声，眼睛是红的。"

"小天津也来不了。刚碰见了他闺女，说他爸插了氧，嘴里一直说胡话。"又一例。

一下子折了三个，登时冷了场，老家伙们便不愿吭气，一个个努力喝茶，喉咙里高山流水的，别有一番心境。包厢的墙上挂着一幅书法，上联是十年饮冰，下联是难凉热血，落款乃叶舟二字。字不咋样，但比较规矩，像个小学生涂鸦的。冯彬文唉叹一声，今天由他主持，却凑不齐整。他默念了一下阿弥陀佛，脑子里闪过缺席者的三张面孔。

喝了一水，大家停下了茶碗，透过窗子，盯着远处的大烟囱看。

照说，以前真没这么看过。大烟囱站在那里，站了五十多年了，灰头土脸的，有什么出挑之处呀。在大家的心目中，大烟囱等于一棵枯死的巨树，违拗四季，既不发芽，也不开花，样子旧得像一张冥币。或者说，大烟囱就是天空的有机的一部分，缺了它，天老爷也站不稳，云彩也会下坠。如果说大烟囱还能发挥余热的话，它顶多还停留在居民们的嘴上。打了车，司机问哪儿，乘客便说，去格林摩尔小区，在大烟囱的南侧。或者说，去斯泰拜尔豪庭，大烟囱西侧。这帮老家伙们住在东面，小区的名字很素朴，叫安居家园。当初，房地产公司将他

们动迁在了这里，每人一小套，没一分钱的货币补偿，但在旧址上陆续建起了斯泰拜尔和格林摩尔，又奢侈，又高档，每平米均价过万，发了大财。大烟囱是个地标，站在那里钳口禁声，只字不语，仿佛一位老英雄似的，不复当年的英武和豪迈。

单位属央企，石化行业的一个分支。那一年，在玉门老君庙发现了第一块油田，上头紧急在兰州筹办炼油、化工、机械等大型工厂，以解燃眉之急。本地人才稀缺，于是从全国各地招收熟练技工，徒步而来者有之，卡车载来者有之，待天（水）兰（州）线开通后，绿皮火车星夜疾驰，歌声缭绕，终于填满了这几家企业。工厂运行后，那一根根拔地而起的大烟囱，像极了肌肉瓷实、严肃活泼的大力士，雄踞在天地之间，身上刷着战天斗地的标语，插满了红旗，迎风猎猎。大烟囱头顶喷火，24小时都不停熄，火焰足足有十几米高，有时黄，有时紫，多半时间呈熔岩色，真是一个火红的年代。当年，谁家的新女婿上门，邻居们一听是那几家石化单位的，嘴上啧啧不断，还会跑过来瞅上几眼。瞧瞧，那个精神头呀，简直优秀死了，小帆布的工装，左胸上镌着一枚红色的厂徽，挑剔个鬼，有这个就够了。

也不必讳言，随着火焰喷吐出来的，却是一股股呛人的黑烟。

黑烟像蘑菇云，也像一只大锅盖，经年不断，始终戳在人们的头上。早不知早，晚不知晚，昏暝一派，路灯昼夜打开，比防空洞里的环境还差。马路上街树甚少，今年种，明年死，即便宁死不屈的活了下来，也看不出究竟是仙人掌，还是冷杉。一年至尾，空气中弥漫着一种硫磺味儿，像坏了的鸡蛋。医院的眼耳鼻喉科里人满为患，病也不是病，拿了病假条去，说不定还被工友们耻笑。听说，听说的话不能当真，说中日建交后，来了一批鬼子专家，见了大烟囱里喷出的黑烟，简直心疼死他们了。据分析，黑烟里含有几种贵金属，白白浪费了，日本人提出要买，运回国去再加工。消息传到了北京，中南海的周恩来给否了，日本人没钻成空子。在这个庞大的工业区，天是黑的，日头是脏的，空气里充满了一种未知的佐料，五味杂陈。那时候，遇到课本里的一些辞藻，老师都会组织学生们去黄河对岸，让娃娃们在广阔的滩涂上，仔细体味黎明、黄昏、夕阳、东方出现鱼肚白、晓风残月、倦鸟归林等等的优美词句。一旦回了家，娃娃们抽吸着发黑的鼻涕，便什么都忘了。一种沁入人心的黑暗，一种无边无际的侵害，其实早就成了常态，人们见怪不怪。

对王麻、冯彬文、陈劳辛他们这拨第一批进厂的工友们来讲，那时的黑色恐怖，那时的暗无天日，后来都化作了退休生活中的一种诗意怀想。王麻说，没有过去的黑，哪有现在的白。陈劳辛则从孙女的嘴里学了一句歌词，白天不懂夜的黑。还是冯彬文肚子里有墨水，总结得到位。他说，那是我们老家伙的光灰岁月，不容别人玷污，谁说跟谁翻脸。

的确，光灰岁月，这话说到了老家伙们的心坎上了。

寒暑易节，时光如梭，可现在社会变了，等他们吃退休金时，时代早就翻篇儿了。这时，环保成了第一要义，也成了整个社会的共识。人们悲愤地发现，原先在选择厂址时，犯了一个战略性的错误，方向大错特错。在兰州这个两山夹一河的高原盆地上，厂子居然霸占了水源地，且在黄河上游的上风口。难怪美国的军事卫星趴在天上，认真搜寻了几年，一致认为这座城市从地球上消失了。但中情局不这么看，迅速起草了报告，

认定这个目标潜入了地下，很可能是一座核子武器库。这是笑谈。可居民们的无奈和反讽，依旧阻止不了黑云的大规模溃散，两岸之上雾霾深锁，光灰无限。幸运的是，变化也是一夕之间的事儿，后来整个工厂搬迁到了新区，这里拆的拆，毁的毁，几乎成了一片废墟，荒草可以淹没人。资本是血腥的，资本是一头獒犬，嗅觉最灵敏了。等房地产火爆开来，原来的厂址陆续被蚕食掉了，建起了一座座名字拗口的高档小区。瞬时，这里又成了市民们心向往之的热门地段。

一号大烟囱一带，属于早年的动力车间。在前年的秋拍中，一举擒获了地王的称号，标价四个亿，与一线城市不相上下，令人咋舌。中标公司也行动果决，将动力车间的遗址铲得一干二净，彻底廓清，留下了一大片辽阔的空地。大烟囱北侧，一直延伸到了黄河岸边，与滩涂和湿地上成片的芦苇丛接壤，时有天鹅翔集，百鸟啁啾，自然环境殊异。这家老板也是个混球，一定崇洋媚外，给即将开工的楼盘起了个名字，曰阿尔斯卡港湾，不解其意。虽说是期房，但发售楼书的那一天，这里人头攒动，车位是一小时六十，还哀求不到。既然是地王，均价也在意料之中，可千想万想，谁也没猜中突破了两万，三天之内就售罄了。人们跟打了鸡血似的，把钱当纸一样对待。孰料，后来却没了动静，阿尔斯卡恐怕卡住了，迟迟不见开工。一家驾校租了大烟囱附近的场地，栽杆子，辟跑道，搞起了培训。偶尔，冯彬文带着老家伙们进去转转，故地重游，有一种昨是今非的感觉。回到家，无一例外的要病倒，不是你发烧，就是我心悸，查也查不出病因，反正是有原因的。

马四十三闲不住，一闲下来骨头就疼。马骧开了这家店后，他常来帮忙，隐身在后堂里，怕儿子看见。马骧抱怨说，哪有老子给儿子打工的，让人知道，非戳断我的脊梁骨不可。马四十三声称，我不要你的钱，你让我活动一下筋骨，就是孝顺我。那天，老子蹲在地上择菜，儿子踅摸过来，偶然说起了阿尔斯卡。马骥透露说，爆破公司的进驻了，先要在大烟囱上打眼，而后装炸药，择日便撂翻它。老子问，你咋知道的。马骥说，爆破公司的经理刚吃完饭，我进去敬酒，耳朵听见的。马四十三顿时警觉了，一个电话，便将老家伙们召集在了二楼拐角的包厢里，开了第一次参谋长联席会议。

一致的看法是，对待一号烟囱，你可以拆了它，砸了它，甚至抱走它，但你不能如此野蛮，如此施暴，把炸药装填进去，按了电钮，让它一秒钟内粉身碎骨。你是法西斯呀，你这么不人道。它在这里存活了许多年，已经成了我们生活中的一部分，你凭什么斩杀？——在生死存亡的这一关口，必须挺身而出，阻止爆破公司的反动行为。当然，这些借口都有点儿勉强。最过硬的理由则是，一号是我们亲手箍起来的，也得由我们来亲自送终。

经理是个软钉子，在帐篷搭起的指挥部里接见了大家。一听来意，经理说，好我的爷爷们，白纸黑字的合同，我不按时爆破，我就得被罚，现在我还连一毛钱也没拿到，我在垫资干活呢。一干人攥着拳头去，带着沮丧归，被经理这娃见招拆招，分分钟化解了。后来又交涉过几回，但跟他们同步的，却是几个蜘蛛人被绳子吊在大烟囱上，用电钻在打眼。想象中，那些窟窿眼应该在要害部位，比如脚踝、膝盖骨、肚脐眼、心口窝、肩胛和天灵盖。反正都不懂爆破，往死里猜想，越想越怕。爆破的前一天，还毫无朕兆，帐篷也扎在那里。次日一早，陈劳辛下楼去给孙女买豆浆，忽然发现在清场，忙纠集了众人，这

才演出了那么一折子。

不承想，爆破公司忽地撤退，炸药也拆除干净了。老家伙们仿佛被釜底抽薪，目中晕乎乎的，原先看似难啃的一根骨头，居然是棉花糖，真难以置信。恍惚了一日，这才聚义而来，商议下一步该怎么走。

此刻，从窗口望出去，大烟囱就像一个铅笔头，显得卑微、羸弱和无助极了。它被夹杂在一幢幢高楼间，身着寒衣，形容瘦削，饿了八辈子的嘴脸，跟旧社会的长工没什么区别。早些年，它却是另一副模样，它站在那里，不怒自威，自有一番风采和倔强。唉，人活一世，草木一秋，如今已不是大烟囱的时代了。——他们盯看了半天，慢慢地想到了自身，一帮七老八十的人，难免触景生情，但谁也不会提起这一茬。他们知道，自己没资格。当年的那一句诺言，而今仍像一副笼嘴，勒在他们的舌根上，命令他们住嘴。

眼睛快看麻了，纷纷回到了桌上，开始喝第二道水。王麻说："兄弟我觉得，爆破公司这一走，把难题留给了咱，为么？咱们一帮老家伙动手拆了一号，等阿尔斯卡的老板再回来，他岂不是省了一大笔呀。"这时，马骥闪了进来，替叔伯们添茶续水，谁也没在意他。马四十三嗤笑说："不可能！卷了那么多钱跑路了，说不定顿顿吃龙虾，天天喝洋酒，正躺在沙滩上晒日头呢，你以为阿尔斯卡的老板是笨蛋呀，他才不会回来的。"陈劳辛也附和说："当然喽，警察也不是笨蛋，可能都发出红色通缉令了，全球追捕这个贼。兄弟我看了晚报，说昨天就有一个女业主站在黄河铁桥上，扬言要跳河。她交了八十万的订金，打了水漂，现在血本无归了。"情况明摆着，阿尔斯卡拍了那块地，现在地皮钱没交完，却提前发售，卷跑了那么多现金。

大烟囱成了无主户，十三不靠，恰好形成了一个空窗期。冯彬文喊了肃静，总结说："呵呵，反攻的日子到了，不抓住这个良机，咱们这些老家伙死了，埋在地下，也没法给先走的一个交代。"一时间，喜悦洋溢在大家的脸上，但都深藏不露，不敢放肆地开怀。马骥兀自发笑，笑得很孤单，觉得这些老顽童真有趣，演电影一样，真把自己当成了五星上将。老子频递眼色，一再努嘴，让儿子滚蛋。马骥却亮了亮胸牌，三颗字，总经理，提醒老子别忘了你是来做客的。王麻数了数人头，布置说："总共六个，超过半数就赢，现在开始手心手背吧。同意老家伙们亲手去拆的出手心，不同意的就手背。预备，开始。"结果出来了，四比二，他们四个赞成，另外两个反对。反对的理由也无懈可击，一个曾经割掉了半个胃，一个轻微的脑血栓，即便出了手心，恐怕也难以参与。两个人汗下如浆，感觉惭愧极了，对不起老家伙们似的。陈劳辛吩咐说："兄弟我看了天气预报，下个礼拜天天阴雨，风也大，干脆事不宜迟，后天就开干吧。"冯彬文接续说："是这，兄弟我负责去买保险绳、瓦刀、凿子和钢钎，我有经验。王麻你去联系垃圾站，掏些钱，让他们事后把碎砖烂瓦都运走，卫生第一。四十三你也别偷懒，给咱们预备好一日三餐，简单点儿，等结束了一总算账。哦，老陈你得跑跑腿，去一趟潽源寺，请一些香火蜡烛，还有黄表纸。对了，别忘了在佛祖面前念叨几句，告诉先走的，老家伙们马上就会跟他们团聚的。"马骥听得一愣一愣的，莫名不已。他自小就熟识这些叔伯，动力厂的技术工人，平时散漫无比，到老了，却显出了一种纪律性，如此的有板有眼。但马骥是后生，不能插嘴，这也是工厂子弟的做人教条。分派完了，冯彬文从包里拿出了一沓纸，A4大小，街上的誉印社打印的，人手一份。马

骥蹒跚过去，手脚麻利，取出了一张多余的，背转过身子拜读。纸面上很干净，简单的几行文字，却是免责和保密协议。大意如下：兄弟我自觉自愿参加此次拆除一号大烟囱的工作，如发生跌倒、摔伤、磕碰等意外事件，一切责任皆由本人承担，与其他任何人等无关。若在此期间不幸亡故，亦由本人全权负责，丧事从简，三日之内，骨灰撒入黄河，家属与子女均不得提起诉讼，干扰他人。以兄弟我的名义起誓，本人决不泄密，一直到死，否则天打雷劈，永世开除出这个队伍，从此天涯陌路。冯彬文拿出一杆笔，率先签了，王麻、陈劳辛和马四十三也挨个儿签上了名字和年月日。这时，另两个反对的人端起了茶碗，以茶代酒，嘀咕了几句保重和祝福之类的话，声音小得像蚊子，明显还在愧疚当中。

王麻去了洗手间，站在便池前撒尿。撒了半天，只有尿意，却挤不出来一滴。半月前，他查出了老年性疝气，加上原先的前列腺发炎，所以才这么困难。旁边一开口，王麻惊了一下，扭头一瞧，却见马骥也解开了皮带。王麻嗔怪了一句，你个日鬼人，吓得老子尿干了。在老家伙们中间，马骥跟王麻最熟了，所以也没大没小，便问叔伯们这么神秘鬼祟，究竟要图什么大业，造什么反。王麻牙齿很硬，不愿讲，忙将东西装了回去，假装打了个尿激灵。但拗不过马骥的一再追问，王麻忽然蹲在地上，拽住了马骥的皮带，目光放射。王麻说：

"老子看看你裆里有没有肉。"

马骥慌了，挣扎着。

"哦，老子看你还是有三两肉的，至少是个男人嘛。"王麻也没净手，掉头出门，沉郁地说："记住了，裆里有了那一疙瘩肉，就得干男人的事。"

包厢里，群情激昂，参谋长联席会议到了尾声。因为定夺了一桩大事，老家伙们仿佛活转了过来，回到了少年，面色晴朗，耳聪目明。有的敲筷子，有的拍桌子，听马四十三表情夸张，在漫唱一首民歌。歌词曰：……先唱个杨家的六郎／再唱个及时雨的宋江／这一座刀山我敢上／案发了，我一个人血身子挡上。马骥在沏茶，沏到了马四十三跟前，被老子格开了，便知道他爸动了气，嫌他碍眼。马骥开这么大的餐饮，另有典当铺和几个古玩柜台，说不上阅人无数，但叔伯们的脾性还是知晓的。等他爸的嗓音落地后，马骥开了腔：

"我想给诸位泼一盆凉水。你们呀，太幼稚了。"

什么屁话！马四十三上来抬手，给儿子一个抽脖子，巴掌很响。

"你们干么？以为自己是野鹅敢死队的，还是海豹突击队的?"马骥捂着脖颈子，不嫌疼，继续说："哦，都是做爷爷的人了，该有个祖父的样子了，别谋着上房揭瓦，偷鸡摸狗了。老有老的端庄，老有老的风度，哦，你们白发苍苍的爬上大烟囱，是讨薪呀，还是求死？有群众报了警，公安来了，消防来了，说不定市长也来了，儿女们的脸往哪里放?"

越说越不像话了，兔崽子，现在有了钱，说话都像舌头里别着一根钢筋。

马骥又说："当然，也不怪你们，岁月是一把刀嘛。"

"且慢！"

"劳辛伯，你不用跟我掰手腕，你天天练绳鞭，抽陀螺，的确有两下子。"马骥泥鳅一般，避开了锋芒，微笑说："诸位，请问这一号大烟囱有多高?"

冯彬文道："哼，死了都记得，净高41米。"

"等于多少层楼?"

"除以三。"语气不屑。

"嗯,那是旧标准,搬苏联的。按现在的设计要求吧,大烟囱起码值十七八层高。诸位刚才上我这个二楼,一个个都气喘吁吁的,那大烟囱岂不是你们的珠穆朗玛峰,可望不可及么?"马骥认死理,不依不饶:"再请问,它是什么材料的?水平截面、环箍、环筋和竖向钢筋如何计算的?"

王麻说:"砖塔,耐火砖烟囱。"

"对,当时就那么个破条件,土法上马的,没太多的曲折道理。"陈劳辛附和。

"但它最顽强,站到了最后,还没倒下。"冯彬文起身,绕着餐桌踱了一圈,笃定地说:"它是咱们亲手箍的,也得由咱们给它养老送终,旁人不得染指。"

马四十三也说:"它就是一个生死换命的兄弟。"

这话一讲,场面霎时冷寂了起来,几道目光像刀子似的,扔向了马四十三。后者知道失言了,惭愧地吐了吐舌头,替儿子沏茶续水井来。这一幕,被马骥及时看在了眼里,便知晓了叔伯们一定藏着掖着什么,这里面也埋着不可告人的动机。毕竟是生意人,耍嘴皮子是一回事,但更多的还是信赖执行力。马骥汗颜地鞠了一躬,哀恳说:

"对不住了,我黄口小儿,刚才犯上作乱,真该死。"

老家伙们纷纷摆手,不计较他。

"哦,又原谅我了,你们一直惯我,惯得我不知天高地厚。"马骥心思缜密,提前埋下了伏笔:"要是我以后再错了,叔伯们还是继续惯我吧,我先讨一张赦免令。"

第三日早上，老家伙们先聚集在了黄河岸边。

这是一个追加的程序。陈劳辛临时起意，前一晚电话告知了诸位，取得了首肯。八月的天气，酷暑难耐，上游肯定下过几场大暴雨，进入兰州段的河水异常浑浊，携带着无数泥沙，滞重、缓慢、泥浆翻卷。小贩骑着三轮车来了，卸下来一箱鲤鱼，个头一般大，总共是22条。陈劳辛数了钱，打发了他。老家伙们拢在泡沫箱子旁，目光犀利，敛住呼吸，仿佛一个神圣的时刻到了。这些鲤鱼都很精神，鱼脊凸起，扇着鳍，每一块鳞片都烁烁闪亮，有一丝蓝色的光芒。王麻先开口，指着其中一条说："这个是兄弟我。"冯彬文说："喏，这个白唇的是兄弟我。"马四十三和陈劳辛也各自认领了一条，皆大欢喜。事实上，一群鱼挤在箱子里，很快就混淆了，谁是谁的，谁也说不清，但意思到了即可。四个人帮抬着，将箱子挪至水边，轻轻一掀，将鱼群泻入了黄河里。

刚才还在淡水中，此刻骤然伏身于泥浆里，鲤鱼们摇头摆尾，蓬头垢面，一时间很不适应。这么大的泥沙，呛死几条鱼，其实不值得大惊小怪。但老家伙们经营了多年的放生仪式，自有一套独特的风格。这不，王麻先念出了口诀："兄弟我，你就走吧。"陈劳辛也跺着脚说："走吧，兄弟我快走吧，别牵心了。"剩下的人撩着水花，扔着石子，同样送客似的嚷嚷。也就奇了怪了，经老家伙们这么一念，一施咒，这群鲤鱼忽地肃静了下来，沉于水中，而后头尾相衔，一眨眼的工夫，便隐身没入了宽阔的河流中。

这么早，周围也没外人，四个老家伙互相点点头，列成一行，齐刷刷地跪在了滩涂上。黄表纸是从潏源寺请的，香火蜡烛是开过光的。冯彬文点了三炷香，插在了泥壤上。每个人又

各自焚化了一沓纸，纸灰扬起，仿若黑色的蝴蝶，迅速被河风没收了。冯彬文喊了口令，四颗白苍苍的脑袋伏下去，磕在地上，一共磕了三个头。起来时，老家伙们的面容展阔不少，似乎完成了这个仪式，便生无可恋了。接着，陆续开始换衣服，从头到脚，决不含混。换下来的夏衣没多少斤两，一个塑料袋足够，拴在了皮带上。整个程序完毕后，四个人你盯我一眼，我瞧你一下，谁也不失笑，觉得瞬时有一种穿越感，时空倒错，回到了红旗猎猎的过去。

上衣是清一色的小帆布工装，藏蓝色，左上兜镌着"动力"二字，下襟收起一寸，束在胯间。下身是大裆裤，肥得足可以劈叉，也是小帆布的，但颜色偏黑。脚蹬黄球鞋，头上扣着一顶藤条质地的安全帽，绳带勒在了下巴上，怕晃悠。退下来之前，老家伙们领了最后一次工装，却舍不得穿，这些年一直压在箱底。家属也操心，平时塞几颗樟脑球，至多夏天拿出来晒一晒，从不敢说扔掉的话。冯彬文分发了工具，瓦刀、凿子、钢钎人手一套，每人还领到了一根保险带，两头焊接着活动挂钩，随时随地能找见托靠。王麻喊了一声走，老家伙们遂折身而返，离开了黄河。

从滩涂上过来，大门尚远，王麻便插进了豁墙，想找一条捷径。原来的动力厂被铲除了，成了一片辽阔的空地。但除了驾校的跑道外，连片的蒿草和荆条成团结伙，占据了大部分的疆域。乱草横生，蚊虫肆虐，让老家伙们狼狈不已。想了想，不知谁说这里曾是食堂的所在地，也就难怪了，油盐酱醋，鸡鸭鱼鹅，一定是剩菜剩饭膏腴了地力，才使得野草疯长，遮蔽了天际。王麻没带好路，迷失了将近半小时，又集体退了出来。陈劳辛不悦了，埋怨说，你盯着大烟囱走，不就得了。王麻回嘴，你本事大，你放屁带响，你给兄弟我指一指大烟囱在哪儿？这么一讲，老家伙们这才发现，一号不见了，竟然消失了。

惊天的变故，刹那间击垮了他们。谋划了这么久，到头来一脚踩空了，鼻青脸肿。

正当大家沮丧不堪时，马四十三忽然捂住了嘴脸，蹲在地上，一嗓子嚎了出来。他是个唱把式，连哭都充满了魅力。见无人理睬，马四十三哭了片刻，也就止住了，否则下不了台。王麻问："你日的鬼？"马四十三点头，却申辩说："马骥这狗日的，兄弟我不让他逞能，他偏偏不听老子的话，昨天花钱请了一个拆迁公司，来了几台大设备，就把大烟囱给拔了。我蒙在鼓里，今早上他才电话通知我的。"一席话，让大家齿冷，仿佛身边出了叛徒，出了卖国贼一般。陈劳辛恶向胆边生，逼视说："他仗着有几个钱，就敢给老家伙们当老子呀？妈的，照兄弟我的意思，他咋拔掉的，原给我箍起来，一寸也不能短。"还是冯彬文稳重，思忖说："马骥当然是好意，也有孝心，怕老家伙们腿脚不便，万一有个闪失什么的。但他只知面子，不知里子，这大烟囱不光是个砖塔，还是咱们这些老家伙的一座坟，一块碑。"话说至此，问题的严重性已经俨然明朗了，甚至有点儿上纲上线的味道。马四十三顿觉自己罪愆深重，左右开弓，给自己抽起了耳光。

谁也不劝他。马四十三年轻时就擅长这样，一犯了错，便对自己动手。他这叫苦肉计，一辈子狗改不了吃屎，老了老了，还是同样的嘴脸。

王麻说："既然拆了，那也没办法，总不能让大烟囱曝尸荒野吧。"

"对呀，咱们去收尸吧。"陈劳辛道。

"嗯，不光是给一号送葬，也是为咱们这一帮老家伙祭灵。"蓦地，冯彬文语带哽咽，眼泪婆娑下来，叮嘱说："诸位，等一下慢慢地收拾砖头瓦块，千万别慌，也别磕碰了。兄弟我睁眼看着大家，别像个土匪，让兄弟我瞧不起你们的手艺。"

那边厢，马四十三显然被孤立了，也有些心虚。他漫唱时就喜欢旁人喝彩，此刻也不例外。马四十三大吼一声，举起一只瓦刀，狼亢地喊叫："狗日的马骥，老子不活了，老子跟你拼了。"后面的人见势不妙，忙像一道洪水似的，席卷而去。

一站上砖塔，视野陡然开阔，风景蓬勃，一线黄河镶嵌在远处，默然而逝。先前的不快和愤懑，此时被一风吹净，只剩下了老家伙们的讶叫与欢呼。大烟囱有点儿拗口，他们喜欢叫砖塔。砖塔上风很大，老家伙们好不容易才收拾住趔趄，盘腿坐下。

"嗯，马骥这小子，像个儿子娃娃，裆里有肉。"王麻赞许。

冯彬文说："幸亏马骥手下留情，没拔干净。这7米左右的砖塔，更适合做咱们老家伙的墓碑。原先的41米，像人民英雄纪念碑那么高，咱可享用不起呀。"

"诸位，兄弟我差点儿犯了历史性的错误呀。当初怀他时，他妈要参加总厂的广播体操比赛，非要引产掉，还是我英明，阻止了家里的傻婆娘。"马四十三转悲为喜，便有些得意，又说："儿女是前世的冤家，不打不成交。兄弟我晚上给马骥检讨一下，老子错怪了他。"

"趁天凉，开工吧。"陈劳辛催促道。

其实，一切都不是他们想象的那样。或者说，马骥的先兵突袭，让老家伙们的疑难和幼稚迎刃而解，此后的事显得异常明朗了。当时，马四十三气炸了，扬言要给儿子三瓦刀，找回面子。老家伙们尾了上去，知道他生性如李逵，怕出人命官司。岂料，等钻过了那一片蒿草和荆条地带，一伙人顶着日光，来到了空地上时，却发现一号大烟囱的遗址上，已经架设了一圈密密麻麻的脚手架。没有碎砖，也无瓦砾，现场干干净净，脚手架外绷着一层绿色的防尘罩，密不透风。老家伙们揭开一角，蹑手蹑脚地进去，登时僵住了。天老爷，砖塔还在，只不过上半截被削掉了，现在仅存七八高，被一些钢筋架子支护起来，下盘很稳地坐在地上，仍有一号的气派和尊贵。更惬意的是，沿着脚手架铺设了一圈螺旋状的楼梯，台阶不高，很缓，恰好符合老家伙们的步履。几个人登上去，又蹲下来，美美地参观了一番。每个人的脸上开了花，左喊一声马骥，右叫一嗓子马总，却不见当事人的影子。

这当口，一个戴近视镜的尕娃进来了，身后跟着几个民工。尕娃瘦，但利索极了，跑上来拽住马四十三，喊了一声马叔，口气亲热。双方一说开，这才知道尕娃是马骥的小学同学，外号叫尕镜子，小时候常去马四十三家里玩，还蹭吃过手抓羊肉和油香什么的。马四十三忘性大，为了掩饰尴尬，忙掏出了一张餐巾纸，喝令尕娃张嘴。尕娃很乖，张开了嘴，马四十三从他的门牙上擦下来一片芫荽叶子，说你们刚吃完牛肉面吧，以后吃完了记得剔牙。尕娃这才交代，昨天动用了大型设备，将一号大烟囱拔掉了大部分，清理完了现场，但马骥实不落忍，专门留下这么高的一截儿，还增加了安全防护设备，想让叔伯们尽情发挥。尕娃又说，马骥委派他来主持现场，这几个民工都是雇来打下手的，叔伯们意思一下就行了，具体拆除的活儿由民工来干。尕娃还讲，马骥去开会了，餐饮协会的，今天要

选他当副会长。马四十三心喜面煞,抬起一只手说,哼,他恐怕不想吃老子的抽脖子吧。

"尕镜子,兄弟我请教你一句,什么叫意思一下?"陈劳辛发难。

"哦,好我的爷爷,千万别使'兄弟我'这个话,余生也晚,可担待不起。"尕镜子一揖到底,赎过了罪,便说:"你们敲打一下就下来吧,我们拆起来快,也安全嘛。"

王麻说:"你有情有义,兄弟我领了,但具体拆除必须由我们来干。"

"拜托爷爷们,你们干么一嘴一个'兄弟我'的。我羞死了。"

"喏,听兄弟我给你解释。尕镜子,这大烟囱是我们这帮老家伙,在五十年前亲手箍起来的,那时候一个个比你现在还小。它其实不是烟囱,也不是砖塔,它等于一棵树,种在了我们的心上。"冯彬文识人,见对方礼貌有加,遂耐下性子说:"而今,我们真成了老家伙了,它也不合时代,该入土为安了。兄弟我恳请你,就让咱们撒一回野吧。"

"恭敬不如从命,我们随时听吩咐。"尕镜子道。

冯彬文感喟:"好呀,江山留胜迹,我辈复登临。上去喽。"

一开工,事情便正规了。尕镜子将每个人身上的保险带打开,将挂钩挂在了脚手架上,万无一失。四个民工依次撒开,守住四个角,各自负责一位老人。对方刚拆解下来一块砖,民工便伸手接过来,顺着一根钢管滑下去。下面的伙伴接上,当建筑垃圾一样,齐整地码在车厢里,完工后一总处理掉。尕镜子一边指挥,一边拿手机在拍照,不明白他在搞什么名堂,随他吧。

坦白讲，退下来许多年了，头秃了，牙掉了，就连先前满身的娴熟技艺，也早已雨打风吹去，日渐荒疏了。老家伙们割据一方，动手拆解着脚下的耐火砖，感觉手很生，找不见诀窍。手生也倒罢了，问题在于骨骼中有一种牵扯，丝毫不给力，总要慢上一两个节拍。他们明白，这其实是老了的症候，心到，手却不到，一种流逝的光阴在中间作怪。他们互望一眼，要么咧嘴笑，要么扮一个鬼脸，但谁也不说泄气的话。万事开头难，等拆下来头几块后，他们手上休眠的技艺一下子醒了，老马识途，动作凌厉，反而由不得他们慢下来。

耐火砖很厚，有一本辞典那么厚，单体的重量足有五斤多。砖缝里勾了当年高标号的水泥和砂浆，锅炉烧过，风雨洗礼过，如今血肉粘连，浑然一体了。瓦刀使不上，必须先用凿子在砖缝上开一个缺口，然后将钢钎打进去，慢慢撬起一块。一旦撬出了一块，就像门牙松了，左右两侧的伙计们不战而降，纷纷败下阵来。捧起耐火砖，这家伙还是老样子，棱角分明，颜色鲜亮，如同当年刚砌进去的一般。不，比当时更生动，更具分量，因为几十年高温的淬制，似乎有了一种别样的筋骨，让人不敢小觑。老家伙们越干越起劲，话也就多了起来，一再唏嘘说，瞧瞧，那个时候的水泥，可真是水泥呀，能把天和地都焊在一块儿。又讲，那时候的砖是实心的，人也是实心的，不像现在这么注水，这么短斤缺两。戏谑声中，每个人都不懈怠，每捧起一块砖时，都会用掌心仔细地拭去灰尘，颠来倒去地查看几遍，生怕错漏了什么细节。孕镜子在一旁发笑，觉得这帮老顽童呀，就像站在产房门口的年轻父亲，第一次抱上婴儿，必定先检查一下有无残疾，身上是否带胎记。

来了微信，孕镜子一瞧，马骥说：活到老了，就是一帮老

小孩，随顺他们吧。（哭）这几张照片，真让我看到了劳动人民的尊严。

回复说：（撇嘴）嘁，这就是你爆的料？

呵呵，少安勿躁，你这个小包工头等着瞧吧，好戏还在后头呢（得意）。转瞬，马骧又追加来一条：我总觉得，他们身上有一个不可告人的秘密，你就是解密的人（阴险）。

尕镜子：这不是我的菜，但我喜欢这帮老头（呲牙）。

哦，你学学他们的耐心吧，他们忍了多少年了，今天绝对是个机会。马骧叮咛道。

拆除作业异常顺利，老家伙们也越来越趁手，找到了昔日的感觉。中午时，马骧的餐厅置备了一桌饭，喊他们去吃，却被拒绝了。马四十三亲自致电，让厨师长做了盒饭。不是一般的盒饭，四菜一汤，醋熘番瓜，干炒茄子，凉拌洋芋丝，虎皮辣子。主食是蓬灰凉面，手擀的，上头浇了卤子、蒜泥和芥末水，颜色花哨，奇香袭人。老家伙们不肯下来，怕耽误时间，饭食送了上去，仍不停手。马四十三吃喝了几遍，其他三人这才捧起了饭碗。孰料，吃了第一口，还没下咽下去，表情便定格了，目光纷纷盯住了马四十三。后者嘻然问："咋样么，吃出什么味道了没？"三个人不吭气，猛地饱咥了几口，吧嗒着嘴。王麻说："娘的，吃出来了，原先大食堂的味道，香得心都烂了。"陈劳辛陶醉地说："你狗日的，在餐厅吃了多少回，从来就没端上过这个，现在是犒劳兄弟我呀？"马四十三卖弄说："这几样不挣钱，餐厅的菜谱上没有。兄弟我特地交代后厨，用了我的独家秘方。"冯彬文饱了，打着嗝说："为么香，照兄弟我看，关键的问题在于咱们跟一号在一起，筋骨醒了，胃口开了，吃回到了从前，想起了厂里的大食堂。"这话在理，老家伙们一致称是。撂下饭碗就喝汤，汤也不是珍珠翡翠白玉的，却是下过面的面汤，里头搁了一根芹菜。原汤化原食，舒坦得他们直拍肚皮，拔长了脖子，饱嗝在冒泡。这时，孬镜子接了一个骚扰电话，声嗓很大地说：

"拜托，兄弟我不喝铁观音，求你别打了。"

"等等。"冯彬文叫住了他，质问说："你刚才说了啥，你说兄弟我？"

孬镜子很无辜："对呀，兄弟我。"

"不行！你这个孬娃没礼数，我意见大了。"刚才还一片晴天，冯彬文忽地阴下脸："你在别处说兄弟我可以，但在老家伙们面前，在一号，你没这个资格。"

见此情状，孬镜子没回嘴，簌簌簌地下了脚手架，乘凉去了。

太阳西移，日光在空中化作热浪，将地面变成了一座澡堂子，令人眩晕。到了下午4点多时，原先7米左右的大烟囱，已经矮下去了多一半，看样子天黑前就能彻底拆除干净。孬镜子坐在拉废料的卡车旁，一团阴凉罩在身上，指挥着民工，不紧不慢地拾上面拆解下来的耐火砖。孬镜子的手原本很细腻，但帮了一会儿忙，此刻粗糙无比，长了一层毛刺似的。刚才冯彬文的呵斥，孬镜子并没放在心上，自己不小心引用了别人的话，这跟侵犯知识产权没什么两样。孬镜子对付完手上的毛刺，忽然觉出了一种异常，因为脚手架内的作业面上寂静无声，真有点儿瘆人。孬镜子甚至往坏里想，莫非谁，一不小心跌倒了，连人带砖，哗啦一下掉在了砖塔后面。一念至此，孬镜子立马慌了，忙奔了过去，笃笃笃地上了台阶。此时，眼前的一幕让孬镜子钉住了，诧异地望着那几个高高在上的老家伙们。

居然！他们居然都哭了，垂下头去，在集体默哀。

尕镜子仰看着，见老者们灰头土脸，浑身脏污，但动作很齐整，两腿并拢，肃穆地埋下头去，一个个收不住泪水。他们头顶银雪，雪白得像天上的淡云，虽不茂盛，却让寥廓的天际有了一丝别的味道。刚才吃了亏，尕镜子现在再不敢造次了，也理解了马骥给他的爆料。他的手摸进兜里，找见了那张纸，A4大小，狠狠地攥成了一团。末了，默哀毕，四个老家伙忽地撒开，从作业面到地面，组成了一条首尾相衔的人链。最上头的马四十三每起获一块砖，便递给了王麻，王麻再交给陈劳辛。冯彬文站在末梢，恭顺地接过陈劳辛手里的砖，将它们逐一搁在地上，摆放得井然有序。

这个过程中，谁也不说话，连每个人的气息都像羽毛那么轻。但尕镜子发现，老家伙们，不，这几位老者面色绯红，心跳过速，身上有一种看不见的激动与傲慢。激动尚可理解，傲慢分明来自他们全身心的沉浸，无视周遭的一切，轻蔑这个赤日炎炎的下午，包括尕镜子和一排惊呆了的民工。尕镜子阻止了民工，没让他们搭手去帮。尕镜子笃信，这种蚂蚁搬砖的秘密仪式，一定有他们自己的逻辑，自己的年代和仪轨，外人不便介入。——话虽这么讲，但尕镜子看见冯彬文刚捧起一块砖，身子晃了晃时，还是第一个冲了上去，架住了他。

嗵的一声，耐火砖砸在了尕镜子的脚面上。

尕镜子哎呀一声，跌倒了。冯彬文也倒地了，中暑的症状。尕镜子挣扎着爬起来，吆喝民工们赶紧将冯彬文抬到阴凉下。这时，尕镜子讶异地发现，那一块沉重的砖面上，镌着明晃晃的三颗字：

冯彬文

太阳落山时，尕镜子仍一瘸一拐的。

问题不大，冯彬文凉了一阵子，又在黄河水里擦了脸，醒转了过来。冯彬文内疚缠身，尾在尕镜子后边，连连抱歉，好像闯了天祸似的。依了老者们的话，尕镜子指挥民工们，将后来拆解下来的耐火砖，统统搬到了黄河岸边，丢在滩涂上。老者们的工作干完了，剩下的大烟囱的底座，会由民工们负责彻底拔掉，再将现场清扫干净。天空澄澈，一览无余，河心里跑过了一艘快艇，将水浪驱逐过来，卷起了白色的浪花。干了一整天，马四十三依然骁勇，喝令另外三个和尕镜子就地歇息。他自己则抱着一块块砖，蹲在河边清洗。砖头蒙尘久矣，边边角角上还带有水泥和砂浆的残迹，也被他仔细刷掉，恢复了先时的模样。

肯定没骨折，但也痛楚难忍，尕镜子心里抽搐着，一时间帮不上忙，急得乱转。马四十三终于清洗完了，来回跑了几趟，将耐火砖搬在了大家面前。冯彬文腾地站了起来，王麻和陈劳辛也赶紧立定站齐。三个人像标枪似的，表情肃穆，却目光热烈，呼吸也急促了起来。马四十三开始搭积木，将散落的砖头塑成了一座塔。或者说，一座微型的小立碑。尕镜子扶了扶鼻梁上的眼镜，趋近一瞧，心中蓦地涌过了一股热流。也不知是脚疼，还是心动的缘故，反正尕镜子双膝一软，跪在了这一座立碑前。

　　王增武甘谷县
　　陆俊德上海枫泾
　　李佳伦天津塘沽

刘恩科长武县人

冯保白银平川

仇勇甘肃临洮

傅崇俭平凉崆峒人

朱娃子江苏兴化人

陈劳辛湖北黄陂县

王西野上海闸北区

徐旭甘肃平凉人

杨延康贵州遵义市人

张森林平凉泾川县人

王麻河北保定府人

杨继军甘肃静宁县人

移高红天水麦积山人

冯彬文辽宁铁岭草帽山人

徐子坤甘肃凉州双树乡人

漆进茂甘肃漳县五里铺人

久美琼蓬青海化隆县外镇人

马四十三甘肃临夏玛尼沟人

夕光打了下来，像一张细密的砂纸，替这些沉砖擦去了尘土，打磨出一层鲜亮的金黄色。河风很劲，慢慢吹干了水渍，让那些砖面上漫漶的文字紧凑起来，浮现而出，筋骨毕现。孨镜子用指尖摩挲着，辨识着，并逐一念了出来。显然，这是每个当事人自己凿刻下的，有的工整，有的潦草，但清晰如当年。一共21位，上头是姓名，字体大，下面则是籍贯，字小得就像指甲皮一样。孨镜子看完了这些稚嫩的签名，心猜，这就像一群小学生在答试卷，稍不规矩，先生的戒尺就追了过来。片刻之后，砖石干透了，一种血样的颜色仿佛从心脏地带泛滥出来，布满了砖面。但这种色泽并没有淹没一个个姓名，相反，却让每一根笔画都层次有序，抓石有痕。尕镜子明白，这是几十年的煅烧和炙烤造成的，如今它们不是简单的建筑材料，而是一件件艺术品，立体地码在黄河岸边，矗立在傍晚的夕阳中。

这一切，冯彬文都看在了眼里，会心一笑。见尕镜子一瘸一拐地返身回来时，冯彬文将他拉拽过来，安顿在了自己身边。冯彬文抱拳说：

"兄弟我刚才不慎，让你受罪了。"

"折杀我了！伯，千万别再使'兄弟我'这个词，我是晚辈。"

"嗯，你是晚辈不假，但我知道你所为何来。"冯彬文云开雾散，料事如神地说："你现在提一个要求，我不会拒绝你。抓紧时间吧，小心我反悔的。"

尕镜子说："哦，你当然明白我要问什么。"

天光暗下了一寸，但河面上依然有隐隐的光线，像一个人提着白灯笼，照着那些疲倦的鸟群和鱼群归家似的。四个老神仙疲累了一整天，此刻坐的坐，躺的躺，屁股下是晒烫的细沙，惬意极了。当年，他们也是这么干的。下班后，懒得去食堂打饭，也不进集体澡堂，带着满身的黑灰跳进了黄河水，先痛快一下再说吧。冯彬文形容说，那时候可真年轻，年轻得一塌糊涂，像青蛙一样活蹦乱跳的。动力厂开建在即，首次招人，五湖四海的带着介绍信跑来了，报名，政审，技术考试，刷掉了大多数，最后只剩下了21个，组成了青年突击队。从黄河水里爬出来，大家赤条条地躺在沙子上，望着高原的星空和月亮，

不知今夕何夕。有时候，说着说着就睡着了，直到被次日一早的晨露打湿了，才惺忪而起。

动力厂应该是有标志的，标志就等于现在社会的LOGO。那么大烟囱就是当年的标志，只有它才是工业化的象征，也才能赶英超美，追上苏联老大哥的步伐。难题来了，这帮二十左右的愣头青，谁也没见过工业烟囱，打开设计图纸，那些密密麻麻的字码如同天书，没一个人能讲出子丑寅卯来。王麻接茬说，厂里的确请了一个武汉的工程师，但天兰线在宝鸡一带塌方了，被滞留在了当地。革命事业不等人，工期不等人，一切都迫在眉睫。这时候，厂里的一位夜班库管站了出来，说他可以试试。

陈劳辛恓惶说："慢点讲，让兄弟我揩一下眼窝子。"

"老冯，你也擦擦吧。"马四十三递了一张纸巾。

夜班库管这么一挑衅，全厂上下都失笑了，年轻人更是笑死了。没别的，他平时窝囊极了，浑身邋遢，谁也不会正眼瞧他一下。他无儿无女，也没有家，真正的老绝户头。他公开叫板，等于揭了皇榜。加之用人之际，厂长也不曾多虑，便遂了他的心愿，特选24个小伙子交给了他，限期完成。那时候整个一个忙字，垦荒平地，铺设线路，砌筑围墙，还要进各种大型设备，这支突击队只是其中的一小部分。刚开始，他连上了三天的课，集中培训，替大家收心。他的课堂很严厉，稍有交头接耳，就会被驱逐出去，罚站罚一天，还不许吃喝。他在黑板上画图，讲解烟囱的构造和功能，剖析设计图纸上的优劣。图纸是借用河南一家工厂的，但那里的地质构造和黄河滩涂一带迥然有异，他修订了过来，领导也签了字。造烟囱，首要的问题就是耐火砖，本地的房舍大多是土木材质，对耐火砖闻所未闻。他申请了一辆苏联的嘎斯汽车，带着一帮小伙子，考察完了兰州周边的各个山头。每到一座山上，他攥起一把土，就能知道土质的黏性和成分，好像他的手是一台分析仪。后来，在榆中县的清水驿乡，终于找见了合适的土层，便就地开窑，开始烧耐火砖。

第一批砖出窑后，统统废了，因为火力不均匀，有点儿酥。连续废了七窑，等第八窑砖出来后，大家一下子信服了他。没别的，当时摆在大家眼前的不像一块普通的砖，不像泥土做的。一窑土砖经过一天两夜的淬制，洗心革面，凤凰涅槃了，竟然成了一块块整齐的黄金。真的，这比喻不过分，我们就把这种亲手制作的材料叫金砖。金砖还要经过测试，专门在水里泡，在蒸笼里蒸，用焊枪重复去烧。为了考查它的硬度，专门挑了几个大力士，用二十五磅的重锤去砸。砸到第四十一下时，它才折成了两半。谁也不知道他用了什么魔法，但他肯定有魔法，让那些酥烂的土，变成了一团坚硬的筋骨。他也不多讲，他的话很吝啬，遇见一些人的请教时，他会脸红，有一点儿像没嫁出去的老姑娘。

农历十五那天，山上的月亮很亮。月亮看见我们在开会，月亮一定听见了。

烧制了将近一个半月，数量早够了，那天要烧最后一窑。他召集大家，每人发了一块砖坯，一把刻刀，命令我们在上头写下自己的姓名，写下籍贯。他什么意思，他玩哪一手，他的目的何在，谁都在心里打鼓。当时，他也不解释，只督促大家按格式写，要求工整，不能出现错别字。他的牙齿很硬，不容分辩，谁要是抗命，谁就当即卷铺盖卷滚蛋。后来，大家站在窑口前，看见21个名字和籍贯被推进了窑内，迅速被火焰吞没了，感觉在烧自己，感觉自己也是一块砖，在慢慢地发生改变，

一切都神秘极了。停了窑，等这些砖被搬出来后，每个人都惊呆了。因为，谁的名字都被镌在了金砖里，闪着光，憋着劲，仿佛先天从胎里带来的。那一刻，大家抱住各自的金砖，惜疼无比，觉得它就是身体的一部分，也是青春的一部分。从那以后，这支突击队就安静了下来，月月插红旗，年年当先锋。

他揭开了谜底。他当众说，他要把这些刻有名字的金砖，砌在一号大烟囱的底座上。原因有二：其一，既然亲手箍起了砖塔，就要负责到底，塔在，我们在；塔亡，那我们全部碎尸万段。其二，大家来自五湖四海，一号是担负的首个项目，成了便是青春的纪念碑，垮塌了，则是共同的墓碑，这支突击队的耻辱桩。这两条实则是同一个意思，他不过在反复强调罢了。他很干脆，口气决绝，在动员会上像教官那么训话。他还举例说，紫禁城里的每一块砖瓦，都镌着制作人的名号和家徽。要是出了麻烦，朝廷会一路追查下去，直至问罪。他讲这些话时有些自得，好像他是现在电视剧里的清朝太子，来微服私访的，但大家信他。

"哦，不能讲了，兄弟我去河边洗一下脸。"冯彬文道。

"等等，兄弟我也去。"王麻起身。

天彻底黑了，孕镜子听累了，仰躺在河滩上，看见一架航班降下了高度，擦过兰州的头顶，往中川机场飞去。蹊跷的是，耳朵里并没有那种巨大的引擎声。相反，河沟里的蛙声却如潮般响起，让四周越发的寂静了下来。孕镜子思忖，其中的一只蛙，一定是当年的那只，见识过这一帮人的飞扬，也见过他们当时的眼泪与汗水。这不，那只蛙来了，呱唧呱唧的。孕镜子一扭头，原先是冯彬文和王麻的脚声。他慌忙坐了起来，支起耳朵。

一号工程开工了，进展神速，每天增高两米。厂里有一份战报，油印的，每一期都报道大烟囱的高度。平地里忽地矗起了一座塔，成了风景，附近的中小学生组团来参观，就连市区的不少群众也带着干粮，挤上市郊列车来，站在塔下赞叹不已。

谁也没料到，那时候有一张网慢慢地收拢了，目标就是他。

8月3日下午，约莫四点左右吧，工地上来了三名公安员，戴着大盖帽，背着手枪。公安员是副厂长陪同来的，后者还兼任了军代表，气势很凶，吓得大家都躲开了，不知道发生了什么。听见副厂长喊他，他便从作业面上跑了下来，没一点儿精神准备。可当他见了公安员后，突然僵住了，脸色煞白，僵了好几秒钟，又返身跑上了脚手架。他跑得很快，一眨眼就蹿了上去，没了影子。当时，公安员们拔出了手枪，瞄准了塔尖，喝令他立即投降，但回答下面的却是一阵砖头雨。雨很大，也很危险，因为雨是耐火砖。

就这么对峙开了，上头的宁死不屈，下面的也不敢强攻。

天黑之前，双方都进入了僵持阶段，寻找着各自的机会。公安增派了大量的人手，武装到了牙齿，将整个一号团团包围了，连一只麻雀也休想离开。副厂长用望远镜发现，他竟然一个人在拌砂浆，一个人在砌大烟囱的帽子。烟囱也是有帽子的，像人衣服上的小翻领，一则美观，二来洋气。那一天，一号的主体工程接近完成了，但后续的工作还很多，比如焊铁梯，比如装避雷针，比如勾砖缝等等的。那么一个危机重重的场合，无数支枪口都对准他了，但他不管不顾，浑然忘我，慢慢给大烟囱戴上了帽子，砌上了最后一块耐火砖。

第二天早上，公安摸了上去，却在烟道底部发现了他。

他跳了塔，死了。

一个月后，动力车间正式点火，一点就成功了。大烟囱矗立在黄河岸边，像一个巨人似的，简直威风极了。白天，它就站在地上，摸着云彩，嘴里喷吐着黑烟。尤其到了深夜，它的头上喷射出火焰，能把半个天空照亮。一号成了样板工程，图纸被大量复制，后来生出了许多的徒子徒孙。那一段，我们谁也不提他，一提起来，眼睛肯定是湿的。但在每个人的心里，他就是塔，塔也就是他，白天吐出的黑烟是冤屈，晚上祭奠的火焰在叫魂。后来，我们21个人咬破了指头，喝了血酒，决定一辈子守着一号大烟囱，守着这一座塔，除非我们自己干掉它。

他死了，一把火烧了，骨灰撒在了黄河里。

刚说过的，他是个绝户头，没有家，也没有儿女。他的死一直没有结论，甚至他的名字、籍贯和年龄据说都是伪造的，黑人黑户，彻底丧失了来历。他在厂里做夜班库管，一个无足轻重的小角色，组织上当初没做进一步的考察，便疏忽掉了。后来有了一点点风声，说他其实是个俘虏，原先在胡宗南的部队里当教员，北平的正牌大学生，土木工程毕业。彭德怀的一野解放灵台时，他被收编了，到了兰州又溜了号，从此隐姓埋名。大家不信这些传闻，也不敢公开提他，却又心里想死了他，天天想得眼睛里哭血。这么着，大家一合计，决定用他平常最喜欢的口头禅来称呼他。外人听见了，也神鬼不知，比较安全吧。

"称呼什么？"

"兄弟我！"

尕镜子惊了："什么？原来兄弟我是一个人呀？"

"对，兄弟我就是他。"冯彬文道。

"兄弟我也是我。"王麻说。

马四十三和陈劳辛也不落后，纷嚷："兄弟我就是我，我就是兄弟我。"

"哦，那他当初没给自己刻一块金砖么?"

"没有。他可能有预感，他不敢刻。"

"那这些金砖怎么办?"

"兄弟我的骨灰撒在了黄河里，已经走了几十年了。"冯彬文哀叹一声，笃定说："兄弟我走了，那这些金砖和名字，也要扔进去，一起陪着兄弟我，让黄河水去清洗干净吧。"

尕镜子起身，借着黯淡的星光，又伸手摩挲着眼前那一座微型的砖塔，指尖上识读着那些凌乱的文字。他明白，光阴无情，天道如命，这21个普通的名字有的凋零，有的斑驳，如今只剩下了为数不多的这几位，头顶白雪，老态横陈，已然迈入了晚境，一如他自己的父亲。尕镜子哀恳说：

"真抱歉！我不是什么民工头，我其实是个作家，我叫叶舟。"

冯彬文一笑："马骥喊你来的。他给你泄的密，我知道。"

"我能写下这个故事么?"叶舟问。

"兄弟我?"

"嗯，标题就叫《兄弟我》。"

"当然喽！"冯彬文答。

夜空中挂着一只风筝。风筝发光，好像有一股神秘的电流插在它身上，衬托出了它逶迤修长的尾巴，漫漶地飘在群山之上，星宿之间。这天晚上没月亮，但这帮老兄弟却耳聪目明，不知疲倦地折返在黄河岸边，将一块块金砖安顿在了水中。叶舟懵懂，猜不出这些名字究竟随水而逝，还是沉在了河底，最终模糊并且消失殆尽。依稀间，马四十三又扯开了破嗓子，漫

唱了一首高原的民歌。歌词曰：

河里的鱼儿水养着，
头顶的老鹰天养着；
世上的行人万万千，
只有你是我的心养着。

这短暂的一生哟，
到了这里就终了；
来世少年的时节么，
再做相会的盘算。

汝今能持否？

尽形寿，不杀生，汝今能持否？

"会死么？"

"呵呵，不会。还没死过，这算头一次。"

王旗按住了陈丙君，将他摁在枕头上，抚了抚脸，令其闭眼。这还不算，王旗又拍了他的胸口，让他放缓呼吸，别那么七上八下的。另一侧的牛富田抖开了一块白床单，哗地一下，苫住了陈丙君。后者脚上发凉，有人在替他穿袜子，从动作上猜，陈丙君知道是马五七，这跟他出牌的节奏吻合，有些颟顸。现在，陈丙君算是死了，离这个花花浮世虽咫尺之距，却仿若天涯。他安心地关上了全部的窗子，心里昏暝一片。

死就要有死的样子，不敢马虎的。安顿完了陈丙君，大家消停下来，才有心气对付功夫茶。茶具是牛富田带来的，便携式，一共四只茶盅，东西南北，摆在几案上。目前暂时死了一个，牛富田便没收了一只，装回兜里。茶要趁烫，马五七吹着嘴说："生旦净末丑，干啥就要像啥，要入戏。记得有一年夏天，轮到我值班，天热得跟澡堂子一样，我就在厂区楼下的阴凉地里丢盹儿。动力车间的那个二流子在跑步，他经常在跑步，冬练三九，夏练三伏。但那天开始他有些怪，他张开胳臂，一步一挪，身体像个十字，我以为他在做扩胸运动，也没在意。连着半个月，他天天如此。科长找了我，说产品丢得厉害，肯

定出了内贼，让我多加提放。这不，我的瞌睡打消了，猫一样警觉。出事那天下午，他又在做扩胸运动，一步一挪，十字状。恰巧，天上飘过了一朵黑云，把日头遮住了，这才泄露了秘密。狗日的，原先他的怀里抱着一整块玻璃，正要往大门外偷运。先前日光那么强，玻璃干么不反光，我想了几十年了，也没想明白。他做得真好，他入戏了，他找见了窍门。所以嘛，陈丙君今天要死得像那么一回事，千万别露马脚。"牛富田停下茶，唏嘘说："刚才上楼时真冷，天色不好，恐怕要下雪的。"他的话无人应和，只好萧索地捂住嘴，整理了一下假牙。王旗说："在玻璃厂工作了几十年，奇的怪的都见识过，但最有一件事令我困惑，一直折磨了我几十年了。我不敢说，怕我是不是有反动的苗头。不管了，我豁出去了，说出来你们听听。七六年，丙辰龙年，那一年真是流年不利，先是周总理走了，又走了朱总司令，中间有一个唐山大地震，死了那么多人，活生生的一座人间地狱。到了九月，毛主席也没了，痛煞人也。那天下午集中听广播，晚上人们都去了反修馆吊唁，只安排我一人在仓库里值班。值班有啥了不起的，我没当一回事，可到了后半夜时，我就被吓呆了。为么？原先仓库里成箱成捆的玻璃，开始一块接一块地炸裂。不是碎，注意听，是炸裂，炸成了指甲皮大小的渣子，没一块完整的。那是二季度的产品，没有一百吨，少说也有四五十吨吧，就那么炸了。第二天我汇报了上去，但无人在意，国丧期间，谁也懒得操心玻璃的事。后来有了各种传闻，说玻璃也悲伤过度，那么一炸，当然是心碎的结果。我揣摩了许久，难道玻璃也有心，万物也有灵，像人一个样子？我后半辈子做的梦，基本上和玻璃有关。一闭上眼，我就能看见那些尖锐的玻璃碴子，明晃晃的，像一把刺那样。哦，说出来我就轻松了，不需要你们安慰。总之一句话，陈丙君今天要死，但他心里有刺，一根大刺，咱们得帮他拔出来才是。"照例没人应和，王旗也不难为情，吹着汤面上的茶叶。假牙是新植的，磨合不太成功，总得适应一段时间。上一副假牙好，用了差不多九年，牛富田在露水市场买菜时，不小心打了一个喷嚏，假牙飞了出去，掉在了下水道的井箅下，着实生了一礼拜的闷气。牛富田瘪着腮帮子，絮叨说："外面的天阴得厉害，风也大，估计不是中雪，就是暴雪。"马五七剜了他一眼，面呈不悦，沏茶时走偏了，水漾在了几案上。马五七想让气氛愉悦一些，便说：

"陈丙君这一死，咱们三缺一，凑不成一桌了，咋办？"

问题太尖锐了。自从退下来之后，天天打牌，打了这么多年，谁也没想起这个难题。三缺一，等于此刻的茶桌，缺了一位，总感觉别扭极了。你跟我碰杯，另一个追了过来，究竟该跟谁先碰？打牌却不一样，形成了有效的上下级关系，上家防你如贼，你视下家像草寇，玩的就是一个瘾头。沉吟片刻，牛富田兀自笑了：

"三个人也可以呀，最适合掀牛九了。"说着，掏出一副陌生的牌叶子，扔在几案上。

王旗问："啥是掀牛九？"

"河西走廊一带的土麻将，只能三个人玩。"介绍说。

马五七今天跟牛富田戗上了，怎么看都过不了眼。马五七没接话茬，继续献疑说："嗬，那万一再死一个，剩下两个人咋办？

"这简单，剩下两个的话，就下棋嘛。"王旗道。

"那再折掉一个呢？"

"哦，谁落在最后面，谁就真的悲苦了，一个人孤零零的，没人跟他玩了。"王旗郁闷地泼掉了杯中的残茶，续了一水烫的，哑巴说："如此看来，谁死在前头，谁就有福报啊。"

"对，福报都是平时积攒下的，修来的。"牛富田附和道。

一群笨蛋！陈丙君眯了片刻，醒来时，恰好听见了工友们的谈议，心里厌倦地嗔骂了一句，笨蛋加蠢蛋，再加一窝混蛋。这么便宜的问题，居然让他们想破了脑壳，唉声叹气的。但因为现在死了，陈丙君不好突兀地坐起来，给他们上上课。躺在苦布下，陈丙君尽量让自己僵硬下来，不许动，也不能插话，死就要有死的样子，必须入戏。但人有三急，尿脬慢慢地鼓胀了起来，像一枚定时炸弹，由不得他。陈丙君暗中动了动，找见了一个惬意的姿势，遂安定了许多。这时，附近八中的报时钟响了，北京时间14点整。声音里有一种金属味，破窗而入。阳台的门不严，凭着脚上的凉意，陈丙君知道下雪了，一定不小。

完了，完了完了，计划又泡汤了。

既然天气糟糕，陈丙君便宁愿陈燕子不来，哪怕自己这么白死一回，也别让她一路上顶风冒雪。陈燕子在科技街的一家小公司当会计，原先的单位改制后效益太差，还是托了关系，到了这个岗位的。专业丢了，一切都在从头学习。女儿没讲关系是谁，但陈丙君不用猜，就知道肯定是左军。公司朝九晚五，中午只有一小时的吃饭时间，现在没来，肯定还在怨恨当中，气性太大。一年前，父女俩失和，陈丙君几乎是被女儿逐出了她家的门，连春节也没回过娘家。其间，陈丙君发过短信，打过电话，但都泥牛入海，没了音讯。到了孙女生日的那天，陈丙君买了巧克力和水果篮，让同城快递送到女儿家的小区，却被收件人退了货。一来二去，双方冷战至今，居然未曾谋过任何一面。用王旗的话讲，这他妈就是一桩人间奇迹。马五七则用了委婉的说法，说这父女俩果然是一对超级奇葩呀。

陈丙君是见过死的，还不止一次。当初他响应国家的号召，从河北易县到了大西北，在黄河岸边的玻璃厂里当技工。接到了父亲病危的电报，他一路嚎哭地到了老家，父亲却早已停灵五日，只等他这个孝子回去。母亲亦是，只不过停灵七日，原因是天兰线塌方了，火车耽误了几天。陈丙君后来悟出，电报里所谓的"病危"二字，实则是已经咽了气的意思。到了二十七八，本厂的一个兰州姑娘看上了他，托了妇女主任从中说媒。姑娘是天车司机，体态端方，浓眉大眼，脸蛋上镶着两坨红晕，高原紫外线晒过的痕迹。陈丙君糊里糊涂地结了婚，很快就有了一个女儿。陈燕子读五年级时，陈丙君负责押运一个车队，去了青海的格尔木送玻璃。这回他没接到电报，却是长途电话，说他妻子得了急症，目前病危。待陈丙君跟跄地回到了家里时，一切都为时晚矣，没见上最后一面。妻子并非急症，而是从天车上摔下来的。陈丙君一直捂着这个秘密，只怕给女儿的心里留下恐怖的阴影。前天晚上，陈丙君出了病房，还在走廊上认识了隔壁的一个病友。年龄相仿，一说开，话题也多，迅速亲热了起来。次日，两个人又聊了半小时。孰料，今早上病友迅速恶化，呜呼哀哉，一下子被推走了。陈丙君站在阳台上，看见殡仪馆的车子来了，突然受了刺激。

入冬后，陈丙君就思忖，与其守株待兔地等女儿来，不如主动出击。他在电话里哀告了半天，王旗说他最近三高，牛富田自称染了风寒，光佛慈的枇杷露就吃了六瓶。更绝的是马五七，发来了图片，说他在郊区的水库里冰钓，分身无术。三个

老家伙不仅回绝了他，且讥诮说，病胎子没事，你平时病病歪歪的，还没见你死过一回。这话等于施咒，让陈丙君失望了一夜，又心悸了一天。终于，他捂住心口窝，躺在了沙发上，叱令保姆呼来了急救车，动静很大，广而告之。检查了一番，也无大碍，都是一些老年性的小病小灾，但陈丙君坚决申请住院。住了三日，同病室的那位刚出院，陈丙君正觉得人情如纸、世间寒凉时，伙计们杀了进来。陈氏父女的失和，也像一块磨盘似的，让他们长期不爽。虽说家务事难断，一定有鲜为人知的因素，但陈燕子毕竟是叔伯们看着长大的，决不至于如此的铁石心肠。三个人剑走偏锋，拿出了一份紧急预案，决定让陈丙君立刻死掉。

死之前，大家征求了陈丙君的意见，让他掏掏心窝子，把该说的话先交代一下，别留遗憾。陈丙君哀恳说，拜托了，等一下给陈燕子挂电话时，千万别讲病危什么的，就说我处于弥留之际吧，别吓着了我女儿，让她心碎。弥留是什么境界，大家并不追究，反正中心意思就是喊陈燕子来医院，站在父亲的病床前，最好有一个拥抱，泯灭恩怨，重归于好。叔伯们的号码都是陌生的，陈燕子乖巧地接听了。王旗口头通知了她。马五七和牛富田还追发了短信，以强调病情的严重性，不啻于下了十二道金牌。这以后，陈燕子那边就哑巴了，但陈丙君这边不得不做出逼真的样子，把戏演下去。

尿脬一旦鼓胀，陈丙君便开始后悔了。死不是那么容易的，尤其保持住一个姿势，任人摆布，每一个骨缝与关节里的酸楚和难过，像酵过的面团发了出来，不堪其累。什么福报，什么谁先谁后的去死，那都是活着的人杜撰的。这一刻，陈丙君宁愿女儿不来。医院坐北，女儿位南，少说也有十几公里，拉倒吧。这么想时，忽然听见马五七暴怒了，质问说：

"老牛，你干么一直在说这该死的天气？"

"真下暴雪了。"

"天哪，闭嘴吧！下雪就不能死人了，陈丙君就能把魂儿拾回来么？"

牛富田嘿嘿一笑："我担心陈燕子，这天气，不来也好。"

"嗯，堡垒最容易从内部攻破。"王旗总结道。

叶鹤是咋进来的，谁也没看见。一帮人乱作一团，嘴上逞能时，叶鹤就站在门口吃吃地发笑。叶鹤是陈丙君家的保姆，小个子，五官精致，肤色质朴，连上帝见了心情也会好转的，遑论这帮老家伙了。等他们住嘴后，叶鹤才将保温饭盒搁在几案上，一掀盖子，一股饭香缭绕不散。陈丙君年轻时娶了本地姑娘，几十年间，口味被逐渐修正了过来，偏向于面食。此前，陈丙君答应女儿雇保姆，惟一的要求就是会做面食。叶鹤的茶饭好，在玻璃厂的家属院里尽人皆知。这不，一闻味道，大家才明白午饭没吃，开始咽唾沫。叶鹤盛了一小碗，用小匙舀起，慢慢吹凉。陈丙君继续躺在苫布下，耳食着外面的动静，有一丝激动，亦有一种忐忑。陈丙君心说，一定是叶鹤来了，但万一是陈燕子呢？

果然，叶鹤笑说："瞌睡装死呀，起来吧，起来吃饭饭。我可只有几分钟的时间，炉子上坐着一壶水，我忘了。"

"他死了！"王旗说。

"我呀，今早上买了一斤扁豆，撒了碱，炖在火上炖烂了。这雀舌面是我手擀的，撒在扁豆汤里，起锅后用葱花一炝。啊啧啧。"进门时，叶鹤的头上敷了一层雪花，现在开始消化了，眉眼上罩着一团雾气。又说："我可警告你，过了三分钟了。"

陈丙君刚要开口，却听马五七说："肃静些！刚死不久，正准备联系你和陈燕子呢。"

"死了，真的！"牛富田也确认。

"叔！"小匙晃了晃，汤洒了出来，溅在脚面上。叶鹤熟悉这帮人，平时嘻嘻哈哈的，一小撮老顽童，从没这么正经说过话。窗外天色凝重，暴雪袭来，似乎死当其时，死必须恰如其分。叶鹤真信了，陈丙君一早上都没来电话，现在挺尸了，她不得不信。叶鹤忽然扔下碗，后退了几步，哭噎说："昨晚上还好好的呀。燕子姐呢，燕子姐来了么?"

"已经通知了她。"马五七再次坐实了。

"节哀顺变吧。"王旗补刀。

不承想，叶鹤瞥见了真相，陈丙君的脚趾动了一动，怕凉似的。叶鹤扭头便跑了，跑到了门外，哇的一声，嚎哭了出来。叶鹤走了，跟她刚来时一样迅疾，容不得旁人思考。王旗他们慌了，追了出去，但叶鹤并没坐电梯，顺着应急楼梯没了人影儿。三个人互觑着，明白这下玩笑开大了，但覆水难收，一时语塞。待他们返回病房，打算跟陈丙君讨一个补救良策时，却遇见了一个后生。也算活该，他们不由分说，将一肚子的怨怼和愤懑，发泄在了这个替死鬼的身上。

那一刻，陈丙君听见喊叔的声音，又知道叶鹤见了死的他，绝对受了惊吓。但陈丙君挣了挣，始终锁不住全身的骨骼和肌肉，没力气起来。唉，陈丙君心说，死真的是一件很窝囊的事，一盘散沙，却又僵硬如石。人活一口气，力气又慢慢回来了，先醒了指尖，醒了腿脚，接着浑身的窗子都打开了。陈丙君揭掉了苫布，白色的被单，上面有医院的名称。这时，他发现几案前坐着一个小伙子，正端着饭盒，认真地吃着那一碗叶鹤做的扁豆葱花面。

奇了怪了，什么世道，这简直算是跟死人抢饭吃嘛。陈丙君坐着不动，心里失笑极了，看着这个后生狼吞虎咽的样子，不免悲悯。也难怪，后生穿了件松松垮垮的工装，脚旁是一个巨大的帆布口袋，帽檐很低，浑身上下镶满了快递公司的大红标识。十指皴了，冻得裂开了口子。鞋底的积雪化了，地板上洇满了污迹。陈丙君抱膝看着，后生不像在吃饭，因为他没有咀嚼，而是直接吸进了喉咙，长鲸饮水似的。吃毕了，后生将舌头卷起来，将散落在饭盒上的几粒小扁豆抿在舌尖上，忽地松开了气息。后生也看见了陈丙君，没丝毫的惊讶，亦无夺人饭食后的惭愧。相反，他收拾好了饭盒，用袖子拭了拭嘴巴，腼腆一笑。

"味道好么？"

后生说："饭甜了，再搁一撮盐就合适了。"

"清汤寡水的，你一定没吃饱。"

恰在此时，去追叶鹤的三个人折身返回，样子怏怏的。马五七进了门，蓦地盯住了那个后生，盯得后者慢慢站起来，敛住了笑，内心发毛。马五七本来长相凶，此刻金刚怒目，把一碗水也能烧开。他们瞥见了刚才吃喝的那一幕，直觉得酥油被叫花子糟蹋了，焉能不怒。后生怯怯生生地退后，退到了门背后，被匣在了死角里。马五七突然伸手，一下子擒住了后生的喉咙，将他压在了墙根里。当然，马五七自有他的一番道理，医院的走廊和电梯里贴满了告示，告诫病员和陪护人员，最近年关将至，小偷猖獗，千万要防范自己的贵重物品丢失，否则医院概不担责。即便如此，每天都有大大小小的失窃事件发生，院方的保卫科也徒唤奈何，简单登记一下就走人了。陈丙君清楚，

昨天傍晚，同病室的那个老头就丢了一个肥肥的红包。红包是侄儿来孝敬的，刚压在枕头下，转瞬就没了，害得老头给自己打耳光，还挂了一瓶水。陈丙君为刚才的善心自责了几下，好歹只损失了一碗面，危害不大。其他人也没吱声，任由马五七独自处置这一桩突发案情。他们知道，马五七身板硬朗，一直在练拳，还会气功，手上的确有两下子的。

"我认得你，你早上就来过一趟。对么？"

后生点头。

"当时你是便装，就坐在那张床上玩手机。嗬，现在你化装来送快递，三只手呀？"马五七逼问。

被识破了，后生登时泄了气，不再抵抗。

陈丙君的确入了戏，觉得沉疴在身，加之剧情陡变，世上的事情与自己关系不大。他痴痴地笑看着，牛富田堵在了门上，王旗拿着手机，打算报警。马五七松开了姿势，却见后生从墙壁上滑了下来，瘫坐在地。也不知他使了什么擒拿手段，后生搓着喉咙，找刚才的那一口活气，脸像紫茄子，呼哧呼哧的。马五七聪明，知道擒贼抓赃，有了具体的物证，便是铁板钉钉。马五七打开了帆布袋子，一股脑地倾在了地板上，花花绿绿的。果然，这都是快递公司的寄件品，真实无误，与后生的口径一致。这一瞬，一个毫无包装壳的相框吸引了大家。王旗拿在手里，用袖子擦掉了灰尘，突然哑了。牛富田接过一瞧，也哑了，递给了马五七。马五七只瞄了一眼，便审问说：

"哪来的？"

后生嗫嚅："同城快递。交寄的时候就这样，没包装。"

"人都不来，干么送这个？"

"寄件人走得急，说去机场，怕误了飞机。"后生起身，将

帆布袋子整理完,背在身上,冲着病床上的陈丙君鞠了一躬:
"谢谢你的一饭之恩。喏,雪太大了,我还得去忙了。"

现在,相框递在了陈丙君的手里。他不用仔细端详,便知
道那是自己和女儿最好的一张合影。那一年,陈燕子放了暑假,
他恰好去德令哈送玻璃,便将女儿塞进了驾驶室。路过青海湖
时,还特意去了一趟鸟岛。宽阔的海面,像一块无垠的深蓝色
的玻璃,鸥鸟翔集,天开地阔。他将女儿肩在身上,陈燕子双
臂舒张,犹如一只展翅的小鸟。出嫁时,女儿带走了这个课本
大小的相框,这么多年过去了,居然还簇然一新。陈丙君环望
了一眼老伙计们,忽然说:"抱歉,辜负你们了,我决定不死
了。"

"乌鸦嘴,你本来就没死。"王旗说。

"哦,接你们刚才的话。如果你们仨先走了,抢完了福报,
只留下我一个人的话。那时候我孤零零的,干不了别的,我就
一个人去摆摊,去算命。"话已至此,陈丙君蓦地热泪扑面,哽
咽说:"可是,我给别人去算命了,谁又能把我的命给算出来
呀。"

无人释解。

陈丙君又说:"她始终就没原谅我,一直没有。"

尽形寿,不淫欲,汝今能持否?

左军不在状态,陈燕子瞧得很准。

不是别了其他车,就是骑在双黄线上,还连闯了两个红灯。
这不,刚进了滨河大道,交警的摩托车贴上来,示意停车。人
倒霉,鬼吹灯,放屁都砸脚后跟。左军这么嘟囔时,陈燕子却

打开了车门，去跟警察交涉了。左军看见，陈燕子解开了围巾和口罩，还有鼻梁上的墨镜，跟对方嘀咕了几句，警察便开恩放行了。还是女的好使，你给他许了什么诺？左军发动了车子，调侃道。陈燕子不回答，只说，二子哥，咱去对岸的滩涂上说话吧，你今天不在状态，怕你开车。左军依言，将沃尔沃驶停在了黄河边的芦苇旁，摸出烟，慢慢喂火。

风雪盎然，犹如天空飘下的大片芦花，落在了大河两岸。

车里开着暖风，左军脱了外套，但陈燕子仍旧缠裹着围巾，戴了口罩，臃肿不堪。更让左军郁闷的是，这么冷的天，陈燕子居然扮酷，戴着墨镜，一改她往日的清纯路线，像个前来接头的女谍。中午时，左军接到了她的电话，要求立刻见面，一秒钟都不能拖延。丫头片子，口气很冲，左军还是头一回听见。左军刚要揶揄几句，却见大片的泪水涌出了墨镜框，敷在陈燕子的脸颊上，脖子也一梗一梗的，开始抽噎。左军知道事情不妙，忙掐了烟，将窗子关上了，递上纸巾。陈燕子稍事平静后，方说：

"二子哥，你对我不好了，不像从前那样了。"

左军微笑。

"我急死了，从昨晚上听见这个消息，我就一夜没睡。早上打你电话，中午才打通。"陈燕子拭着泪，握住拳，愤恨地说："你告诉我老实话，你是不是快破产了？"

"对呀，没告诉过你呀。唉，我这个破脑子。"左军凿了自己一个栗子。

闻听此话，陈燕子的泪又汹涌起来，难以自持。恍惚中，她觉得左军的头发狼藉不堪，又白了许多，眼袋下来了，皱纹深了。这不，就连脱下的西装上也丢了一粒纽扣，半个月没熨烫的样子。以前的左军可不是这样。他注重仪表，衣着得体，江湖人脉广，无论钱财还是言谈，慷慨得一如及时雨宋江。要知己短长，须听背后言。昨天临下班前，陈燕子去找经理签字，冷不丁听见他们在谈论左军，说他投资的几个矿被查封了，血本无归；说他的资金链断了，他哥大子也不愿替他输血了；说他在城里开的几家4S店要低价打掉，才能补上这个窟窿。陈燕子当时就发急了，推门进去，却见经理等人纷纷住嘴，改口聊起了马云和阿里巴巴。她是左军介绍进公司的，左军当时还红火，说一不二，但现在却成了他们私下里的笑料。陈燕子没质问经理，即便质问也轮不到这几个搓毛票的小老板。整整一夜，陈燕子辗转难眠，半夜里偷偷钻进了卫生间，给左军写了几条信息。不承想，后来就出了事，糟践了自己。

　　左军也是玻璃厂的子弟，跟陈燕子在一个大院里长大的。左民左军是双胞胎，刚落地时，左民多重一两，叫大子，后者便屈居二子。这兄弟俩性格迥异，一个安静，一个闹腾；一个捉了博士笔，开了一家高科技企业，另一个三教九流，哪里火旺，就在哪里取金。左军比陈燕子大四岁，到他上高二时，他爸因为工伤，夫妻俩返回原籍休养去了。于是，左军就成了一只散养的狐狼，在学校里打架斗殴，跋扈异常。左军最为玻璃厂的职工们称道的一点，在于他从不欺负一个大院里的同伴，相反还罩着他们，在外绝不吃亏。高考在即，左军清楚自己没戏，也未告知家长和大子，自己报名参了军，应了他的名字。部队真是一个大熔炉，左军在临潼的军营里锻炼了几年，等回来时，整个人都变了，还带回来一枚闪亮的勋章。左军没服从安排，自己当起了老板，小打小闹了一阵子，后来在哥哥的襄助下，盘子忽地做大了，在业界也是响当当的一个人物。成人

后，脱离了大院，左军只和陈燕子一人来往。这倒不是因为他阔了，有了头脸，而是一段夙怨，一个诺言。左军对陈燕子的好是无条件的，彻头彻尾的，不光当她是一个妹妹，甚至还当公主一般对待，言听计从，绝无二话。陈燕子这么一问，左军心里趔趄一下，见她快哭了，忙破笑说：

"傻瓜，哄你哪。哥我会破产呀，这种屁话你也信，白疼你了。"

"你骗过我。以前你说跟嫂子还好，后来不是离了嘛，鬼话连篇的，连眉头都不皱一下。"陈燕子抢白。又说："你这个邋遢相，跟张国立去演《1942》都不用化装。"

左军说："瞧这个车，我刚买的，最新款。"

"嗯，你没事就好，我揪心了一夜，肉都在跳，心慌死了。"陈燕子笑得很模糊，捂着口罩，只能从眉宇间看见。又说："我还欠你几十万，我怀疑自己拖垮了你，我答应五年之内还你的，我保证。"

"哼，那点儿毛票是我当初送你的，让你首付，别瞎想了。"

陈燕子说："为了那钱，我把我爸弄出了家门。今早上几个叔叔打电话，说他弥留了。"

"别提你爸！"呵斥道。

"他可能真的快不行了，我想去陪陪他，又怕惹他生气。"

窗外，暴雪依然猖獗，落在挡风玻璃上，雾腾腾一片，一定是车内燥热的暖风所致。左军心生不祥，逼视着陈燕子，忽然伸手，扯掉了后者的口罩和围巾，也将墨镜打落了。此刻，呈现在左军眼前的，不是那一张清纯的面庞，却是一只吹胀了的气球，鼻青脸肿，淤血斑斑，带着夜晚暴力的痕迹。左军的指尖抚在陈燕子的脸颊上，拭掉一滴泪，却有更多的泪水扑了

下来，如泣如诉。左军的脑子里虚构了如下的情节，陈燕子走上前去，解开了围巾和口罩，用自己受虐的脸，求得了交警的谅解，交警没准儿还以为她去急诊呢。真的，谁见了这一张破绽百出的脸，谁就会相信，这世上所有的庙宇，其实都不是替苍生做主的。左军的心里腾起了一团火，火光肆虐，杀人的心都有了。陈燕子忽然擦了泪，咧嘴一笑，将左军的手攥在了怀里，怕他动怒。但怕啥来啥，左军怒火中烧，对着仪表盘一顿铁拳。犹不解气，抄起一只钢化杯，砸在了挡风玻璃上。玻璃花了，比外面的雪花更显狰狞。陈燕子哀嚎起来，喊了一声二子哥。左军不管不顾，将额头撞在方向盘上，喇叭也凄叫了几下。左军知道凶手是谁，却又束手无策，眼睛里充了血，大骂自己无能。

　　半夜时，陈燕子乱极了，偷偷跑进了卫生间，给左军写信息，询问他究竟发生了什么事。一条发出去，又追了几条，却始终没有回复。买这套三居室时，虽说是月供，但首付比例高，陈燕子短好几十万。没别的，因为是学区房，考虑女儿从寄宿小学毕业后，明年升初中，她才咬牙签的字。陈燕子第一次开了口，左军当即转了账，还声称这些毛票是馈赠的，一点小意思，不用还了，简直一副土豪的口吻。五年之内，陈燕子设定了还款的期限，但左军破产的传言袭来，令她立刻怀疑自己的任性与颠顸，觉得罪孽不已。丈夫在一家旅行社工作，副总，时常不着家。最近几年，为了接一些大单，常常把自己喝瘫在酒桌上，对妻子也疑神疑鬼的，慢慢开始了家暴。陈燕子心有余悸，提前防了一手，针对这笔首付款的来历，她谎称是借父亲的。百密一疏，也或者是对父亲早有戒备吧，陈燕子居然忘了沟通。入住的那天，陈燕子做了一桌饭，请父亲过来暖房。

吃喝到了半途中，陈燕子在厨房里忙，女婿给丈人敬酒，说感谢他的借款。丈人一头雾水，不明就里，信口说，我那点退休金还不够塞牙缝的，钱一定是左军的，陈燕子只信赖那家伙。丈夫在外是条虫，在家却是一位山大王，问左军是何方神圣。丈人千刀万剐地说，还能谁呀，一个二流子，小流氓，原先一个厂的子弟，纠缠我家燕子多年了，要不是我这个法海呀。刚走出厨房，陈燕子闻听此话，一条清蒸鳜鱼从碟子里滑脱了。陈燕子面色平静，打开门，对父亲下了逐客令。

这不是真的，他给我栽赃，在抹黑我，我发誓。在丈夫频次越来越高的拳头下，陈燕子一遍遍地哀告。丈夫却说，他是你爸，他怎么会栽赃你，抹黑你，你以前肯定很浪。浪是本地的一个淫词，佛头泼粪，让陈燕子一下子掉进了泥淖，无力辩解。此后，只要双方稍有不快，这个奇怪的逻辑便会重演，而左军这个名字就是一枚磷火头，一擦即燃。等不来回信，陈燕子就睡在了女儿的卧房里，忘了插门。傍晚醉归的丈夫起夜时，冷不丁闯了进去，拿起妻子的手机输了密码（女儿的生日），发现了给左军的信息。丈夫掀掉了被子，陈燕子赤裸裸地横陈眼前，无遮无拦，任由拳头和皮带山崩似的落下，她几乎昏厥了过去。现在，左军也仿佛从昏厥里抬起了头，将全部的怒火积攒在脸上，咬牙说，我卸了他一条腿，我保证。陈燕子抬手，摸了摸左军胡子拉碴的下巴。不承想，左军蓦地张开嘴，一口叼住了她的手。舌头是湿的，舌头在说话，一直在掌心里吮来吮去。陈燕子听懂了他的意思，却抽回了手。

"二子哥，不行。我要听了你的话，就坐实了我爸当年的。"

左军说："他那个咒，跟了你我半辈子。"

"他在弥留之际，我却这个样子。我不能去医院，不忍心他看见我。"

"他的确该死。"

"哥，你没事就好，我也安心了。"陈燕子打开车门，站在弥天的风雪中，墨镜上映现出左军沮丧的脸。又说："二子哥，你小心点儿，我散散步，自己走回去了。对了，你给电影室打个电话，我顺道去坐坐，现在还早。"

言毕，门被碰上了。

左军枯坐了许久，车窗大开，任罡风和暴雪灌了进来，直到遍体冰凉，成了一根冰棍似的。后来左军打了三个电话，第一个断喝说，找一帮人来，带家伙。接着又说，算了，拉倒吧。第二个说，抱歉，玻璃碎了，来取你的车吧。最后一个打给了电影室，温和地说，哦，我妹妹等下去一趟，记得把空调开开，别省钱。

一小时后，陈燕子坐在了黑暗中，才觉得安全。黑暗真是一种好东西，让人目中昏暝，抹平了身上的伤痕、惊悸与恐惧，不再畏葸。电影室不大，顶多摆放了三十几张凳子，另有麻将桌和棋牌席，临窗有几个健身器械，煞是寥落。这个空间属二楼，毗邻紧急通道，但出口靠着河道，怕出什么危险，后来砌墙堵住了，成了死角。好几年前，社区领导很热心，想给附近一带的老人们寻一个集体活动的场所，便去找了社区所辖的最大的4S店的老板左军，开口央求。左军没二话，掏钱装修了这里，不仅铺设了轮椅车道，还购置了全部的娱乐设备。说是电影室，其实就是墙上挂了一块幕布，播放一下投射影像而已，但老人们怕独处，总爱往这里扎堆。电影室保存了成百上千的碟片，除了老电影外，大多以京剧、秦腔、道情和昆曲为主，满足了各种胃口。虽说现在是互联网的时代，全球同步，拿着

一个手机也可以边走边看，但电影室始终没被裁撤，一个礼拜总会播放一两次。报章上多次宣传过这里，墙上的奖状和锦旗可以为证。陈燕子来过几次，本来是找左军的，又怕去了店里惹人注意，左军便带她来此，一边瓜子茶水，一边看部片子，顺便把闲章也就说完了。电影室的钥匙挂在一个中年妇女身上，左军的电话很管用，她对陈燕子也客气。这不，等电影开始了，她便坐在窗下，边打毛衣，边嗑瓜子。

陈燕子挑了一部老电影，李连杰的《少林寺》，老得没牙了。空调很热，她脱了外套，解下围巾，忽地有了一种释然和轻松。在黑暗中，没人会窥视你的累累伤痕，也无人操心你的遭际。但暖风也带来了另一个麻烦，疼痛慢慢苏醒了，犹如无数只蚂蚁，在噬咬，在撕扯。刚才在外面，伤口冬眠了，现在却浑身游走，尖厉无比。陈燕子尽量专注起来，不去悲苦，尤其当少林寺的钟声传来时，感觉有一种清凉，一份熨帖。怎么说呢，之所以挑了这部片子，就因为当年的左军跟电影里的小和尚觉远长相一样，不仅骁勇英武，还顽劣不堪，简直称得上一个混世魔王。

刚上初二，陈燕子就被选拔出来，代表子弟学校去了区少年宫，进行强化培训，参加秋季的一场舞蹈大赛。百里挑一，陈丙君的脸上天天灿烂，特意奖给陈燕子一辆女式单车。有半个月的时间，大院的人们看见在灯光球场上，女儿骑在车上，父亲在后面稳舵，温馨无比。但佛脚不是随便可以抱的，车技太烂，有一次在回家的途中，陈燕子便闯了祸。

祸不大，但足以引发后来的一系列事端。

那一阵，附近几个大厂的子弟们流行弹玻璃球，一个个趴在地上，从这个洞，射向那个洞。练完舞蹈，陈燕子绕近道回家，刚穿过飞控厂的院区时，撞在了几个小子的身上，连人带车摔倒在地。小子们太横，撕扯住陈燕子，不依不饶。一个塌鼻子认出她是玻璃厂的子弟，便提出了交换条件。这时，陈燕子才发现单车不见了，哭了一路的鼻子。

彩色的玻璃球是厂里的坯料，入库和出库均有严格的手续。陈燕子没敢回家，躲在楼角的阴影里抹眼泪，恰好被阳台上的左军看见了。问完了原因，左军乐了，喊陈燕子上了楼，从床下拽出了一个麻袋，居然都是。球体里缤纷无比，有的是拉丝，有的是云絮，还有五角星、动植物以及灵动的水滴什么的。陈燕子的难题破解了，嘴很甜，第一次喊了二子哥。但左军并不领情，让她去通知飞控厂的小子们，带着单车来，在黄河半岛上交换。

半岛一带蒿草遮天，灌木丛生，鲜有人迹。约好的那天，飞控厂的小子们果然带着单车，前来索取战利品。孰料，左军换了装扮，一身短靠，手执梭镖，腰间系着一根链条锁，就像电影里走下来的觉远和尚。事实上，左军跟他们早有旧怨，陈燕子被欺负只是又一个导火索罢了。一个回合下来，飞控厂的大多数青皮少年都跑了，但左军圈禁了为首的几个。左军带了一书包玻璃球，让他们随便拿，但不能用手和脚。在左军的淫威下，几个小子只好张开嘴，往肚子里吞。和吃葡萄一样，挺滑溜的，还不吐葡萄皮，左军当时这么催促。擒贼擒王，左军对那个塌鼻子没客气，让他吃的是黄河岸边的石子。这一切，陈燕子一概不知，她先骑着单车走了，事后左军显摆时，她骇然不已。左军却轻描淡写地说，没事儿，从肛门里拉出来洗一洗，照旧能玩。结果，那个塌鼻子胃穿孔，送进医院后捡了一条命。厂保卫科和辖区派出所开始缉拿左军，去他家扑了个空，

只缴获了半麻袋玻璃球。

其实，左军哪儿也没去，就躲在玻璃厂最僻静的一座仓库里，昼伏夜出，饿不了肚子。最先发现异常的是陈丙君，因为家里先丢了一条褥子，又丢了一只枕头。夏夜的一天，当陈燕子带了吃剩的馒头榨菜，说去灯光球场背诵课本时，陈丙君留了心。他跟踪女儿，摸准了目标，而后马不停蹄地去告了密。这还不算，当厂里的军代表和警察围住了仓库，破门而入时，陈丙君居然当着众人的面，声嘶力竭地喊，流氓窝点就在那儿，他拐骗了我女儿，他该死，枪毙他。在成箱的玻璃制品上，的确铺着褥子，搁着枕头，陈燕子和左军正在说笑。见此情状，陈丙君扑了上去，抱住了女儿，左军却跑了，猴子似的站在了天车上。在上下对峙中，左军申辩说，瞧我这个样子，就是一个和尚，我没动她一个指头。陈丙君叫骂说，你最好去刑场，你欺负了我家的燕子。左军赌咒说，听着，我这辈子如果动她一根指头的话，那我去死。言毕，左军居然跳了下来，在众目睽睽之下。

一声脆响，成箱的玻璃碎了，分崩离析。

幸亏木质箱体间的缓冲力，左军没有大碍，狼狈地爬了出来，被砸上了手铐。众人离开后，陈丙君犹不解恨，一把火烧了被褥，一边烧，一边往火中啐唾沫，撇清了自己。这以后，左军的案子不了了之，两个厂之间各自护短，互相扯皮，所以没在他的档案里填上这一笔。回了家，陈丙君再没发作，女儿也不哭闹。陈燕子清晰地记得，就在那天晚上，她发现自己身上流了血。她不知道那是少女的初潮，血的突然袭来，压倒了其他任何的恐惧。

等血走了以后，陈燕子看人的态度变了，仿佛她心中有一

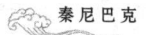

块透明的玻璃，已然碎了。

悲摧了一夜，又折腾了半天，陈燕子昏昏欲睡的。片子早就烂熟于心了，多一遍，少一遍，对记忆也没什么裨益。但这天下午，陈燕子仿佛专来做梦的，梦很暖和，也短暂，短得像一声哈欠。在梦中，她和二子哥趴在地上，正在玩玻璃球。她眯缝着眼，瞄准了对方的那一颗，看见球心中镶着一颗五角星。她越是焦急，指尖上却越无力，始终将自己的那一枚射不出去。恰在她快哭的一刹，片子播到了尾声。幕布上，方丈在佛龛前询问小和尚：

"尽形寿，不杀生，汝今能持否？"

身后传来答案："那干么呀！"

"尽形寿，不淫欲，汝今能持否？"

"NO！"

陈燕子腾地站了起来。薄暗中，看见电影室的那个中年女人站在身后，一边嗑瓜子，一边在配音。虚笑了一下，说了谢谢，陈燕子抱起外套，簌簌簌地出了门。天已经黑了，但雪花让天空泛滥出一层飞絮般的微光，犹如一块更为巨大的电影幕布。马路对过是公交车站，想了想，她攥住了口袋里的IC卡，踏实地向前走去。七公里外，那里有一家市级医院，住院部三楼42床，一个老人正处于弥留之际。

岂料，刚过马路时，脚下一滑，陈燕子整个人被掀翻在地。倒下去的一刹，陈燕子看见一辆车子从狂雪后面冲了出来，刹车声让耳朵彻底聋了。

尽形寿，不偷盗，汝今能持否？

下午的雪如果是白熊，那现在的雪一定是恐龙，来自侏罗纪。

听见门外的脚声，王跌果肃静下来，倚在沙发上，面色平淡。门开了，一团寒风送进来，女人的脸冻得发紫，一直在搓手。"老媳，回来了！"王跌果喜欢这么称呼媳妇，觉得有历史感，也有共度时艰的沧桑意味。女人伸出脚，王跌果忙替她拔下了靴子，立在门后。鞋底里的积雪开始融化，冒出一些污水来。女人搓热了手，解下臃肿的外套，忽地俏丽了许多。王跌果觉得，这才像自己的女人嘛。女人都是狗鼻子，她亦不例外，问什么味道呀。王跌果也在空气里嗅了几下，哦，狗皮膏药，我今天摔了一跤。女人问，摔哪儿了，要紧么？王跌果慨然回答，男人不摔跤，那还能叫男人嘛，放心吧。女人惜疼地在王跌果的脸上掐了一下，打开包，从里头拎出来一袋子吃食。不用问，又是番瓜包子，王跌果立时想吐。连着吃了三天的番瓜包子，胃里肃杀极了，打出的嗝都酸不拉唧的，但他没当场反对。待女人在炉子上坐了锅，将包子熘了进去后，王跌果方说：

"老媳，我就想吃一顿你手擀的雀舌面，葱花一炝，再来一小碟腌韭菜。"

女人说："早打电话呀。"

"嗯，如果下一点儿扁豆，那就再美不过了。"

"哎哟，你不知道我今天忙疯了，骨头架子快散了。"女人爱干净，淘了抹布，开始上天入地的擦拭。又讲："幼儿园快放假了，但一些家长走后门，先把娃娃送进来，说适应适应，下学期再正式上课。一下子进来了七个哟，我得多做一锅饭，多弄几个菜。园长对我不错，我不好驳她的面子。”擦完了，女人又蹲在地上，擦那双靴子。靴子是入冬前刚买的，他送给她的生日礼物。再说：“我现在先练习一下，等我怀上了，生下来后，我就知道给娃娃咋搭配营养，咋拉扯了，我等于偷偷学艺吧。对了，园长说放假前要发年终奖，这两个月的房租不用发愁了。”靴子很难伺候，越擦越花。女人又唠叨：“去年过年跟你回的家，今年回我娘家吧，我妈的眼睛麻了，可能是白内障。”见没有响应，女人生疑地抬头，看见王跌果讳莫如深地笑着。包子熘热了，女人盛在碟子里，让王跌果先吃。掰开一个，那种熟悉的番瓜味寡淡极了，但王跌果仍旧塞进嘴里，腮帮子浑圆。夫妻俩每天回家，总要唠一唠各自的工作，像规定的课业一样。现在该轮到王跌果了，便说：“我今天把店长搞定了。他以前一直给我穿小鞋，横竖看我不顺眼，我的电动车老坏，一坏，业务量就上不去，没挣头。他丈母娘死了，大家都凑份子，我多给了一百，他脸色立马好了，答应给我修车。我赚了，一百块看透一个人，我真小看他。”女人做了一个蘸碟，醋和辣椒，摆在桌上。王跌果又说：“没征求你的意见，我给你爸寄了一个护膝，治治他的老寒腿。今天路过一个药店，搞促销的说是高科技产品，二百五一套。”女人噘嘴，对这个数字不感冒。王跌果又掰开一个，继续：“检讨一下，我今天犯了两个错，我不是故意的。先拣小的说吧，中午去市第一医院，我居然。”闻听此话，女人刷地一下变了色。王跌果看在了眼里，却不动声色，忽然转换了话题，哀恳道：“老媳，跟你结婚以来吧，在你的英明领导下，我修理了自己的很多毛病。我以前脚太臭，我现在天天洗。我以前爱耍赌博，耍得不大，但毕竟不

是好德行。现在就算他们喊我亲爹，我也手不痒，心不贪。我后来也不吹牛了，吹得天花乱坠，兜里没有一个钢镚，那就不是吹牛，是放屁对吧。"女人偎了过来，王跌果将另一半包子塞进了她嘴里。女人投桃报李地说："也不能全怪你，有时候我也不对，真的。比如身上的这件大衣，我撒谎说是我表姐穿剩的，其实呢，我买了两块钱的彩票，中了八百，我就奖励了一下自己。薛红从老家来，非要见我，没办法，毕竟同学一场吧，我就请她去食凹火锅吃了一顿，心疼死我了。我弟弟那个不争气的货，在烧烤摊子上跟老板争执，把人家的头打破了，要么赔偿，要么拘留。央求了好几遍，我给他卡上打了一千，限他今年还给我。我也不好，我这么偷偷做主，还不是怕你生气嘛。"王跌果发现以退为进真是一步好棋，先自黑，挖下一个坑，由不得女人不跳，全盘招供。于是，王跌果进一步说："中午时候，我去了一趟市第一医院，我居然当了一回间谍，当了特务。"

"特务？你干啥了？"女人瞪大了眼睛。

"说来话长。"

王跌果在快递公司当小哥，腿脚勤快，有眼色，天天和客户们打头碰面的，算得上陌生的熟悉人。这天早上，他刚送完了所辖小区的快件，买了两根油条，躲在门洞里咀嚼，忽然被一个打算出门的女人叫住了。女人裹得很严，这么冷的天，她还戴着墨镜，急吼吼的。听声辨音，王跌果知道了她也是自己的客户，一嘴一个小王的。女人请王跌果到了家，在微波炉里烧了一杯牛奶，让他暖和暖和，别干吃了。吃毕了，王跌果意欲出门，另有一家写字楼的大堆快件等着他呢。这时，女人开口问，能不能请他帮一个忙？王跌果一时血勇，拍了胸脯，当即就答应了。女人这才交代说，请他去一趟市第一医院的住院部三楼，查看一下42床那个叫谁谁谁的患者如何了。当时，王跌果不解其意，如何是啥意思，我可不懂医学呀，我胜任不了。女人打消了他的顾虑，说你只需要去看看是死是活，回来告诉我一声就可以了。王跌果惦记着时间，说我看完后给你一个电话吧，快下雪了。女人却很坚决，非要他当面来汇报一下病房的情况，嫌电话里讲不清晰。王跌果便装进了病房时，恰巧碰上查房刚结束，大夫们刚离开，进来了三个老头，大呼小叫的，跟目标人物玩笑不断。一个问，还没死呀，早死早托生呗。一个伸手，给目标人物一个抽脖子，比兄弟还亲。另一个长相凶，盯着王跌果，究问他是干么的。王跌果声称在等病人，旁边的这张空床已经登记使用了，这个借口在理，所以多坐了一会儿。当他回来，把这些话原原本本描述出来时，女人问，你看他是不是插了氧，处于弥留之际，过不了今天？王跌果用了乡下人的比喻，不辱使命地回答，暂时死不了的，他就像一只青蛙，活蹦乱跳的。

事实上，王跌果的话有所保留。

那一阵儿，他在病房里翻看手机时，耳食了他们的计划，也大致了解了这一段父女之间的宿怨。王跌果掂量，一个人决定去死的话，阎王也拦不住。王跌果想起她叫陈燕子，坦承道，可万一是回光返照呢，我爹死前就是这么活蹦乱跳的，我错失了机会，结果没见上他老人家最后一面。陈燕子犹豫着，徘徊着，突然就哭了，说我不能去探视他，他看见我这一副模样的话，死得会更快的。陈燕子解开了围巾，王跌果当场吓了一跳，那简直不是一张人的脸，而是一副乡下傩戏的面具，疙里疙瘩，鼻青脸肿的。后来，王跌果知道该咋办了，他擅自做了主。

趁着陈燕子去擦泪的一刻，王跌果将茶几上的一只相框带走了，也顺便将陈燕子赠予他的辛苦费，起码有五百块吧，压在了茶壶下。王跌果不想让一位老人失望；一个女儿的相框，可能会带给他一丝慰藉吧，所以他送完了写字楼的快件后，径自去了医院。这些事，王跌果自然不会和盘托出，他有他的目的。

"我做了贼，偷了人家的相框，心里一直不安。"

女人说："那么多钱，你都不要呀？"

"后来我还撞了她。她现在就在咱楼下的小诊所里输液，我扶她回来的。"王跌果撸起衣襟，呲牙说："我的腰闪了，刚回家贴了狗皮膏药。等吃完了这一口，我去请她。"

"那个爷爷呢，他最后死没死?"女人问。

王跌果狡黠一笑："你不知道呀?"

"笑话，我咋会知道。"

"嗯，他没死，他在演戏呢。"王跌果慢慢亮出了底牌，又说："我带去了那张相片，他高兴坏了，他赏了我一碗饭，扁豆雀舌面，葱花炝的，我吃舒坦了。"

女人借故离开了，背对着他。王跌果心猜，她的脸一定红了，比红辣子还红。

"老媳，那碗饭真的太香了，绝对输不给你的茶饭手艺。"

"就是我做的。"

"什么?"故意一叫。

女人蹒跚过来："我在医院里看见你了，我躲着你，上楼送完饭就慌忙走了。你肯定也发现我了，对吧?"女人伸手，揉搓着王跌果的腰，哀怨起来："我一直在给你撒谎，我主要不想让你担心。其实，我早就被幼儿园辞退了，连做饭婆都当不了了。我不想在家吃白饭，让你养着，后来我就去陈爷爷家里当了保姆。他对我很好，当女儿一样看待，给的工资也不错。"女人累了，停了手，莞尔一笑："这算虚荣吧？反正也瞒不住了，你要怪就怪我。"

"呵呵，我吃了第一口，就断定是老媳你做的。"

"你怪我几句吧！"

王跌果将双手抚在了女人的肩上，坦然说："你没偷没抢，靠自己的本事吃饭，我怪你做什么？再说了，干保姆有啥丢人的，老人小孩，小孩老人，跟干幼儿园没什么区别。"

女人的眼泪下来了，敷在脸颊上。王跌果凑上前去，用舌头舔干净了。

恰在此时，楼下传来了一声接一声的喊叫，叶鹤，叶鹤你在家么？女人赶忙起来，打开了窗户，看见陈丙君站在风雪中，朝自己招手。叶鹤慌了，问陈丙君怎么了，赶紧上来吧，别冻着了。陈丙君瑟瑟地回答，他出院了，他完全康复了，他没病。不远处，停着一辆出租车，频打喇叭，似乎在催促客人抓紧时间。陈丙君扯着嗓子喊，你把家里的钥匙扔下来，我的钥匙不见了，所以才来找你的。叶鹤翻了翻包，找出来一串钥匙，让王跌果先送下去，她自己开始穿靴子。王跌果也认出了楼下的人，遂衔命而去，好在是二楼，距离不远。

但王跌果并没有去交钥匙，拐下楼梯后，先去了小诊所。

到了夜里，雪并不是碎花的形状，而是一粒粒子弹，抽着冷子，让脸颊分外刺痛。陈丙君的一只胳膊护着脸，另一只胳膊抱在怀里，怀里是那一个课本大小的相框。叶鹤比较肉，一直在磨蹭，好半天也没下来。出租车不叫了，叫也没用，陈丙君押了一百元，让司机消停了下来。——这时，陈丙君讶异地

看见女儿从对面走了过来，立时僵住了。陈燕子一瘸一拐的，王跌果扶着她，另一只手耸然高举，握着一瓶液体。陈丙君刚要张口喊一声燕子时，怀里的相框啪地落地，磕在了路肩上，玻璃碎了。陈丙君慌了，俯下身，伸手在雪地里去拾相片。陈燕子喊说："爸爸，别碰！"陈丙君直起腰，在空气中摊开了手指，灿烂地说："瞧瞧，已经破了。"陈丙君忍着痛，盯看着陈燕子那一张狼狈的脸，惜疼地说："看把你摔的，咋摔成这样了。"陈燕子回说："嗯，怪我，我下次注意。"